Meg
Wolitzer

The Female Persuasion

女性的引领

[美]梅格·沃利策 著　李玉瑶 译

中信出版集团

雅众文化 出品

谨以此书献给

罗塞伦·布朗
诺拉·埃夫龙
玛丽·戈登
芭芭拉·格罗斯曼
雷内·基德尔
苏珊·克雷斯
希尔玛·沃利策
伊琳·杨

若非他们……

目 录

第一部　强者
/ 1

第二部　双飞双栖火箭飞船
/ 97

第三部　由我决定
/ 239

第四部　发声于外
/ 319

致　谢
/ 407

第一部　強者

第一章

2006年10月，格里尔·卡德特斯基与费丝·弗兰克于赖兰大学相遇，费丝当时来做一场纪念埃德蒙·赖兰和威廉明娜·赖兰的演讲。尽管当晚小礼堂里学生毕集，有些人高谈阔论，情绪激昂，然而令人感到匪夷所思却又千真万确的是，在场的所有人中，格里尔是唯一让费丝产生兴致的人。彼时，格里尔还是康涅狄格州南部这所名不见经传的学校里的一名新生，她在某些特定的场合里极其害羞。她能够轻而易举地给出答案，却鲜少亮出观点。"那毫无意义，因为我脑子里满是真知灼见。我满腹经纶呢。"她在一次网络视频电话中对科里如是说。自上大学相隔两地以来，他们夜间用视频电话通话。她从来都是一个不知疲倦的学生，一位持之以恒的读者，然而她发现自己无法像其他人那样用狂热且无拘无束的方式进行表达。这在平时无关紧要，而眼下却颇为要紧。

那么，她身上有什么能让费丝·弗兰克一眼相中并青眼相加的呢？格里尔认为，或许是一种大无畏的潜能。这种潜能隐约透过她那绺挑染成钢青色的头发显露出来。染过的头发，像锯齿一样，横穿过她那原本和家具颜色一样普通的棕发。然而，有大把的女大学生把头发挑染成县集市上常见的、冰棒一般的青绿色和棉花糖一般的亮粉色。又或许，这位六十三岁高龄、周游全国数十载、热情地为女性代言且颇有影响力和名望的费丝女士，那天晚上只是为格里尔这个面红耳赤、笨嘴拙腮的十八岁姑娘感到难过。再或许，费丝会不由自主地对自己身边这些与世界格格不入的年轻人表现出宽容和关怀。

格里尔并不知道费丝兴致所来的真实原因。不过，她终究能肯定的是，与费丝·弗兰克的相遇是这一切惊心动魄的开端。而在到达那难以启齿的结局前，尚有一段无比漫长的历程。

费丝出现之前，格里尔已经在这所学校待了七周。这是一段折磨人的适应过程，在那些日子，她完全沉浸于自己的苦恼里，几乎是在反复咀嚼个中滋味。格里尔在赖兰大学度过的第一个周五之夜，社交的喧闹声沿着宿舍走廊传来，仿佛大楼深处有一台发电机在嗡嗡作响。2010届的新生开启了学院男女同校的时代——在这个时代里，女足明星大放异彩；而避孕套，这种被压缩在形似墓碑拓片的包装袋内的环状物，可以被大大方方地放入钱包——这正是这个时代所谓的自信。就在伍利大楼三楼的其他人都准备出门时，格里尔只在一旁观望。她哪儿都不打算去，她要待在寝室里，读一读卡夫卡，为新生的文学讨论会做些准备。她看着女生们站在那儿，歪着脑袋，弯着胳膊肘，给自己戴上耳环；男生们往身上喷一种名为"体育场"的喷雾剂，闻起来一半像松树汁，一半像 A.1. 牛排酱汁。随后，这些男男女女怀着无比兴奋的心情，逃跑似的冲出宿舍，散落到校园的各个角落，朝着各式各样漆黑一片却同样震耳欲聋的派对进军。

伍利大楼是最早修建的建筑之一，年久失修。格里尔房间的墙壁，如她在抵达当天对科里描述的那样，是类似助听器那样让人心神不宁的颜色。"大逃离"那晚，只有一群孤魂野鬼留在宿舍。一个来自伊朗的男孩看上去颇为悲伤，他的睫毛簇在一起，眼中闪烁着细微的泪光。他坐在一楼休息区角落的椅子上，悲戚地看着膝盖上放着的那台笔记本电脑。格里尔的寝室是楼里少有的单人间，可房间太过压抑，她根本无法待上一整晚，况且她也不能专心阅读。当格里尔走进休息区时，她震惊地发现那个伊朗男生只是盯着他自己的电脑屏保，上面是他父母和姐姐的照片，照片里的人远远地朝他微笑。这张全家福滑过电脑屏幕，轻轻弹向一边，然后慢慢地调转回来。

他要盯着那张弹来弹去的全家福看多久？格里尔暗自琢磨着，尽管她丝毫不想念自己的父母——拜他们所赐，她最终来到了赖兰大学，格里尔对此依旧愤怒不已——但仍为这个男孩感到难过。他背井离乡，奔赴另一块大陆，来到这里，或许有人误导他说这是所一流的美国大学，一座学习和探索的圣殿，几乎相当于一所坐落于美国东海岸的雅典学院。他一路栉风沐雨来到这里，眼下孤身一人，很快还会意识到这儿不过尔尔。此外，对于家人的思念也汹涌而至。她知道思念一个人是什么滋味，因为她也无法抑制对科里源源不断的思念，这种感觉恰如那震耳欲聋的低音令她浑身战栗，好在科里就在一百一十英里[1]之外的普林斯顿，并非世界的彼岸。

格里尔的同情心持续膨胀，就在这时，休息区门口出现了一个脸色煞白的姑娘，她捂着自己的肚子，问：“你们俩谁有止泻药？”

"对不起，我没有。"格里尔说，而那男孩只是摇了摇头。

这姑娘无可奈何，疲惫万分，由于没有其他的事可做，她也在休息区坐了下来。一阵阵黄油加上叔丁基对苯二酚[2]的香味透过多孔墙壁钻进来，有些诱人却又不足以让人振奋起来。片刻之后，香味的来源现身了：一个穿着睡袍和拖鞋的女孩送来了一大桶爆米花。"我买的爆米花用的可是电影院爆米花的配方。"她试图引

---

[1] 英制长度单位，1英里约等于1.61千米。——编注（若无特殊说明，本书中注释皆为译注）

[2] 一种食品抗氧化剂，在许多国家和地区广泛应用于油脂和含油脂食品工业中，有极轻微的特殊气味。

诱他们似的补充道，一边把桶递上前去。

格里尔思忖着，显然，今晚，也许今后每个周末的夜晚，这些人都将跟我一起度过。这太没劲了，她不属于他们这个团体，却又身处其中，是他们中的一员。于是她抓了一把爆米花。爆米花湿答答的，她的手指感觉像是在汤里捞过一样。格里尔准备坐下来试着和他们聊聊天；他们可以跟对方说说自己的事，讲讲自己到底有多惨。她会待在这个休息区里，哪怕科里之前让她今晚不要待在宿舍，而应该出去参加某个派对或校园活动。"肯定会有什么活动的，"科里说，"即兴表演。即兴表演总是会有的。"这是她上大学以来的第一个周末，科里认为她应该试一试。

但格里尔表示拒绝，她确实不想尝试，她宁愿用自己的方式度过。在这一周里，她要当一个模范学生，在图书馆找个小单间埋头苦读，仿佛一个手持放大镜的珠宝匠。书籍是一种抗抑郁剂，是强效的 SSRI[1]。她一直都是那种女孩——穿着袜子，盘腿而坐；嘴巴微张，沉浸于一种一言不发、几近嗑药般的专注中。纸上的所有文字都戴着镣铐为她起舞，形成一幅幅和伊朗男孩那张弹来弹去的全家福一样清晰的图像。她还没上幼儿园就学会了阅读，也是那时她开始怀疑父母毫不在意她。自那以后，格里尔一直保有阅读的习惯。她翻遍带有老套拟人化色彩的儿童读物，最终转而投向 19 世纪那种怪诞而美妙的文学形式；并从那里向前推进到关于血腥战争的历史中，又向后退入上帝和无神论的讨论中。而最能引起她共鸣的，甚至出现生理反应的，则是小说。有一次，格里尔长时间不间断地阅读《安娜·卡列尼娜》，以致眼睛疲惫充血，不得不躺在床上，用湿毛巾敷着眼睛，仿佛她自己是一位古代文学作品中的女主人公。小说陪伴着格里尔度过了格外漫长而孤独的童年时光，而在她成年后，无论前路如何，小说都有可

---

[1] 即选择性 5-羟色胺再摄取抑制剂，是一类新型的抗抑郁药品。

能会一直这样陪伴着她。不论在赖兰大学过得有多糟糕，格里尔知道至少自己可以在那里读书，因为这是大学，读书正是你所要做的事情。

但今晚，书籍失去了魅力，被原封不动地搁在那儿，无人问津。今晚要么去派对狂欢，要么坐在一处乏味无趣的宿舍休息区里，无书为伴，自我惩罚。她知道，苦涩可以赋予人锋芒。不同于纯粹的不幸，苦涩自有其滋味。这种苦涩除了她自己，无人能见：她的父母不会看到；甚至在普林斯顿的科里·平托也看不到。格里尔和科里青梅竹马，一年前他们坠入爱河，如胶似漆；尽管他们此前言之凿凿，大学四年要一直保持联络——Skype新的视频功能可以让他们看到对方——每个月至少要租车探访对方一次，但是今晚他们二人彻底地分隔两地。为了出门参加聚会，科里穿了一件上好的毛衣。今天早些时候，格里尔看着Skype里的科里紧挨着摄像头，毛孔、鼻孔和突出的前额撑满了画面。

"尽可能让自己玩得开心。"科里说。因为系统配置问题，他的声音听起来有点不顺畅。然后，他转过身，对着镜头外的室友约翰·斯蒂尔斯举起一根手指，仿佛在告诉他：再给我两秒钟，我得应付完这个。

格里尔很快就结束了这通电话，她可不想被看作是"这个"——一个需要被应付的人，一个恋爱关系中的弱者。此时，她坐在伍利大楼休息区里，一边抓爆米花吃，一边四处浏览墙上钉着的海姆立克急救法[1]示范图、小乐队试音的告示，以及基督教学生风雨无阻地在西院野餐的海报。此时，一个女孩路过休息室，然后停下了脚步；后来她承认她这样做更多是出于善意，而非兴趣。她像个苗条、性感的男孩，外表精致，用圣女贞德的审美标准一看就看得出是位同性恋者。她瞄到了这个明亮房间里的孤魂

---

[1] 用于救助呼吸道阻塞者或溺水者的救助手法。——编注

野鬼，若有所思地皱起眉头，随即宣称道："我要去派对上逛逛，有没有人想跟我一起？"

伊朗男孩摇了摇头，目光又回到了自己屏幕的照片上。抱着爆米花桶的那个女孩没停嘴。另一个腹痛的女孩正在打电话跟人讨论是否要去看医生。"我知道，看医生的好处在于他们会帮我，"她说，"可糟糕的是，我不知道该去哪儿看医生。"她顿了顿，又道："不，我不能叫保安送我去。"停顿片刻，"话说回来，我觉得这可能只是紧张导致的。"

格里尔看了看那个男孩气的姑娘，点了点头，那个女孩也朝她点了点头，同时竖起自己的上衣领子。在昏暗的宿舍大厅里，她们推开一道道沉重的防火门。当格里尔走进室外的寒风中，单薄的衬衫被吹得上下翻动，她才意识到自己没穿毛衣。但她断定自己不应该破坏当下的气氛提问"是否可以跑回三楼拿件毛衣"。

"我觉得我们可以尝试些不同的东西，"这个自称来自纽约州斯卡斯代尔[1]的女孩泽伊·艾森施塔特说，"就像是大学生活初体验。"

"没错。"格里尔说，仿佛她也是这样规划的。

泽伊带她来到"西班牙之家"，这是校园边上一座独立的隔板建筑。她们走进去时，门口一个男孩说："晚上好，女士们[2]。"然后递给她们一杯他称为仿桑格利亚[3]的酒。格里尔则跟住同楼的女孩就仿桑格利亚酒或许完全不是什么仿冒货简单聊了几句。

"私酒[4]？"格里尔轻声问。那女孩认真地看着她说："聪明[5]。"

---

[1] 斯卡斯代尔，美国纽约州威斯特彻斯特郡的一个城镇，位于纽约市北部的郊区。

[2] 原文为西班牙文。

[3] 桑格利亚是一种西班牙酒，常由红酒、橙汁（或柠檬汁）、苏打水和白兰地调制而成。

[4] 原文为西班牙文。

[5] 原文为西班牙文。

聪明[1]。多年来，格里尔的目标就是做个聪明人。起初，"聪明"就是能够回答老师提出的各式问题。令格里尔宽慰的是，整个世界似乎都以事实为基准，而她能游刃有余地挖掘出真相，就像魔术师能从任何人的耳朵后面拎出硬币。事实呈现在她的眼前，她只需将它们明确地表达出来，就这样，她成了班里公认的最聪明的学生。

后来，人们要求的不再只是事实，这对她来说就举步维艰了。迫不得已地展示自己——自己的观点，自己的本质，困扰自己又成就自己的特质——这让格里尔既疲惫又恐惧。在和泽伊前往下一个社交目的地——兰姆艺术工作室——的路上时，她想着这些。没人知道作为大一新生的泽伊是怎么打听到这些派对的，《赖兰冲击波周报》里可没提过这些。

画室中弥漫着松节油的刺鼻气味，对高年级的艺术系学生来说，这差不多就是催情剂了。他们似乎彼此深深迷恋。他们三三两两，个个身材瘦削，裤子上溅满颜料，手上星星点点，耳后夹着尺子，眼睛异常明亮。在白色木质地板的中央，一个女孩被一个男孩扛在肩上，她大叫着："**本尼特，快停下，我要是掉下去摔死了，我爸妈会起诉你们视觉艺术系的，蠢驴！**"他——本尼特——扛着她踉踉跄跄地转着圈。他还足够年轻有力，像阿特拉斯[2]那般把她扛在肩头，而她依然身轻如燕，易于举起。

艺术系的学生们互相喜欢，且眼里只容得下对方。格里尔和泽伊仿佛在森林的空地上偶然发现了一个亚文化群。"男性凝视"[3]不断被提及，虽然刚开始格里尔听成了"男同性恋"[4]，但后来她终

---

1 原文为西班牙文。

2 Atlas，希腊神话中以肩顶天的巨神。

3 the males gaze，女权主义理论的关键词之一，是性别不平等的表现，传统中女性常被置于被观看者的客体地位，受制于男性权力的操控。

4 原文为"the male gays"，与前文的"男性凝视（the males gaze）"同音。

于弄明白了。待了没多久,她和泽伊就悄悄溜了出来。一出门又有位大一新生加入她们,她自信满满、理所应当地跟她们混在了一起。她说她叫克洛伊·沙纳汉,她身穿霍利斯特牛仔裤,脚踩细高跟,手腕上箍着一大串细细的银镯子,看上去是个钟爱性感火辣品牌的姑娘。她告诉她们自己兴奋过头误进了画室;她其实是在找 Theta Gamma Psi[1]。

"那个兄弟会吗?"泽伊问,"为什么要找他们?他们太恶心了。"

克洛伊耸耸肩。"他们那儿肯定有桶装啤酒,音乐肯定够大声,我今晚就想要这些。"

泽伊看着格里尔。格里尔自己想去真正的兄弟会派对吗?她没有那么心驰神往;但她也不想一个人待着,所以也许她确实想去。她想到科里此时此刻正在聚会上,倚着一面墙,因为某事哈哈大笑,一群人正抬头仰视他——不论在哪儿他都是最高的那个——然后跟着笑了起来。

格里尔、泽伊和克洛伊不太可能三人成宴,但格里尔听说在大学的头几周里,这是典型的社交生活方式。那些毫无共同之处的人,就像陪审团成员或飞机失事的幸存者一样,出于冲动暂时抱团取暖而已。克洛伊带她们穿过西院,在梅茨格图书馆城堡后面兜了一圈。图书馆里灯火通明,空无一人,令人唏嘘,仿若一家二十四小时营业的超市在半夜里的光景。

赖兰大学网站的宣传照上,有的学生在实验室里戴着护目镜、拿着手电筒,有的学生眯起眼睛看着写满计算题的白板,但其余都是些土里土气的社交类照片:下午在结冰的池塘上溜冰,三个

---

[1] 分别代表希腊字母 θ、γ、ψ,从原文判断应是一个兄弟会的名字。在北美,兄弟会一般指大学中的希腊社团,属学生社团组织,在少数高中也有类似的组织。大多数兄弟会属社交性质。在社交兄弟会里,兄弟会只招收男性会员,女性则参加姐妹会。兄弟会通常在每学期末到下学期初招募新成员,任何人都可以报名参加,但须通过会中成员一系列的面试和筛选后才被授权参与为期约一学期的入会考验。入会考验通常带有一定的难度,只有少数人能通过考验。不同的兄弟会有不同的入会考验,而兄弟会通常对其入会考验的方式和过程保密。

学生在枝叶繁茂的橡树下聊天的经典桥段。其实，校园里只有一棵这样的树，它被拍进过太多的照片里，已经用滥了。白天，学生们沿着简陋的校园小径散漫地去上课，有时甚至穿着睡衣，像是儿童读物里性情温和的小熊一家的成员。

然而，当夜幕降临，校园就异彩纷呈起来。她们今晚的目的地是一幢锈迹斑斑、喧嚣雷鸣的兄弟会大楼。学校介绍手册上称之为"希腊生活"。格里尔想象之后如果给科里发短信，大概会写："希腊生活，什么鬼？亚里士多德在哪儿？巴克拉瓦在哪儿？"但是突然间，他们平日里分享的、能把双方都逗乐的评头论足变得无关痛痒起来，因为他不在这里，甚至相隔颇远；眼下，她跟两个偶遇的女孩，身处一条宽敞的门道里，走向那些或是有害或是诱人的气息，间接地，最终走向了费丝·弗兰克。

当晚供应的饮料名叫"纵情赖兰"，是一种呈淡粉色的劣质饮品，却立刻给格里尔带来了强劲而猛烈的冲击。格里尔重一百一十磅，晚餐时只从沙拉吧台上取了一小撮少得可怜的食物吃。平时她喜欢保持清醒，觉得神清气爽，但眼下她知道清醒只会让她重回不幸，所以她把尖底塑料杯里第一杯齁甜的"纵情赖兰"喝了个精光，之后又站在那里排队等着续杯。这些酒水，加上她之前在"西班牙之家"喝的，起了作用。

很快，她和另外两个女孩围成一圈跳舞，开心得仿佛是在为酋长狂欢。泽伊是个优秀的舞者，她扭动着臀部，肩膀也随之摇了起来，但身体的其他部分只是装模作样地做出最为保守的动作。在她身旁的克洛伊用手摆出各种形状，她的那串手镯叮当作响。格里尔即兴发挥，难得一见地放下了戒备。在所有人都筋疲力尽的时候，她们扑通一声倒在一张黑色球状皮沙发上，沙发隐约散发着油炸比目鱼的味道。格里尔闭上眼睛，这时响起了一首吵吵闹闹的嘻哈歌曲，是普尼亚修斯唱的：

告诉我，为什么你要把我戏弄。

我正在承受无尽的痛。

克洛伊说："我喜欢这首歌。"与此同时格里尔也开腔道："我讨厌这首歌。"格里尔管住了嘴，不想吐槽克洛伊的品位。然后克洛伊开始跟唱："……无尽的痛……"她吐字清晰，声音如同天使唱诗班里的成员一样甜美，让人安心。

达伦·廷茨勒从她们头顶上方那道宽阔豪华的楼梯上大步走了下来。大家还没认出这人是达伦·廷茨勒，也没觉得他会是什么重要人物，只当他是另一个站在楼梯口紫水晶玻璃前的某兄弟会成员。达伦·廷茨勒胸部厚实，反戴的棒球帽下垂落一绺头发，露出一双眼距很宽的眼睛。他审视了一圈房间，在考量之后，便朝极具女性魅力的她们三人走去。克洛伊试着像小美人鱼跃出海面一样使劲起身，但她没能完全坐起来。在他犹疑着把目光转向一旁的泽伊时，她却闭上眼睛，抬起一只手，好似悄无声息地将他拒之门外。

只剩下格里尔，但她有男朋友。她和科里亲密无间，即便不是如此，她也知道对于这样一位哥们来说，她太温和、太专情了，可她仍独具魅力，身材娇小紧实、神色坚定，就像只鼯鼠。她有一头亮丽的深棕色直发，那绺蓝色挑染是她高二时用药房买的染发剂自己在家染的。她当时站在楼上浴室的水池边，把脸盆、地毯和浴帘都染成了蓝色，最后，房间看起来像是发生在其他星球上的恐怖电影的场景陈设。

她原本想着挑染只是一时兴起，但毕业那年她和科里的关系突飞猛进，科里喜欢摸她头发上那抹特别的颜色，所以她一直留着。刚开始和他相处时，每当他坐着，久久盯着她看，她常会本能地低下头，目光瞥向一边。最后他会说："不要看别处。回过来看我，回过来。"

这会儿，达伦·廷茨勒把帽子转正回来，朝她压了压帽檐致意，仿佛那是一顶礼帽。因为"纵情赖兰"的强烈酒劲让格里尔特别放松，她站起来，双手叉在腰侧，像拎起裙子行屈膝礼似的，自言自语点头道："多么美妙的场合啊！"

"这是干吗？"达伦说，"蓝条纹，你喝醉了。"

"说实话，没醉。我只是喝多了一点。"

他好奇地打量她，然后把她带到一处角落，他们把饮料放在一堆不小心弄歪了、很久没人动过的棋盘游戏上——战舰、冒险、《星球大战》棋盘问答、《欢乐满屋》棋盘问答。"这些都是从1987年的兄弟会大洪水里救出来的吗？"她问道。

他看着她。"什么？"他终于问道，似乎有点恼火。

"没什么。"

她告诉他她住在伍利，他说："我对你深表同情。那里太压抑了。"

"确实是。"她应声，"墙壁是助听器的颜色，对吗？"她记得自己之前说这话时，科里笑了，还对她说："我爱你。"但达伦只是用那种恼怒的眼神又看了她一眼。她甚至觉得自己在他的表情中看到了厌恶。不过他又笑了，所以她可能什么都没看到。人的脸变幻无常，就像快速切换的幻灯片，一张接着一张。

"感觉不太好，"她吐露道，"其实，我本不该在赖兰上学的。这是个巨大的错误，但事情发生了，且无法挽回。"

"是这样吗？"他问道，"你应该在另一所大学？"

"是的。比这好得多的大学。"

"哦，是吗？哪所学校？"

"耶鲁。"

他放声大笑。"那是所好学校。"

"是的。"她说。然后，更气愤地说："我被录取了。"

"你当然被录取了。"

"我确实被录取了。但没有用,入学太复杂了,所以我来这儿了。"

"你在这儿了。"达伦·廷茨勒说。他以一种特有的方式伸出手,用手指摩挲着她的衬衫领子,她吓了一跳,不知道该怎么办,因为这不对劲。他的另一只手试探性地沿着她的衬衫往上游走,有那么一会儿格里尔震惊地呆站着,他摸索到她隆起的胸部,用手扣住了它。整个过程他直盯着她的眼睛,一眨也不眨地盯着她。

她猛地从他身边抽开后退,问道:"你在干什么?"

但他不放手,用力将她的乳房挤得生疼,揉捏着这团肉。当她动真格脱身时,他抓住她的手腕,猛地把她拉近,说道:"什么意思,我在干什么?你站在这里跟我胡扯什么要进耶鲁。"

"放手。"她说道,但他没有放。

"这里没人会碰你的,蓝条纹。"他继续说,"干你也是可怜你。你应该感激我有那么两秒钟看上你了。别自以为是了,你可没那么火辣。"

然后他松开了她的手腕,把她推开,好像她才是那个咄咄逼人的人。在整个过程中,格里尔的脸涨得发热,嘴巴干得像是一小块布。她感觉自己又一次被吞噬,陷入往常那种无法表明自身感受的困顿之中。这间房间、这场派对、这所学校、这个夜晚都在吞噬着她。

似乎没人注意到发生了什么,至少没人对此感到吃惊。这一幕在这一览无余的地方发生:一个男人把手伸向一个女孩的上身,用力抓她,再把她推开。她就如同在开学第一天的课上学的勃鲁盖尔[1]油画中在角落里溺亡的伊卡洛斯一样不起眼。这就是大学,

---

[1] 勃鲁盖尔(Bruegel,约1525—1569),又称老勃鲁盖尔,16世纪尼德兰地区最伟大的画家,一生以农村生活作为艺术创作题材。勃鲁盖尔创作的唯一一幅以神话为题材的风景作品为《伊卡洛斯的坠落》。传说伊卡洛斯用蜡制的翅膀成功地逃出迷宫,但由于飞得太高,翅膀被太阳熔化。画面右下角落水的伊卡洛斯只露出两只脚;而岸边的渔夫和农夫们则若无其事地在埋头工作。

这就是大学派对。有人弹奏着《把尾巴钉在驴身上》，另有几人不断地对一个蒙着眼睛的女孩喊道："加油，凯拉，加油，凯拉！"这个女孩拿着一条纸尾巴，东倒西歪地向前挪动。另一边，一个男孩正对着一顶平顶帽轻声呕吐。格里尔想跑去卫生服务中心躺倒在小床上，旁边的病床上或许正是伍利大楼那个患痢疾的女孩，她俩的大学生活真是开局不利。

但格里尔没必要去那儿，她需要的只是离开这栋楼。她快速穿越人群，来到外面的走廊上，走廊那嘎吱作响的秋千上有两个人如胶似漆地缠绵着；随后她走到校园的草坪上，她能够透过靴底感受到草地从夏季起，至今仍然松软，但其边缘地带已经开始变硬。而这一路上，她都感到达伦的轻笑声在她身后如影随形。

她颤颤巍巍地疾步穿过校园，一边走一边想，她以前从没有被这样冒犯过。在这个难熬的黑夜里，独自一人在这个陌生的地方，她试图弄清楚发生了什么事。当然，男孩子和成年男性经常对她做出粗鲁或下流的评价，他们不管在哪儿，对所有人都这样。十一岁那年，在马科佩的便利店附近晃荡的自行车手们在背后偷偷嘀咕过格里尔。夏天的时候，她去那里买自己最喜欢的克朗代克巧克力雪糕，一个留着浓密长胡子的男人走上前，上下打量穿着短裤和无袖衬衫的她，评价道："宝贝儿，你没奶子啊。"

格里尔没法反驳大胡子男人，她说不出任何尖刻的话，也没办法阻止他，甚至没办法把他轰走。她在他面前沉默了，还不上嘴，毫无防备。她不是那类好像随处可见的，手插在屁股上，在书和电影里被称作"火药桶"或是后来所谓"不好惹"的女孩。即便现在在大学里也有这样的女孩，有着操蛋的自信，总是自命不凡。每当她们遇到赤裸裸的性别歧视或更泛泛层面上的粗俗对待，她们要么让对方彻底臣服，要么翻起白眼，表现得好像她们根本不屑理会这类蠢事。她们不会把心思浪费在达伦·廷茨勒这种人身上。

眼下,大家一同走在大学的青青草坪上,呼吸着新鲜空气,感觉焕然新生,他们要么已经离开快结束的派对,要么正在前往那些才刚刚开始的小型派对。时值午夜,气温下降,没穿毛衣的格里尔感到了寒冷。等她回到伍利大楼时,那个带爆米花给大家的女孩躺在休息室里睡着了,那女孩抱着她那大大的塑料爆米花桶,只有一团没爆开的玉米粒留在桶底,看起来像一堆瓢虫。

"有人对我动手动脚。"格里尔在睡得迷迷糊糊的女孩耳边轻声说道。

在接下来的几天里,她对几个意识清醒的人再次提及此事,一开始是因为这件事还困扰着她,但后来则是因为这太侮辱人了。"他觉得自己有权做任何他想做的事。"格里尔在电话里对科里说,又愤怒又惊奇,"他不在乎我的感受。他只是觉得自己有这个权利。"

"真希望我现在能在你身边。"科里说。

泽伊告诉格里尔应该举报他。"学校应该知道这件事。你要知道,这是人身侵犯。"

"我当时喝酒了。"格里尔说,"就是这样。"

"所以呢?这就更有理由证明他不该招惹你啊。"格里尔没有回答。泽伊说:"清醒点,格里尔,这事不能忍。这实在是太离谱了。"

"也许只有赖兰大学才会发生这种事。我相信普林斯顿可不会发生这种事。"

"天哪,你在跟我开玩笑吗?当然不是这样的。"

泽伊天生具有鼓舞人心的政治才能。她年轻时就开始关注动物权利;不久后,她成了一个素食主义者;随着时间的推移,她对动物的深厚感情也延伸到了人类身上,她关注起女性权利,同性恋、双性恋及变性者权利,战争及其不可避免所带来的大量难民,还有气候变化。她所做的这一切会让你觉得未来的动物和人类都岌岌可危、奄奄一息,耗尽了生存的可能性。

但格里尔内心还没有多少政治觉悟；她只要想象一下独自坐在马斯特森大厅哈卡维院长的办公室里，腿上放着一个记事板，用她整洁、漂亮的笔迹记述有关达伦·廷茨勒的事情，就觉得恶心和抗拒。她的字迹还是圆圆胖胖的，看起来很幼稚，跟她写的内容十分违和。会有人认真对待这件事吗？

格里尔考虑的是，怎样才能避免在性侵犯报告中提及被害人的名字。"有人对你做了什么"似乎是在暗指你，尽管没有人明说，让你的身体——通常覆于衣物底下的黑暗当中——突然暴露在众目睽睽之下。如果有人发现被害人是你，你就永远成了一个身体遭到侵犯、破坏的人。而且，你的身体将永远栩栩可见、让人想入非非。与那种境况相比，眼下发生的事情是微不足道的小土豆。这时，格里尔又一次想到了自己的胸部，好像也可以这样描述。小土豆。她就是小土豆。

"我不知道。"格里尔对泽伊说，她觉得有种熟悉的说不清道不明的感觉将她包裹。有时，就算她知道，她也会说："我不知道。"她觉得稀里糊涂比点破它来得自在。

达伦·廷茨勒的事情渐渐翻篇，变得没有那么真实，最后，它仅成为一桩轶事。格里尔不止一次和宿舍里的几个女孩一起分析，她们站在公共浴室，手里提着妈妈给她们买的带来大学用的塑料澡筐，看起来就像一群在沙坑里聚会的孩子。现在所有人都知道要跟可恶的达伦·廷茨勒保持距离，终于这个话题本身也没什么好讲的了，想着这件事的人也没精力再去谈了。格里尔指出，这不是强奸，还差得远呢。与其他大学正在发生的事，譬如橄榄球运动员使用迷奸药、警方报告、暴行，这事远没有那么重要。

但在接下来的几个星期里，赖兰又有六名女学生遭受了达伦·廷茨勒的侵犯。她们起初甚至连他的名字都不知道，只形容他是一个戴着棒球帽的男人，还有人说他长着一双"鲤鱼眼"。一天晚上，达伦和朋友们坐在餐厅里从容不迫地盯着一个大二女生看了很长时间；他隔着人群盯着她，她当时正用勺子吃脱脂食品之类的东西。还有一晚，他在图书馆的阅览室里，懒洋洋地坐在一张奶油色的桌子前，目不转睛地盯着一个女学生，后者正聚精会神于曼昆的《微观经济学原理》。

当她站起身去跟朋友说说话，或是要把用过的盘子放去回收处，或是准备从大学特有的神奇的源源不断的水龙头里弄一些像治疗尿路感染的蔓越莓汁，抑或仅仅是为了伸展伸展身体、活动活动关节时，他也站了起来，毫不犹豫地大步走向她，确保自己走到与她并肩的位置。

在他们一同走入隔间，或被墙壁遮挡，或以其他方式避开了所有旁人的视线时，他开始搭讪。他将她的礼貌或善良，甚至是她含糊不明的反应，当作是对他的兴趣，也许有时确实是这样。但之后他就开始动手动脚，一只手撩上衬衫，或摸向女孩胯部。甚至，有那么一次，他用一根手指快速划过对方的嘴唇。她躲闪时，他就生气地用力挤捏她，她叫出声来，他又用胳膊围住她，嘴里念叨着："噢，搞得好像吓着你了。去你的，让我消停一会儿。你这个小婊子。"

每次女孩都挣脱他，说"走开"，或嘴里说着"你这个恶心的变态"，同时快速离开，要不就是什么也不说，后来才告诉室友发生了什么事，再或者就是谁也不告诉，还有人当天晚上十万火急地把朋友们都唤来，问她们："我看起来不像一个婊子吧？"她们都围在她身边说："不，埃米莉，你看起来好极了。我喜欢你的样子，无忧无虑的。"

但之后在哈弗迈耶大楼——虽然建于1980年，却仍被人们称作"新"宿舍，它以其苏联风格屹立在赖兰校园风格迥异的各式建筑当中——的一个晚上，一个叫阿里埃尔·迪斯基的大二女生很晚才回她的寝室，结果发现一个男孩等在四楼走廊的废弃电话亭里。电话亭里已经没有电话机了，只有一排被口香糖堵上的孔留在付费电话机被扯掉的位置上,还有一把木椅留在这个荒废的小房间里。他打开那扇嘎吱作响的玻璃折叠门,朝她走过来,拦住她,跟她说话,甚至还说了些调戏她的话。但很快,他就粗鲁地上手碰她,把她逼进她的房间;她从他身边挣脱出来,这下可把他惹恼了,他用她的皮带扣把她绑住。

但阿里埃尔·迪斯基高中时曾跟随以色列体育老师学习过马伽术,她用一记完美的肘击击中了达伦的胸部正中。他吃痛大叫,宿舍楼上上下下的门纷纷打开,大家衣冠不整、头发凌乱地出来围观。最后,保安带着刺啦作响、叽里咕噜的对讲机慢吞吞地进了大楼。虽然达伦·廷茨勒那时已经不在了,但在他回到Theta Gamma Psi兄弟会后很快便被人认出,并被逮捕。当时,他正假装沉浸在《星球大战》的单人问答游戏中。

没多久,又有几个女孩相约挺身而出,学院最初试图避免任何形式的公开报道,但迫于压力,校方同意举行一场纪律听证会。某个周五下午,苍白的光线透入室内,听证会在一间生物实验室进行。这个时间点,大家的心思都奔着怎么过周末去了。轮到格里尔发言时,她站在一张油光发亮的黑色桌子前,桌上还摆着一排本生灯[1]。她低语着那晚达伦·廷茨勒在派对上对自己的所言所行。她确信自己因为作证而发了烧,这场病来势汹汹。也许是猩红热。

达伦没有戴平时总戴着的棒球帽;他那头平直、漂亮的头发看上去就像一圈被困在儿童游泳池底等待枯死的草坪。最后,他宣读了一份起草好的声明:"本人,来自佛罗里达州基西米市的达伦·斯科特·廷茨勒,2007届通信专业学生,在此郑重声明,我显然严重误读了来自异性传递的信息。此刻,我无比羞愧,我为本人屡次曲解社交提示而致歉。"

---

[1] 本生灯,一种实验室常见的煤气灯,底部带有可调节气阀。——编注

裁决在一个小时内正式下达。纪律委员会的主席，一位年轻的女副院长宣布，如果达伦同意跟当地的行为治疗专家梅拉妮·斯塔普进行三次咨询治疗，那么就允许他留校。据其网站MSW介绍，梅拉妮·斯塔普的专长是冲动控制。网站配图上是一个疯狂地吞云吐雾的男人，和一个郁郁寡欢地啃着甜甜圈的女人。

此项裁决在校园里引发了强烈但不成气候的抗议。"这是厌女行为。"一天深夜，当她们都坐在伍利休息室里时，一位大四女生说。

"实在让人诧异，这位纪律委员会主席对受害者显然毫无同情心。"一位大二女生说。

"她或许就是那种厌恶女人的女人。"泽伊说，"整个一傻娘们。"随后她就开始唱一首自己作词的歌，配曲出自她父母过去喜欢的一部音乐剧："女人……讨厌女人的女人……是世界上……最臭的娘们的女人……"

格里尔说："太可怕了！你不应该说'娘们'。"

泽伊说："娘们。"所有人都哄堂大笑。"哦，得了吧，"泽伊接着说，"我想说什么就说什么，那才够牛逼。"

"你不应该说'牛逼'，"格里尔说，"那更粗俗了。"

格里尔和泽伊总在食堂跟其他人就达伦一事展开长时间的讨论；她们一直待到食堂工作人员来撵人。尽管她们还在谈论，而且《赖兰号角》上发表了一位大四学生逻辑严密的署名评论，但众怒很快就散了。有两位涉事女孩表示，她们不想此事拖沓个没完。

格里尔仍想着关于他的事。挥之不去的并非那次正面冲突——那已是过眼云烟，只留下些许印记——她关注的是他得到人们包容的事，这是如此的不公平。"不公平"，这个词听上去就像一个孩子在对父母大发牢骚。

"对不起，我不想再想他的事了。"一天早上，在学生活动中心，当格里尔试探性地接近阿里埃尔·迪斯基时，后者说。"我超忙，他不过是个浑蛋。"

"这我知道,"格里尔说,"可也许我们还能做点什么。我的朋友泽伊认为我们还是可以有所为的。"

"听着,我知道你还在为这事努力,"阿里埃尔说,"但无意冒犯,我读的是法律预科,我没法承受更多压力了。对不起,格里尔,我受够了。"

当天夜里,泽伊、格里尔和克洛伊坐在泽伊的房间里,她们正把脚指甲涂抹成军装特有的褐绿色。房间里充斥着发酵的化学气味,这使得她们都觉得有点恶心,又有点发狂。"你可以去妇女联盟,"泽伊提议,"她们也许能给点建议。"

"也许给不了。我的室友去参加过一次她们的集会,"克洛伊说,"她说她们不过烤烤布朗尼蛋糕来反对女性割礼。"

赖兰并不是一个那么热衷于政治的地方,所以你只能见好就收。但是,每隔一段时间,这里就会意外地出现一波抗议浪潮。在伊拉克战争进行的几年里,有时可以看见泽伊和两位大二学生拿着扩音器和传单出现在梅茨格的台阶上。之后一个组织严密的小规模黑人学生协会则发起了一系列抗议活动。气候变化小组已经成了某种严肃而持久的存在,泽伊也是该小组的一员。他们反反复复地告诉所有人,天空正在下沉,炎热沸腾的天空正在下沉。

"你知道吗,"泽伊说,"我小时候就制作贩卖过 T 恤,为筹集资金阻止斯卡斯代尔的动物虐待行为。我在想,我们是不是也可以把达伦·廷茨勒的脸印在 T 恤上,再把它们分发出去。底下可以印上'不受欢迎'几个字。"

她们迅速筹集了资金,从网上搞清仓甩卖的批发商那儿买来了五十件廉价 T 恤。伍利大楼的地下室里堆放着自行车和轰轰作响的洗衣机,马桶水从头顶的管道里穿流而过,格里尔、泽伊和克洛伊就在那里熬夜把达伦·廷茨勒的脸熨到了 T 恤的合成面料上,这样要比印刷便宜一些。格里尔把烫手的尖头铁砧一遍又一遍地碾压过达伦那张苍白的脸——他的棒球帽压得很低,双眼的距离宽得异常——直到凌晨四点，她的双臂仍孔武有力。他一脸蠢相，格里尔想，但深藏其下的是野蛮而奸诈的本性。

没过多久，克洛伊就放弃了，起身伸了伸懒腰，一字一顿地说："睡，觉，了。"所以几个小时之后，只剩格里尔和泽伊坐在餐厅明亮的入口处，边打着哈欠，边试图让人们拿走她们的T恤。"T恤免费赠送！"她们对每个人说，但到最后只送出了五件。这真是令人失望，她们惨败了。但格里尔和泽伊仍是尽可能多地穿这件自制的衣服，哪怕面料在洗涤时有点儿缩水，达伦·廷茨勒的脸被拉长了，显得略有些扭曲，看起来像是他的脑袋进过了复印机里。

费丝·弗兰克来演讲的那天晚上，她俩都穿着这件T恤。

泽伊是在《每周热点》里看到演讲预告的，她十分兴奋地告诉格里尔："我一直都很喜欢她。"制作T恤那晚，两人一起策划、聊天、畅所欲言，让她们的友情迅速升温。"我知道她代表的那种只关乎特权阶级女性的女权主义观念已经过时了，"泽伊说，"这些我都清楚。可你知道吗？她的确做了很多好事，我觉得她真的很厉害。另外，说到费丝·弗兰克，"泽伊继续说道，"作为一个著名的偶像级人物，她看起来非常平易近人。格里尔，我们一定要去看看她。你得跟她谈谈，告诉她你的遭遇，她会知道该怎么做的。"

格里尔对费丝·弗兰克几乎一无所知，这让她很难为情，即使演讲前夜她已经很努力地用谷歌搜索做了一些相关功课。能上网查资料让她宽慰：世界或许已然失控，但总有一些答案可以在这里被轻易地找到。然而，虽然谷歌上有费丝的生平经历和相关信息，但并不能让她切实地了解像费丝·弗兰克这样的人究竟是如何成就自我的。

格里尔查阅到，20世纪70年代早期，费丝·弗兰克成了《布卢默》杂志的创办人之一。这本杂志以女权主义者兼社会改革者阿梅莉亚·布卢默[1]的名字命名，她出版了第一份面向女性群体的报纸。《布卢默》被视为《女士》的姐妹刊物，但内容更零散，名气更小。创办伊始，杂志相当出色。虽然不如《女士》那样制作精美、世事练达，因为《布卢默》从来不刻意设计，但常常排满了引人入胜、情感充沛的专栏和文章。这几十年间，读者群日渐缩小，最终这本曾被视为前沿公告板的杂志，已经变得和小型家电说明书一样单薄了。

然而，"在声望上略逊格洛丽亚·斯泰纳姆[2]几分"的费丝，并没有销声匿迹。20世纪70年代末期，她开始创作通俗文学，力争赋权的积极意义，书的销量非常可观。1984年，她的《女性的引领》大获成功。这部宣言性质的书本质上是恳求女性意识到，作为一名女性，除了垫高肩头和表现得坚强以外，还有更多、更重要的事要做。费丝·弗兰克说，美国公司一度想让女性表现得和男性一样举止粗鲁，但女人们无须妥协，她们可以在做自己和保持正直得体的同时变得强劲有力。

人们似乎确实想听到这类讯息，其中包括那些去过华尔街却惨淡收场的女人。费丝说，女性可以走出困局；她们可以创立合作企业，或至少可以在自己就职的公司挑战一下主流文化。而男人，她补充道，可以通过一些劝导式的语言，以一种新的绅士风度，来平衡他们长期以来练就的强势态度。她说，平衡就是一切。尽管每次新版都需更新大量内容，但这本书从未停止印行。

费丝在接受采访时表现得泰然自若，口齿伶俐，令人印象深刻，因此美国公共广播公司的夜间杂志型电视节目《总结会》给了她一小段时间，让她去采访其他人。有时她会选择一些性别歧

---

[1] 阿梅莉亚·布卢默（Amelia Bloomer，1818—1894），美国著名女权主义者、妇女参政论者、报纸出版人、社会改革者，编辑并出版了第一份面向女性群体的报纸。

[2] 格洛丽亚·斯泰纳姆（Gloria Steinem，1934— ），美国记者及女权主义者，美国20世纪60至70年代妇女解放运动的代表人物。

视的男性作为采访对象，他们在虚荣心的驱使下好像并不知晓自己为什么会被选中。他们出现在电视上，偶尔装腔作势，发表一些令人反感的言论，而她则冷静而机敏地纠正他们——有时轻而易举地将他们驳倒。

尽管费丝的采访很受欢迎，到了90年代中期，整档节目还是被撤销了。费丝当时仍在继续创作，可销量已经大不如前。多年来，她一直坚持出版一些相比《女性的引领》更加温和的续篇。（最新的一部是90年代晚期出版的关于女性与科技的《电邮的引领》。）最终，她彻底停笔不再写书了。

在格里尔搜寻到的最早期的照片当中，费丝·弗兰克是一个身材颀长、留着深色长鬈发的女人，看上去温柔、年轻、开明。有一张照片是她在华盛顿参加游行。另一张照片里的她在紧张地做着手势，当时她在一档过去常在深夜播出的圆桌脱口秀文化节目的拍摄现场。穿着喇叭裤的嘉宾们坐在白色转椅上一根接一根地抽烟，大喊大叫。费丝曾参与过一场臭名昭著的直播辩论，对手是自负的大男子主义小说家霍尔特·雷伯恩。当天晚上，他试图用声音盖过她，但她仍然用冷静且逻辑清晰的方式论述，直至获胜。这场辩论上了报纸，并最终为她赢得了《总结会》的采访时间。还有一张照片，是她用婴儿背带抱着襁褓中的儿子，眯眼看着轻搭在他头上的杂志排版。随着时间的推移，这些照片也在不断改变，只有费丝·弗兰克本人光辉而优雅的形象从未改变，一直延续到她四十岁、五十岁、六十岁。

在大多数照片中，她都穿着一双性感的羊皮高筒靴，这是她的标志性打扮。网页上有一些相关采访和简介，其中一则提到她"态度出乎意料地不耐烦"。费丝显然是那种易怒的类型，但这并不只针对那些大男子主义的男性小说家。她被描绘成一个善良而有人情味的人，有时或许很难相处，但总是慷慨又迷人。然而，来赖兰大学演讲的时候，她已经被视为一个古人。提到她时，人们的语气中带有某种钦慕，这是一种提到极少数人才会有的特殊语调。她就像一盏不灭的引航灯，让人安心。

那晚，格里尔和泽伊到达学校小礼堂时，座位只坐满了三分之二。当日的天气恶劣异常，秋日里通常不会如此，阵雪纷纷，整个场地闻起来如同那种铺了光滑条纹地板的儿童衣帽间。人们想找个地方存放湿透了的外套，最终却只能把它揉成一团，笨拙地拿在手上，抵着自己的身体。许多学生来这里是由于教授们的强制要求。"她对很多人而言都意义非凡，包括我自己。必须出席。"一位社会学教授用略带威胁的口吻说。

演讲原定于七点开始，可费丝的司机显然是迷了路。赖兰的大门标志很不明显，看起来就像一个小镇儿科诊所的广告牌。七点二十五分，礼堂另一侧突然传来一阵骚动，紧接着，几个人推门而入，一股潮湿阴冷的空气扑面而来。最先进来的是校长，然后是院长，后面又跟进来几个人，他们身着大衣，戴着难看的帽子，个个看起来都很兴奋。接着，费丝·弗兰克跟着包括教务长在内的一行人走了进来，她没戴帽子，让人一目了然。她站在那儿摘下绕在脖子上的猩红色围巾。格里尔看着那条围巾一圈一圈被解开，长得就像一条河。费丝的双颊十分红润，好像刚挨过巴掌似的。她的发型仍跟照片里一致，是蓬蓬的深棕色鬈发。当她轻抖秀发时，雪花就像原子散射一样轻巧地弹落下来。

在过去几十年的照片里，她的面容美丽而和善，鼻子俊俏而挺拔。当她环顾眼前不多的听众时，这样的一张脸显得迷人、庄重，还带有一丝友好的好奇心。格里尔猜测，从费丝的视角来看，她可能感觉小礼堂里有一半没坐满或者坐满了一半。

刚进门的这群人迅速在前排就座。之后，校长站上讲台——她勉强把自己塞进了一条用装饰布做的花裙子里——手置于胸口，进行了一番虔敬的介绍。最终，费丝·弗兰克站了起来。她今年六十三岁，黑色羊毛裙勾勒出她细长的腰肢，显得十分威严。

当然，她穿了那双标志性的羊皮高筒靴。这次穿的靴子是烟灰色的，不过除此之外，她还拥有一套全色系的靴子。这无疑是在告诉所有人，她曾是一位美人、一个性感尤物，或许现在也依然如此。她的两只手上都戴了几枚戒指，这些银饰上镶着大块有艺术感的宝石。虽然在自己的演讲上迟到了，但她看起来仍旧十分镇静，神态中毫无慌乱之色。

她在台上做的第一件事，就是微笑着对每个人说："谢谢你们冒雪前来。你们会得到额外的学分。"她讲话的声音很特别，沙哑而富有吸引力。之后她沉默了几秒，好像刚刚才想到接下来要对他们说些什么似的。她没带讲稿。显然，她准备即兴发挥，这对格里尔来说是难以想象的。格里尔至今为止的学习中始终充分利用活页夹和彩色索引分类贴，她还用一黄一粉两种颜色的记号笔在自己的阅读材料上做记号，这让她感到安心。

格里尔在马科佩从未见过与费丝·弗兰克有哪怕一丁点相似的人，她邋遢而无能的父母就更不用提了。哪怕是就读于普林斯顿不久的科里，身边也常有一些游历丰富的人，那些人在生活中经常会遇到一些老成练达、令人敬畏的人物。但格里尔从未见过这样的人。事实上，她甚至没有想过有这种可能性。"我的头快裂开了。"第二天她告诉科里。

费丝在讲台上说："每当我在大学演讲，都会遇到一些年轻女性说'虽然我不是一个女权主义者，但是……'，她们的意思其实是，'我不称自己为女权主义者，但我希望能和男性同工同酬，希望和男性在恋爱关系中地位平等，当然，我也希望获得享受性快感的平等权利。我想拥有公正而美好的生活。我不希望因为自己的女性身份而受到阻碍'。"

后来，格里尔才明白，费丝的演讲内容只是整体效果的一部分。没错，她讲的内容并不是全部。跟她的内容同样重要的，是她把这些话表述出来，赋予其含义，并由她带着这份感觉将这些话传达给在场的每一个人。"对此我总想问她们,"费丝说,"那你觉得女权主义除了这些还能是什么呢?如果你否定了那些全心全意帮你获得理想生活的政治运动,你又如何觉得自己终将得到那样的生活?"她在这里停顿了一会儿,所有人都在思考她提出的问题,当然,也有些人联想到了自己。大家看着她缓慢而从容地喝了口水,不知为何,格里尔感到非常有意思。

"对我来说,"费丝继续道,"女权主义包括两方面。首先是个人主义,也就是说,我要塑造属于自己的人生,无须墨守成规,做那些妈妈告诉我的事情,遵从别人对女性的定义。但是,还有第二个方面。在这里,我想用一个过时的词——'姐妹情'。听到这个词你们可能会感到不屑,甚至有点想集体退场,但我不得不冒这个风险。"现场爆发出一阵笑声,所有人都在认真听讲,都跟着她的节拍,并且希望她能感受到。"姐妹情,"她说,"就是和其他女性一起参与同一项事业,让女性最终能做出她们想要的个人选择。要是女性都彼此隔离,被安排在了相互竞争的位置上——就好像儿童游戏里只有一个人能当公主一样——那么最终只有极少数女性能够摆脱社会对女性的定义而不变得狭隘且受限。"

"我来这里是为了告诉你们,"费丝说,"虽然对于个体而言,大学时代是人一生当中最能够建立价值观的阶段,你们可以在此期间阅读、探索、交友,以及犯错。但是,你们同样可以利用这一时期来思考自己究竟该如何在女性平等的伟大事业中扮演一个社会和政治角色。当你们要毕业时,可能不会想做我曾经做过的事:为了远离我的父母——西尔维娅和马丁·弗兰克,去拉斯维加斯做一个鸡尾酒女招待。你们不会喜欢我不得不穿的那种小荷叶领边制服的。还是说,你们也有可能会喜欢。"

台下传来更多宽容和赞许的笑声。"我在拉斯维加斯的经历是真人真事。大学期间,父母逼我住在家里,所以我非常想离开。

他们就是想让我保住处女之身。天啊,这个笑话可一点都不好玩儿。"笑声更多了。"我很开心,从那之后,一切开始有所改变。你们所有人都比当时的我拥有更多自由,这太棒了。但是,这种自由有时候也会让你们觉得自己并不需要其他女性。但是事实并非如此。"

她再次停了下来,环顾整个房间,将视线扫过众人。"所以当你们再要说'我不是一个女权主义者'时,请回想一下这一切。请尽自己的全力加入这场正在进行的战斗。"她停顿了一下,"哦,最后还有一点。在为重要的使命奋斗的过程中,你们难免会遇到阻力,这有时会令人沮丧,甚至会使你们偏离自己的轨道。事实上,并不是每个人都会认同你们的观点,也不是每个人都会喜欢你们或者爱你们。没错,有些人可能会很生你们的气,甚至憎恨你们,这也许很难接受。但我想说,如果你们正在外面做一些真正重要的事——希望能够对你们有所安慰,我爱你们。"

她对他们微微一笑,一个鼓励的浅浅笑容,点到为止。格里尔被她折服了,她被彻彻底底地吸引住了,深受鼓舞,希望这场演讲能永远继续下去。费丝开了一个自己会爱他们的小玩笑,但是格里尔听费丝说话时,她的感受与坠入爱河已经极为相近了。格里尔清楚什么是坠入爱河——察觉到科里的存在让她浑身颤抖,细胞紊乱,眼下就像是那样,但并不附带身体的欲望。这种感觉与性欲不同。但"爱"这个字眼在此处似乎仍然适用;爱的花粉遍洒在费丝·弗兰克周身的空气之中。

在场的其他人肯定也深有同感,不是吗?即使他们已经处在青春期的恍惚麻木中多年,凡是有表面能够反光的物体就要凑上去照一照自己;挤青春痘时,冲着镜子里的自己皱眉头,把浅绿色的乳状液体喷溅在镜面上;向朋友们抱怨自家的蠢蛋爸妈;或者被迫今晚前来小礼堂——尽管他们就是费丝描述的那类无所顾忌、四处宣称自己并非女权主义者的人。眼下,在他们心中,一声富有启示性的锣声鸣响了。它不断振动着,好像永远不会停歇,因为面前有费丝这样一个全新的、引人敬畏的人,激动人心地讲述着他们在这个即将踏入的、让人不安的世界中的位置。这让他们想要自己比以往得到更多主张。

费丝说:"好的,嗯,我想我已经把想说的都说完了。现在我不说了,让你们说。非常感谢大家的聆听。"

房间里爆发出赞许的掌声,掌声大到像是把某样东西从极高的地方丢进一锅热油里。格里尔立刻开始"像疯子一样地"鼓起掌来,就像她后来对科里描述的那样。她希望自己的掌声和礼堂里其他人的一样热烈。

后排有人喊道:"**费丝,你太酷了!**"还有人叫着:"**这该死的靴子太炫了!**"这把费丝·弗兰克逗笑了。她当然是在开怀大笑。她咧开嘴后仰着头大笑,喉道外露,仿佛一只光亮而优雅的海豹正要吞下一条鱼。

人们的体温和激动的情绪让小礼堂的室温都升高了几摄氏度,人群和他们湿漉漉的外套发出的气味也变得更强烈了。整个场地正在成熟。费丝注视着人群,举高了双手。

有人提了一个枯燥乏味的老套问题:"你有什么话要对当今的年轻人说吗?"之后,又有人做作地向费丝提问她的理想晚宴。"你可以邀请任何人,"提问者说,"没有国籍或者年代的限制,那么,你会选择谁呢?"格里尔记得,费丝选择了和她杂志同名的阿梅莉亚·布卢默,最近参加了超级碗中场秀[1]的大热年轻歌手欧普斯,来自意大利的巴洛克画家艾提米西亚·金提莱斯基,第一位获持飞行执照的美籍非裔女飞行员贝西·科尔曼,多萝

---

[1] 美国橄榄球联盟(NFL)年度冠军赛,也被称为"超级碗",作为全球最成功的体育赛事之一,超级碗多年来一直保持着高收视,其十二分钟的中场表演更是人们普遍关注的焦点。

西·帕克[1]，奥黛丽·赫本和凯瑟琳·赫本[2]。"因为我喜欢她们的风格。"她说，以及甲壳虫乐队的全数四位成员。最后，费丝说："为了活跃气氛，我们也可以邀请几位热心的反女权主义者，虽然我可能忍不住会朝他们的食物里吐唾沫。"

这个问题很快就过去了，因为格里尔当时正心烦意乱地想着，如果自己也能举办一个晚宴，她最想邀请的人一定是费丝·弗兰克。她忽然开始想象，费丝穿着她那酷酷的高筒靴，闲适地坐在伍利大楼一楼的休息室里，吃着自己和泽伊为她用微波炉做的方便面的样子。

历史系一位皮肤皱得像一团纸的老教授问了一个小众到或许除了他以外没人会感兴趣的问题（"弗兰克女士，我想起过去那些糟糕的日子里有一条少有人知的法令……"）。听众们开始感到无聊和不耐烦，纷纷埋头看起手机，或者戳了戳对方开始咬耳朵，或是直接公然聊起天来。

院长打断了他的提问，说："也许你可以之后再和弗兰克女士讨论这个问题。时间有限，我想我们得继续往下进行。这里还有最后一个提问机会，同学们，请提一个好问题。"

格里尔高高地举起了手，她的整个手臂都在微微颤抖，但仍冒着风险，坚持高举在空中。她不打算问问题，或者确切地说，她只有一个非常模糊笼统的问题。她觉得自己有必要与费丝·弗兰克建立联系，免得来不及。她本以为今晚能来这里听这位令人钦慕的、意志决绝的女性做讲座就已经足够了，或许还能让她在经历了糟糕的达伦·廷茨勒事件后振作起来。但是，现在她不能

---

[1] 多萝西·帕克（Dorothy Parker, 1893—1967），美国女作家、诗人、文学和戏剧评论家，主要作品有《足够长的绳索》等。

[2] 凯瑟琳·赫本（Katherine Hepburn, 1907—2003），美国著名女演员，代表作有《清晨的荣誉》《小妇人》等。

让今晚就这样结束,不能让费丝·弗兰克回到她的城市车[1]里,由人载着穿过学校大门,然后离开。

接着,坐在她旁边长椅上的泽伊也举起了手。当然,她有一个真正的问题,一个政治问题;甚至她或许还准备好了后续的问题。费丝朝她们这边点了点头。起初大家并不清楚她想点名的是哪一位。格里尔尝试解读费丝的目光——那是女性凝视[2],她头晕目眩地想着。但之后她发现,费丝瞄准的好像是她,就是她——格里尔。格里尔疑惑地看了看泽伊,想确认自己没有理解错。泽伊迅速而肯定地点了点头,好像在说:"没错,就是你。"泽伊甚至微笑着希望格里尔能得到这个机会。

于是格里尔站了起来。只有自己一个人站着,这可太吓人了,可她能怎么办呢?"弗兰克女士?"她说,她发出的声音听起来像是一只小羊羔——在这个神圣的地方咩咩叫,"您好。"

"你好。"

"有件事我想问问您。"

"废话,"她听到附近一个女孩小声嘟囔着,"不然你干吗要举手。"

格里尔深吸了一口气,没有理会她。"我们应该做些什么?"她问道。然后她停了下来,不知道接下来该说些什么。费丝·弗兰克耐心地等待着。

正当格里尔不知道应该再说些什么时,费丝温和地说:"具体是关于什么的呢?"

"关于当下的状况,"格里尔继续说道,"以及它带给人们的感觉。比如厌女症之类的事,它好像无处不在,像墙纸一样糊满了整个世界,您懂我的意思吗?为什么像这样的事情到了21世

---

1 城市车,林肯于2004年推出的一款豪华车,是美国最典型的超级大型豪华轿车。
2 女性凝视,是男性凝视的衍生概念,是作者使用的一种戏谑语言和颠覆性反讽。

纪还会被允许存在呢？"

"很抱歉，你能大点声吗？"费丝问。这个要求让格里尔更加难堪了，即使是现在，她也真的没法大点声。她觉得自己可能会晕倒，泽伊则用关切的目光看着她。

格里尔紧紧抓住她前面长椅弧形靠背的边缘。"厌女症？"她用稍大的声音重复了一次，但她说到最后一个字的时候用了上扬的语调，显得十分不确定。她鄙视自己这样说话。她最近在书中读到，女孩子们说话时会把句尾音调提高，好像不确定自己到底是在陈述事实还是在提问，这被称为升调讲话。我不想做一个升调讲话的人！她心想。这种说话方式让我听起来像个傻瓜。但是把一个陈述句变成问句总还是容易得多，因为到最后你可以反悔，说自己只是在提问，这样就不必忍受犯错的耻辱了。格里尔记起自己曾经拎起想象中的裙摆向达伦·廷茨勒行过屈膝礼，因为他压低帽檐对她致意，而她不知道自己除此之外还能做什么。如果你身为女性，且缺乏安全感，显然你有时会把句子结尾的音调提高，甚至时不时地还会拎起并不存在的裙子。

她眼下小心起来，因为她知道如果自己喋喋不休地谈论厌女症太久，人们就会把头垂到胸前，呼呼大睡起来。在谈及此类话题时，你需要表述得生动活泼，需要成为一个活力四射、充满魅力的演讲者，就像费丝·弗兰克那样。

因为她知道，一切事物都存有希望。诚然，费丝·弗兰克那个时代的女权运动并没有一劳永逸地消除对女性的蔑视和不公——它就像母亲的手，把一块冰凉的毛巾盖在了这个世界滚烫的额头上。尽管强奸和性别歧视仍然屡见不鲜，尽管达伦·廷茨勒只是受到了轻微的惩戒，尽管男女薪酬至今不等，企业和国家管理层中女性的人数少得可怜，尽管互联网上满是男性一致对外、怒火滔天的身影——火枪手们喊着："绝不重色轻友！"还有键盘侠们对肢解女性记者和女名人身体直白而精准的描述——但是，在很多方面,当今世界对女性而言已经算是友好了很多。

欧普斯,那位嗓音迷人的优秀歌手——费丝在理想晚宴中邀请的嘉宾之一——最近因一首名为《强者》的赞歌而大热,安装在窗口的扬声器常常放这首歌,整个校园都听得见。

而那出幽默、悲伤、深情,有时也引人不安的戏剧《拉格泰姆斯》,本质上是一系列关于你是否开始经历经期的短剧。剧中的角色们从十二岁开始,经历了青春期、成年,又经历了想要或者不想要的怀孕,最终陷入了担忧更年期潮热的中老年生活。该剧曾在百老汇以外的剧院强势上演,现在全国各地的地方剧院和社区剧院都有廉价演出,全剧只需四把折叠椅和四名女演员。名人们热衷于参与在纽约和洛杉矶的演出,因为出演此剧已经成了某种身份的象征,这也使得这出戏的两位编剧赚得盆满钵满,她们自六年级起就是彼此最好的朋友了。"莎伦先来了月经,"《纽约时报》在对她们的报道中这样写道,"一周后,玛蒂也来了。"

其后,女权主义博客如雨后春笋般涌现,《蛇蝎美人》是迄今为止写得最好也最出名的一个。而西雅图以外地方的博客里都是内容沉重,也时常带有讽刺意味的个人随笔,其中不乏对性行为和身体功能的公开讨论。她们自称"对性持积极态度,对尖锐评论持友好态度,语调辛辣讽刺,但同时也非常好看"。博客看起来似乎无所畏惧,能触及一切话题,同时也不在意任何反响。

格里尔整个秋天一直在读《蛇蝎美人》,即使作者都是女性,比如健身人士,色情明星,各种有趣、尖锐、年轻的文化批评家,她们赤裸裸的自信也会让她感到惶恐。她们并不比她年长多少,却已经能够独立发声。她想知道那些人是如何做到的。

格里尔战战兢兢地吸了一口气,对费丝说:"或许你已经看到我的T恤了,我朋友那件也是一样的。"她贴心地补充道,"我们穿着它是因为今年秋天校园里发生了一起侵犯和骚恼案件。"她说"骚扰"时听起来就像"骚恼"。天啊,这是怎么了?做一个升调说话的人已经够糟的了，她现在竟然还成了一个做作的升调说话的人。这和费丝·弗兰克讲话时那种自然与自信的模样完全不同。"他们只举行了一场虚张声势的听证会，"格里尔补充说，"他们的决议结果是对事实的歪曲。"

她能听到下面的人第一时间的反应——有人犹豫地鼓起了掌，还有人说"那是你的看法"，紧接着小礼堂的另一边传来了轻微的嘘声。"当事人只被告知需要接受一点治疗，"格里尔说，"而现在他被允许留在这里，尽管他侵犯了很多女性，其中就包括我。"她需要停顿一下，"就是我们T恤上印着的这张脸。T恤也没有起到任何作用。没人想要这些T恤。所以我想问问您，接下来我们还能做些什么？我们该如何推进？"

格里尔迅速坐了下来，泽伊给了她一个小小的拥抱。这是一个紧张的时刻，整个小礼堂好像都在试图搞清楚为这个已经有了结果、官方宣布到此为止的事件，再折腾上一番是否值得。大多数人似乎立即就给出了否定答案——第二天还有课，天气潮湿，风大，糟透了，况且时间已经很晚了。大家还需要为某个新生座谈会写一篇关于马基雅维里《君主论》的三到五页的回应文章，还要给父母打电话，而他们跟父母打招呼的方式是直接告知他们："再往我的账户里打点钱。"

讲台上的费丝·弗兰克似乎变高了些，然后，她向前俯靠在讲台上，双臂交叉撑在桌面上，平静地说："谢谢你的提问，我知道这是发自内心的问题。"

格里尔屏住呼吸，一动不动。泽伊也在她旁边定住了。

"校园法律程序的即兴程度之惊人，一次又一次地让我感到震惊。"费丝说，"那么你们该怎么办？这里的情况我不清楚，但是，我知道你和你的朋友绝对要继续发声。"

她抬起头，准备再多说上几句，但教务长马上站了起来，说："恐怕我们没有时间了。让我们感谢嘉宾为我们带来了这个神奇的夜晚。"

掌声更热烈了,费丝·弗兰克也随之退场,演讲就这样结束了。格里尔看着人群把费丝围了起来,他们将自己安插在她的视线上,好与她发生单独的接触。之前那些对她不以为然的人,现在似乎也已发生了转变。学生、教授、行政人员还有当地的人们,就像歌剧里的市民一样围着她转——然而,格里尔却退缩了,站在泽伊身旁。格里尔已经公开地与费丝·弗兰克进行了交流,她差点儿没能扛住,最后却不了了之,让人大失所望。但是现在已经无计可施,费丝周围的人群很快密集了起来。

"老天,我真的好想见见她,哪怕只有一秒钟。"泽伊说,"我的意思是,她就在这里。但是人太多了,就像又一场脑残粉见面会。我不想这样。"

"我也不想。"

"你要回伍利大楼吗?"

"嗯,我还得学习。"格里尔说道。

"你总是得学习。"

"没错。"

"至少我们听到了她的演讲,你还跟她说上了话,"泽伊说,"你做得很棒。想吃比萨吗?格拉齐亚诺的外卖营业到很晚。"

"哦,好的。"格里尔说。比萨将成为她们的安慰奖:两个女孩在深夜独自享受温暖面团所带来的柔软的慰藉。

她们把胳膊伸进大衣的袖管,泽伊戴上她的编织冬帽,慢慢把手伸进大大的燕麦色连指手套里。她既可以穿男孩子的衣服,也可以穿女孩子的衣服,这些看起来都是她随意而独到的时尚之选。她们一起向出口走去。之前围在费丝身边的人,有的现在分成了更小的独立团体,有的独自离开了。格里尔莫名其妙地觉得心里空荡荡的,甚至有点悲伤,那种感觉就像是被人拎到费丝·弗兰克的肩膀上尖叫了片刻,然后就栽倒在了又冷又硬的地板上。

就在此刻，她在前厅看见一抹红色，是一样猩红色的东西。围巾，她意识到，那是费丝的围巾，它正轻轻地飘动着，随它的主人进了女盥洗室；佩戴它的正是费丝·弗兰克本人。她暗忖，这件事的讽刺之处在于，费丝·弗兰克还是得使用女士盥洗室，即使进入了21世纪，她还是得向"女士"这个词低头。

"瞧。"格里尔悄悄说。

"我们上吧，"泽伊说，"你可以把刚才没说完的话做个了结。我们两个都可以试着跟她待一会儿。"

暖和的女士盥洗室里，铺的是奶灰色的瓷砖，踩上去声音很响。只有一个隔间正在被使用。泽伊和格里尔分别进了旁边的两间，试图看起来像两个使用公共卫生间的普通人。格里尔坐下来，低头看见隔板下露出了灰色麂皮女靴的边缘。她一动不动，没有发出一点声音。另一侧隔板上都是涂鸦，上面有一行很小的字，读着令人不安："有谁能帮帮我吗？我总是忍不住割伤自己。"片刻后，意料之中的水流声出现了。一条直线从身体的开口处流入静置的水中，那是著名的女权主义者费丝·弗兰克作为普通人的体现，她在小便。

女性的脆弱与真实在此地得以展现，费丝冲过水，走了出来。格里尔站着，透过门缝看着费丝向镜子走去。泽伊还没有从隔间里出来，显然是在体贴地等着让格里尔先过去。这时，格里尔注意到费丝闭上眼睛在水池边靠了一会儿，然后叹了口气。格里尔意识到费丝是在花时间与自己独处，或许这是她真正需要的。今晚每个人都想从费丝那里得到些什么，所有这一切形成了一种累积效应。没有人能够无限付出，纵然是费丝·弗兰克也不行。格里尔原本打算冲上去，努力把自己和费丝的对话完成。但是现在，她犹豫了。她不想给费丝增加负担。但她也不能永远待在这里，于是她打开门，走到水池边，对费丝试探性地笑了一下，努力表现出一种与索取相反的状态。

费丝看着镜子里的格里尔说:"哦,你好。你刚才在里面问了我问题,对吧?然后晚上的演讲就突然被叫停了。对此我感到非常抱歉。"

格里尔只是默默看着她。费丝刚刚是在为自己方才在小礼堂没能完成和格里尔——一个陌生人——的对话而道歉。她是怎么做到如此这般的?格里尔心想,自己只能勉强满足自己的需求,以及科里的一些需求。但这一切对于费丝而言却顺理成章,她长久以来都是如此。

"您真好,"格里尔说,"就是……您在小礼堂让我大声说,但这对我而言很难?听啊,我的声调刚刚又提高了。我真的不知道该怎么办。"她坦言道,然后停了下来。

费丝注视着她说:"告诉我你的名字。"

"格里尔·卡德特斯基。"

"好的,格里尔。过去没有人说过只有一条道行得通。现在也没有。"

"但是,如果我能好好表达出自己的想法和信念,而不用感觉自己快要中风了,那该多好。"

"嗯,这的确没错。"

"我有过一位老师,他过去总告诉男孩子们要运用自己内心的声音。我在想,或许我该做的是发声于外。"

"也许是这样。但是别对自己太苛刻,不要自责。只要努力把自己能做的、自己真正在乎的事情做好就行,但同时做真实的自己。"

格里尔迅速舔了舔她那干枯的嘴唇。泽伊还在隔间里,给格里尔时间与费丝独处。但她随时会出现,到时候格里尔就得把这个位置让给她了。"我对这儿发生的这起事件很是在意,"格里尔说,"当事人说了几句就对我们上下其手。我们作证了,但是毫无结果。我觉得自己不属于这所学校。"她加了一句,"这里不适合我。我早就知道这里不适合我了。"

"那你怎么会来到这里呢?"

"我父母把申请助学金的事搞砸了,"格里尔气冲冲地说,"他们的所作所为真的糟透了。"

费丝一直注视着她。"我明白了。所以你很温顺,但也很愤怒。"她说,"对你而言,坚持自己的主张似乎很难。但即便如此,你还是勉力为之,因为你想找到意义,对吗?"格里尔之前确实没有从这一角度考量过这个问题。可费丝一说出口,她就意识到事实的确如此。她想找到意义。那正是她所缺失的,或者说是她所缺失的拼图中的一块。"我对此感到钦佩,"费丝说,"我很钦佩你。"

格里尔还没来得及细想刚才的那番话,费丝突然上前拉起了格里尔的手,好像她们要唱一首儿歌似的。格里尔感觉到费丝手上的戒指,它们像指节铜环一样串联在一起。费丝站在那儿,握着格里尔的手,用心地观察她,凝视她。

"我不想表现得不知好歹。"格里尔说,"我拿到了全额奖学金,我知道那数额不菲。"她开始担心她们会牵多久的手,她应该做那个先放手的人吗?

费丝说:"听着,如果你觉得自己受到了不公平的对待,你完全有理由生气。相信我,这样没错。但,是的,全额奖学金的确是一笔巨款。大多数女性在大学毕业时都会背负沉重的债务,而且由于女性的收入远低于男性,她们最终要用更长的时间来还债,这无疑会让她们举步维艰。你就不会遇到类似的问题了,别忘了这一点,格里尔。"

"我不会忘的。"格里尔说。像是得到了正确答案,费丝松开了她的手。"但是这个地方,"格里尔补充道,"以及它的运作方式,太不公平了。听证会结束后,学校的行政机构就好像在说:'好了,佛罗里达州基西米市的廷茨勒一家,我们很高兴能继续收取你们的学费。我们也很高兴,最后如你们所愿,给你们的儿子一张文凭。不用担心!'"

"这样看来,不公平就是你的主题吗?"费丝问。

"难道它不也是您的吗?"

费丝似乎开始思考这个问题了,正当她要回答的时候,洗手间隔间的门被推开了。泽伊微笑着走出来,来到水池边,以外科医生般的气势洗着手。格里尔与费丝·弗兰克的独处时间现在结束了,这让她感到很失望。但她还是非常礼貌地让出了位置,这会儿泽伊已经擦干手,站在盥洗室正当中了。

"弗兰克女士,"泽伊说,"我认为刚刚您在小礼堂的表现真的非常了不起。"

"哦,谢谢。你真是太客气了。"

或许费丝·弗兰克要去参加教工招待会,或许教工们这会儿正聚在贝克林校长的起居室里局促不安地转来转去,等待贵宾的到来,但是费丝看起来并不急于离开这里。她转身看向镜子里的自己,再次快速地仔细检查了一番,没有流露出她曾在《纽约时报》时装周期间的专栏里警示过的那种女性特有的自我厌恶。

"不,我一定得感谢您,"泽伊坚持道,"是您引发了我的诸多思考。我一直是您的超级粉丝,虽然这听上去有点像跟踪狂,但我并没有那层意思。在我小时候,有一次,我们要为学校做一个名为'具有影响力的女性'的项目。我当时真的很想选您。但是被姓名音序排在前面的蕾切尔·卡多佐抢先了一步,情况就是这样。"

"啊,那可真是遗憾。那你最后选了谁?"费丝问。

"辣妹组合[1],"泽伊说,"她们同样很伟大,以她们自己的方式。"

---

[1] 辣妹组合(Spice Girls),英国女子流行音乐组合,诞生于1994年。在商业方面取得巨大成功的同时,她们也在文化方面将女权主义元素融入了自身。

"当然。"费丝说,她被逗乐了。

"我一直感觉自己和您有着某种关联,"泽伊游刃有余地接着往下说,"因为我认为激进分子只是我的身份之一。就像我是同性恋,这也是我的身份之一。今晚听您讲您和其他女性一起做的工作,讲她们给您带来了怎样的鼓舞,"泽伊说,"我产生了一个新的想法,那就是:好的,怪不得我喜欢女人。她们真是妙不可言。"她伸出手来想要握手,费丝也回握了过去。

"祝你好运。"费丝说。然后她看向了格里尔。"事实上,我有不止一个主题。"费丝对她说,重新回到了她和格里尔对话被打断的地方。"你也不应该只有一个主题,"费丝继续说,"关于你和你父母之间发生的事情——无论究竟发生了什么,格里尔,那都不是毁灭性的。你应该利用这段经历,并且想办法把它跨过去。还有在这里发生的事,那个性侵案——"

"您也认为我们应该让它翻篇吗?"格里尔惊讶地问。她想到了费丝在小礼堂里所说的关于她们应该如何在争取妇女平等的伟业中发挥作用的话。正因如此,此刻的她原本期待费丝会对她说:格里尔·卡德特斯基,请继续前进,永远不要停止战斗。用你自己的拳头拼到最后。你可以做到的。

"不,"费丝说,"听起来你已经尽力了,也已经阐明了自己的观点。所以如果你想继续追究这个人,他反而会获得公众的同情。这太冒险了。"她停顿了片刻,又说:"另外,其他女性受害者呢?她们希望这件事再次被提起吗?"

"她们中有两个说绝对不要。"格里尔坦言。她并没有对此进行过深思熟虑,可眼下她想起了阿里埃尔·迪斯基说过的话。"她们只想把此事抛诸脑后,继续生活。"

"嗯,她们也有发言权,不是吗?你看,外面还有整个世界。有很多可以去看的,有很多值得为之愤怒和哭泣的,也有很多能够去做的,它们远远超出了这个校园的界限。还有其他城市和社会群体，多去看看吧。"费丝似乎还想说点什么别的，但此时有人进了盥洗室——那位教务长，再次令人气恼地打断了她们的谈话，大声叫道："你什么时候才能准备好，他们在接待处等着我们了。"

"稍等一下，苏琪。"费丝说。教务长退了出去。

格里尔想起费丝对着镜子叹的那口气。这会儿格里尔不假思索地脱口而出："我敢打赌，你希望自己能立马回到酒店，而不是去参加教工招待会。"

费丝对格里尔说："有这么明显吗？"格里尔心想：不，并不明显，只是我看出来了。"做一场演讲，"费丝继续道，"招待会也是演讲的一部分。你知道最近这些年我吃了多少个火鸡三明治卷吗？"

"多少个？"格里尔问道，之后她立即觉得自己像个白痴。这并不是一个问题。

"太多了。"费丝说，"我吃了太多黏糊糊半变质的小三明治，喝了太多装在文艺复兴风格的雕花玻璃高脚杯里的雪利酒。然而当你进行学术巡回讲座的时候，这些也会随之而来。不管怎么说，"她补充说，"这没什么要紧的。你们的教务长是我一位早年的朋友，所以我最好还是赶紧。"

"她是您的朋友吗？哦，我明白了。之前我还搞不懂您为什么要来赖兰大学。"格里尔说。但她现在开始觉得，费丝来这儿就是为了能让格里尔与她相遇。

"至于这位年轻的男士——"费丝说，一时间格里尔惊恐地以为她指的是泽伊，以为今晚费丝一直认为气质中性的泽伊是一位男性，一个擅闯女士盥洗室的人。好在费丝所说的男士并不是泽伊。她指着格里尔T恤上达伦·廷茨勒的脸说："忘了他吧，你还有很多别的事要做。"

"我赞同。"泽伊插了一句。

"去体验新的事物,"费丝继续道,"为什么不试着让自己'发声于外'呢?你知道吗,我常常认为世界上最具影响力的人,其实是那些训练自己变得外向的内向者。"

接着,费丝好像想起了什么,她把手伸进自己又大又软的单肩包里,掏出一个方方正正、鼓鼓囊囊的钱包,从里面抽出了一张名片。厚厚的奶油色卡纸上用凸起的字母写着:

费丝·弗兰克

姓名下面的头衔是"编辑",紧接着是她在《布卢默》杂志社的所有联系方式。格里尔从她手中接过名片,像拿着一张中奖的乐透彩票一样拿着它。它能兑现什么呢?也许什么都不能。但仅仅被赐予这张名片本身就已经是一种奖赏了,也让人有点震惊。费丝对她产生了兴趣,她甚至还说自己钦佩她。现在费丝给了她某种许可。但是许可她做什么呢?答案在云里雾中。

十二年后,当格里尔·卡德特斯基自己也变成名人时,她将会在自己书中的第一章里,描绘很久以前发生在这个女士盥洗室里的场景。她会戏谑地取笑年少时那个极度幼稚的自己,因为她在和费丝·弗兰克相处时竟如此激动;当费丝递给她名片时,她又是如此兴奋。

这张名片本身就是某种抽象的奖品,提醒格里尔不要总红着脸、低声讲话。刚刚还站在那儿拉着格里尔的手的费丝,只赠予她许可、善意、忠告和一张看上去很昂贵的名片。她没有直接对她说"保持联系,格里尔",但是她给她的东西,比科里以外的任何人都要多。

或许,格里尔心想,费丝马上也要给泽伊一张名片了,这是说得过去的,因为泽伊才是两人当中真正有政治性的那个,她是纠察员、传单员及费丝的忠实粉丝,当然在这最后一点上,她们两人应该是平等的。她们可以一起走回伍利大楼，吃格拉齐亚诺的比萨，坐在一起谈论这个夜晚，欣赏她们收到的两张一模一样的名片。

然而费丝并没有给泽伊名片，而是把钱包合上，放回了背包里。格里尔忽然希望自己能往她的包里瞄上一眼。某种孩子般的本能使她想知道那里面究竟装了些什么。闪电霹雳？金色树叶？肉桂？又或是收集在小蓝瓶里的一千个女人的眼泪？

费丝说："好了，教务长还在等着呢。你也知道那句老话，'永远不要让教务长久等'。"

"老子[1]说的。"泽伊说。

费丝·弗兰克似乎并没有听见。她打开门，指了指标识上的钢印字母。"晚安，女士们。"她说。

---

[1] 老子，中国古代思想家、哲学家、文学家和史学家，道家学派创始人和主要代表人物。

第二章

艾森施塔特家有一辆风范典雅、方方正正的沃尔沃汽车，散发着一股淡淡的机油味。车后座上放着本摊开呈波浪状、纸质挺括的老版《科学美国人》，一把粗短的紫色折叠伞还在伞套里，这些似乎是为了进一步说明这辆车曾属于某人的父母。泽伊的父母都是纽约州威斯特彻斯特郡第九司法区的法官。很显然，他们告诉过女儿，沃尔沃绝不能给她的朋友开。"其他人不在我们的保险范围内，"他们说，"驾驶者只能是你。"然而，泽伊早就忘了这个警告，她把车借给了格里尔——她在大学期间最亲密的朋友。此刻，在这个二月里的一个周五下午，格里尔正驾车南驱，如她之前开过的两次那样，都是为了去普林斯顿见科里。

不久，格里尔便穿行在敞亮的校园里，朝着明确的目的地而去。她背着包，里面装着作业，看上去就像是来普林斯顿上大学的，这一想法让她瞬间五味杂陈起来。不一会儿，科里从窗户边探出身来，向她挥手，如同一个被困的王子。他"咚咚咚"地走下楼梯，打开前门，格里尔撞进他的怀里。科里的身材高高瘦瘦，如树一般，格里尔只够得到他的胸膛。

他俩走到科里的房间，门打开后，里面一片狼藉，比平时更加混乱不堪。衣服、书本、光碟、空了的啤酒瓶、曲棍球棒、音响设备，所有东西都杂乱无章地堆在一起。"你们这是被偷了吗？"她问。

"如果是的话,那盗贼就错过太多斯蒂尔斯的好东西了。"他指向杰士牌音箱,其中一只音箱上还放着几个啤酒瓶。一只乔丹四代"雷神"鞋孤零零地躺在附近,它太小了,不可能是科里的。他俩一起躺在他的床上,睡在一些今早洗的还未叠的衣物上,奇怪的是,几小时过去了,它们仍带着一点儿工业烘干机的余温。"斯蒂尔斯总是借衣服给我穿去派对。"科里说,"当然,没一件合身的,我太高了,穿什么都不行。"

"你还是觉得不自在?"格里尔问。

"你指个子高?"

"不是。是指在普林斯顿。"

"怎么说呢,我永远都是清洁工母亲和装修工父亲的孩子。"

"这里肯定还有其他这样的人。"她说。

"是啊。有个从哈莱姆区来的住收容所的女孩,还有个在中国的船屋上长大的孩子,现在他是多元微积分课的助教。不过有时还是会尴尬。我神秘的圣诞老人,克洛芙·威尔伯森?"

"谁叫这么个名字啊?"

"嗯,她就叫这么个名字,她不敢相信我从没穿过燕尾服,这在这儿有些不可思议。每个人都很好,但你在社交上总有可能表现得愚昧无知。这么说来,在赖兰的你就非常幸运了。"

她看向他。"你当真说这话给我听?"

这依旧是个敏感的话题,关于他在普林斯顿,而她在赖兰。她还在生她父母的气,是他们造成了这一切。但近来环境变了——不仅是学校的环境,连她内心的环境都变了,这个环境是个伴随你一生的小小领域,既然无法逃离,你就必须好好利用它。格里尔在自己很小的时候就注意到,无论怎么直视前方,你或多或少总能看到自己鼻子的侧面。一旦意识到这一点,这就成了她的困扰。她的鼻子并没有问题,但她知道它将永远是自己视线中的一部分。格里尔明白人们难以逃离自己,难以逃离"自己就是自己"

的那种感觉。

刚步入大学,她感到孤单、焦虑、漫无目的。但最近,赖兰大学的校园变得明亮、热情起来。有些时候,交谈、活动、上课,甚至仅仅和一个朋友走路去小镇都令她兴奋。格里尔琢磨着这个周末身处普林斯顿的她在怀念什么,她确信自己正在怀念着什么。她不再愤怒或是焦虑了,不再绝望地坐在伍利大楼的大厅里。就连那个伊朗男孩也加入火箭模型俱乐部找到了他的兴趣所在,俱乐部成员们都欢快而不拘一格,经常带着火箭助推器和胶合板来到伍利大楼,把他从屋里拉出去。他用来怀念远方家人的时间少了,更多地投身于这个充满活力的世界。

格里尔知道,你得找到一种让自己的世界充满活力的方法。有时你没法自己做到,必须有人看到你身上的某种特质,并以一种没人用过的方式同你说话。费丝·弗兰克就这样大摇大摆地闯进格里尔的生活,在她身上发挥了这番功效,尽管费丝当然不知道她的行为能有此番影响。现在看来,费丝的不知情对她似乎不公平,不告诉她似乎也是不对的。

格里尔经常想起那晚费丝是如何表现出专注,如何表现出耐心、友善、兴致昂扬,并给他人带来启示的。她频繁地妄想自己给费丝写信:

> 我想让你知道,自从你来这之后,对我而言一切都变了。我确实无法解释,但这是事实。我变得不同了,我投入生活,更多地敞开胸怀,愤怒也少了,我确确实实(用专业术语表达的话)很快乐。

"为什么不给她写信呢?"泽伊最近问过她,"她给了你名片,上面有她的邮箱,只是给她发一封短信,说什么都可以。"

"哦,没错,那是费丝·弗兰克真正想要和需要的:跟一所自己都不记得参观过的野鸡大学的新生成为笔友。"

"她也许想听到你一切都好的消息。"

"不,我不能给她写信。"格里尔说,"她不会记得我的,不管怎样,这都算滥用有她邮箱地址的特权。"

"'有她邮箱地址的特权。'"泽伊说,"听听你这话。这不是一种特权,格里尔。她给了你名片,我觉得这棒极了。你应该让它派上用场。"

但格里尔从没写过。教授们偶尔会注意到她,但那完全是另外一回事。其中有一位在新生英语讨论会上教过她的唐纳德·马利克教授,在格里尔论文的最后一页纸上写了"来见我",论文写的是贝姬·夏普在萨克雷《名利场》中的非传统女主角形象。教学大纲从头到尾罗列了各式各样的小说,但格里尔特别喜欢这一本。贝姬·夏普赤裸裸的野心让人害怕,但你不得不称赞她的专一。很多人似乎都困于自己的欲望当中,他们不知道自己想要什么,但贝姬·夏普知道。论文发下来后,格里尔去了马利克教授的办公室,书杂乱地堆在那儿,歪七扭八的。

"你的论文写得不错,"他说,"反英雄的概念,用你的说法就是'非传统女主角形象',不是每个人凭直觉都能理解的。"

"尽管事实上她一点也不讨人喜欢,但我们喜欢读关于她的故事,我认为这点很有趣。"格里尔说,"最近,讨人喜欢成了女人们的一个问题。"她自顾自地补充道。她在《布卢默》上读到过一篇相关的文章,这本杂志她现在已经订阅了。她期待杂志能持续不断地吸引她,因为费丝,她想喜欢这本杂志。

"你知道吗,我写过一本反英雄的专著。"马利克教授解释道,"我很乐意借给你。"他伸出手,用一根手指滑过层层书脊,发出的咔嗒咔嗒声听起来像一架静置的木琴。"你在哪儿,反英雄?"他问,"出来吧,让我们看看你反英雄的面孔,啊哈,找到了。"接着他一把抽出那本书,把它塞给格里尔,说:"从你的论文中,我很明显能看出你实际上是在写自己——奇迹永不停止——你头脑很好,所以我想你可能需要一点补充阅读。"

他总是闷闷不乐,口气里有股大葱味儿。他的教学和写作风格晦涩难懂、自说自话,是的,从来就不讨人喜欢。虽然有时在课堂上格里尔听任小说中的画面带她神游,但很快她就被带得太远,完全脱离了文学本身,跑到不相关的地方去了。比如和科里待在床上,比如她和克洛伊、泽伊那晚在学校做的一切。

后来,格里尔读了马利克教授的书,因为她是那种别人把书给了她,她就觉得自己必须要读完的人。不幸的是,这本书极其学术,草草翻过致谢页,她有些恼怒地看到他给妻子梅兰妮的感谢词:"感谢她愿意为她那无可救药、笨手笨脚的丈夫打印长篇手稿,并且从不抱怨。"他补充道,"梅兰妮,你是个圣徒,你对我的爱让我自愧不如。"格里尔履行自己的承诺快速翻完了书,这令人抓狂的文字让她厌倦,她不想再看了。她不知道该和他说点什么,所以她什么也没说,无论如何这都不是问题,因为他从未要回过它。

近来,格里尔整天和泽伊、克洛伊待在一起,还有杨凯文——住在楼上的鼓手,他是个韩裔美国人——以及他的室友道格[1],道格是他家人给他起的小名,因为狗是他第一个会说的单词。道格是个高大英俊、热情洋溢的人,穿皮衣的他常把"我太爱你们了"挂在嘴边,还会突然情绪失控地抱住他的女性朋友们。他们一起参加派对,但再也没有去过任何形式的兄弟会。他们结伴而行,就像穿着同一件骆驼服装的孩子们。他们去雪山远足,乘唐人街的巴士去华盛顿参加某个气候变化集会,他们互相发送文章链接,关于环境,关于美国卷入没完没了的战争,关于针对女性的暴力行为,关于削减生殖权利。

---

[1] 原文为Dog,在英语中是"狗"的意思。

那个学期，格里尔和泽伊一直在赖兰市中心的"跟我们谈谈"妇女热线做志愿者。她们好几个晚上围坐在店面里，边玩拼字游戏，边等电话铃响。电话偶尔响起，她们会聆听那些隐隐透着悲伤、自我厌恶甚至完全绝望的故事。她们会按照训练的那样和缓地讲话，必要时，尽可能延长在线时间，最后把打电话的人与对应的社会服务机构对接起来。一次，泽伊不得不拨打911，因为电话那端的女孩说和男朋友分手后她吞下了一整瓶泰诺。

格里尔和泽伊一样，成了素食主义者，这在大学里很容易做到，豆腐和豆豉到处都有。她和泽伊坐在餐厅中，她们的盘子里装着米黄色的蛋白质。深夜，她们坐在其中一人的宿舍里，高谈阔论，那些时刻，她们看起来是如此坦率又感情充沛，虽然很多年之后她们才会意识到，自己曾经是多么年轻、不谙世事、朴实无华。

"告诉我，男人身上有什么地方能对你产生性吸引力？"某次凌晨，泽伊在她房里这么问她。泽伊的室友和她那曲棍球运动员男友不知去了什么地方，这儿就成了她们俩的地盘。她室友那边的墙上贴满了曲棍球队员的海报，他们又猛又壮，嘴里塞着护齿器。而泽伊这一边是对平等和正义的赞颂，特别是与动物和妇女有关的一切。

在谈话中随意夹带出现的两个词，"男人"和"女人"，是她们最近新增添的词汇。说上几次后，它们就没那么奇怪了，尽管在她们整个人生中，"女孩"一词总是会有一席之地，这是一个经久耐用的词，标志了一种你永远不想完全脱离的自信状态。

"因为我不明白人与人之间为何如此天差地别。"泽伊继续说着，"为什么他们想要完全不同的东西。"

"也许就是基因使然？"

"我不是指为什么我是个同性恋者，我是说在感觉层面上，我们喜欢或讨厌别人仅仅是视觉上的吗？"

"不,不仅仅是视觉上的,还有情感的参与。福克纳曾说过,你有多不喜欢'因为',你就有多爱'尽管'。"

"是的,我喜欢那句话。开个玩笑,显然,我从未听过那句话。我从未读过福克纳,也许以后也不会读。但就是这种感觉,究竟是什么使它变得性感?"泽伊问,"我的意思是,客观来说,你真的喜欢阴茎吗?'阴茎'这个说法听起来太正式了,好像它是世界上唯一的阴茎似的。我可以问你这个问题吗,抑或这太隐私了,我现在吓着你了?"

"我喜欢科里。"格里尔回复她,这个回答似乎有点太过简明扼要、一本正经了。你怎么可能向别人解释为什么你会喜爱你所喜欢的呢?一切都是如此奇怪,包括性爱的滋味,哪怕是最常规的味道——喜欢焦糖,讨厌薄荷。并非所有的异性恋女人都会被科里·平托吸引,更别提爱上他了,但格里尔的确爱他。所以这一个回答可能就足够了。校园里所有人一到周末就不停地撩拨勾搭,这种行为没有间断过,就像在线聊天那样,但她不知道和一个她几乎不认识,也没有一起成长的人上床是何种感受。

这会儿格里尔和科里一起躺在他大学宿舍的床上,这床看起来和她的一模一样。两张床的床单都超长,这是大学生活中的怪异细节。大学一毕业,床单会立马缩短到正常长度。

他们越靠越近,接了一个长长的吻,正当他撩起她衬衫,抚摸她时,他们听到了钥匙在锁中嘎嘎吱吱的声音,于是迅速分开了。他的室友斯蒂尔斯走进房间,他的耳机里远远传来一阵轻轻的、节奏分明、激情四射的音乐。他向格里尔点头致意,并没有摘下耳机,然后在书桌前坐下,在那盏一直亮着的鹅颈灯散发的光芒之中——"他从不关灯,"科里曾说,"我觉得他是克格勃[1],他想击溃我。"——继续研读工程教科书中的一章。作为回应,格

---

[1] 原文为 KGB,即苏联国家安全委员会的缩写。

里尔和科里也相应地从各自的背包里拿出他们的书,这间屋子立马变成了自修室。科里读着一本计量经济学课上用的大部头,格里尔读的是《德伯家的苔丝》,上面圈圈画画得如此频繁,以至于有些页面被完全标记满了。

"你在标记什么?"他好奇地问道。

"触动我的东西。"她不由自主地回答。

没多久,斯蒂尔斯再次离开房间,她知道他们又会回到那个被标了中断记号的吻中,回到另一种形式的触动里,也或许是与此相关的什么当中。爱贯穿于格里尔的一切阅读中——对语言的爱,对人物的爱,对阅读行为的爱——就像她爱一切与科里有关的东西一样。当格里尔还是个孩子的时候,书籍拯救过她,后来科里再度拯救过她。书籍和科里之间当然有着某些联系。

斯蒂尔斯走后,格里尔的阿伯克龙比牛仔裤会被解开,她的衬衫和胸罩也会被脱掉,都是科里干的,剥光她的衣服,于他而言乐此不疲。一切脱光后,他会叹口气,用胳膊肘撑在狭窄的床上,仔仔细细地打量她,她太爱这一刻了,爱到无法言语。

她无法向泽伊解释这一切。所有人,男性或女性,对自己身体的特性都无能为力。科里的阴茎有时偏向左边。"如果这是你在商店购买的物品,"一次他对她说,"你最好退货,你要告诉他们,'它是歪的,它看起来像……一根牧羊人手杖,我想要一个更好的'。""我不会退货的。"格里尔说道。她不会退货的,因为这是他的,因为它就是科里。毫无疑问,他们讨论的内容他宁死也不会和别人提及,这让她深受感动。这实际上意味着她不是别人,他们紧密相连、不可分割。

高中生活的最后一年,他们成了男女朋友。在这之前,格里尔整天徘徊,觉得自己与周围格格不入。童年时代,她一直带着一个上面画着个蓝精灵的软塑料铅笔盒,似乎是为了证明她和学校里其他人一样,但如果有人让她说出一个关于蓝精灵的事实,她就不得不承认自己一无所知。蓝精灵无论如何也吸引不了她，除非作为流通货币。她明白那是她在一定程度上匮乏的。

她的父母从未想过融入马萨诸塞州西部小镇的社区。他们售卖 ComSell Nutricle 蛋白质能量棒，会在人们的客厅里展示他们的一小部分商品。格里尔的父亲罗布，也在先锋谷一带粉刷房屋，但他很粗心，常常把油漆罐留在别人的门廊上；几个月后，也许会在杜鹃丛中找到一个生锈了的铁筒。格里尔的母亲——劳雷尔，是所谓的图书馆小丑，在山谷周围的公共图书馆的儿童室表演，虽然她从未邀请格里尔去看她的表演，但格里尔也从没要求过。长大后她想，幸好没看过那一幕，因为看到她妈妈化着小丑妆，戴着红色假发，卖力扮演小丑的样子，对她而言可能太痛苦了。

她的父母相识于20世纪80年代初，他们俩当时加入了一群住在美国西北地区一辆改装过的校车上的人。车上的每一个人都想过上与预设中截然不同的生活。他们中没有人能忍受单独离开，过循规蹈矩、束手束脚的生活。罗布·卡德特斯基从罗切斯特理工学院获得工程学学位毕业后，他的几项与太阳能相关的发明起初看起来很有发展前景，但后来运气不佳，没什么进展，这之后他便"上车"了，他们是这么说的。劳雷尔·布兰肯从巴纳德学院辍学后不敢告诉父母，也"上车"了，她尽心地每周寄假明信片回去，希望他们不要注意到邮戳。

亲爱的爸爸妈妈：
　　我的课很棒。我室友养了只壁虎！

爱你们的
劳雷尔

在这辆移动巴士上，罗布和劳雷尔迅速坠入了爱河。他们尽可能地待在车上，打一些季节性短工，在当地的基督教青年会洗澡，有时还会吃冷罐头。一开始他们觉得生活无拘无束，但后来他们再也无法不去正视在巴士车上生活的局限了，他们开始厌倦在清晨醒来时，脸颊因靠在窗户边的紧急控制杆上而印出压痕，或晚上睡觉时，腿因靠在乙烯基材质的座位上而起疹子。他们想有隐私，有爱，有性，还想有一间浴室。

车上的生活变得难以忍受，但常规的生活似乎也让人无法接受。在传统生活和另类生活的夹击下，罗布和劳雷尔折中了一下便往东走。这所房子位于马萨诸塞州工人阶级聚集区的马科佩，是用劳雷尔娘家的一点钱买的，和一辆校车并没有太大差别。它保持简陋的装修状态，让人住着稍微有点儿不舒服，而且它似乎总在移动中，从未完全着地。不过，这儿有浴室，有自来水，窗户上也没有成堆的停车罚单了。

罗布再次试图让公司对他的发明产生兴趣，但没有成功，他干上了刷油漆的活儿，偶尔和劳雷尔卖卖蛋白质能量棒，接着他们有了格里尔，最终劳雷尔成了客串的图书馆小丑。这些年来，他们在财政问题上苦苦挣扎，换句话说，他们从未掌握身处这个世界的诀窍。他们抽过量的大麻，烟味飘散在屋子的里里外外，然而格里尔对这一切的认知停留在朦胧且不成形的状态，如同孩子们对父母的性生活既有所觉察却没有形成认知那样。

只是情况并非如此。她有理智，这种理智像余烟一样困扰着她，让她觉得自己和她父母的生活状态是不正常、不对劲的。但如果她对别人讲这些，别人真的了解了状况，那会更糟。并不是说她会被儿童保护机构带走，不是那样。可家人就应该在一起吃饭，不是吗？父母就应该边分发食物边问诸如"你今天过得怎么样啊"的问题。

卡德特斯基家有一张餐桌，尽管上面经常摆满了一箱箱蛋白质能量棒和一摞摞订单，但当格里尔问父母为什么他们不经常像一家人一样一起吃饭时，他们会说，他们不"擅长社交"。"况且，你喜欢边吃饭边看书。"她妈妈说。格里尔清楚地记得自己说过这话,但她不确定哪件事是先发生的:是这句话影响了她,还是事实就是如此。无论如何,自那以后,她确实认为自己喜欢边吃饭边看书,这两个动作变得密不可分。格里尔总是给大家做晚餐:没什么特别的,通常是辣椒、汤或鸡肉,上面撒上些玉米片。她父母会在某个时刻走进来,拿起几盘食物,接着带上楼去,有时她能听到咯咯的笑声。她会拘谨地站在烤炉边,脸因烤炉散发的热气而发烫。最后她给自己弄了盘食物,然后独自坐在桌前,或盘腿坐在楼上的床上,一本书支在盘子后面。

她需要进行这些阅读,它变得和其他需求一样基本。沉迷小说意味着你没有在自己的生活中迷失,没有如车子般漏风的、杂乱的、笨重的房子,也没有漠不关心的父母。

晚间,她在床上靠手电熬夜读书,光线迅速减弱下去。但即使灯光微弱,格里尔仍坚持读到最后一秒,陶醉于泛着黄光的圆圈里的故事和理念里,它们在她年复一年的孤独之中既给予她安慰,又为她提供前进的动力。

四年级学期中间,学校里新来了一位男生。她发觉上周末她在自家街区见过他。科里·平托,一个高高瘦瘦、皮肤呈浅橄榄色的孩子,已搬入街对角那所房子里了。他入校没几天,格里尔就明白他跟自己一样聪明,但他一点儿也不像她那样害怕说话。这两个人赶超了班上的其他孩子,那些孩子似乎被蒙上了眼睛,整天昏头昏脑,然后被教导要努力学习。

以往,一到班级分组阅读时,伯杰小姐除了让格里尔独自成组——级别最高的美洲豹组,或更精确一点,美洲豹单人组——外,其余就无能为力。但突然间,科里和她一起去了角落,现在有两只美洲豹了,正好组成一对。几步之遥,他们能听到克里斯汀·韦尔斯,矮树袋熊组的一员——树袋熊是一种长相奇怪的动物,它们被自己厚重的毛皮和粗壮的腿压得喘不过气来——正在读红色读本《奇妙之路》的一句:"比利想去……去……"她努力尝试着。

"去竞技。"尼克·富克斯最终不耐烦地插嘴道,"老天,你就不能读快点?"

角落里坐着格里尔和新来的身材过于高挑的热情男孩,他们的膝盖上都摊着本金色读物,名为《想象之路》。上面用严谨的加拉蒙字体标着"第五册"。《想象之路》的故事情节极其无聊,格里尔在这种无聊中训练自己,仿佛士兵在匮乏的处境中做着准备,知道总有一天所有的一切会派上用场。显然,科里·平托也持同样观点,因为他也一直在忍受并读取关于托莱多[1]的旧物回收女孩塔林的真人真事,这个女孩到三年级时收集的瓶子比任何一个孩子都多,并被载入吉尼斯世界纪录,甚至很有可能拯救世界。

作为新生,科里·平托仍是个稀奇的人,但也不仅仅如此。他的声音响亮,但不惹人讨厌,在其他男孩的声音中很有辨识度。有些男孩的声音又响亮又惹人厌烦,让伯杰小姐多次在教室前面站起身,盯着所有的男孩子,严厉地提醒他们:"别读出声!"

格里尔只会默读,没有其他读法。课间休息时,她坐在白板下方的地板上,和班里另一个安静得可怕的女孩埃莉斯·博斯特威克一起吃罐装品客薯片,埃莉斯有种微微令人不安的暗黑性格。"你有想过毒害我们的老师吗?"某天,埃莉斯漫不经心地问她。

"没有。"格里尔回答。

"我也没有。"埃莉斯说。

然而骨瘦如柴的科里很健谈,很受欢迎,也很自信。更过分的是,他似乎万事不上心,身上反而笼罩着一种梦幻般漫不经心的气质。每天早晨,他站在沃伯恩路的公交车站时,格里尔就能察觉到这种气质。九岁时,他就像个瘦削随和、英俊低调的稻草

---

[1] 美国五大湖区重要的港口城市,位于俄亥俄州。

人了。甚至在他使用饮水器时，格里尔也察觉到过：他闭上双眼，在按下金属按钮之前就预测好了水流的形态，把嘴巴张开到准确的口型。

穿着熨烫平整的亚克力小衬衫、用着蓝精灵铅笔盒的格里尔，觉得自己被他迷倒了。他不仅聪明，而且乐观独立。因为他们的智商和考试分数相当，他们一次又一次地被归在一起，但他们从不讨论任何事物，除非迫不得已。她不想了解他，也不想让他了解自己，或她的家庭。格里尔因自己的父母及自家的房子感到极度羞耻。平托家的房子简洁干净，他们的冰箱门宛如一张竖式叶床，贴满了科里的成绩单、证书和有金色星星的考卷。所有这些格里尔都看到过，因为有一次，就在他搬来的那个月，她和他分到一组做一个关于纳瓦霍[1]风俗的课后项目。

那是她第一次踏进他家，那会儿她就记住了它有多整洁，更让她不开心的是，冰箱是科里的圣地。"你在这儿就像上帝一样。"她对他说。

"别那么说，我妈会疯的，她非常虔诚。"

这是家庭与家庭的另一个不同之处。卡德特斯基一家是无神论者——"这个词的首字母要小写。"她父亲总爱这么说，担心这种信仰在拼写时会出现细微差错。[2]

科里身材娇小的母亲贝内迪塔忙个不停，她——走进了厨房，那天他们在那儿做他们的项目，她给他们端上了用蓝色小碗盛的葡式甜丝面[3]，一道葡萄牙热甜点，奇怪的是里面居然有面条。一位母亲站在炉火旁，为她的孩子和孩子的同学手忙脚乱地煮东西——她做了很久的菜，甚至看着他俩吃——这一幕，让格里尔痛心。有时隔着街道，格里尔注意到平托家正准备吃晚饭。他们

1　散居于新墨西哥州、亚利桑那州及犹他州的北美印第安人民族。

2　一般谈及某某信仰时，首字母都是大写的，但无神论却不需要。

3　用甜牛奶烹饪的混合了蛋黄的细面，最后用肉桂和柠檬点缀。

围坐桌边，她甚至可以看到他们俯身吃饭时不断抬起又低下的头顶，这一切都让她糟心。街对面家庭的常态与她自己家令人不适的古怪形成对比，它们是如此矛盾，如此迥异。此外，眼下葡式甜丝面令人震惊的美味，向她表明一个会烹饪的母亲简直就是位魔术师。平托夫人心满意足地看着他们吃甜点，为自己的手艺自豪，也享受他们喜欢这道甜点的这一事实。至少科里很喜欢。

她对儿子的爱让人一目了然。九岁的格里尔，看到一个母亲毫无保留的爱，从而赤裸裸地感受到自己是多么缺乏关爱，没有爱护体贴，而且这让她肯定，自己十分可怜。平托夫人很可能用悲伤和同情的眼神看着她：住在街对面的这个小女孩根本无人照料。也许这就是她给自己这碗美味食物的原因，至少这是她能做的。一想到这里，格里尔就把盘子推开了，尽管还剩了几勺的量，但她不想再吃了。纳瓦霍项目很快就完成了，格里尔回了家，假装对这个男孩和他的家庭毫不在意。但她已经产生了新的想法，她目睹了他如此受宠爱，她目睹了在现实生活中被宠爱确有其事，而非仅存于小说里。

再次回到平托家已是八年后，这回没有葡式甜丝面，她也不再想吃，甚至不再不由自主地渴望被人照料，因为最终她变成了全能少女，并感到和父母分离是工作职责的一部分，她会这样告诉科里。成长阶段一直被忽视，大部分时间被独自丢在家里，这些对她而言不重要了。她早已习惯，也接受了这样的生活。但现在在平托家的科里是不一样的科里，他青春年少、情感充沛、有性吸引力，他不仅和她一样聪明，还很有趣。他长着张严肃的脸，有着修长的手和光洁的胸膛，他和她在一起的方式，似乎很快就跟别人和她在一起的方式不同了。

十七岁那年，他们都专注于个人发展。科里是个篮球运动员，曾入选马科佩喜鹊队，因为个子高，教练也没要求他要表现得特别好。格里尔注意到，不在球场打球或埋头苦读时，他就站在派园比萨店门口那架老式"吃豆小姐"游戏机前。一枚枚分币丢入投币口后，满是污垢的曲面屏幕亮起，科里也成了这个世界的主人。他的名字在派园比萨店管理人员贴在墙上的玩家名单的榜首。人们写下自己的分数，每周末公布冠军。榜单上用绿色的夏普字体写着平托的名字。

他就连在这个领域也能占据优势地位，这似乎很不公平——吃豆小姐毕竟是女性。话虽如此，长着像太阳一样圆圆的脑袋，穿着红色靴子的吃豆小姐还是缺少与男版吃豆人区分的特征。她胸部平坦，也没有使吃豆人兴奋的下半身的吸引力——吃豆人一看便知是男性，不需要在自己的名字后加上"先生"二字。

高中时期，格里尔有时会在周末和两三个朋友坐在派园比萨店，她们都是听话的好女孩，但她们都具备略显另类的外形特征，似乎是为了弥补一下她们过于听话的特质。格里尔头发上的那一绺蓝发就像一盏霓虹灯，照亮了头发下面精致的面容。科里·平托可能注意到了她，也可能没有。但格里尔和其他人都注意到了他，更有甚者，她们在他玩游戏时从一旁或后面围观，看着他左右开弓，下颚收紧，完全沉浸其中。

"那游戏对他来说有什么吸引力？"马里萨·克莱普尔问道。

"也许能帮他集中注意力吧。"格里尔说，尽管真正的问题是：科里·平托到底有什么吸引力？

她聚精会神地看着圆滚滚的吃豆小姐吞噬眼前的一切，这个角色是不是女性重要吗？格里尔尽力不去想她自己的女性身份，世界会给她定性的。但她现在的确有胸了——她不再像在便利店外被人形容的那样是"没奶子"的——她的腰越来越细，她的阴道每个月都以神秘而灿烂的方式迎来月经，只有她自己知道。别人不清楚，也不关心你的内在发生了什么。

高三那年的初冬，格里尔·卡德特斯基、科里·平托和克里斯汀·韦尔斯像往常一样，一个接一个地从停在沃伯恩路的校车上"砰"的一声跳下来。但这次克里斯汀走远后,科里提起他的巨型背包,转过身,直视着格里尔说:"你认为范登堡班里的测试公平吗?"他俩离得如此近,她能看见他唇边的软毛,以及颧骨上星月状的小伤疤。她想起不久前他那儿贴了个小创可贴,是一群男孩闹着玩时发生的意外。

"怎么公平?"她问,很困惑他突然这么一本正经地和她说话。

"关于电势的材料等,结果没一个出现在测试中。"

"所以你多学了。"她说。

"我不想多学。"科里说,她意识到这些不必要的信息让他沉重起来。就像游泳者脱光自己的衣服,不希望有任何东西阻碍他们接近水。

没有任何协商,他跟着她沿小路去了她家。"你想进来。"她平静地说,不是询问,尽管她也不知道自己究竟为何要邀请他,更不知道现在屋内是什么情况。然而在开门的瞬间,她闻到一股气味,远远地,从地下室飘来,一直飘到他们面前。

"哇哦。"科里笑着说。

"什么。"她一脸平静。

"超级杂草,父母吸食的品种。"他说,她只是耸耸肩,好像满不在乎。

她父母的大麻比马科佩高中的瘾君子吸的那种更醇。罗布和劳雷尔·卡德特斯基从佛蒙特州的一位农民朋友和他妻子那里购买了醇正的大麻。小时候格里尔偶尔会陪父母去那儿旅行。一次,她坐在沙发上,农夫约翰一边费力地在班卓琴上弹奏着《通往天堂的阶梯》,一边轻声哼唱:"哦,这让我好奇……"旁边是他的妻子克劳德特,她在向格里尔和她妈妈展示一些拼布娃娃,这些娃娃是用连裤袜套在团成球状的短袜上和少量的布料制成,她管它们叫努比,她正在努力推销。努比脸上的神情就像那些来向农夫约翰购买优质大麻的瘾君子一样,迷迷糊糊,支离破碎。

科里走进屋子的那天，大麻成了开场白。格里尔已经有一段时间没在白天闻到这种味道了，让她抓狂的是，正是在她生命中这样的一个下午——这个在她把这位长期以来秘密地视作劲敌的科里·平托带回家时的下午，偏偏却是这样一番场景。

"抱歉，只是好玩。"科里一边嗅着气味一边说，"光站在这儿我就觉得有点嗑高了，我现在就要奇多和M&M豆，快去准备吧。"

"闭嘴，这哪里好玩了？"

"哦，拜托，你的父母是这样的瘾君子，而你是那种有抱负的好女孩，我认为这很有意思。"

"你对我的描述可真让我感到荣幸。"

"我不是想侮辱你，我总是看到你拿着大学宣传册，你也想上常春藤盟校[1]，对吗？"她点了点头。"我认为全年级只有我们两个能去，"他说，"我想也就我们俩了。"

"没错，"她轻声说，"我也这么认为。"他俩都是专心致志的人，这种专心致志你没法教别人，这是神经的一部分。没人知道一个人的内心是如何拥有这种专注的进取心的，就像一只苍蝇溜进一间屋子，那便是你家的苍蝇了。

格里尔的妈妈穿着小丑服，但还没穿鞋子、没戴假发出现时，她看上去似乎局促不安。"哦。"劳雷尔说，"我不知道你带朋友来家里了。你好，科里。呃，我要出去表演了。"她推开门，"你爸在地下室忙活。"罗布·卡德特斯基有时会在地下室闲逛，用一台旧随身听听80年代乐队的磁带，研究一些与无线电波有关的事情。格里尔和科里望着劳雷尔穿着改良版的小丑服走向她的车，这套行头是她的打工服。

---

[1] 美国东北部地区的八所大学组成的体育赛事联盟，全部是美国一流名校，包括哈佛大学、宾夕法尼亚大学、耶鲁大学、普林斯顿大学、哥伦比亚大学、达特茅斯学院、布朗大学及康奈尔大学。

"你妈妈到底是做什么的?"科里问道。

"你有三次机会,猜猜看。"

"会计师。"

"哈哈,你太搞笑了。"

"我的意思是,我看见她的服装了。"他说,"很明显,我有个基本概念,但她看着不像是要去马戏棚,对吗?有大象、马戏指挥者、飞人表演的那种?"

"图书馆小丑。"格里尔说。

"啊哈。"科里顿了一下,"我不知道图书馆小丑是一种职业。"

"它确实不是。但她让它成了一种职业,这是她的主意。"

"好吧,真够机智的。所以图书馆小丑到底是干什么的?"

"她扮成小丑在图书馆走来走去,我猜她会给孩子们讲讲笑话,读点书什么的。"

"她搞笑吗?"

"我不清楚,我不觉得她搞笑。"

"可她是个小丑。"科里若有所思地说,"我认为搞笑是首要条件。"

那天下午,格里尔和科里一直待在屋子里,她父亲压根儿没走出地下室。她母亲离开后,他俩紧靠着坐在小房间的旧格子沙发上,科里把玩着一个她父母放在那儿的打火机,让火苗去触碰一根白色小蜡烛的灯芯。那些蜡烛在窗户边落满尘埃的小玻璃杯中,然后他倒转点着的蜡烛,等待清澈的蜡油滴下,落到手背上,没过多久蜡油便凝固了。

"真神奇。"他说。

"你就像是嗑药了,什么真神奇?"

"你能忍受滚烫的蜡油在你皮肤上停留一会儿,为什么这是可以忍受的?如果一辆车从你的脚上轧过,就一小会儿,那也可以忍受的吗?"

"我不知道,但请不要在家尝试。"

"如果别人在你身上滴蜡油,会痛吗?就像你没法挠自己的痒痒,但别人可以?"科里说,"是那样吗?"

"我没概念。"格里尔说,"我以前从未想过这些。"

科里猛地拉开他的衬衫,露出长长的躯干。他和格里尔两个人是年级中的佼佼者,但现在在这儿他顶多是一个身体,一具躯干——多么奇怪的一个词。这种词如果你大声说上几回,它便分崩离析,变得毫无意义:躯干躯干躯干。

科里在木制咖啡桌上平躺下来,桌子因为重负而嘎吱嘎吱响,他的腿在桌边晃荡。"好了,来吧。"他说,"蜡油。"

"你会压塌我爸妈的桌子的。"

"来吧,快动手吧。"他说。

"你真是疯了。我不会在你的肚子上滴蜡油的,科里。我可不是网上那些女施虐狂。"

"你怎么知道网上有女施虐狂?你原形毕露了。"

"你又是怎么知道女施虐狂的?"

"算你狠。"他傻笑道。

"闭嘴。"她说,这是她今天第二次对他这么说了。闭嘴,女孩常对男孩这么说,男孩却因此兴奋。

"动手吧,我只想知道那是一种怎样的感觉。"科里说,"又不是让你杀我,格里尔。"

于是她倾倒点燃的蜡烛,悬在科里·平托腹部上方,凝视着火焰软化蜡烛,形成一颗透明的液体珍珠,然后随着轻柔的滴答声,液体与皮肤接触。他收紧腹肌,咬牙切齿道:"妈的!"

"你没事吧?"她问。他点了点头。蜡油变硬,在他肚脐眼上方凝成一个白色的椭圆形。她以为到此为止了,可他非但没起身,还要求她再来一次。这下她不会考虑这么做是否会伤到他了。很明显会,但也不至于太严重。相反,她觉得掌控科里·平托的感觉很新奇，掌控他、超越他的这种感觉，让她感觉还不错。

之后的周六，她父母开车去了佛蒙特州的那个农场。下午科里过来了，他没带书，没带笔记本，没带图表，也没带手提电脑，甚至都没有假装学习或谈论一下学校。她几乎想不起来他们是如何从闲聊学校八卦过渡到下一进程的。只记得在餐桌旁坐了一会儿后，她邀他上楼看看她的房间。他花了三十秒把她所有的东西看了一遍——雪花玻璃球藏品、拼写比赛获胜的奖品、很多很多的书，有《绿山墙的安妮》《少女安妮》和埃利·威塞尔[1]的《夜》——科里说："格里尔。"她回答："什么？"他继续说："你知道的。"他诡异、狡黠地朝她一笑，既让她出乎意料，又在情理之中，接着他用双手捧起她的脸，快速吻上了她，唇齿相撞。两人舌尖一触碰，她就听到了他的呻吟，这声音让她觉得仿佛有一把勺子在她体内搅动。然后科里抓住了她的肩膀，把她往后推倒，他压在她身上，两颗心争先恐后地怦怦跳着。格里尔兴奋得不知如何是好。

"感觉还好吗？"他问，而她根本不知该如何作答。她怎么会"还好"呢，这个词语已经不足以形容她现在的感受了。他抚摸起她胸罩下的乳房，他俩都很安静，沉浸在这强烈的情感中。当他解开她的胸罩亲吻她的乳房时，她觉得自己可能会晕过去。躺着也能晕倒吗？她好奇地想着。触碰了好一会儿，他才把她的牛仔裤解开，动静大到像是一根圆木在壁炉里噼里啪啦地响个不停。

然后他的手指在牛仔裤和内裤之间的细小空间里来回移动，他开始变得莫名其妙、古里古怪、唠唠叨叨的。"我要让你高潮。"他的声音听起来很陌生，"我会让你想要的。"他说个不停。然后

---

[1] 埃利·威塞尔（Elie Wiesel, 1928—2016），美籍犹太人作家和政治活动家。其写作主题是关于大屠杀的记忆，被看作"大屠杀活教材"。1986年，威塞尔因为通过写作"把个人的关注化为对一切暴力、仇恨和压迫的普遍谴责"而获诺贝尔和平奖。《夜》是埃利·威塞尔创作的自传体小说，记述了一个十五岁少年在奥斯威辛集中营的回忆。

他又有点不确定地问:"你想要吗?"

"你为什么要那样讲话?"她疑惑不解地说。

"我只是在说出自己的感受。"他回道,但眼下他看上去好像被什么东西困住了。

虽然那天之后,他们做爱时科里偶尔还是会用那种类似的古怪方式和她说话,但她通常很快就能让他恢复正常。并非变回他们正常的样子就不让人手足无措了。做爱中的随心所欲,可以拥有自己的喜好,这些喜好是你们的,且由你们决定——由你和另一个人决定——这念头把她吓坏了。

他们第二次上床时,他大胆地耳语道:"你的阴蒂在哪儿?"当科里说这个词时,格里尔心里警铃大作,意识到它实际上是自己的一部分。

"什么?"她说,因为这是她唯一能想到的回答。她的大脑一片空白。

"它到底在哪儿?指给我看。"他故作镇定地说出口后,声音逐渐变轻。

"就在这儿。"她说,模棱两可地比画了一下,有点难过。事实上,她并不知道。她十七岁了,但到现在为止,了解自己的身体构造仍让她感到尴尬。她独自在床上经历了数百次高潮,但她仍无法说清高潮源自何处。

那晚,科里走回街对面自己家后,格里尔冷静地思考了他们之间发生的事。她上网搜索"阴蒂"和"图解"两个词,这回她知道了,下次他也会知道的。多年以后格里尔想:如果想精准地了解自己,你只需要看看过去二十四小时自己的谷歌浏览记录。这种精确度会让大多数人感到震惊。

现在她和科里总是如影随形。他告诉她自己父母的事,在他年幼时,他如何为父母的口音和卑微的工作感到羞耻。她则告诉他,自己作为父母唯一的孩子却得不到他们丝毫的关爱。"我绝不会对你漠不关心的。"他说。她明白他是站在她这边的,她不是在孤军奋战。他们真正开始交往了,他们的性行为混合着令人窒息的兴奋和折磨人的擦枪走火。有时他会不小心弄痛她,有时她的手和嘴会像蜂鸟一样误入歧途。他们试了又试,为他们是否合适而拌嘴。

"也许你不是适合我的那个人。"一次,他试探性地说道。

"对啊,也许你应该出去找克里斯汀·韦尔斯。"她说,"你能帮她阅读,我打赌她会很感激你的。"

"相信我,我俩啥也不会读的。"

格里尔转过身,沮丧地紧紧抱住自己,意识到自己曾在电视节目和电影中见过这种行为:情感脆弱的女孩防御性地环抱着自己,为了把自己抱得更紧些,甚至会把手臂从毛衣里脱出来。她也不明白为何自己就这么轻而易举地接受了这个预设的女性角色。但随后她意识到自己有点喜欢这个角色,因为这让她成了广大有此类行为的女性中的一员。

有时一旦有什么能分散他们的注意力,让他们忘了这件事,两人就会再次回归自我。他们会玩科里三岁半弟弟阿尔比的一款电子游戏,玩上一到两个小时,或者互相发短信,讲一些私人笑话——私人笑话以惊人的速度促进了他们关系的发展——这时他们又会觉得彼此是合适的。"我还不知道我是否爱你。"一天下午格里尔警告科里说,他们肆无忌惮地躺在她床上,而她父母就在楼下走来走去。她这么说只是因为她知道自己爱他。

"没关系。"科里就说了这么一句,但他们知道这就是爱,这也是欲望,这两种力量形成了一股坚实的、循环的电流。

一星期后,格里尔说:"还记得关于爱,我说了什么吗?现在改口会不会太迟了?"

"这不是考试答案。"

"好吧,我爱你。"她试着轻轻地说出口,"我确实爱你。"

"我也爱你。"他说,"我们扯平了。"

第二天下午,在她家里,既然现在已经肯定他们是相爱的了,他们甚至发生了真正意义上的性行为,有点儿尴尬,也并不完美——科里为咬开避孕套紧张地捣鼓了很长一段时间——这是暂时的,假以时日,它会变完美的。在她家,他们是可以探索如何使性行为变得完美的;在平托家,他们甚至不被允许进入他的卧室,于是他们只能坐在客厅的沙发上,沙发上的塑料套总是绷得紧紧的,饭菜也总是香喷喷的,有时还会有个阿姨进进出出。

她特别喜欢待在科里家,因为阿尔比总会和他们一块儿懒洋洋地靠在沙发上。阿尔比是平托家的小儿子,在科里十四岁那年,他才出生。阿尔比把他压扁的空果汁盒星罗棋布地堆放在平托家汽车的后座上,和他那些玩偶待在一块,那些玩偶或俯首或仰面,或弯曲胳膊或伸直胳膊,或踢腿或平躺,等着阿尔比回到车上,让它们恢复生气。阿尔比就像是缩小版的科里,他有趣、好动、早熟、非常聪明,他喜欢他的哥哥,似乎也喜欢格里尔。

阿尔比经常带着他的箱龟,温柔地抱着它,仿佛它是一只刚出生的小羊。几个月前的一天,这只乌龟趁人不注意溜进平托家的院子,在阳光照射下的低矮草坪上待了很久,灰蒙蒙的它带点棕、带点金,还夹杂着点绿,像一块岩石,或一本古老的法律书。可阿尔比一下就发现了它。"那是我的乌龟。"他立刻宣布,并给它起名为慢慢。"因为它们行动缓慢。"他向家人解释道。

阿尔比轻轻松松就辨认出这是一只公乌龟。"公乌龟长着红眼睛。"他说,因为他在儿童科普书上读到过,他两岁半时就能阅读了。阿尔比会把这只两磅重的箱龟放在沙发上,然后把自己三十八磅重的身体放在他哥哥身上,哥哥会让他坐得舒舒服服的。阿尔比邀请格里尔和他一起玩电子游戏,他是个老手,有出色的协调能力。他常让她和自己一起看书——他们都为书痴迷——格里尔发现,他们轮流大声朗读,很快就读完了一整套书。他最喜欢《百科全书小布朗》，那也曾是她的最爱。

"为什么米尼[1]的父母给他们的儿子取名叫巴格斯[2]？"阿尔比关切地问。

"这是个好问题。"

"哦，也许是这本书的作者——唐纳德·J.索博尔的主意。巴格斯·米尼本来就有个不好听的姓，现在又有一个不好听的名，这似乎不太公平。"

"你居然对那个欺霸者满怀同情。"她说。阿尔比紧紧依偎着她。

回忆起这一时刻，此时躺在科里宿舍床上的格里尔心生感慨：人类的智慧真是无穷啊。科里的小弟弟已经闯入她的心里，她确信即使他们分隔两地，她也会时常想起他，一直爱着他。她还在不断挖掘科里的内心世界，同时在远远地偷偷挖掘费丝·弗兰克这个幽灵般的人物，她冲进了格里尔刚刚成年的生活，使她产生欲望。我们挖啊挖，试图找到一条隐秘的路径。格里尔想，我们挖洞时很精明，尽管我们从来不想承认这一点。宿舍床对面，斯蒂尔斯的灯整晚都亮着。

在大学中期的某一节点，他们的谈话不知不觉从课堂、专业、派对、文学中的象征主义转向了工作。一旦话题发生这一转向，工作便一骑绝尘，课堂、专业、小说和学术讨论则蒙上了一丝甜蜜古雅的昔日气息。工作让你腰杆更硬，也更有规划，努力回想之前建立过的，以及现在可以利用的人际关系。每个人都在思考，也有点担心未来的长跑——据说在死亡来临之前，这条抽象的道路有可能通向幸福。

---

[1] Meany，不做人名时，意为小气鬼。——编注

[2] Bugs，不做人名时，意为虫子。——编注

理科专业的学生如果没去申请医学院,就会考虑在实验室工作,而一些文科专业的学生则打算从事幼儿教育或销售工作。或者,像他们认识的那些毕业生一样,他们想象自己在出版业工作,用愉快的声音接电话说"这里是玛格达·斯特隆伯格的办公室,我是贝卡!",一天要说几十次。然而他们真正想成为的是玛格达·斯特隆伯格,而不是贝卡。一部分人会在具有一定影响力的领域工作,简而言之就是:市场、商业、金融。

他们中没谁想成为整天在校园闲逛的赖兰大学的毕业生。有个三年前毕业的学生,现在在市中心 Main Bean 咖啡店当咖啡师。他故意把他正在读的书摊开,书名朝上,放在他身边的糖浆泵和蒸牛奶罐旁,以此吸引来买咖啡的在校生的注意。学生们接过杯子,往里面一袋接一袋地加生糖,为当晚要写的一篇论文做好准备。而咖啡师除了准备第二天在柜台后工作,不再需要为任何事做准备。让人困惑的是,一个牢牢掌控了你四年的地方,到头来轻轻松松把你释放了,不再对你负责了。

格里尔一开始想成为一名作家,她自己正在写一些带有强烈女权思想的随笔和文章,最终还可能成书。虽然一开始她可能只能在深夜写作,因为白天她不得不挣钱来维持她的写作。她不能过上她父母那样的生活。但如果她有一份真正的工作,且不为贫穷所困,那么她就可以在她准备好的时候试着写作,也许她运气好呢。

虽然格里尔绝不如泽伊那般淡泊名利,但此刻格里尔想象着自己在一家不错的公司暂时做着公关工作。她也想象过她可能会写信给费丝·弗兰克,并且告诉她:"为了弄明白我的一生该怎么过,我在 Planet Concerns 找到了一份撰写内部通讯稿的工作。这可能是因为那次我们在女洗手间的谈话,我努力去发现意义,正如你建议的那样。"

不久,格里尔主动对科里说:"一开始我可以在一家非营利组织上班,晚上则从事我的写作计划,你觉得如何?"

"当然可以。"他随口一说。但他真不知道自己刚讲了什么,他俩都不知道。

"克洛伊·沙纳汉的朋友在一家帮助残疾人士体验艺术的机构工作,她哥哥是个盲人。"格里尔又说了一句,随后她觉得应该补充说明一下。"要不是因为这个,她也不会在那儿工作。"

"但她可能也并不是因为这个原因才在那儿工作的。"科里说。

"当然。"

通过各种各样的方式,你似乎确定了你最终要做的事和你最终想成为的人。成为一个作家是遥远的梦想,几乎不可能实现,但她还是喜欢想象作家梦实现的感觉。她的想象变得愈发的真实:她能看见自己伏案写作的样子,能看到自己在一个体面的地方工作。"我不会去做市场销售。"她告诉科里,"那一点儿也不时尚。"她无端加了一句,"也不会是图书馆小丑。"

科里在普林斯顿的经济发展课上跟两个同学成了朋友,他们在研讨会上就贫困问题进行了激烈的讨论,之后又在课下继续讨论,接着三人谈到在大学毕业后开发一款小额信贷的应用程序。莱昂内尔和威尔都来自富裕家庭,他们家里也正考虑投资儿子的应用程序。现在他们三人满脑子想的都是这个,充斥着各种方案。

"我认为这真的行得通。"科里对格里尔说,"这让人振奋,但我们得妥善处理。有些人大肆宣传这些概念,什么'小额信贷''小额贷款',但本质上都是在剥削别人。它的利息相当高,一旦生效,它会对小企业主产生巨大影响。所以我们要做的是降低利率,我们不想再剥削别人了。""而且女性也能申请这类贷款。"他补充道。最后这句话是对女权主义的一种自觉认可,是对她的一种认可,但她不在意。

格里尔想象科里西装革履地坐在布鲁克林某处的一个小办公室里,随着贷款的通过,他的电话响个不停,就像收银机发出的滴滴声。但在这幅场景中，她看到的是科里很幸福。辛勤工作一天后，他会从小额信贷公司回家，她也会从非营利性组织回家。他们会讨论政策及格里尔写作遇到的问题，他们会在太平梯上喝啤酒，偶尔也在那儿看烟花，烟花不时出现在纽约的天空，没什么理由，只因为这就是座让人兴奋的城市——活在其中，保持年轻，看烟花划过天空。深夜，当科里入睡，她会在他身边打开笔记本电脑，写那些她想发表的小说、散文、心得。她已经开始在笔记本上记录自己的想法了。

大学毕业后，他们打算一起去布鲁克林生活，盼望着他们能负担得起这样的生活。这是眼下的计划。他们会有极其简单的小公寓。格里尔看到了地板上的黄麻地毯，想象着它粗糙的质地，几英寸外是冷冰冰的地板，晚上做爱后去浴室或者早晨上班前都会踏过那里。

"我俩都不太会做饭。"格里尔提出，"我们住在一起总不能用微波炉解决一切吧。"

"我们可以学。"他说，"但你能忍受我在烧肉时，把整个公寓弄得到处都是肉味吗？"

"咱们可以分开用平底锅，再安装一个好的抽油烟机，"她说，"这样就会好很多了。"素食主义对她而言已成为一种固定状态，她也不想再回到从前。

现在，格里尔睡不着时就会考虑她和科里的未来，每一个细节都被打磨得光亮清晰。她想象科里那美式十三码的脚从床尾探出来，他俩终于夜夜相拥而眠，不再是睡在儿童床或大学宿舍的床上，而是一张能轻轻松松就容下他俩的床。

每当看到刚搬到一起的年轻情侣，你都会知道他们之间产生了一些实质性的东西。所有的爱，所有的性，所有的麻烦事，都会充斥在他们的脑海，驱使他们翻阅目录，寻宝似的查找适合他们的亚麻制品、家具和小电器。价格有些超出预算，等等，仔细想想,不,我们能买下它,他们对彼此说,我们能行的。买下这张桌子、椅子或这个浸入式搅拌器,将是一大笔支出。过去男人把家庭装修和厨房布置完全扔给女人,但现在不这样了,过日子变成了一种互相协作的活动。你们坐在床上,温暖的身体紧紧相贴,研究网站,讨论目录——它们是一种全新的、引人入胜的文学文本,让你在踏入成人世界之时,第一次感受到脸红心跳——陷入无限的幻想。不得不承认,现实世界的木头、金属和织物让想象中虚无缥缈的爱变得真切。

如今,他们已经很好地适应了异校恋。他们都课业繁忙,还要参与激动人心的总统竞选活动,新的主席刚刚上任。他们每个周末都会互相探望,但格里尔时不时能觉察到科里有一小部分生活她无法涉足,对此她有些焦虑。而他会说:"斯蒂尔斯、麦基和克洛芙·威尔伯森非要我加入飞盘队。"

"他们用武力逼迫你了吗?"

"是的,他们说我必须投降。"

她没法不去想克洛芙·威尔伯森,她的名字出现得过于频繁。格里尔用谷歌搜索她,在网上找到了一份克洛芙·威尔伯森的完整档案,绝大部分与曲棍球有关,克洛芙以前在圣保罗学院打曲棍球,现在在普林斯顿打。网上有一张她跑步的照片,鹅蛋脸上洋溢着自信的微笑,看上去努力不倦、热血澎湃,她的马尾辫高高甩起,结实的手臂让人羡慕。毫无疑问,她比格里尔好看多了,格里尔坐在那里看着照片,无声发问:克洛芙·威尔伯森,你和我男友上床了吗?

她并不想真的知道这个问题的答案。格里尔和科里一开始表现得好像分开上大学是一件很自然的事,然而所有的情侣都知道——哪怕是在同一所学校——过段时间也会分手,一个接一个地被阿加莎·克里斯蒂谋杀案式的拖延战搞得精疲力竭。

格里尔想,也许是某种憧憬让她和科里走到一起。她自己也有想跟他分手的时候。大三那年秋天的一个深夜，在一个校外派对上，她觉察到她的朋友杨凯文的手正抚摸她的头发。他们都在唱《哈里路亚》，什么调的都有，道格用尤克里里为他们伴奏。房间昏昏暗暗，他们坐在地毯上，哀号着那首优美的、挽歌一般的曲子，这让他们回忆起青涩的爱情，还有那些易逝的韶华。她身旁是高大结实的鼓手凯文。她由着他抚摸她的头发，她甚至靠在他身上，近距离地留意着他身上的陌生味道。她觉得味道不错，然后自然而然地躺在了他腿上。他俯身吻了她一下，接着是一连串的亲吻，处处留下吻痕，这些亲吻像父母给予的，但又不是。在成长过程中，父亲几乎没有亲过她。格里尔想，是否正因为如此，她成了那种极度需要一个男人出现在她生活中、成为她生活中心的女人，一个没了男人就无法生活的女人。

像她这种需要科里的方式合适吗？费丝·弗兰克对此又会说什么？不管人们承认与否，每个人似乎都需要爱。就在任由凯文亲吻的时候，格里尔明白了这点。她不喜欢朋友们对她和科里的长久交往说长道短，仿佛这是一件不近情理的壮举。"你俩太神奇了。"泽伊说，"我的恋情从未超过两个月。"

早上醒来，她想看到的只有科里，而不是一群迷迷糊糊的舍友，或狭路相逢的室友。合租文化正蓬勃发展。如今，通过网站和留言板，大家都很容易找到室友。他们搬到一起，标记好自己的牛奶放入冰箱，发生冲突时给对方留纸条。早一年毕业的朋友曾说过，她收到一条留言："看在上帝的份上，拿到寿司的当晚，劳驾把寿司餐盒扔掉，不然第二天这里闻起来就像一个鱼类加工厂。"她看到这个时，站在那儿都懵了。

这份"劳驾"是致命的。格里尔和科里永远不会用"劳驾"一词。他们那各自装寿司的餐盒——他的装着金枪鱼和鳗鱼寿司，她的则装着牛油果寿司卷——扔不扔掉都无所谓。如果他俩那间幻想中的小小公寓闻起来像鱼类加工厂，那就这样吧。爱本来就像一个鱼类加工厂——里面充满了黑暗和恶臭。你必须非常爱一个人，才能和他或她一同住在一个狭小的空间里。

"快了，"科里说，"快了。"年少时总是希望时光走快些。后来，格里尔才明白，当他们最终生活在一起后，他们会把生活中发生的小细节视为理所当然。

时光就在DNA的共享、在褶皱的床单上、在日日夜夜的喧嚣中流逝。这时她会想，慢一点，再慢一点。但此刻，还在大学的他俩都想要快一点，大步迈向属于他们的生活。

第三章

科里出生时叫小杜阿尔特,但因为这个名字是外来词,他父母又是说话带口音的移民,所以在九岁那年举家从福尔里弗[1]搬来前,他宣称要把小杜阿尔特这个名字改掉。他选择新名字的标准是尽可能地美国化。"科里"是电视剧《淘小子看世界》[2]中主人公的名字,许多年来,小杜阿尔特对这部电视剧痴迷不已。"科里"这个名字流行、可靠又常见。他不得不求着父母亲叫他科里,父亲是拒绝的。母亲一开始也很抵触,可后来出于对儿子的爱,还是妥协了。

"这对你很重要吗?"母亲问道。他点点头,于是母亲说:"好吧。"

在这个新名字完全归属于他后不久,他就意识到,给自己取个情景喜剧中的名字是件很窘迫的事。不过小杜阿尔特还是彻头彻尾地变成了科里,一个跟学校里其他孩子一样的美国男孩。他也适应了马科佩的生活——成了一个外向、聪明的男孩,个头高得出奇。福尔里弗有很多葡萄牙人,这里就不同了。父亲老杜阿尔特和母亲贝内迪塔去参观马科佩科技展时,母亲站在一个冷凝仪器前,用洪亮自然的声音问道:"这东西是做啥子的?"

---

1 美国港口城市,位于马萨诸塞州东南部。
2 20世纪90年代美国最受欢迎的情景喜剧之一。

第二天，科里听到那个做冷凝实验的男孩怪声怪气地对别人说："这东西是做啥子的？"接着是一阵欢快的笑声。

科里羞红了脸，身子焦灼地扭来扭去，但他拼命地忽略这件事，继续努力让自己变得机灵、强壮、幽默、能干、大方，以将他们的注意力从自己父母身上引开。不知何故，这些他费力展示出的特质恰恰能让他变得合群。只有当晚上放学回家后，把书包解下，扔在前厅的地上，他才觉得不必再证明自己。他知道在家里他才可以做自己，并且不会因此遭到排挤。

自打他出生起，母亲便从心底里深爱着他，从没像父亲那样呵斥过他。母亲吻遍了科里的每一处皮肤，仿佛在上面撒满了玫瑰花瓣。科里觉得这种待遇是他应得的，渐渐地，他相信未来也会有个女孩像母亲这般爱他。整个童年时期他都对此深信不疑，哪怕在随后一段可怕的日子里，他骨瘦如柴，四肢过长，看上去就像手工制作的提线木偶，对此也毫无疑虑。即使嘴唇上已经出现一道霉斑似的模糊的胡须，但身体的其他部位却仍像个孩子一样，胸部凹陷下去，他依然很自信。再接下来他不像木偶了，变成了神话中的半人半兽。只不过科里不是半人半马，而是半个男人半个男孩，永远都被困在某种令人难堪的中间状态。

然而，他仍旧保持着莫名的自信，一直生活在父母的夸赞中，父母称他为"第一大天才"或"天才老大"[1]。他弟弟阿尔比则是"第二大天才"或"天才老二"[2]。这两个男孩都被父母神圣化了，他们要做的就是保持优秀和勤奋。从来没人要求他们帮忙做家务——那都是女人的活计。他们只需要学习，在学业上证明自己；而他们也能很快取得相应的成绩。

七年级的一天，去福尔里弗的亲戚家圣诞聚餐时，科里的表

---

1 原文为葡萄牙语。

2 原文为葡萄牙语。

弟萨比奥·佩雷拉,也就是萨博,示意科里上楼,他们很小的时候曾是亲密无间的玩伴。萨博从衣柜深处得意地掏出一本《比弗拉玛》杂志。"你从哪儿弄来的?"科里惊讶地问道。萨博耸了耸肩,洋洋自得地炫耀这本秘密色情杂志。照片里的女人都很温顺,不仅看上去很开放,也透露着性感。

"我要把这女人干到疯狂。"表弟萨博兴奋地说道。他们二人盘腿坐在床上,那本杂志摊在他俩中间,就像一小簇温暖的篝火。"我会射得她满脸都是。她会一次又一次要我。她会想要我。"

"你才十三岁。"科里觉得自己有必要指出来。

每次科里一家来访时,两个男孩都会一起看萨博的这本色情杂志。后来,那些图片变得不那么新奇,也不那么让人震惊了。他们盯着这些照片,为今后自己的实际运用努力研究。有一个月,他们拿到一本叫《她为你热辣——滋啦!》的画册,里面有个女孩在一个全裸的男人身上滴满了蜡油。还有几次,科里和萨博坐在一起读零星散落在《比弗拉玛》图片中的文字。《比弗拉玛》的专栏顾问哈德·哈里写道:

> 学会如何快速找到她的阴蒂。让她告诉你在哪儿——她会喜欢的!兄弟们,要是能让她高潮,她会非常非常非常感激的,她会为你做任何事。我是说任何事。绝不夸张!

"你觉得'任何事'是什么意思?"科里问萨博。萨博耸耸肩。他俩都还没有足够的想象力能想出一个女孩能对自己做什么,她拥有何种能力,会使你想让她在你光溜溜的身体上尽情释放。不过最终,他们知道可以上网来满足自己对色情片的日常需求。片子里的男人对女人大喊,女人也大声回应。"我要让你高潮!"男人喊道。"对,对!"女人喊着回应,"快来吧!"

科里在学校认识的女生们可没有这些本事。不过她们会走平衡木,还会光速般地发短信。时光荏苒,他和几个女生约会过,疯狂地吻过她们,也摸过她们;后来他又和另外两个女生约会,试着说了他在色情片的漫长陪伴下、耳濡目染学来的话。

高三那年,同年级的许多男生都玩起了一个叫作"给她们打分"的游戏。科里这时已经相貌英俊了,终于完美地驾驭了自己的身体,就好像他生来如此,而不是从某个丑陋的皮囊里脱胎而来的。他经过走廊时,贾斯廷·科特林抓住他的胳膊说:"平托,你玩吗?给她们打分。"

科里转过身,看到一排男生斜倚在墙上。只要有女生经过,男生们就聚在一起,每人都给她打分。之后布兰登·莫纳汉会用他的德州仪器[1]计算器把分数加起来,取平均数,快速记在一张纸上,互相传阅。克里斯汀·韦尔斯得了八分(她因为举止粗俗丢了几分),杰西卡·罗宾斯是个超级虔诚的教徒,穿着朴素的套头衫和朝圣者一样黑色带扣的鞋子,她拿到两分。

"当然,无所谓。"他说。这时他远远地看见格里尔·卡德特斯基朝他们走来。虽然他们在同一个快班里,但他几年来都没真正和她说过话。他一直关注着她;她每周有几天在溜冰节商场做课余兼职,那儿的员工都穿着难看的服装,戴着同样难看的帽子,不过他从没用评价的眼光看过她。现在他要好好看看她。她长着一张迷人但不完美的脸,棕色的头发夹杂着一缕铁蓝色,穿着黑色的牛仔裤,Aeropostale[2] 的 T 恤包裹着她小巧的胸部。可这些年来他第一次发现,文静刻苦的格里尔也很爽快,认真又独特,可能、其实、甚至还有点漂亮。经过这么多年,这份突如其来的认知几乎让他心神不宁。

---

1 指美国德州仪器公司,全球领先的半导体跨国公司,以开发、制造、销售半导体和计算机技术闻名于世。

2 美国著名青少年服饰品牌。

在他身边，所有男生都挤在计算器前，就像税季时 HR 布洛克[1]的员工一样，最终分数揭晓了，被潦草地写在一张纸上：

6

格里尔·卡德特斯基只得了6分。不，不，这大错特错。科里想；她不止6分，这太低了，就算她确实是，这个分数也会让她伤心的。他不假思索地从尼克·富克斯（他要么被叫成尼克·呕吐，要么是尼克·性交[2]）手里抢过了那张纸。

"你在干吗呢，平托？"富克斯问道。科里把本子颠倒过来，让6变成了9。

大家都羞辱格里尔时，科里为她解了围，但她连看都没看一眼。转身啊，格里尔·卡德特斯基，他想说。转身看看我为你做了什么。

可她用瘦削的背对着那排男生，铃声响起，大家纷纷散去。科里把那张纸在手心攥碎，走开了。这时尼克漫不经心地伸出一条腿绊倒了他。"你这个废物。"科里摔倒时，尼克在他耳边说。他的脸颊擦过储物柜锋利的边缘，柜子上的金属已经剥落下来。他脸上的一小片皮肤裂开了，他知道得去找护士，护士会马上给他抹上消炎止痛膏。但伤口疼得不严重，他满脑子想的都是自己救了格里尔，还夸赞了她，现在又为她负了伤，她却对此一无所知。那天下午，在公交车上，他就坐在她身后。当他研究她的后脑勺时，颧骨上贴着绷带的伤口微微地颤动。这脑袋的形状多漂亮啊。绝不是6分的脑袋。

除了被标准高中生装扮遮住的好身材，格里尔跟《比弗拉玛》

---

1 指 H&R Block，美国最大的连锁税务服务供应商。
2 福克斯（Fuchs）、呕吐（Pukes）和性交（Fucks）在英文中为三个形近词。

和那些网站上的女人一点儿都不一样。显然每个女生的身上都有洞。如果你真的把重点放在女生衣服下面的洞上，你可能会精神错乱。在她们没有说出口时，这些洞就暗示着，它们可以被填满，而你可以来填满它们。他把6变成了9，合起来就是69，只是想想他都觉得不好意思，但他马上就看到两个脑袋在床上上下摆动，就像海里的独立浮标。

他与日俱增地将格里尔·卡德特斯和性刻意又精心地联系起来。就在格里尔被打分而科里被绊倒划伤脸颊的三周后，科里觉得是时候和这个自己日思夜想的女生建立联系了。一天下午，下公交车时，他转身对她说了一些范登堡的物理考试"不公平"之类的蠢话。接着他悄悄跟着格里尔回到了卡德特斯基家，故事就从这里开始了。

表弟萨博几乎立刻就感受到了他的变化，因为后来平托一家每次去福尔里弗，科里都拒绝了萨博看色情片的邀请。"哦，别这样，别跟个女人似的。来看看女人吧。"萨博说。但科里不想再看这些了，萨博叫他死同性恋。萨博也变了，变得刻薄易怒，不知道和他的朋友们在做什么勾当。要么是毒品，要么是别的什么见不得人的事情。他们碰面时，两人之间是长久的、冰冷的沉默。不过科里现在已经远离萨博了；他要远离他，远离他的整个家族。

"等你们都上了大学以后，我会去看你们。"一天下午，四岁的阿尔比说道。这天，格里尔在平托家，他们坐在客厅里。"我会带着我的超级英雄睡袋，铺在你们房间的地上。"

"等等，阿尔比，你要去看我俩中的哪一个？"科里问道。他的手插在格里尔的头发里，懒洋洋地揉着她的脑袋。"就是说，如果格里尔和我不在同一所大学。""不过我们当然希望在同一所大学，最好是常春藤联盟中的一所学校。"他随意又骄傲地补充道。

"我会先去看格里尔，然后去看你。"阿尔比说道，"有一天你也可以去我的大学看我。"

"去看你的时候,我也可以睡在我的超级英雄睡袋里。"科里说。

"不。"阿尔比认真地说,"这不可能。我上大学的时候,你都……三十二岁了。你不会想要睡袋的,你和你妻子一定想睡在床上。"

"是的,科里。"格里尔说,"你和你妻子一定想睡在床上。"

"格里尔可以做你的妻子。"阿尔比说,"但她得和我们一样改信天主教。"

"你怎么会知道改信教的事情?"科里问。

"我读到过。"

"在哪儿?在《皈依小金书》里?你吓到我了,阿尔比。慢慢来,弟弟。你没必要现在就什么都懂。"

"不,我就是要什么都懂。问我一个问题,我来解答。"

"好吧。"科里答道,"恐龙是什么时候灭绝的?"

阿尔比拍了拍额头。"这太容易了,"他说,"约六千五百万年前。"

"他如果拿到《想象之路》这本书一定会很开心。"格里尔说,"他会很快通关。"

"没错,他会狠狠击败旧物回收女孩塔林。"

"等他上学的时候,"格里尔说,"旧物回收女孩塔林会坐在门廊上,思考自己生命中的高光时刻——那段当她还是个孩子就被载入了吉尼斯世界纪录的往事。"

"事实上,她那时可能已经死了。"科里说,"她捡的那些瓶子里的有毒化学物质会让她得癌症,会要了她的命。"

"谁会死?再问我一个问题。"阿尔比兴高采烈地说。

科里想了想。"好吧。"他对格里尔笑着说,"试试这个问题。定义一下爱。"

阿尔比站在沙发上,沙发的塑料皮在他脚下吱吱作响。他穿了一件科里曾经穿过的、旧的红色超凡战士[1]薄运动衫,这衣服已经很小了,上面的图案和文字都变得十分模糊。"爱就是你会感到心痛得'噢噢'直叫,"阿尔比说,"或是看到一只小狗,忍不住想摸摸它的头。"他看着格里尔,"就像现在科里摸你的头一样。"科里停下手中的动作,手指插在格里尔的头发里一动不动。

"哇。"科里把手拿开,轻声说道,"伙计,你就像个达赖喇嘛,我都不敢让你到外面随便溜达。可能会有人来把你带回他们的国家,让你住进守卫森严的宫殿。"

"那很好啊。"阿尔比说,"如果他们愿意,完全可以这样做。"

格里尔突然伸手摸了摸阿尔比小巧光滑的脑袋。科里看着女朋友爱抚弟弟的头,阿尔比很像一只眼睛大大的可卡犬[2],皮毛又滑又亮。

科里和格里尔会一起努力考上大学,这是他们的约定,他们相信自己一定能考上。到了春天的某个日子,大多数录取通知会在下午五点后公布在网上。他们从学校回到家,途中几乎一言不发。校车的液压门打开了,像打开一瓶汽水似的,把他们喷到沃伯恩路的路口。克里斯汀·韦尔斯远远地站在他们身后。克里斯汀不爱学习,因此这么多年来他们都没同她交谈过。他们把她当哑巴,她也把他们当哑巴,总之是以各自不同的方式无视彼此。克里斯汀回到家,也许会抽支烟或者打个盹。科里和格里尔沿着沃伯恩路向卡德特斯基家"哒哒"地跑去。这时才三点半。他们在格里尔的卧室里待了一会儿,没人打扰。

"无论今天发生什么,我们都会在一起的,对吗?"他问她,"明年我们还会在一起。"

---

1 美国科幻动作片《超凡战士》中的角色,电影根据20世纪90年代日本东映制作的特摄片《恐龙战队兽连者》改编。
2 又名猎鹬犬,由西班牙传入英国,用于捕猎禽类,而后带到美国被大量繁殖和改良,皮毛浓密、亮泽,头部轮廓鲜明。

"当然。"她顿了顿,"怎么?你觉得会发生什么?"

他耸耸肩。"我不知道。只是他们不认识我们,我是说招生委员会。他们不了解我们,也不知道咱俩在一起时有多默契。"

他们决定一起查录取结果,先在她家,之后去他家。下午五点时,格里尔先查,她坐在厨房的桌边,按字母顺序一个个登录相关网站。她输入密码后等待着,手微微颤抖。"我们收到的申请数量创历史新高……"接下来的话她都不知所云,沉浸在落榜的巨大震惊中:哈佛,没有录取。普林斯顿,也没有录取。

"哦,该死,哦,该死。"格里尔说道,科里紧紧握住她的手。

"竞争太激烈了。"他喃喃道,"说真的,去他们的,格里尔。是他们的错。"

"你刚刚问我们还会不会在一起,就是这个意思,对吗?"格里尔说,话音提高了,"你觉得我不会被录取,你是想让我有心理准备。"

"不,当然不是。"

按照字母顺序,最后一所学校是耶鲁。现在科里心疼她,也为自己着急。既然其他学校都没录取她,他对她上耶鲁也不抱很大希望。格里尔漠然地点开了耶鲁的网页链接,输入密码,耶鲁的助威歌[1]突然如洪水般涌出——"斗牛犬!斗牛犬!汪汪汪!"——他俩都喊了出来,格里尔哭了。科里张开双臂抱住她,松了一口气,说:"干得漂亮,太空[2]·卡德特斯基。"

接着,格里尔的父母走了进来。她父亲在找吃的,母亲正捧着翻盖手机打电话订购一批新的 Comsell Nutricle 蛋白质能量棒。"现在,"她说着,"我们就有香蕉口味了。"

---

1 耶鲁美式足球校队有许多支助威歌,其中一首以"斗牛犬"命名,斗牛犬也是耶鲁校队的吉祥物,后成为耶鲁大学的标志。

2 太空(Space),加拿大电视频道,致力于为观众提供科幻、幻想、恐怖和超自然节目,包括电视剧、电影及纪录片等。此处科里是指他们二人心情跌宕起伏,仿佛在看太空电视台的节目一般。

"怎么回事?"罗布问道。格里尔把录取结果告诉了他们。他说:"哦,该死,已经五点了?我们把这事给忘了。"

科里想对格里尔的父母说:你们忘了?你们在开玩笑吗?忘了她是你们的女儿了吗?难道你们不知道她有多努力、多热爱学习吗?为什么你们不以她为荣?你们怎么不表扬她?这并不是什么难事。

"妈妈,爸爸,我考上耶鲁了。"格里尔说,"你们来看看通知书,我把它保存在电脑里了。"

接着,科里和格里尔跑过马路,爬上斜坡。科里立刻察觉到自己家里不太对劲。他父母都知道今天是放榜的日子,他们一直密切关注着整个过程,可他们现在在哪儿?他们现在的行为如同卡德特斯基夫妇一样"漫不经心"。他以为他们会在门口等着自己。就在这时,母亲不知从哪儿突然冒了出来,张开手臂一把抱住他的身子。"其实是抱着我的腿。"他之后有点夸张地说道。这么一个娇小的女人,怎么能生出他这个又瘦又高的孩子,实属令人费解,因为就连科里的父亲也只不过是中等身材罢了。他们的大儿子在各方面都超越了他们。

"发生什么事了?"科里问。屋子深处传来其他声音。他听见弟弟喊:"他回来啦!"接着响起阿尔比运动鞋"咚咚咚"的声音。他从楼上冲了下来,手里拿着慢慢跳下了楼梯。和弟弟同时出现的还有玛丽亚姨妈,她从厨房出来,手里端着一口大铝锅,里面盛着一块蛋糕。父亲就站在他们身后,也端着一块蛋糕。科里有些困惑。第一块蛋糕上撒了一层厚厚的蓝白相间的糖霜,上面插着好几支蜡烛,屋子里充斥着独特的生日气氛。

"瞧瞧这图案。"姨妈说道,起初科里和格里尔都不明白为什么蛋糕上会用动物做装饰。

"一头奶牛?"科里问,"为什么要在上面画一头奶牛?"它看起来的确像卡通奶牛,但也没那么像。脸上长着雀斑,表情愤怒。

没人回答他。科里说:"大家听着,你们知道现在是放榜的时候,没错吧?这些蛋糕很棒,但我得上网查结果。"

"科里,"阿尔比说着,用抓着乌龟的那只手在空中做了个手势表示微微的不满,"你还不明白吗?"

"不明白。"

"这是头斗牛犬。"

科里犹豫地说:"耶鲁?"就在这时,父亲把第二块蛋糕递给他。这块蛋糕正中的糖霜图案是一只白色和铁锈红色相间的动物。虽然它很像一只农场里的家畜,但科里和格里尔都明白了,这是一只普林斯顿虎[1]。

"两所学校都录取你了。全额奖学金!"阿尔比说,似乎他真的明白这件事的重要性。

科里盯着家人。"可你们怎么会知道?我还没登录呢。"

"原谅我。"贝内迪塔说,"我登录了,我知道你的密码。"

"是'格里尔123'。"阿尔比说。科里转头看到格里尔高兴的表情。母亲让他在如此重要的时刻扫了兴,他本应对母亲的行为感到生气,但他没有。而且母亲现在很开心,父亲也是。今晚,这消息就会传遍福尔里弗,以及整个葡萄牙。"哈佛没有录取你,"阿尔比继续轻松地说道,"可谁稀罕他们呢,对吧?"

厨房里还有一块深红色的蛋糕,是以防万一和这两块一起烤的,待会儿就会被丢进垃圾桶。贝内迪塔和玛丽亚姨妈花了一整天时间烤这些蛋糕,姨妈的儿子萨博没考上大学。在所有的表兄弟中,大家一直认为科里和阿尔比是学习的料。科里已经在这方面证明了自己,阿尔比肯定也会跟随哥哥的步伐,而且很可能比哥哥更优秀。他们发现阿尔比能识字的那天,他还是个蹒跚学步的婴儿。他一直盯着早餐桌上那盒卵石形状的水果糖,在晨间嘈

---

[1] 普林斯顿大学的吉祥物是老虎。

杂的厨房里喃喃自语:"红色四十颗,黄色六颗,BHA[1]保鲜技术。"

现在科里得在耶鲁和普林斯顿之间做出选择。斗牛犬还是老虎?多么重大的决定啊。选择耶鲁,他就能和格里尔在一起。所以,事实上这根本算不上一个决定。耶鲁就是他要去的地方。格里尔和科里坐在厨房餐桌旁,吃着那两块不同颜色的蛋糕,它们尝起来完全一样。世上没人是为了品尝蛋糕的味道而吃蛋糕,大家都是为了庆祝才吃蛋糕的。"格里尔也考上耶鲁了。"科里告诉家人,他们有礼貌地为她欢呼起来。

"是全额奖学金吗?"阿尔比问。

"我还没看呢。我太兴奋了。"格里尔从桌边站起身,"我得回家看看。"

"我也去。"科里说。

回到卡德特斯基家,他们看见格里尔的父母盯着电脑屏幕。"妈的,"他们走近时,她父亲说道,"这可不行。"

"你在说什么?"格里尔问。

"资助包[2]。"他沉重地叹了口气,摇了摇头。

瞬间科里明白了一切;这事在他面前暴露无遗,令人生厌。

"什么?"格里尔说,她还没弄明白。

"我们指望不上它。"罗布说道,"他们对我们太吝啬了,格里尔。"

"怎么可能呢?"格里尔问。她和科里仔细阅读了有关"奖学金数额"的段落,后面一段的大意是,"你没有提供合格的信息和文件……"之后的文字带着歉意,耶鲁只能提供这么多资助,不能再多了。那个金额只是个象征性的数目。显然,罗布当初自告奋勇填写资助登记表时,并没有填完。罗布平静却闪烁其词地

---

1 一种食品抗氧剂,能阻碍食品的氧化作用,延长食品保鲜的时间。

2 指把提供给学生的全部资助,即各种层次的资助混合成一"包",由大学进行配置,使每个不同层次的学生都能获得与其困难程度相匹配的经济资助。

解释道,他把那些看起来很复杂和涉及隐私的部分跳过去没填。

"我很抱歉,格里尔。"他说,"我不知道会造成这样的影响。"

"你真不知道?"

"我以为那些资助相关的工作人员会回来找我们,让我们提供更多信息。我把我能填的都填了,要填的内容太多了,他们想从我这里知道太多东西了,我很生气。上面尽是我不知道如何回答的问题,我得绞尽脑汁去找答案。我想我只做了一半的工作。"他顿了顿,摇摇头。"我就是这么做的。"他说,"我一直都是这么做的。"

劳雷尔拿起桌上的一封信。"但还有件事,你还有个学校可以去呢。我刚才拿到了这封信,是赖兰大学寄来的。"她说。

"什么?"

"你被录取啦!他们还会给你提供额外的资助包,包括食宿,甚至生活费。我刚刚担心你会因为耶鲁的事情感到不开心,所以我打开了这封信。问题解决了。"

"没错,赖兰大学。"格里尔讽刺地说,"我的保底学校。这学校是导师让我申请的,一所白痴学校。"

"不是这样的,难道你不想看看这封信吗?你获得了一个什么'赖兰大学卓越奖学金',这和家庭经济状况无关,只考核学习成绩。"

"可是我并不在乎。"

"我知道你很难过。"劳雷尔说,"你爸爸把事情搞砸了。"她补充道,生气地瞪了罗布一眼,接着她的表情变得十分痛苦,并哭了起来。

"劳雷尔,我以为他们后面还会来登记信息的。"罗布重复说道,他站到妻子身边,也落下泪来。这对有点离经叛道的倒霉蛋抱头痛哭起来,格里尔双手握拳,跟科里则坐在桌旁,科里紧紧握着格里尔的手。科里想,父母是怎么把你带到这世界上的呢?

你本应该跟他们亲近，至少不离他们太远，直到你不得不和他们告别的那一刻。眼下，是格里尔与她的父母告别的时候。他亲眼见证了这一刻。他伸出手，抓过她的拳头，掰开。她心软下来，任由他与自己十指相扣。科里的父母是在他的指导下小心谨慎地、完整无误地填好了资助登记表。他对父母颐指气使，告诉他们每一行该填什么。他的父母没什么知识，但做了正确的事。反观格里尔的父母，他们本该更了解这件事，却没把事情做对。

"可是你看，"劳雷尔说，"我们现在必须向前看，赖兰这所学校很棒。你会取得好成绩的，你和科里都会的，你俩都那么聪明。知道我觉得你们俩像什么吗？像对双飞双栖的火箭飞船。"

格里尔压根儿没理妈妈。她看着科里说："也许我可以给耶鲁打电话。"于是他俩就上楼打电话去了。起初，格里尔的电话一直没能接通；终于，一个女人匆忙接起了电话。格里尔立马讲起了她的痛苦经历，科里坐在她身边的床上。格里尔的声音温柔又含糊，即使在这么紧急的时刻也是如此。这点一直让他无法理解。他自己当然也不完美——防范心太重，有时还居高临下——但至少他能心平气和地说出来，很轻易就能表达出来。"我……那个表格不对……我爸爸说……"他听到格里尔这样说。他想告诉她，说你想说的！说出来吧，姑娘！

"对不起，"那个女人还是打断了她，"资助结果已经敲定了。"

"好吧，我知道了。"格里尔马上说，接着就挂了电话，"也许爸爸妈妈可以给他们打电话。"她对科里说。

"去问问他们。"他说，"告诉他们这对你很重要，正儿八经地说，别不当回事。"

他们下了楼，格里尔走到父母身边说："你们谁能帮我给耶鲁的办公室打个电话？"

她母亲不安地看着她。"这是你爸的事。"她说，"我不知道该说什么。"

"你刚才不是打过电话了吗？他们怎么说？"罗布问。

"他们说资助结果已经确定。但你可以再试试。"格里尔说，"你是家长，可能结果会不一样。"

"我做不到。"他说，"官僚主义那套可不适合我。"他无奈地看着格里尔。"我没法心安理得地做这事。"他补充道。接着，为了强调，他又说："我做不到。"

他们压根儿没打算帮她，科里震惊地看着这一切。格里尔整个少年时期的图景活生生地在他面前上演，这激起了他的愤怒，同时还有对格里尔的保护欲和强烈的爱意。

格里尔接受了赖兰的全额奖学金，科里选择了普林斯顿。要是他选择耶鲁，这会永远成为格里尔心中的一根刺。他们的人生轨迹正渐渐偏离——她告别的不仅仅是父母，还有他——因此他们不得不努力地向对方靠近。

夏末，他们在一起的最后一晚，暴雨敲打在格里尔卧室的窗子上，她依偎在科里的怀里哭泣。直到此刻，她都没有因为上大学的事掉过眼泪。那天她父母在厨房里抹眼泪的时候，她想做出跟他们截然不同的反应，她想做得比他们更好、更坚强。但她却在床上对着科里哭了。

"我不想就此一蹶不振。"格里尔哽咽道，突然把脸别了过去。

"你不会的，你会没事的。"

"你是这样想的吗？我太温顺了！我总是逆来顺受。"

"我爱的就是你的温顺。"他冲着她那一绺蓝色的头发说，"但这并不是你的全部。"

"你确定吗？"

"当然了。其他人也会意识到这点的，他们一定会的。"

雨一直在下，他们几乎一动不动。终于，时间不早了，他们才小声抱怨着起身分别，这样他们才有时间整理完各自儿时住过的房间，从中仔细挑选自己依然在意的物件——看看哪些仍是他们生命中有必要保留的一部分，哪些必须永远抛弃。格里尔捧起她收藏的水晶球、简·奥斯汀的小说，甚至包括她一直不怎么喜欢的《曼斯菲尔德庄园》[1]。这些书仿佛是一排毛绒玩具，这么多年来一直装点着她的房间，让她心生慰藉。科里明天一早就要去普林斯顿报到了，他把一排NBA摇头玩偶留在书架上，阿尔比可以顺势接手。不过犹豫了一会儿后，他还是带走了套装的《魔戒》。他不是很喜欢文学，但他喜欢这些书，而且永远不会停止对它们的喜爱。他知道，阿尔比很快也会想要看的，到时候他会再把书借给他。

第二天，与家人们如同再历"二战"似的，他们深情道别后，科里开着他家那辆塞满行李的车踏上了前往新泽西的路途；两天后格里尔也要去赖兰大学了。科里在普林斯顿的费尔斯通图书馆找到了一份兼职，在一个富丽堂皇的大厅里做借阅工作，在另一个富丽堂皇的大厅里吃饭。

他和格里尔晚上通视频电话，也尽量经常往来见面。他对她说，他被普林斯顿吓坏了，但也很爱那里；他还跟她讲自己在世上最绿的草地上玩极限飞盘[3]的事。但他没告诉她，他担心自己无法始终对她的忠贞不渝，更害怕他们彼此许下的承诺成为一纸空文。普林斯顿的女生无时无刻不在跟他眉来眼去——出身于名门望族的金发女孩，婀娜多姿；在洛杉矶长大的黑人酷女孩，竟然是个长笛演奏家；还有个住在荷兰的波希米亚天才，但她是美国人，名叫琦亚。

有一天，他在食堂听到一个女生对另一个女生说："我有个

---

[1] 英国女作家简·奥斯汀于1844年出版的长篇小说。该作以男女青年的恋爱婚姻为题材，描写了陷入感情纠葛的几对青年男女。

[2] 又译《指环王》，是英国作家、牛津大学教授约翰·罗纳德·瑞尔·托尔金创作的长篇奇幻小说。

[3] 一项严格要求无身体碰撞的对抗型竞技运动，一般为七人制，没有裁判，男女混合。

你不知道的秘密,我创造过一项吉尼斯世界纪录。"

另一个女生说:"真的吗?是什么?"

"哦,我回收的瓶子比其他孩子都多。我喜欢干这个,在托莱多都出名了。那时候我真是个小白痴。"

科里猛地转过身来,简直像个唾沫飞溅的鞋匠。"你是旧物回收女孩塔林?"他吃惊地问道,"我在四年级读物上读到过你!"

这女生点了点头,笑了起来。她长得很美,波浪般的黑发,乌黑的眼睛。那天晚上,科里和格里尔视频通话的时候,让她猜猜今天他遇到了谁。"猜猜看。"他说。但她猜不出来,于是他揭晓了答案。他省去了一些细节,比如托莱多的旧物回收女孩塔林现在很火辣,还有她约他有空时去喝一杯。"玻璃杯,不要塑料杯。"塔林说,这话让人想到詹姆斯·邦德[1]。

除此之外,还有科里的神秘圣诞老人,名叫克洛芙·威尔伯森,她从小生活在纽约塔克西多公园的一座名叫"迈博瑞"的房子里。"天哪,科里·平托,你是最可爱的,也是最酷的。"有一天,克洛芙突然平白无故地对他说。

"又可爱又酷?"他温柔地问。

他也没告诉格里尔,一天晚上,聚会后,克洛芙走到他面前说:"科里·平托,你比我高太多了,我都不能做我想做的事。"

"你想做什么?"

她捧着他的脸凑近,吻了他。他俩那软软的嘴唇贴在了一起。"你喜欢这样吗,科里·平托?"他们分开时,她问道。不知为何,她总是叫他的全名,觉得这样很有趣。然后她马上说:"不要回答。我知道你有女朋友。我见过你和她在一起。但没关系,你不用露出吓坏了的表情。"

"我没有被吓坏。"话一出口,他立马恨不得收回。

---

[1] 《007》系列小说及电影的主角。口头禅是"摇匀,不要搅拌"。

有时他会站在楼下望着克洛芙的宿舍，灯一亮，他就会幻想自己上了楼，一言不发，把克洛芙扑倒在床上，就像和格里尔见面时扑倒她那样。克洛芙·威尔伯森对他说的每句话都带着一层调侃的滤镜。

每次见到塔林，她都会说："什么时候一起去喝玻璃杯的？不要塑料杯的。"

他怎样才能在大学四年里不和其他女生上床呢？由于他和格里尔并非每时每刻都在一起，所以他总会对不同的女孩心动。他想对她说，我们每周抽一天和学校里的其他人约会吧。他们对我们毫无意义，只是为了满足肤浅的荷尔蒙。你可以和你那个鼓手朋友出去约会，我看得出来，他很喜欢你。但这样的话，格里尔会被吓到，他不能伤害她。

大一春假的时候，他们都回到了马科佩。他俩坐在派园比萨店一起学习。格里尔把手伸过桌子，心不在焉地抚摸科里的脸。她的手滑过他的脸颊，在那个小小的白色伤疤上停留了一会儿。这个疤痕已经一年多了。他想象过，他们再长大些，进入人生的下一阶段，一起住在绿点[1]或红钩[2]的公寓里——还是红点绿钩？——那就是为她揭晓往事的时候了，他曾经谦逊又勇敢，把她从一群高中男生的6分侮辱中解救出来，脸上还挂了彩。

"我一直觉得你真的有9分。"他一直打算这么说。但他现在长大了些，也有所改变。后来格里尔用吞吞吐吐的腔调对他说起这个社会对待妇女的方式，他终于明白，自己一直耿耿于怀的往事是多么倨傲无礼。那个小小的疤已经变得模糊苍白，几乎看不见了。这曾经是一枚荣誉勋章，连接着他一直期待为她讲述的故事。如今，他知道自己再也不会说出口了。

---

1 纽约市布鲁克林最北边的街区。

2 纽约市布鲁克林西南部街区。

大学快毕业的时候,科里觉得世上应该有本叫作《酒后演讲》的书,书中描述人们喝醉后的一切所作所为。问题是他们要写下来的时候,可能已经忘了自己做了什么。普林斯顿的校园里到处都是酒后胡言乱语的人。大二时,科里和克洛芙·威尔伯森出去约会过两次,大三还约了一次。他知道,都是酒精在作怪,每次发生这种事,他心中都充满了悔恨。他不能怪克洛芙,但有一天晚上,她对着他跳起了膝上舞[1]。科里的腿很长,所以坐着的时候,腿经常会张开。许多年后,在纽约的地铁上,女人们生气地盯着他,而他不知道原因。直到有一次在高峰期时,有个女人瞪着他说:"真是受够了张开腿的男人。"他羞愧地把两条腿像机器零件一样合住。

但大二时,一个名叫瓦伦丁·塞门诺夫的大四学长给了科里一杯伏特加,他父亲是个货真价实的商界大鳄。科里坐在装饰得花里胡哨的蝴蝶躺椅里,靠在椅背上,任由克洛芙像糖浆一样倾覆在他身上。"天哪。"灯光暗下来时她解开了他的裤子门襟。拉链被拉开的感觉犹如一阵微弱的休克,尤其是当攥着拉链的手不是格里尔的时。格里尔即使不在也好似时刻陪伴在他左右,她的爱是无法估量的,这让科里比最有钱的大鳄还富有。

对不起,他想,真的对不起。但他这么想的时候,酒精直接开始作怪了。亲爱的、无价的格里尔,她蓝色条的头发,还有娇小性感的身材。她越来越渴望变得外向,想做对世界有意义的事。可她从一扇活板门直直坠落下去,远远地,远远地离开了他。同时,克洛芙巧妙地避开了这扇活板门,跨坐在蝴蝶躺椅里的科里身上,最终把他带到自己的床上。他终于见到了她的宿舍,不是从楼下,而是从里面。房间里摆着许多绶带和曲棍球奖杯,还有一堆富家女孩的小玩意儿。他们在床上的时候,她父母打来两次电话,她

---

[1] 指在脱衣舞夜总会中,性感舞女和客人面对面,坐在客人大腿上跳的一种舞蹈。

都接了。她告诉他,她有一匹叫作"男友材料"的马,那年夏天它要去萨拉托加[1]参加比赛。"在它身上下注吧,我相信它会赢。"她对着科里的耳朵甜甜地说。

第二天,他说:"克洛芙,听着,我不能再这样做了。"

"我知道你不能。"她似乎并不难过。他想:是我不厉害吗?但他知道自己很厉害。他没有滥交,身体强壮,精力充沛。大多数情况下,从格里尔那里他了解到自己的性能力。克洛芙笑着对他说:"别担心,科里·平托。"

所以他没有担心,但大学期间他又和她上过两次床,羞耻和宽恕交替出现,这段经历并不愉快。每次都是酒精作怪。离开格里尔,他就变了。还有别的东西也变了。秋天竞选主席时,在本该见面的周末,他和格里尔没见上,而是分别参加了竞选活动。格里尔坐着赖兰的校车去了宾夕法尼亚;科里坐着普林斯顿的校车去了密歇根。克洛芙也在同一辆车上。不过科里坐在莱昂内尔前面,隔着过道坐着的是威尔,这两个是他未来的小额信贷应用程序开发的创业伙伴。他们因为竞选兴奋过了头,没日没夜、不眠不休、肆无忌惮,在他们这个年纪就是如此纵情妄为。

大选后几周,科里很高兴,高兴又轻松,也不为未来担心。

"嗨,科里,我和威尔想跟你谈谈。"一天晚上,三人逛校园的时候,莱昂内尔说道,"展望一下未来,我们不能一毕业就创业。我们需要一两年的时间。到那时我们才有更多资本。"

"问题是,"威尔说,"经济不景气,爸爸也不再那么慷慨了。"

"所以我们应该达成一致,毕业后先自己挣一大笔钱,留着日后用。"莱昂内尔说,"就像为过冬储存橡子似的。我和威尔都想先在金融或咨询行业找份工作,你也应该这样。"

一开始,这番话让科里很沮丧,他拒绝了他们的建议。但一

---

[1] 美国纽约州中东部的一个郡。

段时间过后，随着毕业临近，他越来越觉得在咨询业工作一两年也不错，尽管这完全在他原本的计划外。他身边的很多人都成了顾问。和银行业、商学院一样，这也是捷径之一。一流的公司云集在一流的大学校园开招聘会，许多学生心甘情愿地去了。

在大四这段特殊时间里，咨询公司、风投公司和银行的招聘人员穿着剪裁精良的西装来到普林斯顿大学。他们与校园里的人截然不同，学生们背着背包，穿着皱巴巴的衣服；而男教师们穿着粗花呢、燕麦呢和低腰灯芯绒裤，露出已经干瘪的"终身雇用"的屁股；女教师们则穿着蓬乱、朴实、学究气十足、翻版的史蒂薇·妮克丝[1]裙，缓缓进入了她们漫长的、很难能享受终身雇用待遇的（就像格里尔曾说的那样）余生。

第一场面试结束后，阿米蒂奇与里斯特公司的一男一女带科里去普林斯顿市中心的一家餐厅吃饭。那是一家老店，父母们从遥远的家乡来看望儿女时会带他们光顾那里。顾问们劝他先吃开胃菜。他不禁疑惑，他们是觉得他饿了吗？他们是不是把他当成一个懵懂无知、成绩全优的异族男学生？

"想吃什么就点。"那名男顾问说。他比科里大十岁，穿着时髦的西装和披头士式的窄靴。他的女同事头发和皮肤看起来很光滑，穿了一条红色的皮裙和夹克，很合身，很有未来感。

"你知道吗？看你选择哪家公司是一件有趣的事。"科里吃东西时，那个女顾问对他说。他们两人只是看着他吃，自己不怎么吃。点餐和吃饭并不是一回事。

"即使你不想加入我们公司，"男顾问补充道，"即使你受到很多家公司的青睐，科里，即使你完全另做他想。"

"我不会那样做的。"科里说，但因为嘴里有食物，听起来就像"我不对大样剁"。

---

[1] 美国著名摇滚歌手。

"现在世界完全开放了。"男顾问继续说道,"它正在我们眼前发生变化。当你看到我们公司的资料时——还有其他公司的资料——真的,对于你们这代人来说,这是个很好的时代。我真羡慕你,科里。我为你和你所有的选择感到激动。"

但他们说的"你们"是什么意思?他们的意思是他是千禧一代吗?或者因为他的姓氏又被归为少数族裔了吗?大一的时候,有人在他的门下塞了一张传单,邀请他参加一个校园拉美裔组织的会议。上面写着:"供应墨西哥卷饼。"

在餐厅角落的烛光中,阿米蒂奇与里斯特公司的这一男一女就像一对恋人似的在向科里·平托提议三人行。科里吃了咸熏鲑鱼脆圆面包,还吃了像《摩登原始人》[1]里一样的烤肉,接着是一块焦糖脆皮布丁,用勺子轻轻一碰,那层外壳就碎了,感觉就像破土动工建造梦想家园一样让人满足。两名招聘人员整个晚上都在自夸,尽管他们遗漏了很多细节。这家公司在纽约、伦敦、法兰克福和马尼拉都设有办事处。但科里强调,他必须待在纽约。"我们知道了。"女顾问说。

饭后回到宿舍,科里轻轻打了个充满二氧化碳、鱼和芥末的饱嗝,和格里尔通视频电话。"嗯,你猜怎么着,他们说服了我。"他说。

"真的吗?"

"对,他们请我吃了很多高档的肉,我就被说服了。你一定会嫌弃我吃的东西。要是你在,你大概一整晚都觉得恶心。但我承认,我很吃这一套。我是说,这太荒谬了,一家'公司'的陌生人——'公司'这个词太奇怪了——把我当作大人物看待。资本主义自己找上门来了,还觉得我真的有两把刷子!不过我得告诉你,格里尔,如果你冷静下来想,只不过先干一年,最多两年。

---

[1] 20世纪60年代美国风靡一时的动画片。

我也许真的会去干。"

"说得好像你打算参加什么危险活动似的。"

"任何事都有风险。"

"你觉得这件事的风险是什么?"

"哦,只不过是我会变成一个浑蛋顾问,而你会变成一个好人。"

"我不知道你为什么这么说,"格里尔说,"我还没有工作呢。"

"你会有的。"

"我确实有个主意,我想申请个有趣的工作。"她带着少有的腼腆说道。

"说说看。"

"不,还不能说。可能什么都不是,我得先弄清楚。不过无论如何,"她对着手机镜头直截了当地说,"就算你是个浑蛋,就算我变得道貌岸然,我们也会在彼此面前,为了对方这样做。这难道还算不上什么吗?"

他没有立刻回答。她牢牢地盯着他,他甚至觉得,她似乎对他做过的一切都了如指掌,无论是好事,还是让他感到羞愧的事。有那么一瞬间,他希望视频连线能暂时中断,就像在某些重要时刻它会突然断掉一样。但连线很通畅,格里尔只是对他笑了笑,把一根手指放在了屏幕上,而那很可能正是他的嘴巴所在的位置。

第二部　双飞双栖火箭飞船

第四章

　　她是坐公交车来的，一路上保持着清醒，坐得笔直；这样就不会一不留神睡着了，以致压皱衣裳或在脸上留下印痕，落得如同想象中父母生她之前，在校车上的样子。她眼下必须看上去衣冠楚楚、敢于担当，看上去像是应该被这本低调的女权主义杂志雇用的那种人，虽然这本杂志早已挥别昔日的鼎盛辉煌。她得看起来像是会被费丝·弗兰克雇用的那种人。

　　对于今天的面试，格里尔只告诉了极少数几个人；更没有人知晓她心里并不喜欢《布卢默》。这本杂志早年发表的文章言辞犀利、通俗易懂，辗转近四十年终于软谈丽语起来，却遭遇博客兴起，深陷困境。譬如博客平台《蛇蝎美人》，起初不过是发表些个人随笔，如今开始公然大肆评判社会热议话题，涉及种族主义、性别歧视、资本主义和恐同现象等多个领域。前阵子，《蛇蝎美人》还贴出了一幅阿梅莉亚·布卢默灯笼裤[1]的漫画，上面写着"《布卢默》杂志"几个字，对话泡泡框里写道："是时候给中产阶级白人直女们再来一次振奋人心的演说啦！"《蛇蝎美人》的办公室设于西雅图一家糖果厂的废址上，员工都是些年轻人，她们撰写并组织讨论同性恋权利、跨性别者权利和生育公平等社会话题。《布卢默》也进行了类似的尝试，然而就算编辑部的职员

---

[1] 英文 Bloomer 既可以作姓氏"布卢默"，又有"灯笼裤"的意思。

们千差万别，多样性也是该杂志经常讨论的话题，杂志的内容却总有些冠冕堂皇，略令人感到不适。《布卢默》并没有做到优雅地向前一跃。即便是它的官方网站，版面也是粗制滥造，让人看了昏昏欲睡。

《布卢默》目前的办公地点位于偏远的纽约西三十区一栋小商务楼里。当格里尔走在狭窄的走廊上时，能听到拉格尼博士牙医诊所门后传来的牙钻的嗞嗞声。《布卢默》杂志社在大厅的另一端，格里尔穿过走廊，按响了杂志社门口的门铃，但无人回应。她只好站着等待。她咳嗽了两声，好像这样能招人来开门似的。格里尔看到有人来到牙医诊所的门前，一按响门铃就立即被允许入内。这是纽约城一个春光明媚的工作日，不知出于什么原因，《布卢默》杂志社无人应门。

格里尔试着转动门把手，但门是锁着的。她随即砰砰砰地敲起门来，还是无人现身。她无所适从，但是无人应答的场面却更让格里尔意识到自己有多么渴望得到这份工作，如果不能遂愿的话自己又会多么失望。三年半以前，在灯光昏暗的女盥洗室里，费丝·弗兰克似乎向她抛出了罕见的橄榄枝，所以此刻格里尔才会站在两边是牙科诊所、保险理财和创业公司的狭窄走廊里，久久地叩着一扇门。她知道《布卢默》杂志社那道门后有人，她听得到他们走动和交谈的声音。这就像听得到墙后有老鼠的动静，却无计逮到它们。

就在上周三，格里尔志忑不安地拨打了费丝·弗兰克名片上的电话，这张名片在她钱包的夹层里伴随了她的整个大学生涯。格里尔百无聊赖的时候，喜欢清理钱包，这张名片总能幸免于难，留存至今。每每看到它，她就会想起得到这张名片的那个夜晚，心里便会激起某种特别的激动之情和高度的警觉。

近几周，格里尔给好几家非营利性机构投去了各式简历，但只收到了一家组织的面试通知。该组织向非洲的发展中国家发放救命用的营养补充剂。面试通过网络视频进行，过程非常不顺。对于这类工作，格里尔缺乏专业背景和工作经历，面试她的儿科医师又不停地被召唤出去，留下她一人尴尬地对着一个空屏幕，一等就是好几分钟。她只好盯着挂在对方墙上的一张海报，画面中一名垂死的孩童躺在母亲的臂弯里。

宿舍里大家都在讨论有关步入社会与择业的话题，这最终让格里尔想到去费丝·弗兰克的杂志社应聘一个职位。这会是一项有意义的工作，她的文笔也会有用武之地。这样一来，白天她实质上是一位女权主义者，而且能够领到一份薪水，晚上又可以专注于自己的创作。泽伊也觉得这值得一试："那会非常适合你。至于我，不擅长任何与写作相关的事情。"泽伊又补充了一句，"实在有愧，要知道能为费丝·弗兰克工作可真是太棒了。"

格里尔跟《布卢默》杂志社接听电话的人说明了她是在何时何地与费丝相识的。无论如何，第二天格里尔便接到回电，助理提道："费丝记得你。"这话实在出人意料。格里尔想不通，都过去三年半了，费丝·弗兰克怎么可能还记得她，可费丝确实记得。

此刻，《布卢默》杂志社的门无人应答，这一切看上去就像一个精心编排的可悲的恶作剧。终于，在熬过了一段漫长的时间后，门转动开了，一位年轻女性探出头来，看着格里尔，毫不客气地问道："什么事？"

"我跟费丝·弗兰克约了工作面试。"

"嗯，那就可惜了。"

"你说什么？"

这位女士只是转身穿过了空无一人的接待台，回到拥挤的办公区。远处，其他几位女士聚集在过道里。格里尔搜寻着费丝，但没有发现她的踪影。这里有什么事极其不对劲：给她开门的那位不太友善的女士，那些挤在一块的员工，还有里面弥漫着的迷茫、忧虑和惊诧的氛围。接着，簇拥在一起的女士从中间分开站到了两旁，好比窗帘往两边拉开一般。格里尔从当中一眼径直望去，短短过道的尽头是一间小办公室，门敞开着，里面有两位女士正在相互拥抱，其中一位轻轻拍着另一位的背。事实证明，这位安慰着别人的女性正是费丝·弗兰克。在这心烦意乱的时刻，她正是所有人目光的焦点。

"是什么人过世了吗？"格里尔问站在附近的一位中年女士。

这位中年女士淡然地看着格里尔。"没错。阿梅莉亚·布卢默。"见格里尔仍旧疑惑不解地盯着她，她解释道："我们倒闭了。科尔默出版公司宣布将对我们永久撤资。祝我们忌日快乐。"

"很抱歉。"除了这一句，格里尔实在无言以对。事后她回想起这一幕，仍对自己的私心耿耿于怀：因为那时，她丝毫不惋惜面临关闭的杂志社和即将失业的编辑们，只是悲悯又一次失去机会的自己。

费丝是《布卢默》杂志社的元老，早已过了耳顺之年。格里尔知道，在大家心底，她是唯一见证过杂志社昔日辉煌的人，因此大家倍加敬爱她。在《蛇蝎美人》干活，前景可能会比在《布卢默》待着好得多，尽管博客平台不发工资。

现在倒好了，竹篮打水一场空，她再也不能为费丝·弗兰克工作了。格里尔还在心里反复确认这突如其来的消息时，突然意识到办公室逐渐安静了下来。有什么事情要发生了。费丝站得更直，环顾四周，准备发言。"请听我说，我的朋友们。"她开腔说道，而不是像个爱发号施令、精疲力竭的老师那样大喊"都给我听好"，也不像最近流行的那样在对一群人讲话时说"听好了，伙计们"，尤其因为在场的大部分都是女性。"今天，我悲痛难抑。我知道我们都一样，但我们的悲痛是共通的。我们已经经历了很多，我们并肩奋行，我们携手庆贺。我们为《平等权利修正案》奔走，为生育权抗争，为抵制暴力而战斗。就在这儿，在我们的办公室里，我们奋笔疾书。不光是在这儿，我们还在彼此的起居室里讨论光天化日之下发生的一切,并且大口吃抱子甘蓝。很多很多的抱子甘蓝。我敢说是我们让抱子甘蓝流行了起来。"这番话引起了一阵伤感的笑声。"听着,我们的斗争,有些大获全胜,有些一败涂地——我说的是《平等权利修正案》——但你我都心知肚明,知道什么才是最重要的,而这依然是重中之重。我们是历史的组成部分,是女性争取平等的斗争史的一部分,尽管这一点其实并不需要我来告诉你们。这会是我们永远的事业——曾经是,现在是,将来还是。"她抬起头,"哦,请不要哭泣,一旦我们都痛哭流涕,我们可就会像18世纪的弱女子一样把这里淹成一片泪泊。"有些人含着泪笑出了声,这也稍微缓解了一下情绪。费丝接着说道:"你们知道吗?我要收回刚才的话。就让我们纵情哭泣吧!哭完这一场,我们将彻底地将泪水从我们体内除尽,然后回去继续战斗!"

费丝的发言彰显着她当年在赖兰大学时的风范:和善、睿智、体贴。事实上,她的思想并非多么绝无仅有、独树一帜,但她能够运用自己的诉求和才能去激励,有时甚至是安抚其他女性。格里尔不会在《布卢默》谋得职位了,因为《布卢默》杂志自此将彻底销声匿迹,她再也不会有机会坐下来与费丝·弗兰克面谈,不管面试的结果如何,都一定是令人振奋的。

"天下没有不散的筵席,眼下我们要分道扬镳了。"费丝告诉每一个人。接着,她朝四周比画了一下。"但是这一切,"她说,"并没有结束,而且我们都清楚它永远不会结束。我们不会离开,我会在外头的世界再次见到你们所有人。"

女人们鼓起掌来,有的人在啜泣,还有几个争先恐后地说起话来并拍照合影。不知是谁开了一瓶香槟,音乐也随之响起:非常应景,是欧普斯的热门老歌《强者》。格里尔趁此机会离开了,正要出门时,她听到了歌曲开头部分的歌词:

不要以为我小巧的双脚踏着鲁布托高跟鞋
就会被轻易打败
我们是强者
我们曼妙轻盈
我们柔弱敏感
我们博学聪颖……

格里尔失望透顶,心中郁结着更为实在而又迥乎不同的东西。她又回到嘈杂的走廊上,那一扇扇门后依旧释放着日常生活的喧嚣:牙医钻头的尖叫、回响贝斯的律动、人们办公的喃喃细语。世界照样运转,并没有为曾经辉煌、如今挣扎着走向寂灭的一本平常的女性杂志而停止运转。

科里在西三十街街角的一家咖啡店里,按照他们约定的那样等着她。她当时没法确定面试结束的时间,科里便说:"没关系,我计划好时间在那边等你。"他穿着一身普林斯顿大学橙色的连帽卫衣,正坐在咖啡馆靠里的卡座上,面前摊开一本经济学课本。近些日子来,他开始蓄起下巴上的一撮小胡子,和上唇稀薄的胡须正好围嘴唇一圈。格里尔溜进卡座,坐到他身旁,一言不发。科里张开手臂,她便顺势依偎在他怀里。"不顺利吗?"他问。

"杂志社倒闭了。"

"哦,真是糟糕,运气不好。过来,宝贝儿。"他说。她扬起面庞,让科里能亲吻她的唇、面颊和鼻子。他真想让怀里的女人一切如愿。他与费丝·弗兰克素未谋面,但在大一那年格里尔听过她的讲座后,他就频繁地听她提起这个名字;在格里尔选修女权主义课程期间,他甚至从格里尔每次的转述中将这门课学习了一遍。格里尔也同样靠此种方式从科里那儿学习了微观金融学,就算她没有习得全部理论,至少也掌握了课程大纲。此刻,等待着她的科里与她感同身受。

"你会找到工作的。"他说,"能雇用你是他们的福气。"

"'他们'是谁?"

"无论是谁。"

"我在乎的并不仅仅是这份工作。"她过了一会儿又说道,"还有她和她为之奋斗的事业,以及我见到她时她的所作所为。费丝·弗兰克。"

"我知道,我知道。她可是我的情敌。"

他伸出手拨弄着她的发梢,把它们夹在指腹间摩挲。格里尔注意到,他经常在不知如何安慰她时做出此番举动。她记得达伦·廷茨勒也曾逗弄过她的衬衫领口,却只是为了满足他自己的欢愉和兴致,并非为了安慰她。看到她不开心,科里就会很紧张;她知道他想凑上前做点什么。当然,科里的确也喜欢触摸她的身体。她靠得更近了,科里用他大大的手掌覆盖在她的头上。他触摸她的头、她的脸;接着他的手来到了她的脖子,拇指轻轻地爱抚着锁骨上方的凹陷,她也随即吻了一下科里的侧脸。他们俩从学校出发,一路搭乘汽车和火车,一天下来都略感倦怠。她想跟他一起泡个澡,她发觉他俩还从未共浴过。等一切尘埃落定,等他们同居了,她要和他共浴一次。她开始想象浴缸里的水漫过他那双修长的腿。

"我意识到今天——对我来说是非常清晰的界定——我想要了解她。"格里尔说,"我觉得,我也想让她了解我。我知道这有点狂妄,'狂妄'是马利克教授惯用的词语。"她顿了顿,"或者我应该给费丝·弗兰克写封信,类似慰问函之类的。你觉得可行吗?"

"我觉得你知道什么是可行的。"

"泽伊曾说我应该和费丝·弗兰克做笔友,这听着当然很可笑,但眼下我确实有话想对她说。"

当晚,格里尔给费丝发了一封电子邮件:

亲爱的弗兰克女士：

今天下午我本来与您有一场求职面试，我抵达时您正在和大家告别。听了您的讲话，我仿佛觉得自己好像认识您很久了。我想换作旁人也一定会有这样的感受。感谢您几十年来为女性同胞所做的一切，有您，我们真的很幸运。

您真挚的

格里尔·卡德特斯基

格里尔开始更为频繁地投递简历。原计划是毕业典礼后——只有几个星期了——她和科里先在马科佩的家中待一个月，然后在布鲁克林城里找一间公寓住下。可格里尔的工作依旧没有着落。她开始担忧未来，甚至对其不确定感到些微恐惧。之后的某一天，科里也收到了令他沮丧的消息，阿米蒂奇与里斯特公司改变了岗位需求，现在要他转岗到他们位于马尼拉的办公室工作。他们甚至为此提升了薪酬，然而这个消息太过惊人，他害怕告诉她。

"我们还有机会在一起吗？"她问。

"有。"

"要是你跟他们说你不去会怎么样？"

"那我就失业了。所有的入门级咨询职位到这个节骨眼儿都已经锁定人选了，而我也需要赚更多的钞票。莱昂内尔、威尔和我都认同这点。你看，我觉得自己就是个废物！"他说，"我想要我们能有自己的房子。我全都设想好了，墙上挂着几幅有框的劣质画，厨房里摆放着大汤勺。"

"汤勺？"她说，"我们还从没讨论过这个。你连汤勺都想好了？"

"对啊。"他有些害羞。

大学生活就以这样支离破碎、歇斯底里的方式结束了，就像它开始的时候一样。格里尔和泽伊开始打包宿舍里的物品，但她俩都对即将到来的生活提不起兴致。泽伊要搬回斯卡斯代尔与父母同住，在那里参加律师助理的培训，这是她父亲和母亲都极力要求她做的——"半逼着我去的。"泽伊说——因为她既没有其他的打算，又没有什么特长。她本想找一份社会活动的有偿工作，比如社区活动组织者，她曾探过父母的口风，但他们对此嗤之以鼻："认真点，眼光放长远些。"妈妈说，"那些工作将来根本赚不到什么钱。"

毕业前的最后一夜，赖兰大学的全体毕业生搭乘公交巴士去了一个脏兮兮的海滩，那儿距离校园大约一个小时的车程。篝火架搭了起来，道格再次拿出了他的尤克里里，大家唱起令人动容的伤感歌曲。格里尔和她的朋友们簇拥着坐在一起。泽伊用脚在沙滩上画圆圈，感慨道："真的吗？现在就曲终人散了？实在让人沮丧。这感觉就像是住在临终关怀医院的人最后一次参加郊游。"

格里尔回到了马科佩的家中，盘算着接下来该怎么办。科里乘坐国泰航空的商务舱飞去了马尼拉。商务舱内灯光渐暗，他躺在绒毛毯下，品着新格飞酒庄麦克劳伦韦尔的西拉葡萄酒[1]。"关于我的新生活，你需要知道的一切就是，"落地后他给格里尔发短信说，"飞机上竟然为我提供睡衣。"

格里尔在马科佩的溜冰场找了一份全职工作，这份差事她在高中时曾兼职做过。白天，她给游客分发溜冰鞋；晚上，她就往外投递简历，常常一个人闷闷不乐地吃晚餐，面前还摊着一本小说。她发觉自己终于不再跟以前一样了，对自己的父母满怀怒

---

[1] 新格飞酒庄位于澳大利亚南澳州阿德莱德的麦克劳伦韦尔产区，该产区出产的西拉是澳大利亚最著名的葡萄品种，以其浓郁美味的风格而享誉世界。

气——他们太边缘化，太无力了——而她与他们之间的关系如此疏离，仿佛她不得不去记住这两个人到底是谁。她想，现在的一切都只是暂时的，这只是临时过渡。大学毕业后你就会碰到这样的事，但我终将摆脱这样的生活。

科里有时会在中午从马尼拉打来电话，这时候格里尔正坐在租赁溜冰鞋的柜台后面。他所在之地的时间要比她的晚十二个小时；他们生活中的一切都是颠倒的。"我又孤单又无聊，想你想得要命。"他说。

"我也想你。想得要命，"她加了一句，"我喜欢这个说法。"

"真希望我此刻能躺在你的床上，卡德特斯基属地。"他说，"为什么我不能变小，钻过电话线去到你身边呢？"

"也许你真的可以呢。"她停住，忍不住叹息；他也跟着叹气。"我昨晚做了个梦。"格里尔告诉他，"梦里我们约'在中间之地相会'，那是海洋上的一艘木筏。"

"我们的约会甜蜜吗？"他问。

"非常甜蜜而浪漫。但是不知怎么回事，我妈也在木筏上，而且打扮得像个小丑，有点破坏气氛。"

"我想象得出来。听着，"他顿了一下说道，"也许我们可以在电话里浪漫一下。"

大学期间，他们偶尔会通过电话和 Skype 来满足生理需求；格里尔总会有点紧张，担心被窃听。"国家安全局才不关心你的生理需求。"科里安慰她，"相信我。"即使是两人在一起时，格里尔也还是放不开。有一回，他俩在格里尔儿时睡过的床上缱绻温存过后，她对科里说："一位修女跟一只老鼠生了一个孩子，那孩子就是我。"

眼下她说："电话爱爱？我不行，科里，我可是在上班。周围全是人。"仅仅这个念头就让她感觉到自己颈后的脉搏在剧烈地跳动。远处，几个少年和带着小孩的父母正在溜冰场里滑行。

溜冰鞋摩擦着冰面，忽而靠近又忽而远离，那声音仿佛大海的浪头朝她拍来。她想象着科里正覆在她身上，他的手轻抚她的全身，专横却令人愉悦。她的幻想将她与顾客的脚臭味，以及玻璃烤箱里旋转着的糖果形状的热狗的气味隔绝开来。

"你现在有重要的事情要做吗，卡德特斯基？"科里问。

"有啊。"

"什么事？"

"租溜冰鞋给顽劣少年呗。"

"哦。"

"但愿我可以。"她忧伤地说，"我真的真的这样想。"

"我知道。"

她时而感到悲伤，时而感到兴奋，又回到悲伤；心情的跌宕起伏就如溜冰鞋摩擦冰面时发出的忽远又忽近的声音。抱紧我！她幻想着和科里像夫妻一样相拥巫山云雨，他们要努力成为一对，始终在一起。若是有一个人放手，便会双双坠落。再抱紧一些！她幻想着小小的她小鸟依人地依偎在他强壮的身体上。

"你该去睡了。"格里尔依依不舍地说，"你那边很晚了。"

"我还得检查一遍超文本文档。"

"恐怕我都不知道那是什么意思。"

"恐怕我也不是很懂，只是假装自己会而已。明早我们要飞去曼谷开会。我想你。"他又补了一句，"今天我穿得很傻气：白衬衣搭配领带。"

"一定很帅气。"她说，"我穿着工作服，橘色的束腰上衣，戴着小帽子。"

日子就这样一天天过去了，电话两端天各一方，科里身处一片迥异的大陆，而格里尔倚靠在黏糊糊的刷了虫胶清漆的溜冰鞋租赁柜台前。傍晚下班后，格里尔沿着公路驾驶着爸妈的老式丰田回家。有时，在空气仿佛凝固了的夏天，格里尔行驶到沃伯恩路时，常会停下车，去跟科里的弟弟阿尔比聊会儿天。阿尔比现在八岁了，长相帅气，大头大脑。人们常常看到他踏着雷泽牌滑板车，从主路的斜坡上一路加速下滑。

"格里尔，来帮我计时，我准备绕街区一圈。"一天傍晚，在格里尔开车下班回家的路上，阿尔比央求她。格里尔看得出他一直在等她，在她的车驶上街道前已经踩着滑板绕街区好几圈了。因此格里尔答应为他计时，阿尔比手里的秒表就是做此用途的。"我要打破我的个人纪录。"阿尔比说，"你知道那是什么意思，对吧？就是指一个人迄今为止的最佳成绩。"

"真是难以置信，你这小鬼头都开始用'迄今为止'这样的词语了。嗯，其实我相信。"

"迈尔斯·莱格特告诉我，他爸爸说我是个低能学究。"

"嗯，他老爸估计根本不知道自己在说些什么。"

"总有一天他会知道的，比如我获得诺贝尔奖的时候。"

格里尔大笑。"你真是志存高远。你打算凭借什么领域的成就获得诺贝尔奖呢？"

"哦，"阿尔比说，"我不知道诺贝尔奖还分不同领域。我现在就要确定好'领域'吗？"他话还没说完，格里尔就知道自己明天会在视频通话中将这段对话复述给科里听。

"不用。"格里尔说，"你完全没必要现在就做决定。好了，快去打破个人纪录吧，我来帮你计时。"

"顺便照看一下慢慢哦。"阿尔比说，这时格里尔才看见他的乌龟弓着背趴在路边的草丛里。

"准备好了吗？"格里尔问，阿尔比点点头。"预备。"她说。她顿了一下，看着他身体前倾，蓄势待发。"开始！"

就在阿尔比冲下车道的那一刻，格里尔按下了计时键；阿尔比转眼便不见了踪影。平托家的大门打开了，格里尔转过身看见贝内迪塔站在门前台阶上，正张望着寻找小儿子。她跟格里尔之间总有点拘谨。"我在帮他计时，平托太太。"格里尔解释道，"他正踩着滑板车在街区绕圈。"

"好的。"科里的母亲说着走到格里尔身边。两个人默默站着，谁也没动，她俩个子都不高，像脚下的乌龟一样纹丝不动。她们等待着阿尔比，仿若等待出海丈夫归来的水手之妻。沉默似乎绵延得没有尽头，随后，声音的壁垒仿佛突然间被打破了，滑板车车轮摩擦地面的声音传了过来。两人不约而同地抬头张望，看到阿尔比已经折回到沃伯恩路上，正朝着她俩的方向疾驰而来。看到他越来越近，两人都同时感到难以言喻的喜悦。

阿尔比一路蹬着滑板爬上坡道，在格里尔和他妈妈面前刹住车。他气喘吁吁，满脸通红，窄窄的肩膀上下起伏着。"格里尔，多长时间？我用了多长时间？"他问她。直到这时，格里尔才意识到自己忘了按停那小小银色的秒表，它还在她的掌心里嘀嗒计时。

那年夏天的一个深夜，格里尔坐在床上对着笔记本电脑时，邮箱里突然收到一封地址陌生的电子邮件，来自：FF@scvc.com。她漫不经心地点开了它，以为不过是一封垃圾邮件。事后她会对科里如是言："要是我当时删除了邮件，再也没有回复，会怎么样？想想都让我后怕。"

亲爱的格里尔·卡德特斯基女士：

几个月前，在我陷入人生低谷时，你写了一封充满善意的信给我。我没有给你回信，非常抱歉。你可以想见我当时收到了成堆成堆的信件。我正在为一项全新的冒险事业组建队伍，由我个人出面招募为数不多的人手。鉴于你曾有意愿申请《布卢默》的职位，我特此来信，冒昧询问你是否有兴趣为此前来面试。新的事业将会截然不同，只是恐怕我暂时不便过多透露。

满腔热忱的
费丝·弗兰克

满腔热忱的！这对格里尔来说是个新词。她还从没看见过如此落款的邮件。不知怎的，在她眼前显现的不仅是一位前辈，更是一位阅历丰富、深谙世故、知性得体的前辈。格里尔也想用这样的落款给费丝回信，又唯恐显出像小女孩偷穿母亲礼服般的滑稽。格里尔迅速地回了信，回邮件时眼皮一直兴奋地跳动。

亲爱的费丝·弗兰克：

我正巧在查收邮件，您的信件映入眼帘。地址不同，伊人如旧。即便您对全新的冒险事业讳莫如深，我依然非常乐意加入您的团队——或者说正是这种讳莫如深让我更有兴趣。期待您回复具体的面试安排。非常感谢您想到了我。

真挚的
格里尔·卡德特斯基

更让格里尔惊诧万分的是，费丝即刻回了邮件。

亲爱的格里尔：

那真是太棒了！我的助理艾法特·阚会在早上联系您。

满腔热忱的
费丝·弗兰克

另：为什么我们都还清醒着？就如我母亲曾说过的，我们都应该用平底锅敲晕自己好让自己倒头大睡。

对此，格里尔回复：

亲爱的费丝：
　　我会在我的备忘录里记上：务必买个平底锅。此刻我已毫无睡意。为全新的冒险事业心荡神驰。晚安！

格里尔

　　三天后，她坐上了回纽约的公交车。这次的地址是市中心一栋镜面玻璃摩天大楼，名为"斯特罗德大厦"。在大厅里，格里尔进行了身份验证，拍了一张糟糕的照片，照片上的她看起来仿佛长着一个猪鼻子。更糟糕的是，她不得不把这张照片当徽章戴着，她通过旋转栅门走了进去，那门仿佛张开了大口允许她入内。然后她坐着电梯上到了二十六楼，电梯门开后是一个空荡荡的白色房间，造价不菲。她不知道这儿是否还在装修中，或者它就是想永远保持这个模样。它像一个漂浮的空间站，又像一片空旷的土地，远处依稀可见错综复杂的几何形状的小隔间，一切都是白色的，接待台上方没有粗壮醒目的机构名称，所以她仍然不知道自己到底身处何方。

　　"我和费丝·弗兰克有约。"她愉快地告知前台，但又谨慎地调整了自我中心的口吻。年轻女子点了点头，对着耳机说话。片刻之后，另一位年轻女性出现了——优雅而又沉着，鼻子上有颗种子大小的迷你鼻钉。

　　"我是艾法特·阚，"后来的这位女性说，"我是费丝的助手。

很高兴见到你。来吧,费丝和其他人在里面。"格里尔跟着她穿过一条白色的走廊。走廊就像一条支流,汇入了一间巨大的白色办公室。在白色长桌后面坐着的,正是费丝·弗兰克。这张白色长桌是由一扇特别订制的门改造而成——门是一幢建筑的遗物,多年前在这里召开过秘密的选举会议,她在第一天上班时得知了这些。房间四处站着或坐着几位不同年纪的女性,还有两个男人。

费丝起身迎接她。自赖兰礼堂夜之后她当然又老了好几岁。凑近看的话,尽管这些变化很细微,但仍然清晰可见;她穿得很得体,颧骨高耸却依旧端庄迷人、聪明睿智、热情而伟大,所有这些特质再次令人心神激荡。费丝把她介绍给每个人,但格里尔几乎没去留意这些名字,很快这些人便起身离开了,所以他们是谁其实并不重要。如果她被录用,她会马上记住他们的名字。

"自从我写信给你后,你睡了会儿觉吗?"费丝问她。

"睡了,您呢?"

"没怎么睡。"

"好吧,我给您带了一件好东西。"格里尔说。她把手伸进包里,动作夸张地拿出了一口小煎锅,这是她在父母家旁边的超市里买的,并带着它来到了纽约,想着万一它或许适合送给费丝当礼物,后来她又觉得也许并不合适。但现在,她冒险拿了出来。费丝看上去很惊讶,但随即又笑了。突然间,她们俩有了一个秘密的笑点。

"哦,这东西真不错。"费丝说,"太有意思了。等我睡不着的时候,我一定会用它把自己敲晕。每当我这样做的时候,格里尔,我都会想起你的。"她一边把锅放在旁边的桌子上,一边说,"趁没人进来处理其他紧急事务,我们先谈正事吧。"她们一起坐在一张白色的沙发上,从沙发上可以看到天际线和工作日的景象。从高处俯瞰这座城市,你可能会想着"9·11"事件再次发生的可能性,即使事情过去九年了。无论何时鸟瞰这座城市,似乎总会给人带来一种短暂而高贵的静谧感。大烟囱升腾起袅袅烟雾,灯光忽明忽暗,道路上车水马龙。此刻的安静并非恼恼不乐,而是郑重其事的一刻,其源头可以追溯到某种恐怖的东西,但现在却与之无关。

费丝喝了一大口她面前马克杯里的茶。旁边摆着一小罐一小罐的乌龙茶、伯爵茶和茉莉花茶。一个滤茶球斜放着,泡过的茶叶芽就像老人鼻孔里的毛发一样从洞里探出头来。"《布卢默》倒闭后,"费丝开口道,"我很迷茫,甚至有点沮丧。我去我的周末小屋调整心态。有一天我接到一个老朋友的电话。我们有几十年的交情了。委婉地说,我们的志向天差地别。他叫埃米特·施雷德,是个风险投资家。"她停顿了一下,"你知道我说的是谁,对吧?"

格里尔点点头,但她不能完全肯定;她大概知道埃米特·施雷德是谁,就像她曾经知道费丝·弗兰克是谁一样,但很不了解,尽管她迫切希望立马就能像当初对费丝一样,在谷歌上搜索一下这位风险投资家和亿万富翁,这样她就能在这次谈话中显得更有见地。"他说他想给我一个职位,"费丝说,"我原以为这意味着他会买下《布卢默》,而《布卢默》会重生,诸如此类。但是他说不,对不起,不是那样的;《布卢默》在当今世界已无法存活。"

"连以网站的形式都存活不了?"格里尔问道,"显然,我的意思是,如果你对其进行改版。我无意冒犯,"她很快补充道,"但我一直在琢磨这事。"

费丝摇了摇头。"存活不了。他说他很钦佩我们这些年的使命,以及我们的坚毅。但他有更宏伟的计划。他告诉我,他想把一些女权主义的理念以一种全新的方式带入这个世界。所以事情是这样的,"费丝继续说道,"他的公司将为一家女权基金会提供资金保障,而我们要做的主要是建立起演讲者和听众之间的联系。我们要致力于探讨当今与女性相关的最紧迫的问题。我们将举办峰会、组织对话、召开会议。他提供了一笔数量可观的资金。"她停顿了一下,"我知道我们会备受争议,但施雷德就是施雷德。"

"抱歉，您说什么？"

"哦，"费丝说，"他就是他。他并非总把钱用于善事。他投资了一些相当值得质疑的项目。你可以查一下。我之前就查过。这让我很不愉快，但他也经常一掷千金，而且他似乎真心实意地想让这件事成为现实。这是有风险的，但他许诺绝不会流于表面。当然，我们将要遭受的批评远不止于此，还有对我本人的。"

格里尔想说，谁能批评你呢？但她知道谁能；她在博客上见识过，当然也在《蛇蝎美人》的评论栏里读到过。

"我一直尽力而为，"费丝说，"为了女性尽我所能。并非所有人都认可我的行事方式。身居要职的女性总是难免受到非议。我所践行的女权主义是推行该主义的方式之一。还有很多其他的形式，那也很棒。有很多激情澎湃、激进先锋的年轻女性，她们讲述着林林总总的故事。我赞赏她们，我们需要她们，我们需要尽可能多的妇女参与斗争。我很早就从伟大的格洛丽亚·斯泰纳姆那里了解到，这个世界足够大，可以让不同类型的女权主义者共存，她们想强调争取平等斗争的不同侧重点。上帝知道不公平的现象是永无止境的，我要用我能支配的一切资源，以我所知道的方式战斗到底。"

"只要你还继续穿着你的靴子。"格里尔不由自主地插了一句。她想起她曾经以为在《蛇蝎美人》工作要比为费丝·弗兰克工作更令人兴奋，但她现在明白了，事实并非如此。

费丝接着说："格里尔，我还想告诉你这次冒险的另一个方面。这也是我最终接受了这个职位的原因，一开始我拒绝了埃米特。"她倾身靠得更近了一些。"这是一场交易。这是常态。"她说，"实际上，我们会有能力启动一个特殊的紧急项目，可以立刻改善一些女性的生活状况。"

"这听上去很棒。"格里尔说，尽管她无法想象这一切到底意味着什么，只是大致推测是一些女强人获得了大量的资金支持。

她想成为其中的一员。尽管自己经常看上去非常安静且不安，可她想让自己看上去像一个合适的不二人选：格里尔·卡德特斯基，这位脸颊滚烫的年轻女性，工作起来就同她脸上预示的一般狂热。

我会为你奋不顾身地工作的，费丝·弗兰克。她希望她能这样说。

"我们已经着手推进了。最近，我让埃米特向一个致力于改善南方农村有色人种妇女健康和福祉的组织提供资助。顺便说一下，我们自称为洛赛。"费丝说。

"什么？"格里尔问。

"我懂。我也曾有过同样的反应。但你会喜欢的，Loci，locus[1] 一词的复数形式。因为关于女性，有那么多问题需要被关注，有那么多地方需要我们投入精力。虽然这不是世界上最好的名字，但截止日期到了，我们没有想到更好的词。人们会在各种材料上看到这个被拼作 L-O-C-I 的单词，他们会思量：天哪，我该怎么读呢？Lo-kee（洛基）？Lo-kye（洛凯）？还是 Lo-sigh（洛赛）？字典提供了三个选项，我坚定地站在了 sigh（赛）的阵营里。"

"那我也是！"格里尔说。

"埃米特希望我迅速地完成我的团队组建。我已经招来了几个人，她们已经开始工作了。他在这里为我们租了这么大一个地盘，上帝啊，这跟我以前的习惯太不一样了。你看到过《布卢默》杂志的办公室，我习惯了那种三个人公用一张办公桌、电梯总会坏的地方。那就是'姐妹情'对我的意义所在。但现在我们赶上了好时机，施雷德资本想要我们离他们近点，他们就在上面二十七楼。"为了说明这一点，她向上瞥了一眼，然后交握双手，直视着格里尔。"你觉得怎么样？"她问。

"我觉得这听起来棒极了。"

---

[1] Locus 一词有"核心、场所"的意思。

"可不是吗？这符合你的总体规划吗？"费丝问道。

"我不确定自己是否有规划。"

"真的吗？我以为你这个年纪的人都有规划。我当时的规划就是尽可能远离我的父母。"

格里尔感到有些难为情。"我想在这里工作，这就是我的规划。晚上下班后写点自己的东西。也许有一天我甚至能成为一名作家，但目前我想要一份多少能让我融入这个世界的工作，我想，这还能帮助我……创造出意义。这是我当初遇见你时，你所说的。无论如何，我认为这份工作可以让我那么做。"

费丝认真地点了点头。"好吧，我跟你直言不讳，格里尔，我不是因为你的聪明才智才面试你的。我知道你很聪明——你的成绩很好，坦率地说，你是一个优秀的、有灵气的写作者，我认为你会在这方面有所成就。但你才，大概，二十二岁？我二十二岁的时候对什么都一无所知，我莽莽撞撞地闯进了这个世界。"

"在拉斯维加斯当鸡尾酒女招待。"格里尔回忆道。

"是的，没错。不，我面试你主要是因为我觉得你前途无量。嘿，你今天还带了个煎锅给我，实在是机智过人。所以如果你愿意，我想聘你来这儿工作。"

"哦，费丝，谢谢你。"格里尔涨红了脸说，"我绝对愿意。"

"这份工作当然是基层的。工作内容很可能让人感到无聊且重复。"

"那可说不定。"

"不，这是真的，听我把话说完。你会成为我们的电话邀约员之一，最终你将会更深入地参与到这里的各种事务中来。这一切进展的速度取决于你。"

费丝向格里尔描述这份工作的细节时，格里尔几乎坐不住了，她真想像举重运动员一样蹲在地上，把上面还坐着费丝的白色长沙发举到空中，只为了向她证明她能做到。

两周后，泽伊帮格里尔搬进了位于布鲁克林展望高地的一间独立小公寓。如果不是埃米特·施雷德一反常态地对洛赛的全体员工慷慨解囊，她永远不可能一个人住得起这样的地方。这套公寓是一栋小楼里的一个简陋肮脏的格子间，需要彻底地打扫，可格里尔和泽伊都不愿意去做。不过它还保留着最初的房型和压花锡吊顶，租约也是她自己的。格里尔通过朋友们找到了一张床，放在 L 型房间的一角；她还买了一张小巧结实的沙发，使用便捷，如果有朋友来过夜，她可以把它推挤进房间的一角，横着打开用来睡人。眼下，墙上只挂着几张普通的版画。有一张是乔治亚·奥基弗[1]的作品，画的是状如阴道的花朵。"不是真迹，如果你想知道的话。"她抱着笔记本电脑满房间转悠，用网络视频给科里看她的新家时，曾对他这么说。

泽伊在为她组装一把宜家的椅子，格里尔独自在室外继续用手机带着科里参观，进行语音叙述，描述步行距离范围内的农贸市场、大军团广场、公园和有着金色大门的布鲁克林公共图书馆。她说，附近还有布鲁克林博物馆及植物园，跟华盛顿和富兰克林为伍的是加勒比牛肉馅饼商店——"我永远不会踏进去半步，但你会的，很快就会。"——还有支票兑现店和出租车调度员。

第一天临近傍晚时，总算开箱完毕，房间也收拾停当，总算可以住人了。格里尔和泽伊坐在前门廊上。"我爱你住的这条街。"泽伊说这话的时候，外面开始有点冷飕飕的。

"我也是。"格里尔说，"但感觉很奇怪。"她看着泽伊。"你在斯卡斯代尔还好吗？不太寂寞吧？"

"我能应付。比较好的方面就是冰箱还带着制冰器，以及能加热的马桶坐圈，等等。"

---

[1] 乔治亚·奥基弗（Georgia O'Keeffe，1887—1986），美国 20 世纪杰出的现代主义女画家。

"你随时可以来我这儿。"格里尔说,"真的。你随时来都行。我会给你一把钥匙。"

"谢谢。"

"我真的很感激这一切。"格里尔说,"走到今天本会艰难很多倍,时刻准备着。我的意思是,你是最棒的,泽伊,你一直都是。我就是想说出来。"她觉得自己就要哭出来了,原因很复杂:友谊,恐惧。

"没什么的。"泽伊说。她们一起又坐了一会儿,谁都不想结束这一天。"好吧,我应该赶北方铁路[1]回去了。"泽伊最后说,"温蒂法官说她今晚要做一道特别的千层面,请我务必到场。我相信你无论如何都想一个人待在这里。"

格里尔想说,先别走。她本不想一个人住的。她抑制不住自己,一刻不停地想着科里应该在这儿,他们俩会把房子装饰成20世纪早期的甜美风格,那是他们的夙愿。泽伊走了。那天晚上,格里尔虽然孤单,但也很兴奋,她从几个街区外一个叫"泰国美味小屋"的店里买了一份用袋子和盒子装的晚餐。她想,这将是我的街区。接着她意识到:我有一个街区了。格里尔站在厨房的小水槽边,狼吞虎咽地吃着泰式蔬菜炒河粉。她大声地咂嘴,只因为她孤身一人,无所顾忌;她还抬起手背抹去脸上的橙油和一点花生粉。

之后,当她准备上床睡觉时,楼上公寓里传来了砰砰砰和咔嗒咔嗒的声响,还有某种拖东西的声音。她不知道这都是些什么声音,但她想象着,如果科里和她住在一起,他们现在就会展开讨论。"他们好像在上面打保龄球。"他会对她说,然后一起躺在床上的他们会设想出一个场景,场景里有楼上的邻居和他们的家用保龄球道。"他们的联队叫什么名字呢?"她会问他。科里很快

---

[1] 大都会北方铁路的简称,是一个提供纽约州上州与康涅狄格州的居民往返纽约的通勤铁路。

就会想出答案，比如"根特里菲克特斯队"。接下来，格里尔和科里当然也会发出不同的、属于他俩自己的私密声音。

再过三天就要开始工作了。她最初得到洛赛基金会的工作时，科里问过她："你调查过关于施雷德资本和施雷德本人的所有情况吗？"

"多少了解了一些。"她说。

"你应该仔细了解。任谁都会这么做。"

她发现有大量关于埃米特·施雷德的报道；其中一些有关他曾经所属的牵扯到道德问题的公司，还有一些有关他的慈善事业。因为格里尔对风险投资一无所知——人们有时称之为"风投"——也不了解一个亿万富翁的商业贸易可能是什么样子的，她没法完全搞明白这都是什么意思，只能理解为他毁誉参半，这种情况似乎并不罕见。但费丝喜欢施雷德，把他描述成"一位老朋友"，这显然意义重大。

格里尔开工的前一晚，泽伊和她在布鲁克林喝了一杯。她上午也上班了，开始在申克德维莱尔律师事务所当律师助理。她们坐在摇晃不稳的凳子上，在昏暗、暧昧的灯光下，喝着啤酒，嘎吱嘎吱嚼着芥末豌豆。"所以一切都为你开启了。"泽伊说，"记住这一刻，把它拍成照片存在你的大脑里。"

"什么时刻？"

"一切开启前的那刻。你知道，你开启你的生活前的那一刻。"

"我不知道这是否会是我的生活。也许我甚至并不擅长于此。"

"你会学着擅长的。你擅长很多事情，格里尔。写作、阅读文学、爱。"

"把这几种能力放在一起说有点诡异。"

"你非常有能力。"泽伊说，"你被他娘的弗兰克和她的基金会雇用了，你是佼佼者，我对你五体投地。"

"我对你也甘拜下风。"格里尔说，"是你让我知道了费丝·弗兰克。是你让我去参加那个讲座,否则我可能会和我的单词卡一起待在宿舍里。"她顿了顿,"你让我做了很多事。至少以不同的方式思考。"

"哇哇哇。"

"无论如何,感谢赖兰大学让我们结下友谊。我们会把所有的钱都留给他们的。"

"他们连一分钱都不会拿到。"泽伊说,"当我读校友会杂志时,我的感觉就是,天哪!我为什么要读这个?81届的傻帽先生目前在战略规划部工作。"

"和他的妻子,傻帽儿萨莉。"格里尔说。

"但他们可以在班级介绍中写写你。"泽伊说,"2010级的格里尔·卡德特斯基现在在为费丝·弗兰克工作。"

"听上去不错。"格里尔说。紧接着,她突然意识到话题只围绕着她自己。她说:"你也会如愿以偿的,泽伊,我敢肯定。"

"听着,"泽伊此刻把声音降得更低了一些,"我有东西给你。"

她把手伸进夹克口袋里,格里尔以为她会拿出一件包装漂亮、触动人心的小礼物,里面会有一串她在开始第一份真正的工作时,可以随身携带或戴在脖子上的护身符。

但泽伊手里没有礼物盒子,也没有带链子的护身符。相反,她拿着一个信封。这是否是一封情深意切的信?坦露她们的友谊对她如何意义重大?那将会是非常感人的。女性们可以敞开心扉告诉对方自己的感受。女性之间可以说"我爱你",没有丝毫犹豫或不适,也不会觉得她们之间有性的暗示,哪怕她们当中有一个是同性恋。

"哦。"格里尔说着伸手去拿,"谢谢你,泽伊。"

"这实际上是给费丝的。"

这下,这封信成了个不明物体,格里尔不确定自己是否想要这封信。她仿佛被耍了,在毫不知情的情况下自作聪明地送达了传票。"你是什么意思?"

"是这样的,"泽伊说,"昨晚在我父母家的卧室里,我熬到很晚很晚才睡,做出了我脑海中众多列表中的一张,你也应该如此,这样你就知道该如何规划你的人生。"

"就这个? 一张列表?"

"不,不,等等。不管怎么样,这个列表,首先你应该想想那些你绝对不希望出现在你生活中的事物。我意识到自己有多么不想成为一名律师助理——它无法让我兴奋——我知道自己有多么不愿意成为一名律师,至少不是企业律师。我看到这些年轻同事总是加班加点到很晚,钻研公司法,他们像医生一样随叫随到,但他们的工作并非为人类服务,除非他们被允许每隔一段时间做点无偿劳务。我的意思是,他们就像是无国界医生的对立面。我认为他们是无灵魂的律师。然而,公司给他们提供了一份丰厚的薪水,一开始就刺激或是迷惑他们,公司会带员工出去看棒球赛,享受晚餐,给他们发放太阳马戏团的门票——这在我看来是一种惩罚,而不是一份礼物——那些人全都穿着紧身衣,脸上画着菱形图案。还有比当丑角更糟糕的事吗?但这一切都从你这里掠夺了太多,并没有给你安全感,或者一种良好的感觉,也不会让你有种在须臾的人世间真正做着某件好事的感觉。你知道吗?我不想要这样。"

"那你想要什么呢?"

"嗯,事实上,我也很愿意为费丝·弗兰克的基金会工作,"泽伊平和地说,"如果她雇用我的话。"

格里尔不知道说什么好,但她很震惊。

泽伊忧心地在吧台上用手指画着圈圈。"我知道你很惊讶,我突然这么说。因为我从来没说过。我的父母认真地督促我去做一些可以成为职业的事情。但你正在做的——实际上可以是一份职业。我想也许我对费丝来说会具有附加价值。从某种程度上来说，我一直是一名活动分子。我始终认为，在我的设想中，我会为一个年轻而激进的公司工作。律师事务所不是，可费丝从来都是女权运动中的重要人物，我想我可以在她身上学到很多东西。但话说回来，我只是想想罢了。"

"我明白了。"格里尔平淡地说。

"我希望能加入进来做一些真正的事情，无论我在哪里工作。这是一件真正让我充满激情的事情。"泽伊的声音越来越细，有点哽咽，"我的父母喜欢当法官，他们早晨醒来后，那样子好像在说：'好啦好啦，阳光明媚，我们出发去法庭吧，亲爱的。'再看看你，对即将开始的工作如此兴奋，我也想要有那种感觉。"泽伊说，"我认为你们的基金会有很多事情要做，我的父母会批准的，因为事实上这是一份有薪水的正常工作。我可以到处奔波，为费丝·弗兰克做一切她所需要的事情。我可以帮她研磨茶叶或其他什么活儿；研磨茶叶不是一件活儿吗？也许每隔一段时间，她会传授一些年长女性特有的绝妙智慧，告诉我们一些过去的故事，我碰巧在房间里就可以听到这些。"

"如果你和我在同一个地方工作，岂不是帅呆了？因为你知道大学期间结交的朋友常常毕业后就分道扬镳了。他们的生活变得如此不同，他们再也没有什么可以谈论的了。我们可以阻止这种情况发生在我们身上。"

格里尔喝了一小口啤酒，试图平复她的声音，她问："那你在信里写了什么？"

"哦，是这样的，我向她解释了我是谁，以及为什么我想加入她的团队。我尽了最大的努力。我提醒了她我写作水平一般。我告诉她，她和我在你们相遇的那一晚也照过面，就在我们学院的女盥洗室里。我告诉了她泽伊·艾森施塔特的人生经历。是删减版，别担心。"

"我不担心。"格里尔说。这一晚的感觉开始急转直下，显然泽伊甚至都不明白是为什么。她只是以她惯常的稳定姿势坐着，看着格里尔，等待她的鼓励。相反，格里尔却希望泽伊的信可以消失，但它当然不会消失，而且她知道自己会尽责地把它转交给费丝。格里尔现在把玩着它，把它靠在她的啤酒瓶上。信封是不透明的，所以她看不到里面写了些什么。"她是你最亲密的朋友，格里尔。"费丝读过之后会说，"你认为，我应该雇用她吗？"格里尔会说："毋庸置疑。"

这封信靠在棕色的玻璃上，似乎散发着自己的光芒。格里尔举起了她的瓶子，信就落在了吧台上，仿佛被击倒了一般。

"那么，"泽伊问，"你明天什么时候得到岗？"

第五章

洛赛基金会的灯具配备了特殊的节能线圈。这些线圈仍处于测试阶段，对于手头的任务来说还不够亮，导致每个人在那里干活的时候都有些费劲，仿佛眯着眼睛在看中世纪的手稿。可格里尔并不在意。微弱的、近乎芹菜色的灯光把她二十六楼的小隔间染上了一层不寻常的阴沉色调，而她总是没完没了地加班，基本上每天如此——她很久以后才意识到她的渴望和努力貌似有点极端。她对工作充满热情，但几乎从第一天起她就弄明白了这份工作的界域，并且知道她在洛赛基金会干的活会有点无聊。费丝面试的时候提醒过她，但她那时觉得这是不可能的。的确，工作并不乏味——这个说法过于苛刻——因为格里尔仍旧爱着工作这个"理念"。"工作世界"这个词似乎很准确，办公室就像一个由会议室、饮水机和废纸回收箱组成的星球。但这份工作净是些琐碎、重复的差事，似乎跟帮助女性的宏伟事业没什么关联。她来这里上班的头一天临近中午时分想到，自己若是在企业类公司组织聚会也会游刃有余。

在办公桌前，格里尔要么在接电话，要么在电脑上工作，寻找有潜质的演讲者、他们的助手或者代表，让他们给她一个肯定或是有可能合作的答复，制定行程，学习世界各个机场的缩写，一些缩写实在不可理喻。为什么纽瓦克机场的缩写是 EWR，而不是好比说 NWR 或者 NWK？为什么罗马机场的缩写一定要用拗口难记的 FCO？科里的弟弟阿尔比可能知道——他喜欢收集此类信息。

星期一午休时，有人传来一张外卖菜单，让点餐的人在上面勾选菜式，然后交钱。那天的外卖是中东菜，格里尔低头看着素食区，点了一个沙拉三明治。她以为大家会坐在一起吃午餐，谈论一下基金会，还有他们的愿望和抱负之类的，但每个人都只是把他们的午餐带回自己的小隔间，所以格里尔也一样，伴随着不言而喻的孤独感吃起饭来。她把小隔间装扮成宿舍的样子，里面有科里和泽伊的照片，一大堆 ComSell Nutricle 蛋白质能量棒——树莓口味的还过得去，双重香草口味的口感如沙子般干涩——那是她父母塞给她的。科里第一天就给格里尔发了信息，说要看照片。她给他发了电梯和小厨房的照片，然后在整层楼拍摄了一个长镜头，还拍到了各种各样的后脑勺。"还有，发一些你生活中的奇闻轶事。"他说，"我这份咨询的工作很无聊。"但到目前为止，她觉得自己干的事情无法体现任何意义。她有一种预感，过不了多久，甚至很快，她就会负责一些更具重要意义的工作。显然，洛赛基金会的其他人已经在着手进行工作量更大的任务。虽然她和另一位登记员塔德·拉莫尼卡——一个光头的男同性恋，不需要参加日常会议，但她经常透过玻璃偷瞄会议室的里面。费丝坐在桌子的一端。房间里有三位研究人：玛塞拉·博克斯曼，二十三岁，非常性感，会多门语言；海伦·布兰德，三十五岁，打扮时尚，曾是工会组织者，也是费丝团队中唯一的非裔美国人；另一位是本·普罗克诺尔，外貌英俊，下巴的线条很硬朗，在斯坦福大学修读了五年，最近成了某刚成立的反饥荒组织的一员。此外，还有邦妮·登普斯特和伊夫琳·潘伯恩，两人都六十多岁，是 60 年代坚定的女权主义者。邦妮是一个女同性恋者，她仍然留着爆炸头发型——过去人们粗鲁地称之为犹太爆炸头——戴着烛台般的耳环，那是她亲手用废金属制成的。伊夫琳贵气十足，喜好揶揄别人，穿着一件漂亮的羊毛西装。自《布卢默》创办以来，她们两人一直跟随费丝左右。

　　第三天，开会过程中，格里尔听到会议室里有人不断提高着音量发言。她看了一眼，发现有条手臂在玻璃后面打着手势。这是费丝的手臂，即使是在办公室的另一头都能认出来。费丝说话的声音也一样清晰可辨，尽管她的语调压抑。格里尔听到她说："不，这不是我说的意思。我们重来一遍。玛塞拉，开始吧。"随后玛塞拉·博克斯曼开始小心翼翼地说话，仿佛在掩饰自己的恐惧。然后，依然怒火中烧的费丝对此进行了评价，有个人战战兢兢地为玛塞拉辩护，最终，会议取得了费丝想要的进展。终于可以听到平息了怒火的费丝这么说道："就这么定了！"每个人都松了一口气，笑得有点过分用力。

　　绿色的玻璃门终于发出嘘嘘的声音滑开时，里面所有人看起来都心满意足，甚至包括玛塞拉。事实上，费丝搂着玛塞拉，仿佛在向她保证一切都很好，不高兴的时刻已经过去了，而且也不重要了。

　　费丝曾经说过，她有时会变得不耐烦并发脾气，但大部分时间她都很慷慨随和，特别是对她的助手艾法特和其他后勤人员。格里尔曾看到费丝和那位老保洁员亲切地聊天，尽管他曾不小心扔掉了一张明尼苏达州大学之前颁发给她的荣誉学位证书。

　　格里尔已经逐渐认识到，费丝属于这样一类人，他们几乎吸引着每一个人。人们忍不住靠近费丝，或许可以说是一种冲动，但这种冲动不费吹灰之力，并有利于把事情办成。她从不煽风点火，也并非高瞻远瞩；她的才华与众不同。她能够筛选、提炼想法，并以一种大家都喜闻乐见的方式把它们呈现出来。她很特别。显然，没人对费丝的私生活有多少了解。她的背景也无人知晓。之前的许多次采访中，她一直以热情却充满神秘感的面貌示人——也许她喜欢这样。让人们远离你生活中的细节，你便不会被贴上标签，这样人们便可能把你看成任何事物，甚至认为你就是一切。

大家都想了解她，格里尔感觉到，这是一个尽人皆知的秘密，是全办公室的愿望。格里尔知道费丝很久以前就丧偶寡居，有一个成年了的儿子，但也仅此而已。她有男朋友吗？这词用在她身上是多么荒谬。她根本不需要男朋友；他们只会自惭形秽。她提到她有一间度假屋；它是什么样的呢？是三角墙砌成的吗？什么是三角墙？那她在滨江大道的公寓呢？只有她的助理艾法特曾经去过，但她好像明白费丝不希望她透露任何事情，所以艾法特从来没有对任何人讲过。

紧张的会议结束后，下午费丝走向格里尔的小隔间，说："嘿，今天过来一下好吗？"格里尔变得焦虑，担心自己犯了什么错误，会被责骂。惹怒费丝真是太可怕了，但取悦她则会很美妙；这个等式是绝对的——马利克教授说过。没有人会忘记激怒或取悦费丝·弗兰克后的感受。不过费丝眼下面带笑容。格里尔把泽伊的信藏在一个文件夹里，把它带进了费丝的办公室。从星期一开始，格里尔每天上班都战战兢兢的，好看准时机把信给她。起初格里尔觉得现在让费丝雇用她的朋友还为之尚早，并且过于鲁莽。但泽伊正焦急地等着下文，说不定这是值得一试的好时机。

在费丝巨大的办公室里，她们坐在白色长沙发的两端。光线倾洒在费丝的脸颊上，显现出她脸上最细微、近乎看不到的汗毛，只有从这个确切的角度才能看到。但格里尔不会把看到的景象告诉任何人。费丝向前微倾，身上散发着独特好闻的气味——她用的香水名叫"追寻"，格里尔无意中听到她对玛塞拉说过。玛塞拉本身也是个时髦精，她身上无疑也即将有一种在"追寻"中浸泡过的味道。

"说说你在这里工作的感想，"费丝说，"直接一点，不用担心我的自尊心。我很好奇你怎么看待现状。宏伟的新事业，真的有这么宏伟吗？"

"就目前来看,也许还处于宏伟事业的婴儿阶段。"

费丝对她微笑,可这话并不那么有趣!但它还是有点趣味的,格里尔随即提出了各种各样的建议,每一条都截然不同,这样费丝就不会一下子全部否决。她建议在第一次峰会上改变两项拟定活动的顺序。峰会将于三月举行,主题是"权力"。

格里尔让声音保持镇静,小心翼翼地提出了另一个想法:"也许我们可以浏览一些新潮的女权主义博客,看看他们有什么新动向。"她刚说出口,就想起那些博客作者曾经挥笔讨伐过费丝,他们写道:《女性的引领》的作者试图说服我们与施雷德资本狼狈为奸完全没问题。有点团体女权主义的意味,费丝·弗兰克,你怎么看呢?"

费丝只是对格里尔点点头。"当然,我们可以看看。"她说,"但是,你知道,我在公司有自己的行事作风。"

与费丝其他的下属一样,格里尔知道自己是为费丝工作,而不是在激进组织工作。但他们都喜欢被这位强大的、有吸引力的、有尊严的年长女权主义者所领导;他们喜欢她所代表的东西。

谈话进行到尾声,一切都进行得很顺利,因此,格里尔不想泽伊的信不识相地破坏气氛,所以她还是没有提起它。她告诉自己,很快就会跟费丝说明,很快。但是走回办公区的路上,格里尔感到扬扬得意——连走路都飘飘然——才发现自己是真的不想把泽伊的信交给费丝。她不想和泽伊分享费丝。她还在尝试找到她在洛赛基金会的位置——她适合做什么,不适合做什么。当然,她明天肯定会把这封信交给费丝,但仅仅出于朋友的义务。

直到星期五下午,格里尔还没有找到合适的时机把这封信交给费丝。大约五点三十分,格里尔仍坐在办公桌前,意外地听到远处传来一阵声音。"穿外套走吧,博克斯曼。"有人喊道。是本。调情的时候,男人们常常只用姓氏称呼女人。

"你应该叫我博克斯曼女士[1]，普罗克诺尔。"玛塞拉打趣道。

"有人预订了座位吗？"有人问道。声音听来很耳熟，但叫不上名字，后来格里尔认出这是二十七楼的金·鲁索——首席运营官的助理。格里尔作为新人熟悉公司时，和她简短地见过面。

"我订了。"邦妮·登普斯特明确地说，"靠后面的那一张桌子，我怕我们说话太大声。"

"噢，我们肯定会很吵。"有人附和道，是伊夫琳，"他们有最好的马提尼酒，还有橄榄汁。"

"所有犹太人[2]都怎么了？"本说，"所有犹太人都……受过割礼？"

"实际上，并非所有人都这样。"塔德说，"我刚好知道这点。"

"她说的是'橄榄汁'。"玛塞拉说道，然后大家爆发出一阵笑声。电梯到了，发出尖锐的一声"叮"，随之迅速把整个团队的人带到楼下，声音逐渐消失。他们要去酒吧，但没邀请格里尔。突然间，她失去了坐在那里工作到很晚的乐趣。他们聚会一般都不会叫上格里尔，她早已习惯了，塔德也没有收到邀请，而且费丝已经明确表示并不是针对他们俩。然而，现在塔德也跟着一起去了，但没有人邀请格里尔。

办公室里现在非常寂静。格里尔突然意识到——仿佛冥冥之中受到了启示——她在这里孤立无援，她之前一直没有注意到，但此刻显而易见。穿过偌大的空间，夜幕开始给窗户染上颜色。格里尔一动不动地坐着，突然变得脆弱起来，没过一会儿她听到了远处的声音。是脚步声；也许是没来得及与其他人一起前往酒吧的同事。脚步很重，是个男性。他吹起了口哨。格里尔坐着，仔细地听着。是《夜晚的陌生人》，片刻后她断定。脚步逐渐靠近，

---

[1] 博克斯曼原文为 Boxman，此处 Boxwoman 把结尾 man（男性）改成了 woman（女性）。

[2] 此处把上文"橄榄汁（Olive juice）"听成了"所有犹太人（All of Jews）"。

然后停了下来。格里尔抬起头,接着惊恐地发现埃米特·施雷德正低头盯着她看。她只见过他一次——周二早上他到二十六楼出席了一个尴尬的见面会,与这里的工作人员打了个照面。他走进了两间会议室中较大的那间,年轻的助理们就像精灵跳舞一样围在他身边,还有一位年长的助理跟在他身后不远处。那助手其貌不扬,看样子大概长期操劳。

施雷德七十岁,银色长发梳成"狮子头"发型,那天早晨穿着一件时髦的深色西装,衬着昂贵的领带。"你好,你好!"他对所有人强颜欢笑,他们一个接一个向他进行自我介绍,包括后勤人员。他们介绍到一半时,大家都能看出他再也待不下去了,他急切地想逃脱。因此,他们都开始紧张,以越来越快的速度说出自己的名字,很快就介绍完了,他也就离开了。今晚,他只穿了一件衬衫,没有穿西装,也没有打领带。但是在休憩的时刻看见一个重要人物,这使格里尔稍稍警觉起来。什么事情都可能发生。

"您是哪位?"他问,一边踏进了格里尔的小隔间。

"格里尔·卡德特斯基。"她说。

她恐慌地环视着自己小隔间的装饰。她便宜的惠好牌塑料梳子放在桌子上——她早些时候用过它,现在她看到几根头发从上面掉下来。她闻到了这个非常富有的男人身上的气味,并意识到这气味无疑令人感到兴奋,至少是充满了异国情调,因为这味道与她同龄的男人——那些浑身散发着烟味、奶酪薯条味和星巴克玛奇朵味的男人——都截然不同。科里经常散发着一股格里尔送他的蛋白质能量棒的味道,还有一种廉价洗发水的味道,那是他从日用店里随手抓的,应该含有香脂成分,但他很少注意到,有一次还把它叫作"我的轻木[1]洗发水"。她说:"你以为你是用轻

---

[1] 香脂(Balsam)和轻木(Balsa)两个单词形似。

木洗头发的？像那种做风筝的轻木？"他耸耸肩说他从来没有想过这件事。

但埃米特·施雷德的气味、穿着和形象不由得引人遐想。他的外形和身上的气味无疑说明了他坐拥价值不菲的股份和房产。格里尔离他只有咫尺之遥，觉得自己急需将她那把乱七八糟的梳子藏起来。"那么你的工作是什么呢？"埃米特·施雷德饶有兴趣地问道。

"预约。"

"什么意思？你负责选人讲述她们的悲惨故事吗？"

"不，我只是尽我所能让她们来。再由其他人去选择。"

"听起来挺好的。你为什么这么晚了还在这里？"

"这么晚了，可您也在这里。"她一针见血。

"我是有理由的。"他说，"我要和你的女老板一起待会儿。她和我偶尔会开两个人的私人晚会。如果我下班后都没机会和她坐下来谈谈话，那我不知道还能做什么。这对我来说很重要。"

"她太完美了。"格里尔不由自主地说道，她的声音听起来过于虔诚，施雷德不禁笑了起来。

"她确实如此。"他表示同意。他换了一种若有所思的表情看着她。"你是费丝·弗兰克的狂热追随者，是吗？"他问道。

格里尔不自在地踌躇起来。"嗯，我不知道。我很钦佩她的所作所为。"

"噢，跟我说实话吧。你仰慕她，对吗？因为你觉得她永远是对的，你想取悦她，诸如此类的狗屁理由。"

"是的，可以这么说。但我真的很钦佩她的所作所为。"

"嗯，我也是。"施雷德说。

一瞬间他们都沉默不语，气氛十分融洽。他伸手去拿她桌上的梳子并拿在手里转了起来，可能只是因为他的手闲不住。格里尔曾经读到某些报道，说施雷德资本的创始人急躁不安，容易生厌,注意力能集中的时间极短。许多年后,格里尔已声名大噪,有人在洛杉矶的一个宴会上请她说出一样成功女性的共同品质,她想了一会儿,然后说道:"我想她们大部分人都知道如何跟有注意力缺乏症的男性交流。"宴会上的每个人都表示这个答案非常有趣,但也许事实正是如此。

"所以,"施雷德说,"周末到了,你不想与其他人一起去玩吗?去吃点烤土豆皮、炸洋葱条,或其他小吃,喝上一整晚?"

"没有人邀请我。"她听到了自己自哀自怜的声音。

"不一定要等别人邀请你。"埃米特说,"来吧。"他示意她跟着自己,她满腹疑惑,小心翼翼地跟在他身后,沿着大厅走进洛赛基金会的公用厨房。厨房里的咖啡机上方,是一个手写的醒目标志,上面写着:**周五喝酒!**",以及在何时何地见面。也许,她过于专注了,并没有留意到。

"星期五傍晚是件大事。"埃米特说,"每个人都会出去玩。不管是楼上还是楼下的员工。"

她明白了,除了工作本身,她一直在做错事。

"你还来得及加入他们。"施雷德说。

于是,格里尔回到了自己的小隔间,从钩子上取下夹克。然后,她匆匆下楼上了街,来到古棕色外墙带玻璃窗的"柴屋"酒吧。他们坐得很靠后,大部分都是二十六楼的同事,还有一些二十七楼的年轻同事和管理人员。格里尔穿过人声鼎沸的酒桌,来到拼在一起的桌子跟前,海伦·布兰德举手示意,并说:"大伙儿,让点儿位置。"他们都重新调整了座位,为她留出了点空间,于是她坐在了本和楼上的金·鲁索中间。

"好哇!"金说。她向格里尔举起了一杯酒——"'宇宙'[1]。很老土,对吧,"她说,"但是这恶心的一周终于结束了,我需要点

---

[1] 一款鸡尾酒的名字。

儿刺激"——她把酒喝光了,"来,你也来点有劲儿的。"

"当然,但我肯定我不需要什么有劲儿的。我的工作压力不大。我倒是希望我的工作能高压一点。"

"听到了吗?"金说道,"'工作压力不大',她希望工作高压一点。"

"很快就会成真的了,格里尔。"另一头的海伦说道,"我只比你早进公司两周,一下子就应接不暇了。"

"你的工作不一样。你比我做的工作多得多。"

"如果你想要做更多的事情,"金说,"那就积极去做。这是所有职场的第一法则。"

"多谢指教。"格里尔说。

"让自己变得不可或缺。我尽力让首席运营官认为我的技能比其他人都要熟练,他因此对我十分信任。现在他周末还打电话让我做额外的工作,而且我还不能拒绝说:'谢谢你,道格,我不想做。'无论如何,今年我拿到了奖金。"

"妇女基金会没有奖金。"海伦说,"不过我知道已提上日程。"

"费丝对你微笑的时候,就是奖金。"本说,"像是上帝在朝你微笑一样。"

格里尔喝了一小口早前放在她面前的冷饮,说道:"希望上帝能向我微笑。"

"说不定上帝其实是一个男人,也许他还会冲你抛媚眼。"金说。

"也可能被他谋杀,"玛塞拉说,"说真的,男人为什么讨厌女人?英语中有太多的词给男人用来描述他们对女性的仇恨。母狗。妓女。还有 C 开头的那个字[1]。这就好比'雪'的说法之于因纽特人,说不完道不尽。但我们从未讨论过这个——这一现象的

---

[1] 应指 cunt 一词,意为女性的阴部,引申义为讨厌鬼。

本质原因是什么？本，还有塔德，我正盯着你们呢。"

"饶了我吧，玛塞拉，我不讨厌女人。"本说，并举起了双手，"别盯着我。"

"也别盯着我。"塔德说，"大多数时候我都对着男人想：'为什么我会跟你拥有同一个性别，你这坨狗屎？'就像你有一个同姓的坏亲戚一样。"

"费丝说男人害怕女人。"邦妮说，"这是一切的关键。"

"对。"伊夫琳说，"她曾经和那个浑蛋小说家一起上电视节目的时候说过。70年代吧——我不太记得了。"

"伊夫琳和我都在摄影棚观众中。"邦妮说，"然后，我们一起去吃芝士火锅。你们大部分人可能不知道我说的是什么，但那时是芝士火锅的年代。"

"你看得到的地方，全都是烤肉叉子，"伊夫琳说，"我都记不清她说男人到底害怕什么了。"

"不管是什么，"本说，"我确信她是对的。男人知道女人会摸清我们的底细。就好像，女性可以一眼看穿我们——"

"是的，比如说，你午饭吃的是汉堡。"邦妮笑着说。

"——她们看得出我们个个都不靠谱。但是世界一直支撑着我们，女性们对这些很清楚，而我们也清楚你们知道这点，所以也许我们仇视你们，是因为你们知道我们的短处。你们如同目击罪犯的证人。"

格里尔一边听着，一边想，如果泽伊能参与其中该有多好。然后她想起了为什么泽伊没法参与，并感到一种前所未有的、奇怪的羞耻感。她还想到，本简直像一个年轻女权主义者的梦中情人，如此英俊潇洒，还站在女性一边，不怕与其他人作对。这也可以用来形容科里。本的一条腿靠着她，也许是无意识的。他的另一条腿可能挨着玛塞拉。玛塞拉穿着她的小裙子、连裤袜和高跟鞋。玛塞拉·博克斯曼看起来不像是洛赛基金会或施雷德资本的员工，倒像是在 Vogue 杂志上班。格里尔隐约意识到自己很羡慕玛塞拉在这个世界上如鱼得水。玛塞拉对本很有吸引力，她熬过了费丝的考验，她可能最终会成为某个领域的大腕。第一次峰会的主题是权力，这是一件好事——玛塞拉可以得到一些建议，使她命中注定会拥有的权力加速到来。

大家笑了起来，酒吧里面的气氛更加热闹了。格里尔因为能来参加聚会而过度兴奋，谈话越来越大声，终于到达了极限，开始沉思起来，甚至觉得疲惫。饮料酒水不再续杯，夜晚逐渐慢了下来。本和玛塞拉现在要进行今晚的第二轮狂欢了，格里尔心想，他们会去其中一人家里的床上。而其他人，他们也有另一半在等着吗？格里尔是唯一一个形单影只的吗？

"差不多该撤了。"海伦说。

所有人开始掏钱包付钱，但就在那时有人急切地说了句"费丝"，这话本身没有任何意义，因为费丝的名字总是被提到，像一个常量，一次心跳，饮水机里隆隆的气泡声。可接着格里尔抬起头，立刻看见费丝正往桌子这边走来。大家又把钱包放回了包和口袋里，显然今晚还没有结束。

"费丝，这边！"邦妮说。在酒吧后方的这片空间里，其他桌子上的几个人抬起头，低声说着话。他们笑了笑，其中一人赞许地说："费丝·弗兰克！"然后每个人都回到各自的谈话中去了。这里是纽约，这里的名人跟你喝着从同一个酒槽放出来的酒，而就今晚的情况来看，费丝还不算那么有名。长桌被拼到一块，大家坐得水泄不通，每个人都靠得更近了，格里尔发现自己跟本挤得更紧了；她能感觉到他口袋里的钥匙圈。费丝在格里尔对面坐了下来，一杯马提尼酒立马被端在她面前，玻璃杯上刻满了漂亮的珠饰，底部加量的橄榄堆成了一个小金字塔。

"我对此心怀感激，"费丝说，"偌大的世界里，倘若有几个地方知道你喜欢喝什么，那么一切都很好。"每个人都轻松地和她搭话，但没有人想独占她。格里尔注意到费丝正熟练地在桌子边变换着动作，但实际上没有移动位置，就像画中的人物一样，视线一直跟着你在房间里游走。她对每个人都会说上几句，和大家一样脸上露出同情或被逗乐的表情。

费丝突然加入前，格里尔一直在和金说话。金告诉她，在企业工作的女性并不是总能和睦相处的。"楼上有位女士，不具体说姓名了。"金说，"她是风投领域的大咖，对其他女人来说是个可怕人物。我听很多人讲过她的事。我和她一起坐电梯，她就站在那里盯着门，一言不发，甚至连招呼都不打，我想跟她打招呼，我知道我只是一名助理，可难道我们不应该相互尊重吗？我完全理解了那种觉得自己受到了威胁的感觉，因为对方就是想让你有这种感觉。上流社会留给女性的位置非常非常有限，而每个人都觉得自己是唯一能跻身上层的人，而且她们无法对其他女人友好。"

傻屄，格里尔心想。泽伊就是这么称呼那些讨厌女人的女人的。她记得泽伊曾经用这些词唱过一首歌。

突然，费丝说："那，格里尔，你在这里交到朋友了吗？找到自己的目标了吗？"

格里尔事后回想，可能是因为喝了酒。是因为酒精和夜晚，以及格里尔碰巧在那时候想着泽伊；当然了，因为那封信，格里尔整个星期都在想着泽伊。金转过身子与艾法特和伊夫琳交谈，好让格里尔能与费丝单独聊聊；在格里尔的另一侧，本正在与隔壁桌的某个人交谈。没有人在听费丝和格里尔的对话。"我有一个朋友想在咱们这里工作。"格里尔突然对费丝说道，几乎是低声呢喃，"她写了一封信介绍她自己，她希望我把信交给你。在我们上大学时，你曾见过她和我。"

"啊。"费丝说。

"但摸着良心说，我知道我还没有把信给你是有原因的。"

"好吧。"

"我觉得我心里真的不希望她在这里工作。"

"她工作做得不好吗?"

"我相信她会做得很出色。她是那种活跃分子。她非常肯花心思。另外,是她一开始告诉我关于你的事的。她很棒。我只是不想与任何人分享这里的工作体验。我希望它只属于我自己。"格里尔正等着费丝谴责她或赦免她。格里尔的包就在桌子下面,她的脚边,里面装着那封信,她觉得此刻那只包就像核弹箱一样危险。

"我了解了。"费丝说,"但你知道自己为什么会有这种想法吗?"

"我大概明白,"格里尔说,"但如果大声说出来,我不知道会带来什么后果。"

"说说看吧。"

"我的父母从来不知道如何为人父母。"格里尔说,费丝点点头。"房子总是凌乱不堪,我觉得我们都是寄宿公寓里的住客。我们经常不在一起吃饭。他们并没有真正过问我生活中的琐事:我的功课、我的朋友。他们都不感兴趣。他们知道自己'另类',但在我看来,他们其实处在社会的边缘。他们是瘾君子,到现在都是。"

"我很遗憾。"费丝沉重地说道,"我希望当时有人意识到发生的一切,并努力施以援手让你的家更像一个家。你过去受了不少苦吧。一个孩子只是想爱她的父母并且得到关爱,这看起来似乎很简单,有时却很难。"听到这些话以过去时的语态说出,简直是一种抚慰。你过去受了不少苦吧,费丝说,但这些都不再重要了。

"他们肯定对我很失望。"格里尔说,"我和他们太不一样了。但是我想要的不止这些。"她意识到现在同费丝说话是多么轻松自如，跟在女盥洗室谈话时截然不同。"我雄心勃勃。我疯狂地学习。"她说，"我夜以继日地阅读小说。我有一个使命。"

"是什么？"费丝戳起饮料中的一颗橄榄，送到齿间。

"吸收世界上的一切事物。同时也为了逃离。"

"有点道理。"

"我不是说这能帮我不想让朋友在这里工作开脱。"格里尔说，"但我认为事实就是如此。如果她听到我说不希望她来，她肯定会十分震惊。"她停顿了一下，"无论如何，她都会问我发生了什么，我也不得不说些什么。"格里尔想到了这件事。"我可以告诉她，我给了你这封信，但没有合适的工作。如果我这样做，我会变成一个可怕的人吗？"

费丝没有回答，只是一直看着她。"格里尔，我可以读读这封信，然后决定你的朋友是否能参加面试吗？"她温柔地问道。格里尔答不上来。"或者你就想这样算了？"

"我不知道。"

"嗯，我随时乐意去读这封信，"费丝说，"你可以星期一把它放在我的桌子上，或者不放。"

格里尔此刻只能说出一句"谢谢你"，面带痛苦。

两人沉默了一会儿。格里尔以为费丝也许会不满地转身离开，与其他人交谈。但相反，她说："我喜欢你试图解决问题的方式，格里尔。你真诚而且善于思索，甚至对自己不引以为豪的一面也是如此。你愿意为我做些文书工作吗？"

"当然。"格里尔说，"我十分愿意。"

"好。在第一次峰会召开前的几个月里，我们会在市里举办几场小型宴会。这些午宴和晚宴都会有媒体出席。大概最多会有二十五位客人。非常隐秘。我想邀请的发言者是那些曾亲身遭受不公正待遇并试图反抗的女性。她们毫无经验，还不习惯公开演讲。她们不会参加我们的峰会，但我们希望她们能够出席这些小型活动,当作是为峰会预热。让她们明白自己要说些什么很重要。看过你的出色文笔,又听了你今晚的讲话,我认为你是合适的人选,可以协助她们写出精彩的演讲稿。"

"听起来很棒。"格里尔说,"谢谢你,费丝。"

"别客气。就这么定了。"

就是这样。格里尔将会为洛赛基金会写一些短小的演讲稿。通过这种方式,她会让自己渐渐变得不可或缺。整个夜晚都太美妙了,甚至包括她坦承泽伊信件这一痛苦的部分。格里尔知道今晚会一直刻在她的脑海中,她会记得坐在长长的桌子边喝酒,和他人愈发自如地聊天,而他们都是想为世界贡献力量的人。费丝就是其中之一。费丝,赞许了格里尔。她的赞许像天鹅绒一样柔软,而且格里尔对这种赞许的渴望也像天鹅绒一样,带着一点俗气。格里尔想,尽管今晚没有任何事情会让费丝觉得:这真是个特别的夜晚!但这不重要。

费丝不会这么想:我喜欢和年轻的格里尔·卡德特斯基谈话。我知道格里尔面临着道德困境,关于她朋友让她转交给我的一封信,我看着她在困境里挣扎。她正试着给自己找一条出路,年轻的格里尔,我很高兴能从旁注视,并尽可能提供帮助。今晚是一个美好的夜晚,一个令人振奋的夜晚,一个难忘的夜晚。

不,费丝不会认为今晚有什么特别的。但格里尔会。

就在这时,邦妮·登普斯特说:"费丝!我们为《平等权利修正案》游行唱的那首俏皮歌是什么?你还记得吗?"

费丝转向邦妮说:"是这样开头的吗,'一,二,三,四'?"

邦妮说:"是的,就是这个!接下去是什么?"费丝回答:"哦,邦妮,我什么都想不起来了。"然后,她朝所有人说:"上年纪了。"大家都笑了起来。

泽伊的信仍然躺在格里尔的包底,但这显然已经不那么重要了。到周一再上班时,格里尔切切实实地忘记了;她确实一次都没有想起过,而费丝也没有提起它。费丝的工作需要花费大量时间,很多人都在问她问题,征求她的建议,给她打电话,还随时给她发电子邮件。

几天后,格里尔突然再次想起了这封信,但她觉得现在为时已晚。已经过去太久了。费丝可能彻底把这事忘得一干二净了,而格里尔也应该就此让这件事过去。至少她是这么告诉自己的。

那天晚上,泽伊从她自小长大的斯卡斯代尔家中打来电话,她坐在卧室的旧海报下,海报有辣妹组合的,有音速青年组合里的金·戈登的,还有蜷缩在苔原、田野或森林的濒临灭绝的小动物的。"所以你找到机会把信给费丝了吗?"她问道。

格里尔停顿了一下,觉得浑身不舒坦,疯狂地思索如何作答。"很抱歉,"格里尔说,"那里没有工作机会了。"

"哦。"泽伊说,"太糟糕了。我就知道机会渺茫。她对我写的内容有什么看法吗?"

"没有,对不起。"

"别担心!"泽伊说,这是她们之间惯用的玩笑话。"你能帮忙我已经很感谢了。无论如何,我一定要尽快离开这家律师事务所。"

向费丝坦言,随后是不作为,再接下来是谎言。环环相扣,莫名其妙就这样了。事后,格里尔在想,是不是每个人的内心在某种程度上都是卑鄙龌龊的。有些时候,当你如厕后漫不经心地朝马桶里面或朝刚用过的厕纸看去,接着突然想到,这就是你身体里一直跟着你四处走动的东西。这就是一直等着被排泄出来的东西。挂了电话后,她把这封信放进了她梳妆台底部的抽屉里。她不知道信里到底说了些什么,不过她永远不会去读它,更不会告诉别人她做了什么。只有费丝知道。

第二天,格里尔来上班时,她看到桌子上放了一个艾法特送来的文件夹,里面有那些准备在小型媒体午宴或晚宴上演讲的妇女的相关打印件。在接下来的几个月里，这些女性一个接一个地来到办公室接受格里尔的采访。她们告诉她被骚扰、薪酬不平等或被剥夺参加体育运动的机会，而后尝试与不公对抗的故事。开始交谈后，她们看到格里尔听得这么认真，也就更加直言不讳了。

这些故事的共同点是极度的不公平待遇，让人忍无可忍。不公平会让人怒火中烧。有时候，从张嘴的那一刻起，那些女性似乎就无法抑制自己的愤怒，但其他时候她们只是近乎崩溃，她们和格里尔一起坐在会议室里，掩面大哭。她们的脸扭曲起来，顾不上自己的形象，格里尔知道每个经过会议室的人都可以透过绿色的玻璃隐隐约约看到她们在里面，所以她想挡住她们不让人看到。她们哭的时候，她有时也会哭，但她也一直记着笔记，开着小型数字录音机。她知道自己不需要说太多，这样效果会更好。接下来，她们离开后，格里尔就坐下来写演讲稿，这期间感觉她们一直在自己耳边诉说。

格里尔的第一篇讲稿是为贝弗利·考克斯写的，她在一家鞋厂工作，在那里男人能得到更高的薪酬，但最严重的是女性会被贬低、被骚扰，而且男女都必须在同一个烟雾缭绕的热箱里工作。他们生产的是面向富有女性的高端鞋类，所有产品的鞋尖和鞋跟都像是尖锐的武器。格里尔坐在她的小隔间里，戴着耳机回放录音带，听着贝弗利断断续续的描述：女人们站成一排制作高跟鞋跟，而对面的一群男人则在制作鞋底，薪酬却比她们更高。贝弗利发现不公后，便向经理抱怨，之后她便受到男同事的骚扰和威胁。他们换掉了她锁柜的锁，于是她无法打开柜子；他们刺破了她的车胎；他们在她的工作间留下威胁和色情信息。皮革和胶水染上了耻辱的味道；这味道紧紧附在她的头上和衣服上。她向律师求助，律师帮她与基金会取得了联系。

"我每天早上把车停到停车场，然后走进那家工厂时，都觉得自己在过独木桥。"贝弗利说道，控制不住地泪流满面，格里尔说："没关系，慢慢来。"在录音带里一段长长的音频里，能听到的只有贝弗利害怕、颤抖的呼吸声。格里尔时不时会跟她说："没关系。我觉得你说得很好。我真的很佩服你。"贝弗利说："谢谢你。"然后用力吸了吸鼻子。之后，她更加沉默了。格里尔并没有试图打破沉默。一个人在谈到她面对的困难时，需要一些时间。格里尔坐在她的小隔间里，静听着呼吸声，接着，谈话再次进行。

贝弗利在市中心的一家意大利餐厅向一小群当地媒体发表了午宴演讲，结束的时候，所有人都沉默了，皆处于无比震惊的状态中。当然，格里尔感到非常兴奋，是她造就了这场演讲，她也意识到，同样在场的费丝也深知这一点。事后，费丝来到格里尔身边，轻声说："你做到了。"

格里尔感到激动，不仅仅因为费丝的赞美。虽然得到费丝·弗兰克的赞美永远都会让她超级激动，但格里尔的兴奋还在于她写的稿子也许能够激励发表演讲的女性，让她们变得雄心勃勃，就像她自己一样。

冬天过去了，办公室里嗡嗡作响，测试灯具亮着的时间更长了，好像还更偏绿了，而工作经常要到深夜才能完成。点比萨的时间也推迟了，工作好比是在大学里通宵写作业。费丝有一次在凌晨两点告诉全体员工，峰会的售票量仍然要增加，当时她手里还拿着一块比萨。在第一次峰会上，人气高涨、身有残疾的前州长本来要发表一场万众瞩目的演讲，内容关乎残疾人社区的性侵犯问题，可这一安排刚刚被取消了。"这里的工作太疯狂了。"当天深夜，格里尔在视频通话中对科里说，"没人可以睡觉，或者有工作以外的生活。我们基本上只能工作。"但是她很兴奋，他听得出来。

"你真幸运。"科里说，坐在自己的办公桌前，人在马尼拉，当地时间是下午,他正在翻阅各种资料,为那些他并不真正关心的公司服务。其他的同事都很关心,但他没有,至少还不够。"我想我应该更喜欢我的工作,"他说,"像你这样。"

费丝说,第一次峰会的成功举办将至关重要。如果办得不好,那么施雷德资本可能会撤资。虽然门票销售是一个问题,但是宣传报道十分吸引眼球,摄影人员忙得不可开交,演讲者走进费丝的办公室,一对一谈了很久。

在三月的一个星期一,距离峰会还有一周多的时间,夜幕已经降临,但只要有需要,每个人都坚守在岗位上,费丝说她有事情要宣布。她站在他们面前,说:"我知道你们都累了。我知道你们都呕心沥血。我也知道你们不清楚峰会到底会举办得怎么样。我也不清楚。但我想说你们是我所认识的人中最棒的。你们一直忙得屁股都沾不到椅子,这种'无屁股'办公居然能持续这么久"——大家都笑了起来——"也没有人患上神经衰弱,可能患上神经衰弱的那个人是我。所以我决定我们所有人需要一起离开这里。"

"现在?"有人喊道,"出租车!"

"哦,我也想。其实我的意思是,我想邀请大家这周末到我家来。我会准备食物和葡萄酒,大家一起过个愉快的周末。你们觉得怎么样?"

这个通知来得非常匆忙,虽然它不是一个指令,但每个人肯定都会去。这就像进入堡垒去探索它神秘的内部。他们可以进一步了解费丝,因为她基本不透露自己的信息。星期六,大家搭乘同一班火车,下火车后分头打了几辆出租车,前往费丝的住所。显然,树林里手机信号不太好。"告诉你们的亲友,你们不在服务区。"费丝事先提醒过他们。

格里尔坐的那辆出租车从主干道上转弯,拐到一条杂草丛生的小径上,带着他们穿过乱糟糟、竞相攀爬的绿植,艰难地行进,直到绿色的树木突然变得稀疏开阔起来。不远处露出一幢漂亮的房子，屋顶由棕色的木瓦铺就，镶着红边，费丝站在门廊上挥手。她竟然穿着围裙，攥着擀面杖，头发随风飞舞。她看起来像一位美丽勇敢的先锋女性。

一进去，格里尔就被费丝·弗兰克周末小屋里的种种特色震慑到了。屋里的摆设似乎有很多层意思，有些也许只是想象。一把栗色的皮椅安靠在一盏阅读灯边，皮革凹陷进去，头靠部位的染料在几十年里已被费丝蹭掉了。趁着没人注意，格里尔在上面坐了一小会儿，头靠在椅背上，虽然这没什么大不了的，但她还是很快就站了起来，像一条知道自己不应该跳上家具的小狗一样。

格里尔所在的房间，乍看之下只是一间客房，其实并没有这么简单。在狭窄的白色锻铁床对面放着一张旧的梳妆台，上面摆着一些小玩意儿，其中有一个落满灰尘的小奖杯，上面刻着：

"小人物"夏季足球赛——1984年
林肯·弗兰克-兰多
最佳助攻奖

费丝的儿子在这个房间度过了很多个夏天。此刻他如同精灵一般，从镀金奖杯中现身。即便是以精灵的形态出现，他也是一个小小的威胁，让作为独生女的格里尔体会到拥有兄弟姐妹是什么感觉。至少体会到了如果你是费丝·弗兰克的孩子并拥有兄弟姐妹是一种什么感觉。除了不得不跟别人分享自己非凡的母亲之外，她的孩子都会非常幸运。但也许林肯早就知道他不得不与他人分享母亲。费丝为女性和女孩争取权益——"世界不关注女性时，我们必须站出来。"她曾经说过——也许林肯与她们的争夺赛早就开始了。

也许林肯还意识到，他不得不与母亲的同事分享母亲。因为哪怕是现在,费丝与洛赛基金会的工作团队都是亲密无间的。她有时会亲自把格里尔叫到她的办公室,或偶尔和她及其他几个人共进午餐,所有人都把纸制餐盘搁在膝盖上。她询问格里尔的个人生活,格里尔羞涩地告诉她科里生活在世界的另一端。费丝接着又表扬格里尔写的演讲稿。有时那些接受格里尔采访的女性事后还会与她保持联系,分享她们的生活——新的工作或挫折。

"你确实能说出这些女性的心声。"费丝最近这么说,"我们以前也聊过,你有的时候觉得很难发声于外。然而也许你得到补偿了,我不得不说你是一个出色的倾听者,这和发声一样重要。继续聆听,格里尔。就像……一位地震学家,把听诊器压在地上,留意深处的震动。"

在这栋房子里,可以听见费丝的声音从远处传来。她大声地说着什么,有人笑了起来,并大声回应。一阵叩门声响起,然后走廊上的其他门也传来轻轻的叩门声。玛塞拉叫道:"费丝让我们下楼去喝鸡尾酒并准备食物!"一两分钟之内,所有人都出现在楼下,没有谁拖拖拉拉的。

在厨房里,费丝举起了一把刀,问道:"谁想成为我的副主厨?"所有人都自告奋勇,他们的手迅速举起,但是格里尔举手的速度最快。

"好吧,卡德特斯基女士,就是你了。"费丝说,"你能先处理洋葱吗?"

"当然。"格里尔会处理洋葱;洋葱会在她手里被剥开。如果费丝问:"你能证明费马大定理吗?"格里尔也会回答"怎么了,我当然能呀",然后坐在黑板边上,手握粉笔,把它给证明出来。

费丝递给她一个装满洋葱的网袋。格里尔在料理台边站定,希望自己看起来像个大厨。一瓶黑皮诺[1]葡萄酒被拿了出来,还有

---

[1] 一个珍贵的红葡萄品种,主要产自法国勃艮第和香槟地区。

不同颜色的手工吹制玻璃杯。格里尔的酒杯是海玻璃绿的,玻璃当中禁锢着不完美的小小气泡,就像碳酸作用形成的气泡一样。她欣然喝下一小口酒,即刻感觉自己从头到脚都充上了电。

"今晚是牛排之夜。"费丝向厨房宣布,引来一片赞成声。

格里尔打算说:"我只吃配菜就可以了。"但话题已经岔开,她只能等下再告诉费丝自己是素食主义者。现在每个人都谈论起了星期二即将揭幕的峰会。

"我仍然希望麦考利参议员能出席。"海伦说,"我不能错过机会。"大家都开始静静地思考。每当参议员的名字出现时,所有人都会变得有些沮丧,甚至情绪不稳定。来自印第安纳州的参议员安妮·麦考利是一股强大的力量,是反堕胎派的中坚力量,是震动政界的大人物,她做了大量工作削弱妇女的生育权,尤其是贫困妇女。尽管年近古稀,可安妮·麦考利并没有显示出任何撒手不干的迹象。

"我试过了。"塔德说道,"我给她的办公室寄了一封低声下气但有说服力的信。我用上了所有的修辞,不过一点效果都没有。"

"她同意出席就怪了。"艾法特说,"她对女性并不友善。"

"没有,不会奇怪的。"海伦说,"她就很多事件发表言论。她喜欢有意义的辩论。"

"我敢肯定,她会去竞选总统。"伊夫琳说,"我知道她多年来一直在尝试,但还没成功。"

邦妮说:"她把我吓得屁滚尿流。"

玛塞拉说:"我在印第安纳波利斯[1]长大,我还记得她争取连任时的情形。她把支持堕胎合法的对手打了个落花流水。我记得竞选时还有胎儿的照片。"

他们讨论了堕胎权利、参议院的组成,以及贩卖人口问题,

---

[1] 印第安纳州首府。

费丝尤其关注最后这个话题，每当谈及这个话题，她的声音就会尖锐起来。然后不知怎么，话题短暂跑偏，他们讨论起了一个英国电视犯罪节目，有一位名叫杰玛·布雷斯韦特的美女，遭受所在部门的性别歧视和所在街区的暴力骚扰。在场的大多数人都喜欢杰玛·布雷斯韦特，包括费丝在内的整个团队大声引用了最近一集中的台词，这句话已成为一句口号："我不会容忍做这些狗屁事的人，警察先生。"然后他们都笑了，灌下更多酒。

海伦开始谈论女性在经济体制中受到十分不公正的对待，如果要解决问题，只能重建整个体制。"要他妈的一点一点重来。"她说，而本则举起了酒杯。费丝不以为然。"就是真的发生了这种事，"她说，"女性还是会遭到不公正待遇，看看古巴和委内瑞拉，那里的男女地位仍然不平等。"

"你对此有什么看法？"格里尔听到自己发问。每个人都看着她。玛塞拉的嘴巴抿得很紧，好像在想：蠢蛋，谁会问如此无知的问题？但其他人没有这样看待格里尔；费丝更加不会，她很乐意回答。

"我认为，男人和女人是什么，他们本质上是什么，这个问题非常深奥。"她说，"女人是从属的，女人总是低人一等。这是普遍的想法。当然从经济上来看，这一直是事实。但我们别忘了，其中也涉及心理的层面。"有几个人点了点头，尽管他们早就听她说过类似的话。特别是邦妮和伊夫琳，肯定已经听过很多次了，但似乎很乐意再听一遍。

"我注意到，"费丝说，"当人们谈论女权主义时，他们只从某个单一的角度出发。我们的基金会必须考虑所有的因素，我们需要继续思考经济发挥的作用。因为无论一个社会多么公平，负责生育的依然是女性。这使得她们在工作之余，还要照顾家庭。"她走到一个高架子边，伸手取下一个陈旧的沙拉搅拌机。费丝把洗干净的莴苣倾倒进去，然后一次又一次地猛拉绳子，仿佛这是一个舷外马达。她在一片嘈杂声中继续侃侃而谈。"即使在瑞典和挪威这样高度发达的地方,最终还是要让女性去做大部分的脏活。也许这种现象会有一个好听的名称——宜家就是这么给家具命名的,这样听起来更悦耳。就像我家里的一把椅子,名字叫'雷夫尼'。但是我们只有目睹,才知道它们到底是什么东西。"她停下沙拉搅拌机的推杆,环顾四周:每个人都在聆听,而且没有一个人表现出懈怠、心不在焉的状态——当一群人聚在一起喝酒时这种状态很常见。

"邦妮、伊夫琳和我都太老了,"费丝说,"60年代对我们来说仿佛就在昨天——"

"——或仿佛是今天早上。"伊夫琳说。

"要吸取过去的经验中的警示。当时的女权运动不得不与男性主导的左翼分道扬镳,你知道为什么吗?因为左翼对我们毫无兴趣。我有一种感觉,我们将见证历史的重演。我们会面临改革论者的压力,他们会说现有体制无法解决女性的问题,但是当体制发生变化时,对女性来说,一切都会自然而然地或多或少发生变动。同时,我们还需要向公众展示我们支持反种族主义的工作。你们都知道我让埃米特将特殊项目资金投入生育维权小组和另一个支持年轻黑人女作家的组织。但显然这远远不够。无论如何,我希望我们的第一次峰会能够引起轰动。我希望我们能有所作为。"

他们都沉默了,等她发表完讲话,塔德说:"谢谢你邀请我们来到这里,费丝。这真是一种荣誉。"

"哦,别这样。我希望你们在我身边能感到放松。"费丝脸上泛起一个古怪的笑容,被自己逗乐了,她加了一句:"所以我在你们所有人的饮料里都下了药。"

"费丝·弗兰克陷入药物丑闻,"本说,"这可是条大新闻。"

"还能为洛赛基金会吸引更多的眼球。"格里尔说。

"这倒提醒了我。"费丝说,"跟我讲讲我们准备排练的音乐。如果是我的话,我会邀请几年前在莉莉丝音乐节遇到的女权主义民谣歌手。这样一来,就会……好吧,省下不少钱!"

每个人都笑了,海伦说:"哦,费丝,你知道吗?我爱死你了。"

"我也爱你。"费丝说。

"顺便说一句,我们邀请了 Li'l Nuzzle。"玛塞拉说道。

"不骗人?"塔德说。

"她名字是 L,撇 I-L 吗?还是 L-I,撇 L?"本问道,"我永远记不住。"

"我不知道。"格里尔说。本对她笑了笑,她也报之一笑,然后双方都羞怯地转开目光。

"恐怕我都不知道那是谁。"费丝说。

"嘻哈歌手。"艾法特说,"她太棒了。你会爱上她的,费丝。"

"我猜 Nuzzle 大明星没有空。"格里尔说。她低头看着洋葱,发现砧板上的洋葱块已经堆成了一个小金字塔;她怎么切了这么多了?此外,她有些困惑——她注意到她绿色泡泡玻璃杯中的葡萄酒没了。

"如我所说,我们名单上还有很多好人选,"费丝说,"有海军军官,还有修女活动家。"

"我们甚至不记得她们的名字,但我超喜欢这样的。"玛塞拉说。

"我记得她们的名字,你们也应该要记得,"费丝说,"但不是今晚。今晚,我们喝酒,吃牛排,彻底放松放松。"

格里尔重新倒满了她的杯子,环顾四周,想着自己和这些人一起来到这里是多么幸运,这是一个焦点团体。当中有老人和年轻人,胖子和瘦子,黑人、白人和棕色人种,同性恋和异性恋,可能还有双性恋。泽伊会说这种看待人的方式太过简化,可能的确如此。但今晚格里尔能感受到每个人的团体精神。有名的和无名的、苦的、咸的和甜的，甚至是鲜美的。格里尔认为，在某种程度上，费丝是鲜美的——独一无二的味道，一旦尝过，便难以舍弃。

他们说着笑着，喝着酒，格里尔想象着周末过后自己如何跟科里详述每一个细节。他喜欢她的纽约生活故事，就像格里尔喜欢他的马尼拉生活故事一样，他在那儿过着与她截然不同的生活。关于这个周末她已经有太多太多要讲的东西了。

她会说，我住在费丝儿子的卧室里，我在想象，如果费丝是我母亲，那会是什么感觉。

科里会回答：我敢说肯定五味杂陈。

是的，绝对五味杂陈。

格里尔现在幻想从科里的视角看自己；她想象着他从门口的方向看过来，房间里的灯光泛着金色。而她那切着洋葱的手——略显生疏鲁莽——不小心一滑，费丝·弗兰克的刀刃便深深地切进了她的大拇指。

"哦，该死！哦，妈的！"格里尔喊道，往后一跳，仿佛这样能逃过伤害。

他们全围到了她身边，她隐约听到伊夫琳的咕哝："看看那些血。噢，我有点晕血。"所有人都四处乱窜，但没人知道医疗用具在哪儿，除了费丝。她冷静地控制住场面，从冰箱旁边的抽屉最里面找出了一个年代非常久远、发黄的锡制急救箱。

"从来没有人离开这里时是少了一根拇指的。"费丝向格里尔保证，格里尔对自己感到十分羞愧和愤怒，因为她破坏了这个美好的时刻，她的眼睛流着真正的泪水，而不是洋葱刺激出的泪水。

"真的吗？那个少了根大拇指的麦吉呢？"塔德问，四下寂静，无人接话，塔德马上说："抱歉。我紧张的时候就会讲烂笑话。"

费丝转向他们，冷静地说："你们何不带上饮料都去隔壁房间呢？格里尔绝对没事的。我会照顾她。"

"你确定吗？"艾法特问道，进入了助理模式，"有什么我能帮忙的吗？"

"我完全能处理。谢谢你，艾法特。"

费丝站在格里尔旁边的不锈钢大水槽前，她用冷水冲洗血淋淋的拇指，然后擦干，按压着伤口，接着抹上一些抗菌药膏，并用纱布和黏合剂把格里尔的拇指缠绕包扎。这位强大女性的手法非常温柔体贴，就像她选择以温柔的方式使用她的权力。格里尔心想，也许这就是我们理想中的女性。而同时她的拇指搏动着，渗出血液。也许这就是我们想象中有一个女人引领我们的感觉。当女性掌握权力时，她们会不断校准、调整和纠正力度的轻重。权力和爱通常难以共存，顾此失彼。

费丝说："我们先这样维持一段时间，看看能不能止血。抬起手，把它举到心脏以上的位置。依我看没有缝针的必要。"

"我简直不敢相信自己哭成那个样子。"

"哭怎么了？我认为哭受到了人们的误解。"费丝说。

"但是现在我觉得自己像一个小女孩，她的母亲正在清理她的便便。这太尴尬了。"

"说得太夸张了。我记得自己做过这种事，那时我的儿子还很小。"费丝把脸旁的头发拨到耳后，"根据我的经验，养育孩子，不一定能得到回报。有时几乎没有回报。"

格里尔再次想起卧室里的"小人物"足球奖杯，以及那位赢得最佳助攻奖的男孩，他现在已经三十多岁了，在别的地方生活着。"那什么时候会有回报呢？"

"嗯，我想想看。"费丝说，"他们开心的时候，不是每个人都这么说吗？或者当他们睡着的时候。有时我很惭愧，我竟然这么喜欢他睡着的时候。他是一个好孩子，但我工作太忙了。当他睡着的时候，起码我知道他在哪里并确切知道他的动静。"

"那现在呢？"格里尔轻声问道，"他现在怎么样了？"

"现在？现在我不知道那么多。他的生活是他自己的。他是一名税务律师，跟我一点都不像。我不知道他是否还需要我。我也再没有机会看着他睡觉。我觉得每年都应该设立一个全国性节日，到时成年子女必须让他们的父母再次帮他们盖被子。"

她沉默了，格里尔并不急于说话。费丝正向她敞开胸怀，袒露心声，稍微不那么神秘。气氛变得有一丝亲密，格里尔不想任何动静来破坏它。她们沉默地站在水槽旁，窗户正对着漆黑的院子，院子里亮着一盏泛光灯，这时一头鹿跳了进来，好像是某种暗示。它在光束中停了下来，环顾四周。

"啊。我偶尔来造访的客人。"费丝说。

鹿有一条腿向上翘起，仿佛从远道穿过草地而来，突然间它似乎陷入了沉思，可能在想着浆果或叶子，也可能想着站在这小窗框内的老老少少的奇怪身形。费丝轻轻动了一下，鹿受到惊吓，冲了出去。

过了一会儿，格里尔恢复得差不多了，所有人都把她当作小女英雄一样对待，烤架生好了火，牛排的问题再度被提起。"我想，大家吃肉都没有问题是吧？"费丝说，"有问题的话，现在提出来，不然就不要再提了。"

"你的意思是，嘴巴只用来吃肉。"艾法特说。

格里尔正准备说她是素食主义者，反正大家一起订购午餐这么久，所有人都知道，但现在没有一个人期望她说什么。显然，人们从来没有你以为的那样关注你。刚刚在水槽边与费丝亲密接触的那一刻，她想到了显然让费丝有些失望的儿子，不知怎的，她确信拒绝费丝的牛肉也会让费丝感到失望。格里尔极其不愿让她失望，所以她什么也没说。

"那好。"费丝说，"虽然有点凉风，但我还是准备在室外生火烧烤。大家都喜欢半熟的是吗？"

"是的!"异口同声地回答,包括格里尔,她自己都感到惊讶。

透过窗户,格里尔看见本和玛塞拉用烧烤叉子上演快速而暧昧的剑斗。今晚他们也许会睡在同一张床上,甚至可以透过墙壁听到他们做爱的声响,而大家会为此感到尴尬和震惊。烤架冒出烟雾,发出噼啪的响声,并隐隐约约散发出烤得半熟的肉味。

在餐桌旁,费丝用一把长叉子叉起了一块牛排,然后迅速放在格里尔的盘子上。"给你,"费丝说,"我看这块烤得挺好的。希望不会太血淋淋。"

"血淋淋才好。"塔德说。

格里尔僵笑着看了一眼这块巨大的牛排,它浸泡在血液中,仿佛是一个刚跳下屋顶的人的头。费丝在格里尔的牛排上放了一块香草黄油,它立即失去了生命力,扩散到黄貂鱼大小的牛排表面。

"吃吧,格里尔,不要因为刚才的受伤留下阴影。"费丝说。

"好的,差点少了一根指头。"格里尔说。

"还有,请大家别等我。"费丝继续照顾下一个人。

格里尔用受伤的手拿起叉子,笨拙地抓住它;她坐在那儿,手里拿着刀叉,在想她怎么可能吃得下这块牛排。肉的深红中带点蓝色,不自然,甚至是反常。好吃,她听到有人叫道。

她周围的人都一边吃一边惊叹。"噢,我的上帝。"玛塞拉低声地呻吟着,格里尔想象着她和本上床的情景。"这太棒了,费丝。"

"这是我他妈吃过的最好的牛排。"塔德说。

"你知道吗,费丝,如果基金会没有成功,"海伦说,"你可以开一家餐馆,就叫费丝·弗兰克女权主义牛排馆。每一块牛排都会配上烤土豆、奶油菠菜和男女平等的承诺。"

格里尔是唯一一没有称赞费丝牛肉的人;她很快就意识到了自己的沉默,觉得必须说点什么。"在女权主义牛排馆点一块牛排,你还可以免费到沙拉吧取沙拉!"她补充道。费丝意识到她在打趣,对她微笑了一下。

格里尔忙着把肉切割成完美的立方体，然后再穿到叉子上。透过光看，她想起了一张人体组织横截面的图纸。如果你讨厌吃肉，而且已经四年没吃过肉，现在再吃就很反常，近乎是在吃人肉。但是，她告诉自己，这是一种表示爱的行为。吃下这块肉，她将会是费丝想继续倾诉、倾听和依赖的人；是费丝愿意为之做肉的人。格里尔把这块东西放在她的舌头上，希望它会像糖块那样以某种方式溶解在口腔里，却发现它顽强地保持着它的形状和完整性，不肯舍弃任何肌肉或脂肪。她的嘴就像是一个小型的屠宰场，带着一丝雪松壁橱的气味。真令人恶心。

不要犯恶心，她严厉地命令自己。不要犯恶心。

格里尔试图重新定义吃肉的概念，这真的和性爱中发生的事情有那么大的不同吗？一开始与科里尝试的时候，格里尔既兴奋又害怕。但很快她就不那么害怕了。她了解到，这并没有那么糟糕。科里只是另一个人，一个裹在长长的膜状物内的灵魂。他是一只深受她喜爱的动物。就像这样，现在，这立方英寸大小的失落和悲伤的牛肉也不再那么糟糕。

再见了，牛。她想象着一片遥远而模糊的绿色牧场。我希望你短暂的生命至少是甜蜜的。她用力吞咽，强迫自己不要吐出来。牛排被吞下去了，留在了胃里。

"好吃。"格里尔说。

周日早上的月台上，每个人都等待着十点零四分把他们带回城市的列车。离召开第一次峰会只剩最后几天了，所有人都再次打开手机，看着信号断断续续地恢复。手机亮了起来，苹果图标弹了出来，洛赛基金会团队饶有兴趣地看着他们缺席的时候发生了什么事。他们各自转身，在月台上走来走去，听取语音信箱或阅读信息。

格里尔如坠云雾,她看到,自从她到达费丝·弗兰克的家后,她收到了三十四条语音留言和十八条信息。这简直毫无道理,然而手机屏幕上充斥着一种夸张的紧迫感,消息几乎全部来自马尼拉。

第六章

太阳刚刚升起，尼诺伊·阿基诺国际机场入口外就排起了一条长龙，朝着安检机方向慢慢前进。不只是今天搭乘飞机的旅客，每一个通过的人都必须经过安检。过去的几小时里，科里·平托断断续续哭了好几次，他跟着人潮慢慢挪动，双眼无神，目光呆滞。人们总说越是这种时候就越该振作，他也想这样做，却办不到。

科里刚刚通过安检，机场内便响起了 102 次航班的广播信息，他知道自己得加快脚步了。他挤过面前一簇簇的人群，嘴里说着："不好意思！借过[1]。"但人群一动不动。他们拎着行李里三层外三层围在一起，有的提着皮箱，有的挎着背包，还有的拖着用带子松垮地绑在一起的箱子。

科里没有任何行李，他急得忘记带了，在半夜收到消息后他便失去了理智。他接了个电话，接完后呆呆地站在公寓的客厅里，对他的室友麦克布赖德说："我得走了。"

在普林斯顿时，科里就对麦克布赖德有所耳闻，尽管他们的社交圈子不同，也没有成为朋友的可能。他此刻正坐在皮沙发上面，沙发扶手弯圆，皮面又冷又滑。刚才游戏机失灵，他在重做《荒野大镖客：救赎》游戏的旧任务。那台 Xbox 游戏机还是他被阿米蒂奇与里斯特公司雇用后，从父母家里带来的。

---

[1] 原文为 Makikiraan po! 菲律宾礼貌用语。

"你说什么?"麦克布赖德问道,"现在才他妈的凌晨三点。老兄,你要去哪儿?"音乐从他那奇丑无比的音响里传出来,这台音响总让他想到苍蝇的眼睛,每只眼睛中间都有又圆又黑的一圈凸出来。现在正播放着普尼亚修斯的说唱,歌词蠢不可耐:

我看见你坐在一家韩国足浴店
我看见你脸皮太厚便肆无忌惮

科里还有一位室友,叫洛夫勒,刚从沃顿商学院拿到金融学位,现在正在自己的房间里睡觉。洛夫勒身上总有一股廉价大麻的味道,那是他去萨加达旅行时买的,冒着危险带回来给他们抽。他们都挣了很多钱,既不愿肆意挥霍让自己身处险境,也不想过得吝啬小气。他们住在马卡迪区这栋舒适的高楼里,远离拥挤的街道,在丝绸里子的睡袋里休息,而不像那些侨民一样在这里生活工作,然后玩乐挥霍。

"出了点事。"科里直截了当地说。

"你说得也太笼统了。"麦克布赖德说,"是想让我猜猜看吗?"

科里又哭了起来,整张脸痛苦地皱成一团,麦克布赖德束手无策,不知道该做些什么。"告诉我到底发生了什么。"麦克布赖德说道,"家里有人去世了吗?"

科里点了点头,一脸悲伤。

"是你的祖母?还是?"

科里摇了摇头。

夜里电话响起时,科里坐起来,看到手机屏幕上显示着父母的号码。他很生气,因为他们总是记不住美国东海岸和马尼拉有时差。现在好了,他整夜的美梦就被这来电给打断了。他接通了电话,声音干涩冷漠,想让他父母意识到他已经是一个大人了,他也有自己的事情要做,他需要好好睡觉。不过在电话那头,他的父亲不住地哭泣，用葡萄牙语告诉他一件疯狂至极的事情："你妈妈杀了你弟弟！"[1]

"什么？"科里想一定是自己理解错了，"你说什么？"

"你妈妈杀了你的弟弟。"

父亲的声音痛苦不堪，告诉他弟弟阿尔比在车道上玩时，他母亲正在倒车没有看见，不小心轧到了他。阿尔比的背脊被压碎了，一根骨头断裂刺进了肺动脉。他撑了一会儿，最终却还是死在了斯普林菲尔德的手术台上。

"你说什么？你没开玩笑吧？"不敢相信这是真的。四周一片黑暗，他的手无处安放，抓了抓头发，又揉了揉脸，想抓住什么，却又不知道该抓住什么。

"没开玩笑。她真的轧死了你弟弟。"科里的父亲回答道，"我现在没法面对她。"

"她现在在哪里？"

"睡着了，医生给她打了一针镇静剂。"

"好吧。好吧。"科里大脑乱成一锅粥，不知道怎样才能冷静下来，"或许你也需要打一针。我现在就去机场，尽量早上就飞。我这边现在是晚上，回来要一整天的时间。"说到回家，他难以想象该如何面对自己的母亲。科里挂掉了电话，然后拨通了航空热线。他呆呆地坐着，听着电话里不断循环播放着沙沙的铜管乐器演奏版的《强者》。他订了机票以后，又打给了格里尔。他现在需要她，需要她给他一种全新的、成人式的陪伴。他仿佛真的认为她能为他做些什么。但是电话直接转到了语音信箱。"你在哪里？"他对着电话说道，"我需要你。"他以前从未对她说过这些话。说爱她，他说过无数次，但需要她，他从未说过。

他发了疯似的一遍又一遍地给格里尔打电话，对着她的预设

---

[1] 原文为葡萄牙语。

留言讲话，声音越来越高越来越大，然后挂断电话。他还给她发了很多条短信，写道："打给我。"但是他没有收到任何回复。要他留言告诉她阿尔比去世的消息，对着空气说这些话，他做不到。他想要格里尔听着他讲话，这样他就可以告诉她这件不幸的事情；他吐露一切，她同时接收一切，就像嘴对嘴的人工呼吸一样。"求你了，打给我。"他小声说道，仿佛声音的变化会引起她的注意一样，"什么时候都可以。发生了一些非常非常可怕的事情。"

他还是没有收到任何回复，这时他想起来，她告诉过他，周末要去费丝·弗兰克家，在那里她接收不到手机信号。费丝·弗兰克对她而言如同一位超级英雄。你甚至可以认为像费丝·弗兰克这样厉害的人是能够让自己家接收到手机信号的。科里在狭小的卧室里踱着步，房间里堆满了他的东西，废纸篓里塞满了文件资料，桌上摆放着生力劲爽啤酒的空瓶子。整个房间杂乱无章，弥漫着臭味，而管家洁·马塔庞会把这些都收拾干净。科里他们这三个年轻美国人很需要帮助，虽然他们有高薪收入，但他们不会照顾自己，马塔庞则会帮他们打扫卫生。"孩子们，"有时她来到公寓，环顾四周后摇摇头说，"你们总是把这里弄得一团糟。"但是她却从没生过气。

在黑暗中，科里的胃突然痉挛起来，他脱下了从绿地广场买来的抽绳裤，一头钻进抽屉里找短裤穿。洁把他们要洗的衣物拿到地下室的一个房间，这个房间他们从没去过。"洁，给你。"他们总是这样，一边喊她一边递给她要洗的东西。洁总是默默把衣物接过来，洗干净沾着尿液和精液的内裤，熨平衬衫，这样他们就可以得体自信地出现在菲律宾最高的钢架大厦——鲁菲诺太平洋大厦里的阿米蒂奇与里斯特办公室里。

科里觉得自己完全有可能变成一个二十三岁的疯子，然后在马尼拉的大街上游荡。洁会在街上看到他，为他感到难过，想道：这几个不爱干净的男孩子里有一个疯了。是高个子的那个！

科里没时间去找其他衣服，随便套上了堆在办公椅上的一条黑色裤子，然后把他的护照塞进了裤子前侧的口袋里，走出了房门。科里坐在出租车后座上，往机场驶去，一条破烂的安全带就像一条连枷臂一样搭在他腿上，没有任何用处。他看着外面，马卡迪安宁的光影慢慢退后消失。

他还没有习惯这里的生活。从一开始，这里的一切就让他感到陌生。大学毕业后不久，他搭乘国泰航空来菲律宾，空乘热切地欢迎他，好像在接待一个许久未见的朋友。他躺下来，发现自己并没有格格不入，也不像是冒名顶替。不仅如此，他高大的身材对于飞机上的床铺来说也不显得太大，当飞机飞过大洋时，那张床就像张摇篮一般摇晃着他。

所以科里·平托从马萨诸塞州马科佩来到这里，除了薄片牛排以外，吃了各种各样的中国点心。他吃的时候从不担心钱的问题。在普林斯顿度过的日子为他在这里的新生活做好了准备，一开始好像挣了不少钱，可后来他知道自己什么也没挣。经济舱里不满的牢骚声从他身后远远地传来。

在马尼拉，已经有一套公寓为他和他的室友定好了。这栋大厦有个奇怪的名字，叫"大陆拱门"。马卡迪是一个富足安逸的区域，但一旦踏出这片区域，就进入了快节奏的马尼拉，这才是它真正的样子。科里在这里遇见的大部分人都能讲一口流利的英语，但他仍然在学习马尼拉本地的塔加路族语。许多当地人的英语并不好，他不想走出自己的温室后显得装腔作势，他想努努力。每隔一段时间，他和室友会去城里的当地酒吧喝酒，还会去特殊区域的小酒吧吃便宜的东西，虽然阿米蒂奇与里斯特公司发放的当地指南里特别警告要避开这个区域。

他们搭乘当地的吉普尼车，这种半巴士半吉普的汽车车身上涂着狂放亮丽的颜色，喷着涂鸦。有的车上面画着恶魔或者老鹰，写着诸如"怪兽汽车""耶稣爱我至深"，以及"罗莎小姐和她的兄弟们"之类的话。在车里面，乘客面对面坐在两条长凳上面，膝盖抵着膝盖，一路上不会相互碰撞，但会上下抖动。无论何时，他们想进城时就会搭上这样的车。"请给我一张票。"科里第一次乘车时非常紧张，一边说着菲律宾语一边向前递着票钱。后来，这种事就变得简单，甚至可以说自然了。

马尼拉以其轻松却也沉重的方式给科里留下了深刻的印象：富人集中在马卡迪区；警犬队会围着开进顶级酒店车道的车仔细嗅查；保安会打开后备厢拿着手电仔细查看；周围都是张牙舞爪的奇花异草；有售卖鱼和水果的摊位；在犄角旮旯里也会有美食；到处跑着漂亮的小孩子；贫穷的地方也令人咂舌；商场密布，难以置信，规模庞大，里面有空调制冷，外面则炎热异常，所以很多活动会在商场里举行。马尼拉就像一个热窑，所有人都在里面忍受着炙烤。

但是，在这里挣了几个月钱，吃了几个月阿斗波[1]和烤猪腿[2]，连续几个月陪客户熬夜轰趴，与格里尔分隔两地，她一边等着他，一边在另一座城市过着自己的生活；现在他又要赶往马尼拉机场飞回家陪伴家人，因为他的弟弟去世了。想到这些，他不禁悲从中来，坐在安全带破破烂烂的出租车里吼了出来。他很高兴车上的安全带是坏的，因为他并不想系。"如果你想的话，你可以撞烂这辆车。"他对司机说道，"我一点也不在乎。"

"你说什么？"司机问道，从后视镜看后面发生了什么。

"你可以直接开出车道。我不想活了，我想去死。"

"但是我不想死。"司机说道，然后紧张地笑着说，"我觉得你是个疯子。"不过他的好奇心战胜了他，声音温和下来，问："你为什么想死呢？"

---

1 一道菲律宾美食，用炖肉、蒜、酱油和醋制成。

2 Crispy pata，菲律宾菜。

"我的弟弟被一辆车碾过轧死了,开车的人是我的妈妈。"

"对不起啊。"司机下意识地说道,"你弟弟。是个小孩子还是已经成年了?"

"还是个小孩子。"科里脑海里浮现出了弟弟聪明伶俐的脸蛋儿,充满生机活力,但他知道这张脸会随着时间慢慢失去生机,慢慢褪色消失。最后一定会变成这样。

"天哪,太不幸了。"随后,司机只字未说,把车停在了路边。天空露出了鱼肚白。他们一起坐在停下的车上,司机拿出了一盒薄荷香烟,倒出一根给科里,科里从塑料隔板的开槽处接走了这根烟。司机递给他一个打火机,然后拿回来给自己也点了一根。他们在一片无言的苦痛中抽着烟。

夜色褪去,太阳升起,司机请科里抽的薄荷香烟的味道还残留在嘴里,他穿过机场航站楼准备回家。这次,商务舱已经满员了,公司也不会为他支付机票费用。飞机上没有床可以托起他那高大又瞬间脆弱的身体。科里坐在他唯一可以买到的位置上,这个位置在机舱最后一排,紧挨着厕所。他坐在中间,被一个肥胖的男人和一个肥胖的女人夹着。他被挤在中间,哭着看一部没有字幕的菲律宾电影,因为他觉得这样就可以用他听不懂的词语塞满脑袋,用鲜艳亮丽的色彩和横飞的血肉填满双眼。

但是在这部电影里没有一个孩子死亡,这只是一部关于爱情、婚姻、不忠与性爱的故事,全部都是性爱,而性爱总是能引起每一片大陆上每一个人的兴趣。电影结束了,他又回到了自己的世界里,不快地被邻座的乘客挤在狭窄的空间里。他不确定是谁,但他们中有一个人身上有香料和酵母的味道,还有其他一些恼人而不知名的味道。他一直哭得很厉害,一直在释放有毒、可怕的化学物质。所以他知道,这些难闻的味道是从自己身上发出来的。

科里到达时格里尔已经等在马科佩了。他先飞去洛杉矶转机,接着飞到纽约,然后坐巴士回斯普林菲尔德,最后乘出租车回到了小镇。现在镇上正在飘雪,天气寒冷,这时他才想起自己没有带外套。他已经一整天没有刷牙洗脸了,身上满是汗臭味,整张脸胡子拉碴。飞行过程中,他有一阵没一阵地哭着,感觉到身体不舒服,甚至怀疑这种不舒服的感觉会一直伴随着他,随着天气变化,呈现出急性或慢性的症状。他不敢相信,以后再也见不到阿尔比,再也不能和阿尔比进行像无法确定轨迹的烟花般多样的对话了。

出租车停在了平托家前面。许多车都停在这里,堵住了车道。他认出了玛丽亚姨妈和乔伊姨父那辆绿色的庞蒂亚克汽车。科里穿过敞开的房门,进入房里,他的亲戚都走了过来,有的还哭了,然后又走开了,只留下格里尔一个人。尽管科里不在身边,她还是勇敢地面对着平托家的事情,没有躲在自己父母家等他回来。亲戚们都走了,留下他们俩在客厅里。

"哦,科里!"她喊道,这是她现在唯一能说出的话,"哦,科里,快过来。我爱你。亲爱的,我爱你。"

她以前几乎从没叫过他亲爱的,所以他想:这真奇怪。"亲爱的"这个词只会在极端情况下使用。她没有用他们平时所说的词语,而是使用了另一类词汇。他们通常用的那些词语现在起不了任何作用。"亲爱的"这个词很怪异,却是连接过去的他们和现在的他们之间这段巨大空白的桥梁。这座"亲爱的"桥梁能尽其所能地带领他们向前。他们坐在一起,他身上的味道自己闻起来都觉得很恶心,而格里尔是如此甜美,又如此恐慌,她的眼睛红得吓人。

弟弟出生的时候科里还是一个少年,这在当时对他来说并不是件好事:家里有一个婴儿,在你要睡觉的时候、做作业的时候,还有偷偷幻想性爱的时候,总是哇哇大哭。好长一段时间,科里都无视这个无趣又易哭爱闹的婴儿,但是后来他会爬了,一切开始变得有点意思了；再接下来他会说话了，这可就超级有趣了。他说的话！他问的问题！无一不有趣极了。阿尔比两岁的时候，他对杜阿尔特说："给我讲讲肥料。"四岁的时候，看着盘子里的一根通心粉，阿尔比又对贝内迪塔说："你猜它会觉得紧张吗？它都扭成一团了。科里觉得紧张的时候就会这样说：'我快扭成一团了。'"

"我不敢相信，"科里此刻对格里尔说，用手撑着头，"我能做些什么？"他问道，抬起头看着她。

"你的意思是？"

"我要做些什么才能让这一切都变成假的。"

"我懂了。"她沉重地点了点头，"我会帮你的。"

"你要怎么做？"

格里尔顿了一下，仔细想了想。"我不知道，"她说，"但是我会的。"

他们一起坐在滑滑的塑料沙发上，科里把头枕在格里尔的腿上。他俩都没有说话，默默流着眼泪。过了好一会儿，他们听见了煤气炉点燃时发出的噗噗声。很显然，有人认为该吃晚饭了。

"你丢下工作来这里的？"他问道。

"哎，没什么大不了的。别管它了。"

"等等。"他说。他努力去想一件极其重要的事情，然后记起来了。"你现在不是有事要做吗？洛赛基金会的那些事。所有人不是要在一个会议中心演讲吗？我记错日子了吗？"

格里尔耸了耸肩，一切不言而喻。首届峰会——"妇女与权利"将在明天召开。她曾经介绍过这个会议，提到它的时候有点不好意思也有点激动。自从她加入洛赛后，就一直在为这次会议做准备，而她需要出席这次会议，只是她不在那儿。她将错过此次会议。

"你确定你可以不出席吗？"科里追问道。

"当然没事。"格里尔停了一下，"你打算什么时候上楼去看看你妈妈？"

"我不知道。"

"科里，你必须去。如果你觉得她愿意的话，我也会抽空去看她的。但是你现在必须去看她。"

不知怎么地，他有了上楼去的勇气。他爸爸和某个姨父在酒吧喝酒，差不多一整天都在外面。他父母卧室的百叶窗被拉了下来，里面一片漆黑。科里没有敲门径直走了进去，站在床边，像哨兵一样把双手搭在背后。他的母亲侧着身子躺着，身上盖着一张绳绒床单。科里和阿尔比过去常常坐在这张床单上拈上面起的小毛球，满足他们永远闲不住的手，这带给了他们许多乐趣。

她现在一团糟，毋庸置疑，只能把头抬起来一点点。"为什么你没看见他在车道上？"他最后还是吼出了这句残忍的话。

她仰起头看着他，说："科里，你回来了。"

"对，我回来了。"

"后视镜里看不到他。"她说。

"你真的看了吗？"

"真的，我发誓！我不知道发生了什么。"她说，然后又把头转了回去。

他为自己随意说出如此残忍的话而感到羞愧，稍事冷静后，他说："好吧。好吧。不管怎么样，我回来了。"说完他便迅速离开了房间。

科里的父亲一整天都没有回来，是他的姨妈们在照料母亲，所以科里和格里尔去了街对面的格里尔家。格里尔的父母给了他一个拥抱，好心地安慰了他，然后把他俩单独留在了房里。科里在楼上的浴室里洗了很久，然后和格里尔一起躺在她的床上，做了一场用力而激烈的爱。他已经有好几个月没抚摸她了，他像以往一样激烈地回应着她，仿佛通过性爱，他可以克服死亡这个难以面对的难题。他像以前一样，把格里尔抱起来，顶着他的髋骨，这次他发现她的身体似乎比从前更光滑了。这是纽约市的格里尔，与他过着不同生活的格里尔。

你要是活着的话，一定会爱上做爱的，老弟，格里尔抚摸科里阳具的时候，科里想着。你会喜欢上做爱的。一个女孩抚摸着你的下面，然后你也抚摸她！大胆地去做，两个人尽情互动。用心地做，老弟。阿尔比对所有事情都感兴趣，他乐于探索。他本可以日后跟一个女孩尽情缠绵，一个配得上他的优秀的女孩。

阿尔比的棺材没有盖上，要先为他守灵。难以言说一整天都要面对弟弟幼小的尸体是多么难受。之后又在天主教堂举行了葬礼。他的母亲在墓前昏了过去，尽管不情愿，他父亲还是扶她站着，他们几乎没有说过话，所以也就不奇怪，为什么葬礼过后两天他父亲会出现在卡德特斯基家门前，礼貌地要求见他儿子一面——科里已经在这里驻扎了——接着当两人单独待在厨房里时，父亲告诉他自己将要回里斯本一段时间。

"现在吗？"

"对。我需要离开一段时间。"

然后他就离开了，之后好几天音信全无，这让科里感到奇怪，因为他父亲说过每天都会和他保持联系。他的母亲总是沉浸在悲痛中，现在又变得唠唠叨叨。"杜阿尔特去哪儿了？"她躺在床上问道。

"他去里斯本几天。"科里和姨妈、姨父们已经告诉了她无数遍。

不过他父亲没说什么时候回来，所以他从厨房的抽屉里拿出了电话卡，打给他父亲质问。"怎么回事？"

"我会在这里再待久一点。"

"'久一点'是多久？"

"我不知道。"

"行了，不用对我拐弯抹角。你不打算回来了，对吗？"科里问道,他爸爸岔开了话题,然后叹了口气,随后否定了科里的猜测,说他不久会回来。

"可是妈妈会撑不下去的。"科里说道,"她整天就躺在床上。"

"她有姐妹们陪她,我也会给她寄钱的。还有,我会把车留给她,现在她可以想撞谁就撞谁了。"

"但那只是一场事故。"

"我会想你的,但我没法再和她一起生活了。我表弟给我在这里找了份工作。你是个优秀的儿子。"杜阿尔特回道,然后挂断了电话。

当他把他父亲所说的话告诉格里尔,她说:"他怎么可以这样做呢?"

"如果你再见到他的话,一定要当面问问他。"

"你想在这里和我一起住多久就住多久。"她说,"我爸妈几乎注意不到你在家里。对我也是一样。"

"最近你不用回纽约去吗?你的工作怎么办?"他问道。

"工作还会继续的。"

"格里尔,你错过了峰会。我不敢相信你居然会这样做。是因为我你才这样做的。"

"不是因为你。是我自己想这样做。"

"但是他们需要你去,对吧?"她没有回答。"他们告诉过你会议进行得顺利吗?"

"没错,"她说,"一切顺利。"

"费丝·弗兰克生你的气了吗?"他追问道。

"科里,"格里尔说,"是我自己决定留在这里的,知道了吗?别担心了。"

第二天中午,回到他自己家后,他在YouTube上面看了峰会相关座谈和演讲的片段,还浏览了各种各样带有洛赛标签,以及提到洛赛基金会的信息。有些内容非常不堪,控诉这个组织从施雷德资本那里赚了黑心钱,但其他大部分消息都是积极的。有人说会议"给琴陶里中心注入了鲜活的能量",还有人说这是一场"精彩的盛会",还有许多关于演讲者多么慷慨激昂,而观众又多么热情的细节。

他观看了费丝·弗兰克演讲的视频。她已经六十八岁了,但特别性感。他喜欢她的靴子,容易让人想入非非。她的演讲热烈真诚,妙语连珠,观众听得津津有味,此时他明白了为什么格里尔这么喜欢她。女人有时会被其他女人迷住。他想,如果他是一个女人的话,他也会喜欢费丝·弗兰克。

他又看了其他人的视频,全都是女性:航天员、海军司令、嘻哈歌手,以及一位凭借讲述美国穷人的诗集而刚刚获得一项重要奖项的诗人。一些发言人诚挚善良,而其他发言人,比如那位诗人,则令人心潮澎湃。此外,多媒体设施也让人印象深刻:巨大的全景屏幕上映出了发言人的身影并展示了她们的真实生活;来自芝加哥南部的女孩合唱团表演时,音响效果十分出色。埃米特·施雷德在这上面斥了巨资,而格里尔却错过了这一切。尽管她再三安慰,他还是对此感到非常难受。

一天早晨,他的母亲从床上起来了,走进了厨房,科里正和格里尔还有玛丽亚姨妈坐在一起。"妈,怎么了?"他小心地问道,"你需要什么吗?"

"我感觉到阿尔比的灵魂了。"她说,"他变成了第二个杰尼奥[1]。他就在这里。他想让我剥下自己的皮。"她张开双臂给他们看,上面满是撕扯抓划皮肤的伤痕。后来,科里会在网上阅读关于因痛失爱子而精神崩溃的文章。而现在,他只能直直地看着他母亲,不知道该对她说些什么。

她需要照顾,这是他姨妈姨父们商量后得出的结论。他们做

---

[1] 阿拉伯神话中的妖灵,拥有妖力,一般从瓶子或灯里出来。

了力所能及的事情，给她的雇主打电话，告诉他们她没法再工作了。但是他们也有自己的家庭和生活，都不能在马科佩过多停留。就连格里尔最后也不得不回去工作，科里说她确实应当回去了。

"那你怎么办？"当他们再次独处时她问道。

"我打算留在这里。"

"真的吗？你能这样做吗？"

"你这话是什么意思？这是我必须做的。"

"好吧。"她不确定地应和。

"怎么了？"他最后还是问道，"有什么问题吗？"

"科里，我只是太担心你了。这些重担不该落在你的肩膀上。"

"但是格里尔，事情确实这样发生了。"

"你是一个了不起的儿子。"她说道，但这对他来说完全不像称赞。

"没错，了不起。"他的语气强硬，"我非常了不起，所以现在我必须留下来。"

一种奇异而强烈的声波召唤着科里往阿尔比的房间走去，那声波好似来自某个洞穴深处。之前他一直忘记了这个房间。亲戚们离开以后，他正式搬回家并打电话给阿米蒂奇与里斯特公司辞去了工作，这让他的老板十分震惊（他的顶头上司对他说："你真的要放弃这份工作吗？没人会这样做。"）。这时，他受到指引来到了他弟弟以前居住的房间。

等他进入房间，就再也无法离开。科里在蓝色的地毯上面坐了很久。老旧的篮球明星摇头玩偶摆放在架子上，一下一下不停地点着头，发出细微的声响。阿尔比的活动人偶则散落一地。一个人偶的手举着，另一个踢着脚，还有一个的身体扭曲出了不可思议的姿势。所有的人偶都定格在了最后一次被玩弄的瞬间，并将永远保持着这样的动作。

科里还拿出了阿尔比的试卷、画,还有笔记本,难以自拔地看着这一切,仿佛里面有线索等着被发现、解密,证明他的弟弟其实还活着,活在世界上至今未被发现的地方。这是科里自己编造的幻想,他在这份想象中得到了救赎。

阿尔比的字写得很大,歪歪扭扭,他的老师常常用红笔圈出一些词语,警告他说:"阿尔贝特,字迹要工整。"不过阿尔比写的东西很复杂,有时甚至冗长。在他的课堂作文里,他详细介绍了恐龙、印加人,以及宇宙大爆炸,并运用数据来支撑他的观点,但他最后还是偏题了。"阿尔贝特,不要跑题。"同一个老师又在本子上这样写道。科里只想朝她脸上狠狠地揍一拳。

科里又翻开了阿尔比的笔记本。起初他并不明白它们是什么,或者说它们是用来做什么的。三本笔记本摞在一起,每本都是随处可见的课堂笔记本样式,印着黑白相间的蛋花图案。科里翻开第一本,发现是一册自制的表格。他弟弟的字迹粗大、充满稚气,不过看得出他努力在控制写得工整。他写下的是神秘的数据和笔记:

8月6日
早上10点
温度:华氏76度
观察时间15分钟
移动:不多
距离:4厘米
速率:(4除以15等于0.27)

8月7日
雨!没有观察
待在家里玩游戏机

8月8日

早上10点

温度：华氏82度

观察时间15分钟

移动：无

距离：零

速率：零

注：温度会影响距离和速率吗？22台新闻频道说本周将会有热浪来袭，也许吧！他们的预报通常百分百是错的，让我们拭目以待吧。

科里继续往下看，到了周末，笔记本里又记录了更多的数据，还附带着注解，"**挥动左前臂。有剧痛感？不太确定**"。

左前臂。科里不明白阿尔比说的是什么意思。

然后他跟着做了。他瞬间理解了，瞬时感到非常恐怖，这种感觉就像你已经开车离开家几小时，突然想起火炉上还放着一口锅。科里猛地站了起来。他感到慌乱，环顾着整间屋子。阿尔比去世以后，除了一位姨妈来稍微整理了下房间，就再没有人来过了。在窗户下边地板的角落里有一个盒子。他蹲下身打开了这个盒子，里面有一个小小的空碗，还有几片肉干。这是阿尔比的宠物慢慢的窝，完全没人记得它，现在它不见了。

现在科里知道那天早上阿尔比在车道上做什么了，为什么他会趴在地上，为什么他妈妈没看见他。"天哪。"他喊道，丢下笔记本跑下楼，外套都没披一件就跑出前门，紧盯着地面，沿着棕色的草坪看向车道旁边。

乌龟在草丛里面，不容易被人发现。这段时间它一直在那里，却没有人去看一眼。除了科里，没人记得它的存在。他把它捡起来，贴着脸颊,对着它叫:"慢慢。慢慢。"

龟壳又干又冷。他想这只乌龟已经死掉了,不过这正好,正合适。慢慢和阿尔比就好像罗密欧与朱丽叶,应该埋在同一口棺材里。男孩和他的乌龟,永远待在一起。

科里站在草地上,乌龟扁平的腹甲紧贴着他的脸,他感觉到龟壳里面在抖动,就好像地铁驶来时脚下传来的震动感。乌龟从休眠中醒过来了,又或许是从深沉的悲伤中回过神来了。它从龟壳里伸出一只苍白而斑驳的脚,轻轻地划着科里的脸颊,仿佛要把他从时断时续的长梦中叫醒。

第二天,他联系了在里斯本亲戚经营的地毯商店工作的父亲,激烈大声地告诉他阿尔比的死不是母亲贝内迪塔的错。"知道吗,他当时趴在地上观察慢慢。"科里说,他敢肯定他的父亲会说:"我很高兴听到这个消息。我会坐下一班飞机回来。"但杜阿尔特仅仅回答说现在他还需要待在葡萄牙,方便的时候他会和科里联系。

随后几周,他的父亲只打了几次电话。科里精心照顾着慢慢,把它的盒子打扫干净,给它装满充足的水和食物,还把它拿出来放在阿尔比床边的地毯上。科里现在晚上就在这张床上睡觉,他高大的身躯把小床塞得满满的,但睡在印有超级英雄图案的床单上能带给他些许慰藉。每天早上,他给自己和母亲做早餐,他怀疑如果自己不喂她的话,她根本不会吃。他要看着他母亲服下医生开的药,检查她手臂抓伤的情况,还去 Big Y 超市购买生活必需品。他开车带他母亲去给她安排的社工丽萨·亨利那里,他一直陪着她,和她在厨房的餐桌上玩葡萄牙的比斯卡纸牌游戏,还让她赢。

一天晚上,他们正在玩牌时,电话响了,电话那头说:"你好,我是伊莱恩·纽曼,是贝内迪塔家吗?"

"不好意思,她现在不方便接电话。"科里回答道,他母亲再也不想接电话了。

"您是她的丈夫吗？"

"我是她的儿子。"

"哦。您的声音真低沉。您的母亲在我家做清洁，"电话那头的女人解释道，"我在阿莫斯特大学任教。我休假时和我的家人住在安特卫普，现在我们回来了。我之前跟您母亲说过回来后会联系她。我希望，"她尴尬地小声笑了笑，"周四早上她能来我家一趟，她之前也答应过。不过我要提醒一下，这里乱得很。"

那里确实乱成一团。科里在周四早上九点到达了纽曼家。不管怎样，他们现在很需要钱。他以前从没为自己打扫过卫生。在菲律宾打扫卫生的洁如果看到她的科里先生正戴着粉红的橡胶手套擦洗马桶，一定会大吃一惊。他用了很长的时间费力地打扫纽曼家的厕所，清洗浴缸上的斑点，擦掉宽大的四柱大床下厚厚的灰尘。两边的床头柜上放着两类不同的书，纽曼教授睡的那边放着一本厚厚的精装书，书名叫《凡·艾克与荷兰美学》，她丈夫睡的那边放着一本简装的推理小说，封面上印有凸起的字母，还画着一把滴血的刀，书名叫《小人得志》。婚姻就像两个人组成的宗教信仰，让人难以理解。纽曼在恺撒金石柜台上面放着付给科里的酬劳，柜台旁边是 Sub-Zero 冰箱，科里用不锈钢清洁剂仔仔细细地把它擦了个遍。打扫完整栋房子以后，科里收下了酬劳，由于埋头苦干了一番而面泛红光。

"你在照顾你的母亲。"纽曼教授晚上打来电话，对科里称赞不已。

打扫卫生的工作现在归他了，每周四早上都要去纽曼家，他对这简单的劳作感到异常的骄傲，他在以前从没想过自己会做这种事，因为一直以来都是他母亲给他做的，后来洁也帮他做过一段时间。读高中的时候，以及后来大学放假期间，格里尔有时也会过来帮忙，她会自然地捡起科里运动后随处乱丢的臭袜子，还有喝剩下的运动饮料空瓶。但是直到现在他才意识到，他之前的生活一直是由女人来照料的,打扫卫生也是她们出面。

有的时候,当他给纽曼教授的波斯地毯吸尘,或者把老旧破烂的普林斯顿T恤衫撕成条用来擦灰尘时,他会想到洁·马塔庞,心里有一股难以言说的歉意。在马尼拉的时候,自己几乎没有和她说过话,而她接触过他所有贴身的衣物,毫不羞怯地清洗他的污秽。有次他打算和她聊会儿天,结果却搞得很尴尬。她弯着腰清洗着共用卫生间里的马桶,洗刷着里面粉褐色的污渍。这些污渍都是他们留下的,是他们的尿液和粪便,还有某晚他们和客户在马卡迪来福士的长廊酒吧喝酒回来后,麦克布赖德吐出来的秽物造成的。科里靠近她,然后说:"呃,是洁吗?"

她吓了一跳,抬起头看着他,举起滴着水的毛刷,说:"是的,科里先生。有什么事吗?"洁身材矮小,骨瘦如柴,一直穿着一件浅灰色的风衣。她的头发用发网挽在脑后,像在做油炸快餐。

他的脸红了,说:"没什么,就是想看看是否一切都好。"

她抬头看着他。最后说道:"不,有些事不好,有些事很糟糕。都怪那些人,那些在棉兰老岛的恐怖分子。"

她从字面意思上理解了他的问题,没有听出"是否一切都好"只是打招呼寒暄的话。他只好尴尬地点点头以示同意,她又专心做自己的工作了,再次把刷子伸进马桶里。科里和洛夫勒及麦克布赖德的公寓也和这马桶一样脏,一方面是因为他们太忙没时间打扫,另一方面是因为他们本来就这么邋遢。

在这个他从小长大的家里,科里现在每一天都学着打扫卫生,就像他在伊莱恩·纽曼家做的那样。每天晚上他都为他的母亲做饭。他以前不仅没有打扫过卫生,也从没有做过一顿完整的、真正的晚餐,他顶多拿一盒龙佐尼意大利面和一罐肉酱来充数。他现在每天都在研究他母亲用葡萄牙语写的食谱卡片,起初这就跟看阿尔比的"科学笔记"一样难懂。不过很快他也同样顺利地解开了其中的奥秘。"OL"表示"油","UP"表示"少量",还有很多类似的词语。科里对自己的这种解码能力感到很满意，做出来的食物也意外地美味。他现在是家里的清洁工，是母亲的陪同，同时还是一名厨师。他的薪酬微薄，但房子整洁干净，食物美味可口。他的母亲或许永远也不会完全康复，但她现在能吃能睡，好好活着。

科里的姨妈姨父有时会从福尔里弗过来拜访他们，偶尔还会带上他的表弟萨博。他们两兄弟少年时因为喜欢的色情作品不同，从此互相看不顺眼。在这个家族里，萨博现在仍被公认为无可救药，会给其他人带来负面影响，小孩子都不准靠近他。萨博的处境十分微妙，每次在玛丽亚姨妈和乔伊姨父家举办家庭聚会时，萨博通常都在屋内，其他父母也会特别注意。"别去打扰萨博哥哥"是小孩子们常常听到的警告。或者是"萨博哥哥累了"，又或者是"不准进入萨博哥哥的房间"。到了十九岁，萨博和他的朋友因为吸食、贩卖可卡因和赞安诺而声名狼藉。他的父母痛苦不堪，把他赶出了家门，后来又把他接回了家，他就一直躲在家里。

每年寒假从普林斯顿过来，科里都会发现萨博看起来愈发颓废，唯一还好的一点是，他看起来没有以前那么讨人厌了。他的身心已经崩溃，T恤领口都快撑不起来，他的头跟着体内的节奏前后晃着，皱着脸似笑非笑。"嘿，科里表哥。"每次大家聚在一起时，萨博就会这样喊道，然后说，"大学生，来抱一下。"

"萨博，怎么了？"科里厌烦地问道，用手搂着他这位长得像伊卡博德·克莱恩[1]一样的大表弟。

"没什么，没什么。就是快到圣诞了，你懂我在说什么吧？"

但是现在，在阿尔比去世两个月后，科里再次于周末来到位于福尔里弗的佩雷拉家吃晚餐，他希望这次拜访亲戚或多或少能给消沉无神的母亲注入一点生机。科里把她放在小房间里的一张

---

[1] 美国作家华盛顿·欧文《睡谷的传说》中的乡村教师。

斑点躺椅上，姨妈们坐在旁边，小表弟们在周围打闹玩耍。然后他爬上二楼，猛敲了几下门。他已经好几年没来过这里了。

"进来！"萨博喊道。科里走进了这间充斥着恶臭的房间，他的表弟四仰八叉地躺在一张精雕的柚木床上，抽着一杆绿色的大麻烟斗。萨博翘着一根手指，吞云吐雾，说："你来这儿真是让我大吃一惊。住在家里，你肯定很需要朋友吧。"

"差不离吧。"

"跟我说实话，你去常春藤大学读书的那段时间，是不是觉得自己比家里所有人都优秀？"

"你们所有人？不，只是比你优秀。"

萨博歪着头笑了笑，科里这次来到他的房间，他表现得异常友好。"你伤到我了，不过我活该。坐下啊。"

科里坐在一张扶手椅上，接过烟枪抽了一口，烟筒里的废水冒着的泡泡就像一眼罗马喷泉。不一会儿房间就没那么臭了，他的表弟也没有那么讨厌了。萨博从柜子里拿出一包小巧的玻璃纸封，说："现在只有这个才能吸引你，比《比弗拉玛》更有诱惑。"

玻璃纸里包着海洛因。"吸海洛因，瞧，就像喝巧克力一样，"萨博解释道，"这种就是用来吸的，绝不要注射。舒爽。"他就像一个侍酒师一样滔滔不绝地说着，"你说什么？想来点？"

科里感觉飘飘然，说："好。"

"哈哈，今天真是福尔里弗的大日子。"萨博倒了一些褐色的粉末在玻璃片上，"天之骄子科里和他一无是处的表弟在一起吸海洛因。"

"天之骄子科里，这个名字不错。"

"好吧，你马上就会爽到升天。"萨博说着，递给他一片玻璃和一根短短的塑料吸管。科里想起了以前和萨博一起用同样的吸管喝草莓爽。包装盒上印着的名字叫"马戏吸管"，他不知道为什么自己记得这个，但当时的画面历历在目，记忆如潮水般袭来，带给他无尽的悲伤和遗憾：吸管盒子上印着一幅画，画里一只大象被困在马戏团火车里；两个小男孩坐在一起，嘴上沾满了牛奶，就像长了一圈粉色的胡须。

他轻而易举地把粉末吸进了鼻子里，仿佛吸的是可卡因一样。普林斯顿有许多有钱人，在他们的聚会上时不时会看到可卡因。海洛因进入科里的喉咙，尝起来有味精的味道——有点像鱼又有点像海水，尽管这味道是假的，是化学品合成的。几乎是一瞬间，他的大脑像是被撒了毒盐，这些毒盐似乎从一些隐身的佐料瓶的小孔里倾泻而出，让他感觉充满了力量，刺激而迷乱。他身体猛地向前一弯，笔直地在他表弟的地毯上吐出了一口琥珀色的液体。

"天哪，萨博，对不起。"他说道，一只手捂住嘴巴，然后又吐了，更多的秽物从指缝里漏了出来。起初他就只有这种恶心的感觉，没有其他快感，仿佛这些毒品对他不起作用。他如此悲痛，一定是对毒品产生了抗拒，就像由于过度使用洗手液而产生了一种新型的细菌。不过他转念一想，现在出现的这种想法很奇怪，说不定正是因为海洛因终于起效果了。科里稍微抬起头，房间开始扭曲下沉，整栋房子就好像建在沙坑上一样。科里跟着它一起下沉，侧着身子倒在了长绒地毯上，艰难地用一只手臂支撑着自己。

他闭着眼睛在地上躺了很长时间，直到他听到萨博尖厉刺耳的声音，远远地对他说："你可以打开它们了。"他舔了舔嘴唇，花了点时间想这些词语到底是什么意思。他应该打开什么？礼物吗？

不对，不是礼物，是眼睛。

打开你的眼睛，科里。于是他睁开了双眼。

难以置信的是，整个世界仿佛被清洗并冲刷过了，变得更加柔软，让人莫名觉得更加美好。床上洒落了点点阳光，萨博坐在那儿温柔地笑着，科里也抬起头对着他笑了，这两个充满善意的表兄弟终于和好如初，兄弟之间年少时的爱再次被点燃。那时他们常常一起在街上踢足球，翘着细小得像棉签一样的阴茎一起看色情录像，一起幻想未来他们的世界会变成什么样。

科里想，现在他俩应该一起再喝一次草莓爽。他们应该乘坐一辆马戏团火车穿越这片土地，亲切而笨重的大象在笼子里耐心地看向外面，他们会把手臂搭在它的脖子上。科里想到阿尔比还是不能活过来，但是他也明白自己不应该每时每刻都与这种想法纠缠。

此刻正是阿尔比的死亡不再困扰他的时刻。他轻声哼着，化工潮汐池里涌出的水流流过他的身体，带给他快乐。他想告诉萨博他现在多么轻松，但他完全丧失了说话的能力，他的舌头变成了嘴里一条湿滑的鱼。所以他没有说话，再次闭上眼睛，对此刻的宁静心存感激。

他们两兄弟就这样待了好几个小时，把自己关在卧室里。其他人来叫他们，把门敲得砰砰响他们也不理会。"羔羊肉上桌了！周日羔羊！"然后又传来，"羔羊肉快凉了！"最后又传来，"科里，你妈妈现在想走了。"

等他下楼时，天已经黑了，小表弟们都睡着了，他们的爸爸把他们抱在怀里放进车厢。他的妈妈躺在早上他把她放上去的那张椅子上打着盹儿。玛丽亚姨妈在清理羔羊的骨头，把它们丢进垃圾袋里，启动了洗碗机，乔伊姨父已经躺在床上睡觉了。

"你们俩在楼上做什么呢？你们完全错过了我做的晚餐，"玛丽亚姨妈用怀疑的眼神看着他们说，"你们在喝酒吗？"她问。

"妈妈，对不起。"萨博说，尽管在他们身上闻不到一点酒精的味道。

"喝酒对你没什么好处。喝多了小心变成流浪汉。"

"我知道了，下次不会再喝了。"

走出萨博家，站在路灯下面，科里扶着他妈妈坐进了车里。科里在应急车道上以每小时二十五英里的速度开着车，强迫自己保持清醒警惕。尽管用了很长时间，他还是安全地把车开回了家，这真是一个奇迹。

科里足足睡了十三个小时，第二天中午才因为剧烈的头疼而醒过来，这股疼痛仿佛达到了脑出血的程度。他记起来昨晚他表弟在一片玻璃片上倒了灰尘似的粉末，然后递给了他。他头痛欲裂，这是他最不想体验的副作用，他以前从没有吸食过海洛因。萨博发来一条短信，说："等会儿想玩玩吗？更多的刺激在店里等着我们呢。"好像他们之前决裂的那段日子已成过往云烟，现在已经又成为朋友，回到了从前在福尔里弗的日子似的。科里没有回这条短信。但是当格里尔打来电话时，他犯了个错误，他接通了电话。

最近格里尔从纽约打电话过来时，心情特别明朗，此时也不例外。以前她总要先问问他过得怎么样，声音低沉悲伤，和失去重要之人的人讲话时，人们就常常用这种声音。但他不想再和她谈论这件事，这些天他有其他关心的事情：简单来讲，就是他要照顾他的妈妈，打扫自己和伊莱恩·纽曼的房子。他在阿米蒂奇与里斯特公司工作的时间虽然短暂，但他对待客户的要求却十分认真，现在的他也是怀着同样的态度来处理家里的事情。

要是科里在和格里尔通话时心不在焉，格里尔就会给他讲自己的事，而此刻她正在这样做，仿佛他们之间一切都很正常。"费丝在万灵节做了一次特别的演讲，就在上东城的一神教堂。"她滔滔不绝地说着，"是关于我们日常生活中的性别歧视。她和任何人都能聊上，什么东西都能讲。来了一位《纽约时报》的记者，她对我们洛赛进行了介绍。她说就性别平等来说，这是重大的一刻。她提到了《蛇蝎美人》，以及一些后起新兴的网站，欧普斯仍受人瞩目，而现在，不可思议的是轮到我们了，我们洛赛。'这是一个女人们可以聚在一起讨论重要事情的地方。'她是这样介绍的。我不知道她这样说是否准确，不过我想，现在我们要让它变得准确。"

"嗯哼。"

"没有其他要说的了?"

"格里尔,我不知道你想让我说些什么。"

"你听起来有点奇怪,你还好吗?"

"我累了。"

"其实,我也累了,很累。我工作很忙。"她继续说,"尽管首届峰会已经开完了,现在又要开始准备第二届了。听着,"她停了一会儿,又说,"我听到一些消息。"他没有做出回应,她接着说:"你到底想不想听?"

"我当然想听。"他回答。不过既然格里尔这样问了,他想:我想听吗?想到要听这些消息他突然感到筋疲力尽。她的话还没说出口,他就已经感到厌倦了。

"你知道我们将要举办的多媒体活动吗?"

"不知道。"

"是关于世界各地的女生和学校安全的。"

"哦。"他对这个活动没有一点印象,但他突然看见了一群女孩,她们有的穿着罩袍,有的穿着莎丽服,有的穿着苏格兰短裙,还有的穿着破破烂烂的衣服,她们摇摇晃晃地踩着单薄的自行车,甩动着书包,沿着被太阳晒干的泥土路往远方矮小的学校骑去。这幅画面如此生动,他甚至开始怀疑是否是毒品导致体弱的他产生了幻觉。

"实际上我们需要雇一位顾问。"格里尔说,"我知道这是你的专业领域,如果你感兴趣的话我可以告诉你更多相关的信息。"他们都没说话了,他在思考她说的话,她就让他思考。他什么也没有说,所以她小声问道:"你觉得怎么样?"

"不了。谢谢你,但还是算了吧。"

"你确定吗?你回答得这么快。"

"对不起。我不可能做这样的事。"

"为什么不可能呢?科里,你现在已经在家待了好几个月了。或许现在是时候重新开始考虑你的生活了,哪怕就一会儿。这份工作有那么不好吗?它不会把你从你母亲身边带走的。"

"这是我的生活。"

"好吧,没错,但这只是暂时的。"

"我不明白有什么区别。"科里说,他的声音急促,"很显然,什么都是暂时的。一切都是。我的弟弟去世了,格里尔,我的爸爸离家出走了,我的妈妈崩溃了。事情就是这样。这个世界不需要我的顾问技能,相信我。"

"你不明白。"

"在阿米蒂奇有很多人可以接替我的工作,可以做得和我一样好,甚至还会更好。我敢肯定他们已经做到了。在亚洲我只是一个穿着西装打着领带的冒牌货,仅此而已。拿到大学的毕业证然后说'好吧,成为一名顾问吧'是非常简单的。当然这也确实很不错。但有些时候刚毕业的大学生,除了做顾问以外,也需要去了解一下这个世界。了解工作以外的部分,了解人性,了解世界的角角落落。你明白吗?"

"所以你就整天待在你妈妈的房子里,要么做饭,要么坐在阿尔比的房间里?你就这样了解这个世界,了解它的角角落落?"

"没错。"他回答道,"就是这样。"

"好吧,我还以为我应该陪你一起去了解这个世界。"她说道,声音微微颤抖。

"你是这样做的,"他说,"你也会继续这么做的。我也会和你一起。"他马上对她说。

这通电话最后两人不欢而散,科里跟跟跄跄地起身,喂他妈妈吃了饭,然后又喂了慢慢。他把慢慢放在阿尔比的地毯上坐了一会儿,后来它睁开眼睛眨了两下,就像昏迷已久的病人在传达信息，说："我还在这儿。"

科里一直思忖着：为什么人死去以后，他们就不存在于这个世界上了？你找遍整个世界也永远找不到他们。身体机能停止运转后盖上一张布被带走是一回事；感到离世之人从世间蒸发又是另一回事。这种感觉如此真切、如此不容置疑，就像汽油一样浓烈而难以捕捉。科里打开了一本弟弟的笔记本，翻到新的一页，动笔写道：

日期：5月23日，星期一
　　条件：本就难以承受的悲伤更加浓重了，因为我愚蠢地吸食了海洛因。（没有搅动，而是摇晃了海洛因，也就是说，不是注射而是吸食。因为尽管无尽的悲伤让我难以自拔，但我并不是一个自甘堕落的浑蛋。）
　　观察：到处都找不到阿尔比。到处。这里找不到，那里也找不到。弟弟，你不在这里，是不是？你穿着那件老旧的超能战士运动衫吗？不，你没有。怎么说呢，这并不是一个精心安排的恶作剧，却让人感到它就是个彻头彻尾的恶作剧。
　　今天用来思念的时间：四十五分钟。
　　因为想念阿尔比而无法忍受的悲伤减少的数量：0.0000%

连续五天，科里每天都在日记本里写着他的观察报告，但他很快就明白，没有任何事情因此改变了，情况一点儿都没有好转，所以周末来临时他把日记本放在了桌上，坐上床，打开了游戏机。所有阿尔比喜爱的电子游戏都装在床边的一个鞋盒里，他细细地翻了翻。

如果科里不能和阿尔比在一起，那么至少他可以感受阿尔比以前是怎样生活的。他交叉着腿坐在小床上，玩着一个又一个阿尔比曾经玩过的游戏。他玩了《皮皮大冒险》《急速生长》和《糊涂蛋》，还有其他所有的游戏；大部分游戏声音很响、画面滑稽，径直把你带入进去，你会感觉自己离开了这个世界，进入了另一个不同的世界。有的游戏会营造一个神秘的情境世界，比如《花萼》，这是一款阿尔比喜爱的成人游戏。

在贝内迪塔睡觉，或是一边走来走去、一边低声喃语、数落自己时，科里就会玩游戏。"冲，冲，冲！"当他的小车在卡通跑道上的莫比乌斯赛道上轰鸣疾驰时，他悄悄地对着屏幕喊着，感觉自己被色彩和音乐刺激着。当他被刺激够了，会玩一小时《花萼》让自己冷静下来。

他又和萨博一起吸食了一次海洛因，这次他还是感到难受，清醒过来需要的时间比第一次还长。很快他就明白了，这是底线了，再这样下去的话，他会上瘾。所以，他让自己沉浸在阿尔比的电子游戏和记事本里。沉浸在那个小小的、被遗弃的世界里。

在剑桥举办洛赛的活动前，格里尔又回了一趟马科佩。尽管纽约和马科佩之间的距离并不比赖兰和普林斯顿之间的距离远多少，但见面的次数却少了许多，而且总是格里尔去看科里，科里从不来看格里尔。每次她去看他，房子里游戏音乐的旋律总会匆匆被关掉。格里尔在身边，科里的母亲会显得很焦虑，可能是在意自己在她面前状态不佳。她退回自己的房间，也不吃东西。

尽管格里尔一直让他来纽约，他也发誓说会来，但即使有他的姨妈陪着，他也不想在周末离开他妈妈，毕竟他姨妈并不知道所有要做的事情。所以格里尔回来了，但事情并不顺利。这周末，洛赛会同其他机构一起在哈佛的肯尼迪管理学院联合举办一场关于性别与法律的小型峰会。她提前一天租了辆车开回来，来到科里家，环顾四处。平托家再次变得整洁有序——他已经擅长此道了——但她甚至不予置评,这着实让他有点受伤。

他的母亲躺在椅子上打着盹,火炉上的锅里烧着水,里面煮着的鸡蛋相互轻轻碰撞着,闻起来很明显已经煮老了。这里的一切都在掌控之中,但格里尔只是小声问道:"科里,怎么了?"

她看起来仿佛要哭了,他对此感到有点不满。这里有什么糟糕的事情能让她差点哭出来?她看见了什么?他如此努力来照顾他母亲生活的方方面面,而格里尔走进来就竖起一面镜子审视一切,他并没有让她这样做。他怎么能不照顾他妈妈?真正需要他顾问技能的人就在身边,她穿着满是菠萝花纹的家居服,整个人焦躁不安、困惑不已、状态糟糕,他怎么能回马尼拉继续去做顾问呢?

他怎么能重新专注于他和格里尔的"恋爱"呢?恋爱是专为那些生活中没有经历重大变故之人度身定制的奢侈品。

出于某些原因,格里尔并不明白这个道理;这一点儿也不像她:当他们还是少男少女时,他们就一起躺在她楼上的房间里,他们第一次一丝不挂,赤诚相见,就像在公共典礼上掀开幕布的纪念碑一样,从那时起她就总是能理解关于科里的所有事情。他给她看了自己的身体,他微微弯曲的阴茎,他火热的心,毫无疑问,还有他积存已久的爱。他给她看他长得像手指一样的脚趾。告诉她自己的愿望,总有一天他要做一些有用的事,要把金钱撒向全球,因为他在成长过程中没什么钱,因为他在经济学课堂上学到万事万物如何通过复杂的系统互联互通。格里尔也给他展现了自己的一切:她小巧温暖的身体,还有含蓄委婉的自我。如今她已经没有那么多的束缚,不再那么含蓄委婉。她不再像以前那么胆小;费丝·弗兰克带她出去的次数比他更多。

但他有明显的感觉,她不再了解他了。他才意识到这回事,因为多年来,他们都理所当然地认为对方是了解自己的。"'怎么了'是什么意思?发生了什么?"他问道。

"我们过着各自的生活。"她说,"生活在不同的地方,这些我都知道,但我们可以告诉对方自己身边发生的事,这样我们就还是在一起。别这样,为什么要让我说这些话呢?你其实知道我在说什么。你已经离我越来越远了。"

他只是看着她,说:"格里尔,并不是只有这一个方向。"

"所以你也认为我离你远了?"她说道,"我总是给你打电话,发短信,我想知道你的一切。"

"没错,你非常负责。"

"科里,你想要什么?要我也搬到这里来陪你吗?或许我应该这样做。"她发狂地说着,"或许只有这样我才能让你知道我的感受。"

"不。"他说,"格里尔,你没有义务这么做。"

"但你现在从不来安慰我,也从不来看我,哪怕当作散心也好啊。我们的生活已经彻底分道扬镳了。而你并没有为此担心!我知道你很心烦,我知道你很累,但是我让你来纽约看我,就我们两人,一起去某个地方,一起好好地谈谈心,你却说你不能来。"

"没错。因为我确实不能。"

"科里,现在我自己有间公寓,我有大汤勺,而我却没有你。"他什么话都没有说,所以她不停地说着,场面越来越糟。"我知道你妈妈需要照顾、需要保护,当然她确实需要,而你也要知道她确实受到了照顾和保护。我知道你可以找其他人来帮忙,至少有的时候可以。这并不是你的全部。这么久了,我从没听你提到过其他事情。你仿佛对外面的世界完全不感兴趣。"

"你其实是说,你的世界。"他说道,这句话有点无情,他自己也知道。但这就是事实。她的世界对他而言已经变得抽象;而她坚决地待在那个世界,扎根在那里。不过,他并不认为她应该搬来这里。她不应该放弃在洛赛基金会的工作,和费丝·弗兰克一起奋斗的工作,来这里和他一起生活。尽管事实上,这样的想法在他的脑海中停留过一两秒,如果她真的这样做,那最终他们会生活在一起。他们可以睡在格里尔的卧室里,她的父母不会来打扰他们。他们可以住在那里,他的妈妈会好起来,而他也会跟着好起来,他们会过上某种生活。但是格里尔不能这样做,他也永远不会让她这样做,因为这样做她就牺牲得太多太多。在人生的这一阶段,需要为自己增加筹码,而不是减少。他现在的生活正在倒退,而他不知道该如何让倒退的步伐停下来,慢下来。

"好吧,对,是我的世界。"她说,"但也是你自己的世界。你曾拥有的那个世界。"

"我不再拥有它了。"

"你可以拥有一点点。"她强调说,"就偶尔。你值得拥有。你是一个人,你也需要生活。为什么你不在周末的时候来纽约呢?你甚至还没来看过我在布鲁克林的公寓,一次也没来过。这么说让我听起来像个被宠坏的孩子。对不起,但我满脑子都想着这件事。我们可以点我新发现的泰国外卖,我们可以坐在我的床上,我们可以去展望公园散步。你说过你会让玛丽亚姨妈照顾你妈妈一晚,就一晚。但你总是推脱。"

"要做的事太复杂了。"

"我知道很复杂,但我感觉比起照顾你妈妈,和我在一起对你来说更像是一个不得不背负的沉重负担。你要愿意这样做才行,但我不能控制你的意愿。恋爱就是这样一回事,规则总是由冷淡的一方说了算。"

"所以说现在我很冷淡。"

"对,没错,是有点。"他一句话也没有说,就坐着,接受格里尔的指责。"科里。"格里尔试图说服他,"继续操心这些事是可以的,但你不必觉得非得那样做。你完全与外面的世界隔离了,你还打算在里面待多久?你还要继续这么做几个月?"

"十四个月。"

"什么？"

"我就随口说了一个数字，我想让你知道这种想法是多么荒唐。格里尔，我怎么能设定一个期限呢？这里需要我。"

"难道其他地方就不需要你了吗？"

"在其他地方我不是无法替代的。"

"你以前有一个规划，那很有意义。现在开始做顾问，存钱，然后开发你的应用软件。你以前对这个很感兴趣。"

"我必须适应现状。"他说，"我开始觉得你好像接受不了现状。"

"我们可以去其他地方讨论这个吗？"格里尔问道，显得焦虑不安。

所以他们把他妈妈单独留在家里一小时，去了派园比萨店。在他们相爱之前，或者说可以互相忍受对方之前，他经常来这家店站着玩《吃豆小姐》，格里尔会坐着偷偷看他。如果他用眼角的余光看见她，便会玩得更好、更努力、更久，仿佛就像是故意给她——他学校里的宿敌——看一样。

此时此刻，一个工作日的夏夜，长大后的他们走进了这个地方，里面空荡荡的。很明显，相对于堂食，这里主营外卖业务。手机上甚至可以下载派园比萨店的应用软件。

"需要服务吗？"柜台那儿的工作人员问道。

"嗨，克里斯汀。"格里尔打着招呼。那个员工是克里斯汀·韦尔斯，小时候也住在他们那条街，年年都和他们搭同一辆校车。克里斯汀以前在最差的阅读小组里，小组名叫树袋熊。她现在穿着一件派园比萨店的工作服，为他们点的比萨和饮料下单，表现得跟以前一样冷漠。"你留在了家乡？"格里尔问她。

"对。还不赖。"克里斯汀的眼睛扫过他俩，然后对科里说："你也留在这儿，对吗？我之前看见过你。"她的话好像在警告他：别以为自己比我好，你们这两个家伙以前就是这样自以为是。

"没错。"他回答。他既不比克里斯汀·韦尔斯好,也不比她坏。科里发现《吃豆小姐》游戏机已经不见了。现在所有人家里都有自己的游戏,不需要到这些公共场所来玩。这几年来,科里开始自我封闭,而且越来越严重,所以他了解这种感觉。他真希望自己现在就在家里,玩另一款阿尔比的电子游戏。

他和格里尔找了张桌子坐了下来。她拿起一片滴着汁水的比萨吃了一口,然后远远拿开,说:"我衣服上不能沾到东西,我没带几件回来。"

"格里尔,"他说,"看着我。"她的眼睛从盘子上移到了他的脸上,充满担忧。"我不知道以后我们的生活会是什么样子,"科里的脑子里突然冒出了这些想法,说,"因为谁又会料到这样的事会发生在阿尔比身上。"

"没有人。"她小声说道。

"但这样的事确实发生了,没错,发生了。然后,又有不好的事发生在了我妈妈身上,现在,又发生在了我身上。"

"什么事?"

"和你之间出现了矛盾,"他听起来紧张得隐隐作痛,"现在我的情况不一样了。"

"我知道。"

"但这种不同是很复杂的。"

"比如?"

"我不知道。我做了一些不像是我会做的事。比如,我吸了海洛因。"他说。

时间凝固了,气氛十分糟糕,格里尔脸上出现了一些他从前没有见过的表情,她说:"你一定是在跟我开玩笑。"

"你知道吗,现在你完全被吓到了,这样我们两个都很尴尬。"

"呃,对不起。你想要我假装吗?"

"你假装的话那很好,你假装的话那真的太棒了。我想告诉你,我现在的状态在以前从没有出现过。你可以对我说，噢，我应该去找一个工作，就像你说的那样，在洛杉矶为一些即将举办的盛事做咨询顾问，但是这只能说明你不了解我现在的处境，不了解自从这些事发生后，我在想些什么。"

"科里，我也爱阿尔比，我也一直思念他，我的心也碎了。"她的声音变得尖厉而紧张，"我能想象他坐在我旁边，看着《百科全书小布朗》。我能想象他在那里，但是我心烦意乱，不知道该做些什么。"

"我懂你在说什么，但这并不是我想告诉你的。我做过一段时间的实习顾问，我们一致认为我应该干这份活，但现在实习结束了，比预期的要早，所以我又回到这里了。而你，你在纽约为一个不错的公司工作，为这样一个光芒四射的榜样人物工作。你会写至关重要又激动人心的演讲稿，你做得非常棒，就这样做下去吧，格里尔。坚持下去。"

"那你现在要做什么？"她最终问道，她的声音一本正经，疏远陌生。

"噢，我想我会继续做我现在正在做的事。留在这里，照顾我妈妈，打扫某位教授的房子——那房子以前是由我妈妈打扫的——带着乌龟一起溜达，活在当下。"

"科里，听听你都说了什么。一点儿也不像你自己。"

他展现出来的"不同"，对她来说实在是太多了，多得让她难以承受，但她永远也不会说出口。她永远也不会对他说："科里，够了。"她反而会继续努力,仿佛他是学校里一个极其棘手的项目。他马上就记起了很久以前在科学展览上看到的冷凝项目，里面有冰块、漏斗和水球。他的妈妈站在它前面，说着一口蹩脚的英语。他不想成为格里尔的项目，成为她最艰难的项目，她之前从未如此费力。

克里斯汀站在柜台后面，一字不漏地听着他们的对话。她接到一个外卖订单，于是把一整张苍白的馅饼丢进了烤箱里，向前推动着扁平的、木制的比萨铲，就好像在一场鲜为人知的运动中发出一记极具侵略性的进球。雨点轻轻拍打在平板玻璃窗户上，天色变得昏暗，笼罩着这座小镇。科里以前在这里住了太久了，久到从没想过会再次回到这里生活。

"我没法继续讨论了，"格里尔说，"我会把你送回家，跟我的父母道别，然后我就得回波士顿了。费丝会在剑桥的查尔斯酒吧跟我们碰面，让我们集思广益，明天就举办活动了。"

"那么你必须动身了。开始下雨了。"

他们都目不转睛地看着窗外的雨，雨势很快就变大了。他想象着格里尔坐在她租来的红色小车里，雨刮器左右摇摆，她紧闭着嘴巴，开车奔向波士顿，奔向一家舒适的旅馆，奔向女权，奔向光明的未来，奔向费丝·弗兰克。费丝等在那里，可以给格里尔他再也给不了的安慰。

他们都在桌上给克里斯汀留了些钱，他们都不想把给小费的任务留给对方。因此，他们留给克里斯汀的小费异常丰厚，这可能被理解为一种侮辱性行为，也可能被视作一种慷慨，一切都取决于对方看待问题的角度。

第七章

　　在纽约市郊的斯卡斯代尔有一座宽敞的宅院，四周藤蔓缠绕。除去周末，泽伊每天一大清早都能听到那台维他美仕[1]TB4500[2]破壁机的咆哮声。她的妈妈，尊敬的温迪·艾森施塔特法官正在制作奶昔，机器里混合着蓝莓、猕猴桃、蛋白粉、甜菊糖[3]和冰块，呈现出新闻报纸般的淡黄色。"迪克[4]，放不放亚麻籽？"然后，她的爸爸，尊敬的理查德·艾森施塔特法官会以自己当天的喜好来回应她。泽伊将这一切尽收耳底。不一会儿，两位法官肩并着肩在小道上跑步，像两匹骏马。这座小镇房价不菲，当地的小路都经过景观美化和设计。晨跑结束，二人便赶往威斯特彻斯特郡最高法院上班。他们曾大方地邀请泽伊加入晨跑，但这念头让泽伊感到害怕：和父母一起在这个她从小长大的镇上晨跑，像个巨婴似的再次跟他们一起生活，还做着一份讨厌的工作。奔跑着，却哪儿也去不了。

　　泽伊在纽约城金融区一家名为申克德维莱尔的大型律师事务所工作。有时，她和其他律师助理得加班到很晚。律师们都有各自独立的办公间，沿着走廊排成一溜儿，他们有的伏案于笔记本

1　美国一家制造高性能破壁机的公司，创办于 1921 年。
2　TurboBlend 4500 的缩写，一款破壁机的型号。
3　从菊科草本植物甜叶菊（或称甜菊叶）中精提的新型天然甜味剂。
4　理查德的昵称。

电脑或电话机前，有的弓着身子在吃黑色塑料盒里的便当。但在大厅最偏僻的角落，有个临时搭建的分区，这里可以说是个小型的吉卜赛人聚居区。这里律师助理们彼此认识，因为大家都归属于同一个松散划分的部落。然而每个人又都彼此分离、疲惫困乏、谨小慎微；每个人都拥有错综复杂的往事传奇，泽伊为此饶有兴致，这也是她在这份工作中找到的唯一乐趣。

在泽伊对面那一小群律师助理中，有一位体型庞大的女士，她以前在停尸房工作。休息间隙，大家就围过来听她讲以前那份工作的故事。对面还有一个指节和手腕都特别纤长的男人；前不久泽伊偷偷地在谷歌上搜索"异常长的手指"，出来的第一条结果便是医学名词——"蜘蛛脚样指"。手指细长如蜘蛛脚。他绝对是得了这个病。

在其他同僚眼里，泽伊必定也算是另一类职场怪咖——也就是说，在他们看来她算是那种雌雄同体，在性方面格外有吸引力的女同性恋。在酷寒的冬夜，申克德维莱尔办公室的暖气总是供应不足，泽伊身着厚呢短大衣，头戴针织帽，这让她看起来活像某个男孩乐队里的成员那样想掩人耳目。

"真想知道是谁规定暖气要调这么低的，"泽伊对一个留胡子的年轻男子说道，他是个朗诵诗人[1]，他俩一起在走廊的角落共事，"申克还是德维莱尔。"

"肯定是德维莱尔。"他说道。

"我觉得是申克。这鬼地方有股申克式的冷酷。"

他大笑。他们总是这样把对方逗笑，好消磨点时间。之后很长一段时间没人会再说话，所有的律师助理都忙着用冻僵的手指去敲打冰冷的键盘。如果你闭着眼突然听到这些敲打声，也许根本分辨不出这是什么声音，因为里面掺杂着一股潺潺流水般的乡

---

[1] Poetry Slam 是美国十分盛行的诗歌朗诵比赛，参加该比赛的人被称为"朗诵诗人"（slam poet）。这一比赛的评委从现场观众中选出，为表演者打分。

村风情。而众多现代技术都拥有这种特质,仿佛是为了诱使人们相信,纵使坐在微微发亮的背光屏幕前,他们其实也并未彻底放弃曾经热爱的自然世界。

尽管泽伊不喜欢这里的工作,但让她感到宽慰的是,至少她的工作不需要她穿得像个机器猴。相反,她可以穿日常的衣服,只不过要穿得稍微整齐些。长到这么大,泽伊总会时不时为父母终将离世这个事实而担惊受怕,这件板上钉钉的事的唯一好处就是,世上终于不会有人再念叨她:"穿裙子你会死吗?"

在以前她为父母而穿的裙子中,有苏格兰格纹短裙和印度印花棉料裙,有开叉裹身裙和裙摆至大腿中部的百褶裙,有有伤风化的短至胯部的超级迷你裙和看上去高贵得体的黑色长裙,她给最后这条裙子命名为"波士顿交响乐团的第一小提琴手"。穿这些裙子时,她几乎要被这种虚假做作的姿态搞得精神错乱,仿佛穿在身上的这些布料会进行性别抉择,随时有脱落的风险,让她全身赤裸地暴露于大庭广众之下。

还在上大学时,有一次寒假很长,泽伊从父母家给远在马萨诸塞州的格里尔寄了题为"穿裙子你会死吗?"的系列明信片。(格里尔当然喜欢穿裙子,甚至在不要求穿裙子的时候,她也一直穿着。而且科里说过,穿裙子的格里尔看起来很性感。)

在第一张明信片上,泽伊画了一个身着裙装的女子,被裙摆绊倒坠入悬崖。

第二张明信片中的女子倒在血泊里,身上裙子的图案是一把把锋利的小刀。

在最后一张明信片上,又一名女子身着裙装,重重地瘫倒在地。一个指向裙子的箭头旁边写着一行说明:"斯特拉·麦卡特尼[1]最不受欢迎的设计,有毒内衬超短裙。"

---

1 斯特拉·麦卡特尼(Stella McCartney,1971—),英国时装设计师。

这并不是说泽伊把自己想象成一名男性,她只是不喜欢有些女性化的服饰。在自己的犹太成人礼[1]上,她被逼无奈穿上印有巨大白色野花的绿底超短连衣裙和密不透风的连裤袜。那一整天,她只想着把裙子换成牛仔裤,或者至少脱掉连裤袜,让她光着腿。连裤袜紧紧地勒着她的双腿,好不难受,泽伊知道自己不可能像她妈妈那样一辈子都穿连裤袜;就算要像她妈妈那样穿的话,她也可以光着腿,因为穿的是长袍。没人会注意到。

在律师事务所,泽伊很引人注目。其中有一个注意她的人最近才从乔治城大学法学院毕业,刚入职不久。这人体格健硕,双唇略薄。泽伊对此人毫无兴趣,虽然在对方身上,她确实闻到一股新割的青草气息,这让她觉得很有趣。可眼下,泽伊不想跟任何一个人产生瓜葛。在斯卡斯代尔,想融入别人的生活很难。"我已经出柜了。"泽伊第一次在赖兰大学跟格里尔碰面时就向她解释道,但要把其他人介绍给自己父母,泽伊依然感到十分不自在。不管怎么说,泽伊现在还不确定她是否愿意让那人看自己那几张辣妹组合和濒临灭绝的小栗鼠的海报。

她是动物权益保护者,后来又成为素食主义者,这都始于一次班级组织的儿童动物园[2]之行。泽伊蹲在一群小鸡仔中间,空中飘浮着小鸡的绒毛,仿佛花粉一般。雏鸡的叫声很轻,但持续不断,好像它们不是禽类动物,而是昆虫类动物。可当泽伊把一只颤颤巍巍的小鸡仔捧在手心时,她猛然爱意丛生,笨手笨脚起来。

第二天,她从斯卡斯代尔公共图书馆借来一本大部头的书,翻阅书上各种动物的图片。那天夜很深了,她还坐在床上,书摊开在膝上,看着小鸡、水獭和串珠环蝶的彩色图片。在这些世界上最惹人喜爱的图片中间,有一张极其违和,令人震惊,异常可

---

1 犹太教徒的成人仪式。在犹太教中,男性十三岁成人,女性十二岁或十三岁成人。
2 园内以驯养动物为主,多温顺而无攻击性,可触摸和喂食。

怖：图片上，被捕夹夹住的一只小海豹，嘴巴张得大大的，一副痛苦不堪的样子。海豹的眼睛一下子就吸引了泽伊·艾森施塔特，她先是感到震惊，啜泣不已，继而为这种不公心绪翻涌。她紧紧地抿着嘴巴，心想，这些动物也是一个个鲜活的生命；动物是有生命的，而且不仅如此，它们还有灵魂。因此，她必须得做点什么。

每当泽伊的父母外出去跟另一对法官夫妇打网球，泽伊就坐到台式电脑前，用一个让人有些难为情的名字——"我和我的动物伙伴"——在一个动物权益留言平台上发帖。很快，她就收到了好几条回复。一个名为"丹尼斯奶奶"的网友回复了"我和我的动物伙伴"，给了她一些如何加入"动物权益社区"的建议。网友"维京粉丝22"问泽伊是否刚好住在双子城[1]，如果那样的话，他们可以见个面，"喝几杯冰的"。没人知道她只是个十一岁的小女孩，匿名给了她勇气。的确，她还是只小鸡，但她可不是只软弱无能的小鸡。和这个平台上的其他人一样,她也被某种感觉——弱小的生命正在被摧毁的感觉——驱使着。

后来，泽伊在 MySpace 社交平台自己的主页里发布了大量语气坚决的动物保护宣言，还有各种令人震惊的虐待动物的照片；为了平衡视觉观感，她还放了一些小猫小狗嬉戏打闹的照片（别人养的猫猫狗狗，她妈妈对动物过敏）。她时不时上传些照片，上高中后，她星期六还经常到当地皮草商店外的停车场上，通过静站来抗议示威。但到那时，她抗议的范围早就扩大了，她把矛头指向了全人类，以及人类是如何一次次让自己失望的。

形形色色维护正义的社会运动使她义愤填膺，她像个托钵僧一样活跃在网络上和生活中。在大学里，她四处分发反对伊拉克战争的传单，她努力想象自己身在卡尔巴拉[2]，而不是在了无生气

---

1 位于美国明尼苏达州，指明尼阿波利斯和圣保罗。

2 伊拉克中部城市。

的赖兰大学。她致力于自己的兴趣所在，结果导致她的成绩糟糕，跟高中时一样差。她升学考试[1]的数学成绩一塌糊涂，写的作文也显然难以卒读。她的指导顾问[2]死盯着由教育考试服务中心发来、被打印出来的那份文件，皱着眉看了好一会儿，还不住地敲着手里的笔，绞尽脑汁地想，他到底能给泽伊提些什么建议来帮她选大学。

尽管泽伊知道自己一直会这么热衷于政治，最终会沦为一个暴躁顽固的老女人，沦为一个蠢货，为一切需要她抗议的事件发声——喷气式发动机组件燃料泄露造成污染；争取机器人平权——有时，你并不是一个政治人物，而仅仅代表一个性别存在。作为性别存在的她，看到那个申克德维莱尔律师事务所刚入职一年的性感助理，决定不去追求她，也不允许自己受到追求。一想到这个，她就百感交集。这是她当下的人生，但还算不上她的一生。她未来必须拥有一些更完美、更具吸引力的东西，就像格里尔所拥有的那样——在洛赛基金会工作，在布鲁克林独自生活，和科里情定终身。

泽伊的工作时间不太固定，有时会睡得很晚，经常醒来发现偌大的房子里只剩她一个人了。有时白天不需要去律所的她，甚至会在家看下午场脱口秀，但这些表演让她沮丧。"我觉得，"前不久她在电话里对格里尔说，"日间脱口秀就是个让女性变得又蠢又消极的阴谋。不管我什么时候看这些脱口秀，我都觉得我脑子里的物质在分崩离析。今天脱口秀的主题是'我儿子是帮派成员'。"

"那你就别看了。"

---

[1] 即学术能力和学术评估考试（SAT）。SAT成绩是美国各大学申请入学的重要参考条件之一，由美国大学委员会委托美国教育考试服务中心定期举办。

[2] 负责观察学生在课堂内外的表现，评估他们的知识水平和学习能力，以协助他们制定学术或职业目标。

"可是这挺有意思的啊!"

"咦,你又来了。"

"我得给自己找点事做。找点有意思的事。"泽伊说,"我在全力长大的时候,你一直在看简·爱[1]写的那些书——"

"简·奥斯汀[2]!"

"没错,我说的就是这个。当你在读那些书的时候,我都在外边参加抗议活动。"

"现在你也可以出去参加抗议啊。"格里尔说道。

"我很想去。只是我回到家后整个人累得不行。我的上班时间稀奇古怪得很。"泽伊叹了一口气,"真希望能跟你一起在基金会工作。这样的话,工作和搞政治就二合一了。我甚至会喜欢上'基金会'这个词。"

"唉,这里也没多好,"格里尔说,"你知道我基本上还只是个助理。"

"我可不信。"泽伊说,"不管怎么说,肯定比我的工作强一百倍。"

"别担心。"泽伊对格里尔说。她和格里尔都不喜欢这一表达,所以她说这话其实是在自嘲。精品店里那些瘦弱、长相不讨喜的年轻柜姐,会干巴巴地用这句话来回答几乎所有问题——"核灾难?""别担心!"这个表达很荒谬,因为众所周知每个人时时刻刻都有合乎情理的担心。尤其是在你刚大学毕业迈入这个世界,而整个世界正处于动荡不安的时刻,你怎么能不担心呢?人们曾力挽狂澜,把美国经济从地狱的深渊拉了回来;可时至2010年年末,美国经济依旧摇摇欲坠。

---

[1] 英国女作家夏洛蒂·勃朗特创作的长篇小说《简·爱》中的同名主人公。这里泽伊说错了,缘由见后文。

[2] 简·奥斯汀(Jane Austen,1775—1817),英国女小说家,主要作品有《傲慢与偏见》《理智与情感》等。

泽伊渴望的是那种被需要的感觉。被需要或被爱，得其一或二者兼得。最好是二者兼得！被需要与被爱是不一样的，虽然它们涵盖的范围是紧密相关的。她也许会遇到爱，也许根本不会。无论是在事业上还是在爱情上，她兴许永远也安定不下来，她的生活永远成不了型。但还是那句话：别担心！

在布鲁克林的一家酒吧，泽伊把写给费丝·弗兰克的信交给格里尔。信是这样开头的：

亲爱的弗兰克女士：
  我委托我大学最好的朋友格里尔·卡德特斯基女士将这封信转呈予您。您找不到比格里尔更优秀出色、聪明伶俐、勤劳肯干、毫无怨言的员工了。她极其专注、条理清晰，还博览群书。而我呢，却是另外一个样儿。

随后泽伊写了一些她自己的经历，她简略提及了自己在政治活动中的光辉事迹，讲述了自己在各类女权问题及争取同性恋权利，包括婚姻平等这类问题上有多不遗余力，还称同性恋的婚姻平权将成为下一桩罗诉韦德案[1]。信不长，收尾时她还告诉费丝，她是两位法官的孩子——"没跟你开玩笑！"她写道——她是观摩着父母阐释法律长大的，而六年级时她却因在范米特皮草商店门外参加动物权利示威活动被扣押。

泽伊很早就意识到，她这两位身为法官的父母热衷于审判他们遇到的所有人和事，其中也许就包括家里的孩子，但艾森施塔特家的男孩们常常能逃过一劫，因为有个观念早就在他们妈妈的脑子里根深蒂固：这些男孩子没法被驯服，所以，哪怕尝试都是

---

[1] *Roe v. Wade*（1973），美国联邦最高法院判决的妇女堕胎权益的重要案件。在此案中，美国最高法承认了妇女堕胎权及其受隐私法保护，但由于反堕胎团体的抗议，此判决在美国社会至今仍备受争议。

徒劳。在大多数孩子老早就去学数学、学《托拉》[1]、学巴松管[2]、学长曲棍球的时候,亚历克斯和哈里这两个家伙还在附近一带追逐打闹,可尊敬的温迪·艾森施塔特法官和尊敬的理查德·艾森施塔特法官却不管不问,睁一只眼闭一只眼。

亚历克斯和哈里只相差一岁半,成绩都不好,对希伯来字母一知半解,在音乐或运动方面也都没什么过人天赋,都喜欢在平坦、宽敞的希瑟大道上玩滑板。艾森施塔特一家就住在希瑟大道上一幢价值三百五十万美元的都铎式风格[3]的房子里,里面有游泳池、温室和草坪。这块草坪一直长啊长,长到跟邻居家的草坪都分不清了才罢休。

艾森施塔特夫妇的审判——主要是温迪法官的审判——落到了泽伊的头上,虽然一开始她还不是泽伊。那时她还是弗兰妮,弗兰妮·艾森施塔特。她的父母当年在位于纽黑文的耶鲁大学法学院就读时坠入爱河。在诉讼课上,理查德·艾森施塔特对坐在旁边的温迪·尼德曼说道:"我身上有一点你需要知道,我是 J. D. 塞林格[4]的狂热粉。"

"J. D.,指的是'法学博士'[5]塞林格吗?"

"你可真有趣。"

"我尽力了。"

"你可以问我任何关于塞林格的轶事,"他说,"也可以问格

---

[1] 指《旧约》的前五卷,即《创世记》《出埃及记》《利未记》《民数记》和《申命记》。但犹太教不称为《旧约》,而称为《托拉》或《摩西五经》。在犹太教中,《托拉》占据着核心地位,是最神圣、最重要的部分。

[2] 又名大管,是木管类乐器的一种。

[3] 一种典型特征为都铎式拱和凸肚窗的建筑风格。

[4] J. D. 塞林格(J. D. Salinger, 1919—2010),美国作家,著有多部小说,其中《麦田里的守望者》被认为是 20 世纪美国文学的经典作品之一。

[5] 法学博士"Juris Doctor"的缩写也是"J. D."。

拉斯家族[1]的事,甚至家族里最不起眼、一般人都没听说过的人物也可以问,比如像沃特和沃克[2]。"

听及此,温迪惊呼:"沃特·格拉斯和沃克·格拉斯!你竟然知道他们,真不敢相信。其实吧,我也喜欢塞林格。"不久之后,他们没日没夜地待在一块,基本上可以算是同居了,只是他们不愿这么叫。理查德到纽黑文一家二手书店,大手一挥,给温迪买了第一版的《弗兰妮与祖伊》,书上带着护封,褐斑也不多。之后他们生了两个男孩,可没有一个是根据书里的人物起的名,然后他们不禁动情地回忆起当年恋爱时的画面——理查德把包有包装纸的书送到温迪手上,温迪撕开包装纸,看到里面白色的封面和上面清晰可辨的标题,激动地把书贴紧胸口,原来这个男人知道她喜欢什么。女儿出生后,他们再次回忆起这个时刻,就把那个粉乎乎的、小袋子一样、散发着花香的小家伙起名为弗兰妮[3]。有很长一段时间,她都认为弗兰妮是个好名字,一个完美的名字。

但随着弗兰妮·艾森施塔特日渐长大,她觉得这个名字只是虚饰,完全没必要,而且她对这名字也没什么感情。那个像粉色小袋子的弗兰妮已经一去不复返了。她现在是另一个存在,一个渴望完全掌控自己形象的人——她渴望被看成一个瘦骨嶙峋的人,一个无人能解又激动人心的人类谜题。在犹太成人礼上,她因为要穿那条绿裙子而羞愧不已;她实在拗不过她妈妈,才和妈妈去萨克斯百货买的那条裙子。但犹太成人礼上的其他女人,身着盛装,散发着常见的女性气质,怡然自得。琳达·马里安尼是温迪法官的助理,是个大胸脯的金发美人,经常踩着高跟鞋,晃晃悠悠地走进艾森施塔特的家,怀里抱着一大摞文件,文件高得

---

1 J. D. 塞林格短篇小说中虚构的家庭。出现在短篇小说集《弗兰妮与祖伊》《九故事》《抬高房梁》《木匠们》,以及《西摩:小传》中。

2 均为格拉斯家族的成员。

3 出自 J. D. 塞林格的短篇小说集《弗兰妮与祖伊》。

把她的脸都给挡住了。那天在犹太教会堂,琳达穿着黄如金丝雀的裙装,胸部被勒得很紧,布料虽有弹性,但也快撑到极限了。

"祝贺你,弗兰妮。"琳达在成人礼那天对她说。她们照惯例抱了抱,这个拥抱似乎把女性特有的香气从琳达身上挤压出来,就像沙发垫在重压下会挤出空气那样。

仪式结束后,大人们往狭长的舞厅一侧走去,而孩子们则朝另一侧走去,中间用一道折叠门隔开。在孩子区有一个唱卡拉OK的设备,每个人都想尝试一下。孩子们也都十三岁了,那时是2001年,开些同性恋的玩笑便能博得满堂彩,每个人都争着把卡拉OK的歌词改成影射同性恋的双关语或下流话。那块印有漂浮的号角图案的金橘色地毯上站着两个女孩,在演唱一首20世纪70年代的老歌,原唱是唐尼和玛丽[1]兄妹组合。女孩们唱着新歌词,手握麦克风。几周前这里曾举办过犹太成人礼或者结婚典礼,虽然这些仪式早已随风而逝,但麦克风还稳稳地立在支架上。

其中一个女孩唱道:"我有一点同性恋倾向……"

另一个女孩接着唱:"我可能是个女—同—性—恋。"

随后,她们假装进行法式舌吻,其中一个女孩把另一个女孩的身体向后倾。故意做得又恶心又搞笑。回到希瑟尔小巷的家中,当艾森施塔特一家在客厅里拆剩下的礼物时——有璐彩特[2]的相框,有巴诺书店[3]和"蜡烛百万事"[4]的礼品卡(这些礼品卡很快会被弄丢,且从未兑换过),还有数张金额是18的倍数的支票(18

---

1 当时流行的兄妹组合。
2 世界上较大的聚甲基丙烯酸甲酯及相关聚合物的生产商之一。
3 美国最大的零售连锁书店。
4 全名"岛屿蜡烛百万事",一家专营项链、耳环、手镯等手工珠宝的零售商。

是 chai[1] 的对应幸运数字）——弗兰妮从包装纸的浪花里起身，在及至脚踝的包装纸海洋里曳步而行，回到楼上的房间躺在床上，想起班上那两个女孩，还有她们唱的那首恶俗的老歌。

然而，要说有什么具体场景深深留存于她的记忆中，值得被定格在相框里，就真的只有那两个女孩热吻的画面。除此之外，那一整天可以说是虚伪做作的一次狂欢，不管是她上台背诵《托拉》的选段，还是在一个宴会厅里和小伙伴们玩真心话大冒险。那段《托拉》她背得很糟糕，毕竟她也不是什么好学生。玩真心话大冒险时，她不得不和莱尔·哈普纳来了个法式热吻。莱尔颇有点小名气，因为他能滑稽地模仿美国总统看牙时吸笑气[2]的场景。莱尔的嘴巴长得很奇怪，接吻时似乎要把她一口吞进去，像蛇吞食老鼠那样。在他面前，她显得很渺小，似乎她根本算不上是个完满的自我。

那么问题来了：为何她要不完满地度过她的人生？她想知道是否有人能感到人生完满，抑或每个人的命运都是如此，即生而为人，必须活在不完满之中。自我就像一袋美味珍馐，不知何时被吃掉了半袋。

那天晚上，她躺在这幢黑漆漆的豪宅里，作为有卓越成就的法官父母最小的掌上明珠，开始了她追求完满的使命。"完满"也许与"真实"是同义词。再次强调，现在并没有适合的词，目前还没有。以后会有的，会有很多很多。在床上或倚靠在小巷的墙上用一种不一样的口吻对其他女人说的话震惊到了她——她震惊的是，她一直以来所持有的那种强烈感受竟然是这个意思。这些感受等同于同性恋的感受。谁曾想到这个？显然除了她，每个人都想到了。

---

[1] "chai"在希伯来语中是"生命"的意思，其数值为18，因此，犹太人会赠予他人价值为18的倍数的礼物或金钱，寓意是保佑他人健康长寿。

[2] 一种用作麻醉的气体。

这项使命在她十三岁时开始，十六岁时得以再度执行。十六岁那年，弗兰妮想方设法进城去曼哈顿东村，去一家叫"本-她"的女性酒吧。那天，她的父母以为她是和学校的两个朋友去看《魔法坏女巫》[1]。弗兰妮已经为这出百老汇的演出想好了一些令人信服的说辞。如果有人问起，她就会说："我最喜欢的是那首《永远》。那旋律一直在我脑子里回荡。"

但当她的几个朋友结伴前往盖希文剧院时，她却往一家酒吧的方向走去。她在《蛇蝎美人》一篇名为《女孩们都去哪儿了：美国最出色的女同酒吧概览》的文章里看到这家酒吧。这个标题的措辞本身就很让人迷惑——"女同性恋水汪汪的洞口[2]"，暗示着女性的身体部位——成人礼那两个女孩唱完那首歌后，她越来越关注同性恋这件事，并开始有些憧憬，仿佛是外星人接收到了故土星球发来的信息。

就这样，她来到了"本-她"酒吧，还没达到法定年龄的她对眼前的一切毫无准备。春天的夜晚暖烘烘的，狭窄的酒吧里挤满了人，这里以前是一家卖波兰饺子[3]的小餐馆。女孩们穿着背心和天气暖和时穿的薄衫，面对面、胸对胸站着聊天，每个人都靠得尽可能地近，都很亲密，就差没接吻了。弗兰妮穿着一件有口袋的T恤和无袖短夹克，脚下蹬着一双马丁靴，看起来活像女童子军里男子气十足的假小子，或者像男童子军里风情万种的娘娘腔，随你说是哪一种。她剪了一头中等长度的金发，发梢剪得很平，这让她整个人看起来很温和，但又极具性吸引力，能有意无意地吸引一些和她类似的女生，以及一些更有女人味的女性。和酒吧

---

[1] 2003年在百老汇首演的音乐剧。改编自格里高利·马奎尔的小说《魔法坏女巫：西方坏女巫的一生》。

[2] 原文为"Watering Holes"，既可以指"酒吧"，也可以指"流水的洞口"。

[3] 传统的波兰饺子馅包括马铃薯、酸菜、碎肉、奶酪和水果等。饺子的蘸料一般有黄油和酸奶油。

里的这些女生一样,她不仅对自己的女性身份感到激动,同时还对女人生出某种更为隐秘而不可言传的欲望,这也令她震惊不已。酒吧里有一股木头与香料混合的气味。泽伊递给酒保一张朋友姐姐的假身份证。酒保穿着一件复古保龄球衫,颈窝处有一个贝蒂和维罗妮卡[1]的小文身。"你要喝点什么,小美人?"酒保问道。有人用这种方式跟她说话,弗兰妮兴奋得打战。

"来一杯啤酒。"她说道,她并不知道点单还得说要哪款啤酒,酒保随便给了她一杯,从此奠定了弗兰妮·艾森施塔特对啤酒一辈子的钟爱,尤其是对喜力,她总想着手里能捧上一杯喜力。弗兰妮坐在角落一张摇摇晃晃的凳子上喝着啤酒,看着周围形形色色的人。几个左摇右摆的女人旁边有个鞋盒式音响,震耳欲聋的音乐从里面传出,这是她父母二十来岁时听的歌,是尤里思米克斯乐队[2]的经典老歌《甜蜜的梦》。她把头依靠在墙上,静静地看着。很快,她注意到有人在打量她,于是她局促不安起来,脸唰的一下就红了,躲到一旁,然后再悄悄回头看。当她看清盯着她看的人是她妈妈那个金发大胸的助理琳达·马里安尼时,她的局促变成了困惑,琳达一直看着她,之后终于穿过人群来到她面前。

"弗兰妮?"她大叫。"弗兰妮·艾森施塔特?你居然在这儿?"

琳达拽着弗兰妮的手,把她拉到酒吧旁边的一个小平台上。她们俩都直冒汗;琳达的丝绸衬衫已经湿透了,脸上的妆也浸花了。她四十岁了,是个女同。她问弗兰妮:"你之前来过这儿吗?"

"没有。"

"我也觉得没有。我没在这儿见过你。你妈妈知道吗?"

"不知道。"说这话时,弗兰妮特地加重了语气,"你之前来过这儿?"

---

1 指《贝蒂和维罗妮卡》中的主角,《贝蒂和维罗妮卡》是美国漫画出版商阿奇漫画出版的系列漫画,其中贝蒂·库珀和维罗妮卡·洛奇是一对死对头。

2 Eurythmics,一支英国摇滚乐队。

琳达笑了起来。"噢,当然。听着,"她说,"你不应该来酒吧。你年纪还太小了。"

"我能自己做决定。"她说起话来一副虚张声势的样儿,但即便如此,她还是很羞愧。她试着在这里开启全新的自我,可事态的走向却愈发怪异了。

"别这么自以为是。你会受伤的。"琳达用纸巾擦了擦脸,弗兰妮看到纸巾上沾着肉色的化妆品。突然,她脑海里闪过琳达·马里安尼做爱时化妆品糊在枕头上的画面,这让她有些不安。

另一个夜晚,弗兰妮又去了"本—她",这次让她初次尝到了性的滋味。那个女生身上有一种能掌控当下、而非掌控世界的力量;她之所以充满力量,是因为弗兰妮被她迷住了。阿拉娜十八岁,有点龅牙,爆炸头。她说她是做零售的。阿拉娜把弗兰妮带回她姐姐的单间公寓里,房间在一栋旧式公寓大楼里,酒吧出来拐个弯就到了。虽然阿拉娜相貌平平,口齿也不怎么利索,但只因阿拉娜性别为女,弗兰妮又欲火焚身,就足以让这次相遇意义非凡。公寓在六楼,要走楼梯上去,屋子里装饰着各式小摆件和竹制家具。书架上一本书也没有,只有几只穿着小T恤的毛绒玩具,T恤上还印有字。一只毛绒浣熊的T恤上写着"我和蠢货在一起",而旁边那只毛绒小斑马的T恤上写着"蠢货"。弗兰妮从小在宽敞的、有艺术雅趣的房子里长大,家里摆的都是各色艺术品真迹和各类书籍——事实上,她自己的名字也是根据书里的人物命名的——因而此时难掩心下的孤高自傲。

"躺下来。"阿拉娜对她说,弗兰妮过了好一会儿才弄懂话里的语气,胸中顿时升腾起一阵强烈的欲望,然后照她的话做了。阿拉娜跨在她身上,交叉着双臂脱掉上衣,那对小得可怜的乳房露了出来。随后她去脱弗兰妮的上衣和紧身牛仔裤,用一种友善的语气问:"这是你的第一次吗?"

"对啊。"弗兰妮答道,她试图表现出自己的愉悦和勇敢,但语气里却出乎意料地透露出一种稚嫩。

"好吧。那既然这样,我这么说吧,我们想要的是一次愉悦的体验,对吧?我们没有别的什么目的了。你不需要去想这意味着什么,或者想我们是否在交往,因为我现在可以告诉你,我们没有在交往。"

"我知道。"弗兰妮说,随后她还没弄清楚发生了什么,阿拉娜的头就移到她下面,嘴放在她两腿之间——呀!一张女人的嘴正在她的两腿之间,饶有技巧地舔舐着她,很有耐心,十分了解她的需求。一阵强烈的感觉袭来,但转瞬即逝。就像把麻醉面罩戴在脸上一样,但不同的是,这个麻醉面罩麻醉的程度恰恰相反,她的知觉并没有减少,反而却愈发强烈。她很轻易就屈服了。

之后弗兰妮再也没见过阿拉娜,在被父母发现她进城都是去这地方之前,她还去过三四次"本—她"酒吧。高三的一个晚上,她像往常一样乘坐地铁北线从曼哈顿回家,当走进希瑟尔小巷那幢房子里时,她看到她妈妈穿着桃红色的睡袍在厨房等她,其实她直接穿那件法官黑袍还省事些。温迪·艾森施塔特法官平静地看着她,很有把握地说:"你根本没去看百老汇的演出。你说在《歌剧魅影》结束时你哭了,这根本是在撒谎。我就跟你明说了吧,我知道你一直用假身份证去一家女性酒吧,这是在犯法。"

"你从哪儿知道的?"弗兰妮略带哀伤地问道。

"琳达·马里安尼一直在偷我办公室里的办公用品。偷的也不是什么值钱的东西,大多是些惠普的喷墨盒,但我们还是让她走人了,干出这种事必须得走。保安来带她出去时,她转过身看着我,当着所有人的面,记住了,是当着所有人的面说:'法官,顺带跟你说一句,你女儿是个同性恋。你问问她,她之前进城都去了哪儿。'"

就这样,一切真相大白。弗兰妮和法官两个人都泪眼蒙眬。"真希望我不是从我助理那儿听来的。"她妈妈说道。最后的决定是,弗兰妮要去看心理医生，以便"把事情理清楚"。弗兰妮的父亲之前一直躲在小房间里，谈话结束后才出来，慢慢靠近弗兰妮。"你妈妈就是这么强势，"他说，"这兴许能给你些安慰，"他笑着补充道，"她在法庭上也是这副样子。你只需要知道，我们都很相信你，也很爱你。你会好起来的。"他给了她一个拥抱。

几天之后，弗兰妮同意去见马里乔·阿尔布雷克特医生，阿尔布雷克特医生住在拉泽伊蒙特村，她在她家的地下室开了一间心理诊疗所。她以前是三州现代舞团的成员，现在改行做了心理医生。她的身材纤细苗条，皮肤被太阳晒伤了，总是穿着紧身衣，即使在认真听你倾诉时，她也会时不时做一些手臂拉伸动作，把手举过头顶。她的客户大多都是青春期的女孩——有进食障碍的女孩；脾气暴躁的女孩；自残的女孩——割上很浅的但意味深长的一道，以便让自己感觉好点；讨厌父亲或母亲的女孩；陷入无尽的自我憎恶、头发挡住脸的女孩；找了坏小子当男朋友的女孩。阿尔布雷克特医生也收了不少在性认同方面有障碍的病人。

一开始，弗兰妮很抗拒去看心理医生，但很快她便喜欢上了这些晨间会面。她妈妈先开车把她送到马路边，然后去星巴克读简报，让弗兰妮自己进去和心理医生交谈。有时心理医生会提议说，她们今天得"有些进展"，但进行谈话的时候，她还是让弗兰妮想说什么就说什么。

"我真的很讨厌被叫作弗兰妮。"某天，当两人的目光扫过地下室闪闪发亮的木地板、镜子和扶手杠[1]时，弗兰妮向医生倾诉道。头顶上不知何处传来阿尔布雷克特家人的脚步声。

"那就改个名字。"心理医生斜躺着，与屋子的对角线齐平，像一只猫咪。

"我不能这么做。我的名字是从《弗兰妮和祖伊》这本书来的，

---

1 装在舞蹈演员练功房内墙上、用来练习芭蕾舞或做腿部运动的杆子。

我父母很喜欢这本书。这会让他们很受伤。"

"噢，他们会没事的。"

"也许我可以叫祖伊。"她害羞地说道，阿尔布雷克特医生一把握住她的手，她的手不禁蜷缩起来。就这样她成了祖伊，当了一周的祖伊。但这名字实在是太……太"祖伊"了，太粗野了，所以也太难听了。和阿尔布雷克特医生的谈话中，她发现自己并不是不喜欢自己的女性身份，她只是不喜欢她那个轻浮而女性化的名字给人带来的种种联想。她想，如果你听到一个人叫弗兰妮，你也许会对她有一些幻想——比如她很有女人味，也许还很容易脸红——这样想的话你也许就大错特错了。等到她再一次和医生在屋子里跳舞时，她才决定要把"祖伊"改成"泽伊"。

她的名字是在与阿尔布雷克特医生的谈话中想出来的，真让人意想不到；但更让人意想不到的是，她们之中出了个叛徒。这得花上好些年才能发现。跟上高中时一样，在赖兰大学读书时，泽伊依旧是个脑袋不怎么灵光的学生。一天，她在图书馆为心理课找书时偶然发现一本书，作者的名字用巨大的金色字体印在书脊上。马里乔·阿尔布雷克特，博士，她震惊不已地读了出来。"哇哦！"泽伊在图书馆里忍不住惊呼。这本心理学书籍的标题又长又无聊。

她翻开书读了起来。每一章都是一个新的案例分析。第三章名为"一个名叫裘的女孩：作为面具和镜子的女同性恋身份"。

"哇哦！"她再次惊叹道。

"裘"的母亲是个工作狂，总是以事业为大，她母亲自己也许也有一些性别问题。"裘"的父亲并不怎么参与女儿的生活，性格温和却十分被动；他几乎无法给女儿的未来激情与幻想树立榜样，是个极度软弱而冷漠的人。

这个年轻女孩来到我的咨询室，对她的性取向困惑不已，而且也不太愿意接受她作为女性的身份，之后她公然宣布要改名字，最后改成了这个毫无女性特征的名字，就像她身上穿的那些男孩子气的衣服一样，让人不觉有些悲哀。但了解了她的家庭后，你还会对此感到疑惑吗？

我不禁为这个年纪轻轻的病人感到痛心，她无法体会到女性这个身份的奇妙，也无法拥抱男性的爱。在我看来，她的治疗开始得太晚，她已经没有选择，只能过"同性恋"生活了。她总是在否定某种东西，连她自己都没有意识到，而这种东西同样也在否定她；她其实一直强烈地渴望拥有这种东西，她甚至从未意识到她的这种渴望。

"裘"和我，我们一起做了许多努力，在她那些狂怒的举动里，我偶尔能看到她身上那个真正的异性恋的自我；这个自我渴望展现在世人面前，但可悲的是，她不知道如何去做。

读完后，泽伊觉得自己很冤枉，有一种被冒犯的感觉，因而不觉低声啜泣起来。金属书架间那狭长走道上的灯突然轻柔地咔嗒一声熄灭了，那声音仿佛是长舒了口气，这时泽伊也缓过来了。她觉得自己可能要晕倒在这片满是霉味的黑暗里了。她从来没被这样曲解过，脑子里还一直在想这件事，甚至在想马里乔·阿尔布雷克特写的这些是否有些真说对了，或者全部都说对了。一直以来，泽伊都渴望为自己开辟一个空间——在这个空间里，她可以用"泽伊"或"裘"这样的名字，可以穿燕尾衬衫，而不需要考虑自己是不是异装癖，或者是不是在某种程度上悄悄模仿男性；在这个空间里，她只需找到她在这个世界上最自然、最优雅的存在方式——但她这样的需求是否表明她心理有问题。除了格里尔，她没跟任何人说起过这本书,她也没把那本书放回书架。她若无其事地把那本书借出来带回寝室,也没管那些消防管理条例,当着格里尔的面用打火机冷静地把书烧掉了。

"我们以前还一起跳舞。"泽伊轻声道,她仍记得她们当时横七竖八地躺在地上时那种温暖的感觉,"这就是我舞跳得这么好的原因。但我真不敢相信她写了这些。"

"我也没法相信。泽伊,你不该被人这么说。没人该被这么说。"

有那么一会儿,当火焰烧到封面时,似乎有一阵很微弱的声音从远处传来,像是有人在叫喊,虽然这声音很快被从伍利大厅传来的消防警报声淹没了。也许阿尔布雷克特博士并不是个残忍的人;她只是写下她所相信的。然而让泽伊感到惊恐的是,她自己或多或少也认同书里的某些内容。

她以前一直认为,现在这年头,只要处于适当的地理区域,你想怎么怪异就怎么怪异。虽然那本书被烧得面目全非(泽伊也因遗失图书而给梅茨格图书馆交了六十五美元的罚款),虽然她在大学里也勾搭上了几个女生,但她总是时不时感受到一种挣扎,无论如何也无法化解。在她的生命中,她已遭到两个年长女性的背叛:琳达·马里安尼那个荡妇;当然还有阿尔布雷克特博士,当她们一起在房间里翩翩起舞时,她看起来是那么温暖,那么值得信赖。

为了分散这件事的注意力,泽伊加入了学校那个烂透顶的即兴表演剧团,还跟团里一名叫海蒂·克劳森的成员发生了关系。海蒂·克劳森是个从欧洲来的金发姑娘,很有教养。她跟泽伊说起一种叫斯瓦比伯特利[1]的瑞士饼干,她说她从小在苏黎世长大,以前常做这种饼干,她还说以后有机会跟泽伊一起做饼干。就这样,之后某一天,泽伊来到海蒂在校外的公寓,对她说:"教我

---

[1] 又名斯瓦比亚饼干,据说起源于德国西南部的一个前公爵领地斯瓦比亚。

做些叫斯瓦比还是啥来着的饼干吧。"海蒂答应了。她们一起坐在海蒂的蒲团上相互喂对方吃刚烤好的饼干。泽伊也不知道自己是不是犯迷糊了，几天后她又去勾搭了之前的宿舍长谢莉·布雷，一个很有自信的姑娘。海蒂当然发现了这件事，因为谢莉·布雷是个大嘴巴。被愤怒冲昏头脑的海蒂跑到操场中间，对泽伊大吼道："艾森施塔特，去你妈的，我把自己所有的软弱都展现在你的面前。我甚至还教你做斯瓦比伯特利饼干！"泽伊也恶毒地回应道："是啊，你那些纳粹饼干。"可海蒂是瑞士人，不是德国人；而且不管怎么说，海蒂并没做错什么。

泽伊阅女无数，或者说很多女孩都勾搭过泽伊。"我是个荡妇。"有一次，她不假思索地对格里尔说了这话，当时已是深夜，她正急急忙忙穿梭在校园里，赶去见一个她在人类学讨论课上认识的女孩。泽伊从未真正恋爱过，有的仅仅是那种短暂的迷恋，那种突然迸发的身体欢愉，仿佛转瞬即逝的流星。

大学期间，泽伊在女人堆里穿梭得不亦乐乎时，她的好朋友道格却从未停止过对她的迷恋。她发现，虽说只要是个女的道格都会迷恋，但他心里有个柔软的位置是特地留给泽伊的。他总是在她房间里晃悠，扑通一下躺在她床上。客观地讲，他长得确实不赖，留着络腮胡，差一点就能跟阿米什人[1]有得一拼了。女人们真不喜欢这样的造型，为什么没人告诉过那些男人呢？女人们完全可以留张匿名纸条，上面写明"没有人会让他的朋友剃掉小胡子只留络腮胡"。

在泽伊遇到过的人中，就数道格最善良。他认真倾听泽伊勾搭女生的那些事，会点头表示理解；他很懂泽伊的心思，有时还会陷入沉思——他来到赖兰大学之后也勾搭过不少女生，但他从不喜欢说自己的事，而总是把说话的机会让给泽伊——但有一次

---

[1] 阿米什人通常留络腮胡，但会把嘴唇以上的小胡子剃掉。阿米什人以拒绝汽车及电力等现代设施，过原始简朴的生活而闻名。

泽伊结束长篇大论后,他突然问道:"那你能给我一次机会吗?"

"一次机会?不能。"

"是因为我是个红发人[1]吗?"他说着,调皮地笑了笑。

"道格,你是认真的吗?我一直在跟你说同性恋的事,然后你来一句要我给你个机会?"

"我们可以不做全套的。"他害羞地说道,他的睫毛长长的,目光低垂。

"不。"她说,"抱歉。"

但在一个周五的晚上,也就是海蒂事件刚发生后不久,泽伊整个人都提不起劲。那晚,格里尔到普林斯顿去找科里了,克洛伊也去参加派对了。夜已经很深,道格躺在泽伊的被子上,一副半睡半醒的样子。此时的泽伊有些烦闷,满腔的深情又不知何处发泄,便躺在道格身边。他欣喜地把她搂了过来。

"看吧,这也没那么糟。"他说道。

她想,如果这姿势两个人都能睡得着的话,那或许可以就这么睡了。可他问了句"你介意吗?",然后用他的大手握住她的手;握了一会儿,发现她并没有拒绝,他便拉她的手放在他胸口上,就放在T恤的上边沿处,他那堆乱糟糟的胡子刚好长到那个位置。她感受着他的心跳,没有把手抽开。再后来,他把她的手放到他的裆部,这个世上最坚硬、最火热的地方。一块巨大而火热的卵石。她几乎一下子就把手抽开了。

"对不起。"他说,"我太渴望你了。我平时走在校园里也是这样的状态,好像这东西几乎没什么用了。我得找个时间去检查一下。"

出于友谊,她又把手放回了那个地方,但撇过头不去看,同

---

[1] 西方对皮肤苍白、脸上有雀斑的红发人带有歧视和偏见。有一种流行的说法是"红发人没有灵魂",还有一种说法称当时出卖耶稣的犹大是红发人。在中世纪时期,红头发被视为与道德堕落、野蛮的性欲和不洁的性生活有关。

时在想,他内裤里那片毛发是不是也是红色的海马毛样,像他的胡子一样。他是这世上最好的小伙子,她一面这样想着,一面笨拙地移动她的手,就像抓娃娃机里的那些机械爪。此时此刻,他兴奋不已,她却格外冷淡。跟他发生的这些都是个错误,她很快就意识到了这一点。

"你不能睡在这儿,你知道的。"在他到达了一次高分贝的高潮后,她对他说道。他们还躺在一块儿,他的胸部上下起伏,还没缓过来。

"为什么?我们可以聊一整晚。你可以多跟我说些你的事。我喜欢听。"

"道格,我不想聊一整晚。你是最好的男人,真的。但我只会被女孩子吸引。上帝造我时就设定好了。"她带着不确定的语气补充了最后一句话,虽然自从她的成人礼后,她就几乎把上帝抛弃在了尘土里。

最终,道格大步走过大厅,上楼回到和凯文共住的房间里;泽伊躺在床上感到很困惑,甚至还有些羞愧。后来,道格与学校里形形色色的女孩打得火热,泽伊和他的关系也依旧牢固如初,没人再提那晚发生的事。泽伊时不时会想,她在做梦时有没有梦到过那件事。尽管她也是个女人,但她知道她跟女人打交道总会有障碍;有时一些无法逾越的障碍会出现在她和其他女孩子之间,但她不知道那障碍到底是什么,为什么会出现在那儿。

大学毕业后,她曾想过,如果她能和格里尔一起在费丝·弗兰克的基金会工作,那真是再好不过了,但显然这是不可能的。申克德维莱尔的工作是她毕业后的第一份工作,可在那里她却觉得心无定所,茫然若失。冬天到来时,她知道她得离开,她要去一个她能找到存在感的地方。在律所的一个深夜,那个叫罗尼的手指细长的家伙跟泽伊提到了他姐姐工作的机构,名叫"教与得"培训中心。这是一家非营利性机构,专门培训新近毕业的大学生,之后把他们分配到国内的公立学校或特许学校[1]。现在的这批教师在夏天时已经开始培训了——六周的闪电式培训——现在是学期中，教师们都已经到岗了。但罗尼解释说，最近有几个人退出了，机构现在正着急得跺脚，不知道要怎么办，然后问泽伊想不想要他姐姐的邮箱。

泽伊轻而易举地就被"教与得"录用了，简直让人吃惊。"我就坦白说吧。我们看重一个人身上是否有热情,这比什么都重要。"电话里的女人告诉她。就这样，泽伊在隆冬时搬到了芝加哥。"真讨厌，不能和你在同一座城市了。"她对格里尔说，虽然之前这两个姑娘也并不是想见面就能随时见面。有时候泽伊会去布鲁克林待上一阵，但她们的时间点也并不能总卡得这么合适。泽伊没花太多时间去想为什么现在还会有空缺的教师岗位，也没过多去想她为什么轻而易举就被录用了。她太渴望摆脱那份助理律师的工作了。她确实没多想，获得工作邀请时她还自我感觉良好，虽然之后回想这件事，也没什么值得骄傲的地方。

原本六周的培训，现在压缩到两周半。"我们相信你能学得很快。"一个叫蒂姆的小伙儿对她说，他是这个培训项目的负责人。

"能请你把那句话写下来发给我父母吗？"泽伊说道，"他们肯定会被逗笑的。"

在芝加哥，泽伊住在六楼的一间公寓里，她父母极不情愿地给她付了房租，因为"教与得"的工资实在是少得可笑。"你得住在中国的驳船上，这样你在那儿才能上得起班。"温迪法官说道。

"法官大人，那样的话我通勤可就成问题了。"

"弗兰妮，你真是什么都能拿来开玩笑。"

---

[1] 特许学校（charter school）不同于公立学校（public school）或独立学校（independent school），特许学校经费由政府根据在校生人数进行拨款，但学校的经营由专业团体或其他非营利机构等私人主体开展，独立于其所在的州立学校运作体系。特许学校设立的初衷是帮助社会经济条件较为弱势的群体，以使他们获得平等的教育机会。

"泽伊。"

"好好好，泽伊。但我要直截了当地告诉你，我希望你不要做这份工作。"她妈妈说。她妈妈坚决反对她换工作，尽管她知道这份工作更值得去做，也更高尚。

在两周半的闪电式培训后，泽伊在八角学习网旗下的一所特许学校开始教历史。泽伊替代的那位"教与得"培训中心的老师，也没管那天学校还在上课，就猝不及防地提出了辞职，还举手提问："学习在哪儿？八角又在哪儿？"之后又来了个代理教师，但他没有接受过相关方法论的培训，八角学习网旗下的所有七所学校（尴尬的是，里面总共只有七所而不是八所学校；就在开始使用"八角"这个名称的前几天，其中一所学校的建筑因油漆含铅超标而被永久关闭）现在都跟"教与得"培训中心签了协议。就这样，泽伊在南区的一所学校上岗了，手里还有一份辅助教学的正式教学计划。

她走进九年级的一间教室，这是她的第一节课，她原本以为教室里会是闹哄哄的一片，没曾想学生们一个个都像嗑了安眠药似的——早上八点二十分，在这个通风良好的三楼教室里，学生们半趴在课桌上。他们绝大多数是非裔美国人，也有一些是拉美裔，还有几个白人。看到她来了，没有一个人感到高兴，或者说他们不高兴来到这间教室里，甚至不愿意保持清醒；但她一点也不怪他们。她想起她高中时也是这样，因而立刻对他们产生了同情。这样至少他们有一个具有同理心的老师。

"早上好。"她一边说着，一边整理讲台上的几件物品，虽然也没什么整理的必要，然后她坐在身后那张绿椅子上，椅子毫不客气地发出一阵嘎吱声。没人回应她。"好吧，也许这并不是个那么美好的早晨。"她说，"也许这个早晨烂透了。"

"别废话了。"一个男孩回道。底下有人小声地笑起来，有人肯定会惊讶泽伊竟然也跟他们一起笑了，虽然泽伊并没觉得这话有什么好笑。她想的是,既然来到罗马,那就入乡随俗好了[1]:虽然她真的不知道自己在干什么。

"有时你在课堂会有一种不确定感,也许刚开始的时候你会经常有这种感觉。"蒂姆曾这么跟她说,"这完全是正常的。"当她扫视整个教室时,心里就在想这句话。"我是艾森施塔特女士,我是你们今晚的老师。"泽伊不假思索地说,"你们想知道我们有什么招牌菜吗?"

学生们都面无表情地看着她。

"你说今晚,这是什么意思?"一个女孩问道。

"你说招牌菜,这又是什么意思?"另一个坐在后排的女孩问道。

泽伊被自己的玩笑话搞得很窘迫;她在想什么——这些学生哪里去过那些故作别致的餐厅,他们甚至都没去过餐厅。他们许多人吃的都是学校的免费午餐。她想把他们逗乐,或者想显示自己跟前一位放弃他们的老师迥然有别,可现在她意识到,任何想和他们打成一片的努力全都只是些可悲的尝试。她希望他们能需要她,或者至少能宽容待她。她不希望他们把她搞得不知所措,让她没干完一年,甚至没干完一天就提前滚蛋了。

在这个世界上做一个成年人意味着你不能遇事就躲。不可能每件事都躲得过去。在赖兰大学大二那年,刚开始泽伊有个叫克劳迪娅的室友,这个室友有狐臭,而且完全不讲卫生。泽伊跟系主任的秘书反映了这件事,但对方草草回应了她,让她自己忍着,换寝室是不可能的。之后,理查德·艾森施塔特法官一个电话就打到了系主任那儿。不知怎的,当这位法官致电时,新寝室立马就找到了:还是个单人间。遇事是能躲的——显然很多事情都可以,大多数都可以。但眼下这件事,她不想躲。她断定,这些学

---

[1] 有一句谚语为:"到了罗马,罗马人怎么做你就怎么做"(Do in Rome as the Romans do),也就是中国俗语里所说的"入乡随俗"。

生需要她。她看着底下一张张面无表情的脸庞,开始讲备好的"二战"的课。几乎就在这一刻,这间教室成了一块中立之地,夹杂着偶尔爆发的无政府式的混乱。就这样过了些时日,没一个人听她讲课。她甚至求他们听课,还试图贿赂他们。有好几个孩子公然威胁她,包括一个体格硕大的女孩。当时考试时间到了,泽伊让那女孩把笔放下。她便用跟她体型完全不相称的娃娃音说道:"我会让你吃不了兜着走。"说完这话她立马哭了起来,并开始道歉。去校长办公室是家常便饭,有时安保处的大个子戴夫还会亲自下场,可这个戴夫总是把事情搞得更糟,让教室里那些鬼哭狼嚎又升一级。

格里尔在电话里说:"别干了!别干了!"但泽伊总是泪眼婆娑地说:"我不能这么对他们。我不会的。"大多数时候,她感到的不是害怕,而是难以置信的挫败感,甚至愤怒——她在生自己的气。但同时她还油然生出一种对孩子们不可遏制的同情——同情他们物资的匮乏,同情他们的无知与无能。一个男孩有很严重的口臭,后来他很不好意思地说,他没有牙刷和牙膏,他没钱买这些东西;所以她就给他买了。泽伊还拜托格里尔把她父母那一箱又一箱的蛋白质能量棒寄过来,还亲自出去买一包又一包的厚袜子和手套,通常都是手套。但她总有一种感觉,那就是,一切都无济于事,她就像个毫无头绪的资助者,将她的物资扔进了火山里。

那年春天的一个清晨,泽伊等火车时收到了一条格里尔的信息,上面写着:"你有空吗?有急事。"她们很快通上了电话,格里尔带着爆破的喉音跟她说了这个噩梦般的消息:科里妈妈的车从科里的小弟弟身上轧过去,抢救无效。孩子被这样夺去性命,光听着就让人难受,根本用不着亲眼见到那个孩子。在二十二岁这个年纪,泽伊能同时从孩子本人、孩子的父母和兄弟姐妹的角度想象这场死亡。格里尔抽噎个不停,泽伊希望自己能说些什么,能让格里尔稍微好受些。可她们不在同一座城市,泽伊在接下来几周所能做的也不过是经常给她发信息,问她:"你现在怎么样?"尽管答案再清楚不过了。

每天午餐时间,在经历了艰难又令人抓狂的上午后,泽伊会坐在教室休息室里独自休息,大多数时候她都在听其他老师讲班上的事——包括班上那些小惨剧或者一触即发的事故,或者学校管理层是一潭死水这样的八卦,还会说些与班级无关的周末活动,比如网上约会或打保龄球。

有时她会特别关注一个叫诺艾尔·威廉姆斯的指导顾问,因为从泽伊来这儿的第一天起,这个诺艾尔就对她爱理不理的。午餐时她从不搭理泽伊,她总是跟几个管理人员坐一起,优雅地喝一杯酸奶,她用塑料勺挖着杯底和边沿,整个人的举止作态看起来异乎寻常地"直"。吃完后,她用手把垃圾压扁,弄成整齐的一小块。她就餐的地方不会留下一点垃圾。诺艾尔·威廉姆斯今年二十九岁,头发剪得很贴头皮,展现出她那完美、饱满的后脑勺。她小巧的耳朵上戴了好几个小耳环,身上的衣服干净整洁,没有一丝褶皱。泽伊总有着自己独有的格调,而诺艾尔堪称完美,无可指摘。

一天中午,泽伊大胆地坐在指导顾问旁边那张凹陷变形的沙发上。对方显然没有搭理她的兴趣,但这让泽伊更想赢得她的芳心。泽伊之前做过什么惹恼了诺艾尔·威廉姆斯吗?泽伊问道:"你在芝加哥工作多久了?"

对方毫不避讳地打量着她。"三年。"她答道,"这所学校成立那年我过来的。"

"噢,真棒。"

"在这之前我在攻读硕士,毕业后在郊区的一所学校工作过一段时间。"

"那里跟这儿肯定很不一样。"

"是的。"诺艾尔说道，但她并没笑，不带任何讽刺，也没有继续解释下去，她不愿表现出"虽然现在的这份工作很棘手，可她俩都待在同一条船上"的态度。想对付现在这份工作，挖苦自嘲必不可少。可她不愿去讽刺，也不愿去接纳。

"我才刚接触这行不久。"泽伊继续说道，"你对教学有什么建议吗？要在这里立足可真难。"

"你在问我，我有没有授课技巧可以告诉你？"诺艾尔问道，"首先，我不是老师。其次，我想别人已经跟你说过你需要的所有建议了，不是吗？"

不是吗？泽伊差点想把这话再回给她。真是个婊子，她暗想。"好吧，我上过一些历史教学的速成课。"泽伊说，"但教真正的高中生又是另一回事。而教现在这些小孩子——一切都发生得太突然了。班上太闹腾了，孩子们也都不听课。我真是太失落了。"

"我理解。"诺艾尔也没再说别的。

之后便是一阵沉默，泽伊吃起了早晨在那个小厨房胡乱做的三明治。这不，里面的各种食材都从那软趴趴的夹层里掉了出来，散落下来的这些食物完全不搭调，根本不该硬凑在一起：有苹果片，有好几个完整的、正要被吃掉从而即将消失于这个世界的小胡萝卜，还有硬挺得像伊丽莎白皱领[1]那样的羽衣甘蓝，糊状的日本豆面酱和挤成条状的低脂蛋黄酱把所有食材松松垮垮地黏在一起。蛋黄酱是她在刚搬到这座城市的那天晚上一个人去买的，在街角就有个小杂货店，那时她还人生地不熟。诺艾尔看着各种蔬菜跌落到泽伊的大腿上，是不是会不快地笑她？当她看到泽伊被自己的午餐搞得浑身黏糊糊的，是不是不快地笑了笑？泽伊用从自动贩售机上买来的粗糙的棕色厕纸擦拭着衣服，上面留下一长条油渍。当她抬头想跟诺艾尔再说些别的什么时，她看到教师休

---

1 也被称为轮状皱领，在15世纪的欧洲十分流行。这种领子成环状套在脖子上，其波浪形褶皱是一种呈"8"字形的连续褶裥。

息室的门被风吹得关上了，诺艾尔已经走了，赶去处理那些新麻烦了。

指导顾问一直这么不客气，对她爱理不理，而泽伊也一直不死心，拼命想赢得她的芳心，就这样过了好一阵。也许有一天诺艾尔会说："泽伊，你到底在干什么？能不能别再这样了？你看不出来我不喜欢你吗？"

然而后来有一个下午，也就是泽伊入职一个月后的一天，她的一个学生萨拉·皮克对她说："艾森施塔特小姐？"

泽伊正在白板上画1939年到1945年的时间轴。有些学生看起来对此很感兴趣；有一个叫德里克·约翰逊的学生尤其着迷，他已经知道关于战争的所有细节，在课堂讨论时表现得非常活跃。"嗯？"泽伊回道。

"我能去趟洗手间吗？"萨拉问，之后她站起来，在自己的座位上晃来晃去。她必须去，她必须现在就去。她是个白人女孩，体型像一只大黄蜂，不管她去哪儿，都会有一阵混乱在等着她。作业本被搞得皱巴巴的，钢笔漏墨，不知从哪儿会飞来一个小塑料球。她在班里毫无存在感，像一团可怜的垃圾，似乎哪儿都没有她的容身之地。午餐时她总是一个人，眼睛直勾勾地盯着前方，吃着一袋被她称作午餐的多力多滋玉米片。副校长曾跟她说过，萨拉正"处在危险中"。她的父母吸食冰毒，一直在戒毒；萨拉和她的姐妹们最近才搬去祖母那里，那个善良的祖母，眼睛已经看不大清了。

去年她父母还来参加了"课程之夜"[1]，当时两人刚吸过毒，极度兴奋，完全失去了理智。"真是一团糟。"副校长对泽伊说，所以她也一直在留意萨拉。萨拉总爱穿一件有因纽特式兜帽的外套

---

[1] 学年初的全体家长大会，主要是各科老师给家长们分享整学年的总体课程安排。

来学校，这兜帽总让泽伊想起小时候父母常听的老保罗·西蒙[1]专辑的封面[2]。萨拉总是打瞌睡，这让泽伊很担心，她总是在观察这脆弱的女孩身上有没有吸毒的迹象。可每次课上要写作文时，萨拉都会在课桌前弓着身子，手肘撑在桌上，舌头外伸，呈现出一种深沉的、孩子般的专注，让人很是动容，而她交上来的作文也总是充满激情，让人吃惊。也许这孩子对写作有着不为人知的兴趣，身上有着某种未被发掘的可能性。

"当然，去吧。"泽伊说道，她继续在白板上写着导致战争爆发的种种因素。她那小巧的手写啊写，白板上呈现出像铁丝网格般密密麻麻的一片，尽管只有少数几个学生会把这些记在笔记本上。其他学生要么似懂非懂地盯着她看，要么在做白日梦；坐在前排一个叫安东尼的男孩正在本子上大涂特涂，细细刻画着人的头骨和各色魔鬼，极富张力，要是狂热的恶魔崇拜需要上报给校领导的话，他可就遭殃了。

有个坐在最后一排的女生正把手枕在笔记本上涂指甲油，那股浓烈的丙烯酸[3]味一直飘到教室前面。那味道一直在扩散，而泽伊手中的毡头笔与白板刮擦，时不时发出尖锐的声音，教室里的孩子们一个个坐立不安，动来动去。不知是谁在学狼嚎，终于把大家都逗笑了。这个下午像得了低血糖般贫乏无力，离下课只有十三分钟了，泽伊还想留几分钟让孩子们写日记，或许再让某个孩子用手机放个歌，这样整个班的注意力都会被吸引过来。可突然，泽伊好像意识到了什么，那种感觉跟指甲油的气味一样强烈，因为萨拉还没从洗手间回来。泽伊让泰勒·克莱顿去看看萨拉怎么样了。泰勒是个做事慢吞吞的姑娘，可没过多久她就踏着重重

---

[1] 保罗·西蒙（Paul Simon, 1941— ），美国音乐家、创作歌手、唱片监制。

[2] 指的是保罗·西蒙于1972年发行的同名专辑《保罗·西蒙》，封面是保罗头戴毛边大兜帽的照片。

[3] 指甲油的原料之一。

的步子跑进教室，用力敲着门框说："萨拉出事了！"

萨拉躺在厕所隔间的地板上，蜷缩成一团。安东尼也被叫来帮忙，他和泽伊两人不知用何种方式把萨拉抬到了护士办公室。"肚子好痛。"萨拉哭着说，她捂着肚子来回翻滚着。

事情发生时，护士正在教室里给学生放一部关于毒品的电影，只有她的助手在那间绿色的小房间里，往罐子里一根根地放压舌板，发出一阵哒哒哒的声音。萨拉被半拖半拽地送来安置在床上时，助手整个人都吓坏了。

"我去叫珍。"助手一边说，一边跑出去，压舌板四下散落。

"让他也出去吧。"萨拉说着，朝安东尼做了个手势。

男孩松了口气，跑出去了。泽伊坐在萨拉身旁给她揉揉手臂，绞尽脑汁在想要说些什么。"可能是阑尾炎。"她若无其事地说着，语速很快。"我哥哥得过一次。他半夜一直在叫。但医生把阑尾取出来后他就好多了，你也会很快就好的。你知道阑尾这东西半点用处都没有吗？"她补充道，因为她不知道还能说些什么，她想帮萨拉转移注意力，减轻她的痛苦。

"不知道。"女孩哭泣着说。

"嗯，就是这样的。"

她突然感觉周围有人，诺艾尔·威廉姆斯出现在她们面前。"发生什么事了，萨拉？"指导顾问以一种沉稳的语气问道。

"我病了。"

"我觉得这是阑尾炎。"泽伊补充道。

"你是从哪里知道的，你是哈佛医学院毕业的吗？"诺艾尔说。

"这个嘛……"

"或者说'教与得'有这样一个部门？"

泽伊心里暗自窝火，但没说什么。现在发火不合适，这姑娘还难受着呢。诺艾尔半蹲下来解开萨拉的外套，泽伊之前根本没想到这个。指导顾问轻轻拉开拉链，把外套拨向两边，萨拉·皮克整个肚子露了出来,她们惊讶地看到毛衣下面的肚子圆鼓鼓的。外套脱掉后情况一目了然,不会有错的。

"我能把你的毛衣拉起来吗?"诺艾尔问道,萨拉点了点头。萨拉腹部的皮肤绷得很紧,泛着光,肚脐像铅笔顶端的那块橡皮一样醒目;肚脐下方正中间有一条黑线,把肚皮分为两个区域,这是一条被称作妊娠纹的东西,泽伊后来在电脑上查到的。如果格里尔遇到这样的事,她肯定也会在电脑前这样专注地查阅其中的每个细节和每个瞬间。

然而眼下,护士办公室里的泽伊和指导顾问完全没有相关经验,有的只是直觉。她们面面相觑,惊恐不已,接着诺艾尔轻声对萨拉说:"亲爱的小甜豆,你知道你要有小宝宝了吗?"

"我想可能是的。"

"嗯,就是的,我和艾森豪威尔小姐都会帮助你的。"

泽伊没有纠正她。从那一刻开始,一切都发生得太快了。已经给911打过电话了;萨拉的喉咙里发出闷闷的声音,她支撑起双腿,弓着身子。

"我去查一下要怎么做。"诺艾尔说道。泽伊在跟萨拉说别用力,把腿并拢起来等待救援,而诺艾尔坐在护士的办公桌前——那个叫珍的护士怎么还没回来?——在那台老式的口香糖色的戴尔台式电脑上输入密码,成功了。她把所能想到的最少、最简洁的关键词输入谷歌。她用谷歌真有一套,答案很快就找到了。

很快,诺艾尔就锁定了一个视频,上面指导你如何在没接受过训练、没有任何设备的紧急情况下接生。"好,我找到操作指南了,"诺艾尔说,接着她用沉静而克制的语气读道,"'我该怎么帮助别人接生?'"

不知怎的,她们稳住了萨拉,差点让她在这两双没受过训练的手中生下小宝宝。珍终于回来了;医疗急救服务队的人也很快赶来,一男一女,年纪不大,但都很在行,一来就立刻掌控了局势。

"用力，萨拉。"他们在评估了眼前的情况后发出指令。

接着，头出来了，脸也出来了；从大家明确地意识到一个活生生的小生命就要降临尘世的那一刻起，一切似乎停转了。看到宝宝的脸时，每个人都震惊不已，就像大家面对死亡时也震惊不已一样。泽伊想，每个人都知道死亡的存在；许多人从儿时起就知道这一点。报纸上随处可见小字体的讣告，有的是花钱买的版面，有的是真正的讣告。泽伊的父亲或母亲上班前会一边吃早餐奶昔一边看报纸，有时一个人会轻声对另一个人说诸如这样的话："噢，你看到了吗？卡尔·萨根[1]去世了。"

泽伊想到科里·平托不幸早逝的小弟弟。她脑海中浮现出她认识的每一个人的面孔，每个人都在各自短暂的生命躯壳里颤抖，那躯壳如明胶一般。泽伊知道，我们这一辈子会因无数张面孔而不知所措，那些离世的面孔和新生的面孔；而此时此地，泽伊面对眼前的这张面孔，不能自已。

突然间，泽伊意识到有根很粗的什么东西缠住了孩子的脖子。这是一条脐带，看起来很像泽伊用来锁车的那根链条，当时还在赖兰大学上学的她经常把她那辆施文牌自行车用链条锁在校园各处。她看着护理人员小心翼翼地把脐带取下。他们在摆弄那条滑溜溜的东西时，像极了在下雨时解那条自行车链，这仿佛在暗示着，表象之下潜藏着棘手的问题，问题就藏在那些车轮辐条之间。孩子的头滑了出来。

"很好，萨拉。"那位男护理员温柔地说道。

"再用力一次，萨拉。"护士珍也应声说道。

"你能做到的。"泽伊说道。

之后诺艾尔说："你做得很棒！"

---

[1] 卡尔·萨根（Carl Sagan, 1934—1996），美国天文学家、天体物理学家、宇宙学家、科幻作家和非常成功的天文学、天体物理学等自然科学方面的科普作家。行星学会的成立者。

萨拉一直在用力，表现得很勇敢，后来传出一阵类似靴子踏进泥浆里的声音，孩子的肩膀终于出来了；这场重要的会面，孩子姗姗来迟。她的脸与身体相连完好，丰满浮肿的外阴宣告——这是个女孩。

尽管她们不喜欢对方，但她们现在都摇摇欲坠，极度需要释放压力，因此那天下班后，诺艾尔·威廉姆斯和泽伊·艾森施塔特两人便在附近一家餐馆一起提前吃晚餐。那天，萨拉的奶奶来学校了，萨拉的情况也相对稳定，至少在医生看来如此，所以她们就先行离开了。泽伊本来想陪萨拉去医院的，但护士珍说由她去陪，所以那里也没有泽伊和诺艾尔什么事了。

诺艾尔选了一家名叫"玛丽小姐"的小餐厅，专营灵魂食品[1]。餐厅里饰有木镶板，放着史摩基·罗宾逊奇迹乐队[2]的曲目。腌制的绿番茄用锡制大碗装着端上桌；番茄皮很有韧性，泽伊艰难地切着一小块番茄。尽管刀不是很锋利，但泽伊觉得自己一定能切得动。毕竟，她今天也差不多算生了个小孩。一个小孩的小孩。

可怜的萨拉·皮克，她想着。可怜的皮克宝宝。泽伊为学生买牙刷，买短袜，帮忙接生，并时不时为他们感到悲伤、愤怒和害怕，但除此之外她没法再帮他们什么了。"接下来会发生什么呢？"她问。"她的家庭情况一团糟。"

"噢，我知道。情况就是这么悲惨。"诺艾尔说道，"她父母曾经来过一次学校，他们几乎站不起来。不知道他们现在又变成什么样了。社工今晚赶去医院了，我们明天会继续跟进，但整体情况看起来不太乐观。"

---

[1] 指美国南部黑人的传统食品。"灵魂食品"一词起源于20世纪60年代中期，当时"灵魂"是形容非洲裔美国文化的常用词。

[2] 又称奇迹乐队，美国节奏布鲁斯声乐团体。该团体是流行音乐、摇滚乐和说唱音乐史上最重要和最有影响力的团体之一。

"学校还会允许她回来上学吗?"

"当然,她有好几个选择。但我不知道她会怎么选。我们有为母亲设立的项目,但老实说,这一切真是折磨人。怎么没人发现那女孩怀孕了呢?噢,这是个反问句。下次开会全体教职工都要思考这个问题。我会提议开个紧急会议,因为我们没一个人发现那姑娘怀孕了。我们总不能说:'她那小孩太小了。'虽然事实就是如此。那宝宝就如同手套玩偶一般大。但医疗急救服务队说宝宝很健康。很小,但是很健康。她的肺听起来很有活力。"

"我也没发现,感觉糟透了。但我根本看不到什么,萨拉每天都穿件松垮的派克大衣来学校。"泽伊说道。

"这本身就是一个警告信号。"

"我不知道是这样。"

"你当然不知道。"

突然,泽伊想,她还得听这个指导顾问说多少屁话。为什么即便今天她们一起面对了那些事,一起初次经历那样戏剧性的场面,诺艾尔还是不喜欢她,还是敌意满满?

"我是做什么惹着你了吗,诺艾尔?"她问道。

服务生的出现打断了两人的对峙。她们开始百无聊赖地翻阅菜单。诺艾尔点了鸡肉,泽伊点了蔬菜杂烩。如果你是个素食主义者,你去下馆子的话吃得最多的肯定是各色杂烩。

之后,诺艾尔抬头看着她,脸上的表情竟然看不出任何敌意。"泽伊,"她说道,"与你无关。好吧,和你有关。因为你很容易相信别人,还有你的理想主义。"

"在我的印象里,这些都不是什么糟糕的品质吧。"泽伊摇晃着玻璃杯里的啤酒,胸中突然泛起一阵冲动,希望现在跟她喝啤酒的是格里尔,而不是眼前这个很不友好的女人。每个人都说芝加哥是一座很棒的城市。"芝加哥有艺术博物馆。"人们宣称,"有夜生活,有音乐,还有湖泊。"

但泽伊见到的东西很少，做的事也不多，因为你很难在孤身一人时爱上一座城。或者至少对泽伊而言很难。也许她可以劝格里尔在哪个周末来一趟。她们可以一起到波光粼粼的河边散步，往河里扔石子，谈论生活中那些令人悲伤的事，还有那些充满希望的事。但眼前这个态度很不友好的女人完完全全掌控了她。这很不值得，但这真实发生了。她注意到，诺艾尔的喉咙很性感。

"在理想环境下，这些的确算不上坏品质。"诺艾尔让步道，"但当我的孩子习惯了这些品质后，我就觉得这样的品质对他们没有帮助。"

"你的孩子？"泽伊问道，"他们现在不也是我的孩子吗？"

"你把你的学生当作你的孩子？"

"为什么不呢？你比我懂得多，在某些方面我确实比不上你。"泽伊说，"我是个新人，懂得不多，很多事都只能对付过去，今天还经历了这样一件事。我加入'教与得'是想做点好事。我确实做了。但如果那不算好事，好吧，那我真不知道还要做什么了。可自从我到这所学校以来，你就一直很讨厌我。"

"你觉得这跟你有关？"诺艾尔说，"你只是'教与得'这个大车轮的一颗小齿轮，所以别以为自己有多重要。我知道我们今天都过得很艰难，但我们一起挺过来了，可我如果真的讨厌你的话，我现在就不会跟你坐在这里。我会离你远远的。"

"噢，这么说你喜欢我？这就奇了怪了。你表现出来的完全不是这样。"

"如果想要我喜欢你的话，你工作还得再努力些。这个目标听起来更可能实现，"诺艾尔说道，"如果跟你'拯救八角学习网旗下的学生'那个目标相比的话。"

"我们需要竭尽所能去帮助他们。"

"亲爱的小甜豆，不需要你去帮他们。"她低喃道，用的昵称和萨拉生产时那句一模一样，但之前她是满怀温柔地说，而现在她却带着尖酸刻薄的语调,毫无爱意。

"那应该是谁?刚来这里的每个人都是两手空空,所以谁应该去帮助这个只有七所学校组成的八角网络?我承认我有特权。我在纽约的斯卡斯代尔长大。但我这样的生活背景怎么就让我没资格做个老师了?难道我必须得有我学生那样的生活经历才行吗?"

"我母亲是个稳定的中产阶级,她给一个专治过敏的医师当办公室经理,就在芝加哥。"诺艾尔说,"她独自抚养我和我妹妹——我父亲在我五岁时就因心脏病去世了——但我们什么都不缺,像你一样。上音乐课,矫正畸齿,书架上全是书,生活很稳定。我母亲就是这样一个有能力的人。我并不是说每个人的经历都得像学生的那样悲惨。"

"那你想说的是什么?"

诺艾尔又把身子往前靠了些;两人突然离得这么近,泽伊看她的视角都不一样了。她其实根本不需要被她吓到,也无须仰慕她。至于有没有可能遭到背叛,眼前这个姑娘跟以前背叛泽伊的那些老女人完全不一样。琳达·马里安尼和马里乔·阿尔布雷克特确实背叛了她,让她震惊不已;甚至包括费丝·弗兰克,虽然她没有背叛泽伊,她只是对雇用她完全不感兴趣,尽管泽伊给她写了那样一封发自肺腑的信。而诺艾尔完全没给过泽伊什么期待。泽伊不必担心被她伤害。如果泽伊愿意的话,她完全有能力直面诺艾尔。

"之前我们收到通知说,"诺艾尔说,"将有一批富有奉献精神的老师骑着他们同样有奉献精神的骏马抵达我们校园,他们将拯救我们学校。但事实是,这是一批完全没有经验的大学毕业生,除了几周的速成课,他们基本上没受过什么培训。如果你想当个修空调的师傅,要接受的培训时间也比他们长多了。可就是这样一批人被派到了我们学校。他们跟我们说要懂得感恩,跟我们说这样已经算很好了,我们要尊重像你这样的人,你们甘愿接受低廉的工资,就为了做点有意义的事。但事实上,不,这还远远不够,至少对我来说是不够的。我有些同事跟我想的不一样。他们很认可'教与得'的做法,认为这是个令人钦佩的事业,值得我们去支持。但自从'教与得'的人员来了之后,老实说,一切变化不大。

"校长好言好语来劝我,我现在心里才觉得舒服些。校长是个黑人,很善良,很有智慧。我太爱他了。但无论如何,那些没什么能力的员工经过短期培训就上岗了,这是谁都改变不了的事实。从很多方面看,'教与得'只会把事情弄得更糟。这个机构不接受任何批评,因而也不会做出任何改变。它一直在做的只是大刀阔斧地改造学校,使其适应公司的经营模式。有经验的老教师不断被解雇,但'教与得'这样的机构却能一直经营下去。教师这个职业的含金量也因此大大缩水。诚然,这个项目针对的是黑色和棕色人种的社会群体,它的势力范围永远波及不到白人学校。但你知道会发生什么吗?有一股势力在悄然等待,伺机而动,知道他们终有一天会得势。你和其他一些人一样,你们并不坏,我知道的,但你们缺乏专业技能,也没有经过严格培训,这对你们而言只是一份短期工作。你不会一直在这儿干下去;甚至没人认为你会一直在这里干。这只是你毕业后的一次体验,同时你想做些有意义的事。可你一旦体验完,你就会离开去干别的事情。干些没那么有意义但收入可观的事。我不怪你,泽伊。如果我是你,我也会这样做。但我们需要的是那些能长期在这里干下去的人。事情会越来越糟,接下来还会有什么事发生呢?"

"那你的意思是我应该现在辞职?"

诺艾尔眼睛直勾勾地看着她。"你当真这么想?不是,我当然不是这个意思。你不能这样对那些孩子,至少不要在学年中期做这种事;不要跟某些人一样。孩子们渴望稳定。你留下来,尽你最大的努力教完这个学年,然后你再做决定吧。听我说,我知道你是个善良的人,我也知道你很努力地想……你自己怎么说来着,'融入其中'?我知道那种感觉;我自己也有过这样的想法。但有时融入的方式不过是要你过好自己的生活而已,要你做自己,抱有自己的价值观。只有做自己,你才能融入其中。也许你无法占据重要位置,但你依旧能融入其中。"

"我倒不这么看。"泽伊轻声道。诺艾尔点点头。"不管怎样,有些事真的发生得很快。我以前和父母一起住,做的是助理律师的工作。我真的很讨厌那份工作。我最好的朋友在费丝·弗兰克手下做事。费丝·弗兰克是一家女性基金会的创始人,我曾想兴许我也能去那儿工作。但后来没能成功。我必须得离开那家律所,更不用说我父母家了。但温迪·艾森施塔特法官把话说得很明白,她说不管我干什么,至少我的工资得能养活自己。"

"谁?"

"我妈妈。"

"你叫她温迪·艾森施塔特法官?"

"对,或者温迪法官。这称呼快要把她逼疯了。她更喜欢我叫她妈妈。但老实说,在我的一生中,她都是法官一般的存在。就算出现在我的梦里,她也穿着法官长袍。我父亲也是,他是另一位艾森施塔特法官,但他低调些。"

诺艾尔笑了。这是她第一次笑吗?至少这是泽伊第一次能确定她笑了。"那么我猜,"她说,"你的名字不是艾森豪威尔。"

"不是。"

"但你并没有纠正过我。"

"我不会那样做。你会很尴尬的。"

"那如果你的学生说错什么,你会纠正他们吗?"诺艾尔问。

"会。'教与得'告诉我们要这么做。"

"别人让你做什么你都会去做吗?"

"如果他们态度好的话。"

"好吧，如果以后想让你办事，我可得学着把态度放好些。"诺艾尔说道，"给自己提个醒。"

泽伊愣了一下，试着去弄清楚她这陡然一转的话锋。"这会是个好主意。你甚至有可能看到一些成果，"她最后说道，"这比考试成绩还要管用，'不让任何一个女性掉队'。"

她俩现在会公然打趣了；她们从最开始的小摩擦，到一起经历接生，到两人愤怒地倾诉衷肠，再到现在这个充满不确定性的新阶段。我真是被搞糊涂了！泽伊看着诺艾尔那带着耳环的小耳朵想道。"你妈妈充满母性吗？"泽伊突然想知道。

"还行吧。她更像是一艘轮船上管事的。当然，是艘巨轮。你妈妈呢？"

"不管做什么，她都得心应手，无可指摘。今天看到萨拉，我在想，她也加入那个队伍当中了，不是吗？"

"什么队伍？"

"噢，一个母亲生出了另一个可能成为母亲的小人儿。甚至连她自己都不确定她要有个孩子了。"她在盘子里拨弄着什么，"我连想都不敢想。"她补充道。

"什么，有孩子吗？"

"对，是的。我的身体，我所拥有的这些器官；我几乎没怎么想过这些器官的生殖意义。我青春期的时候有过一个运动理疗师，她认为我一直在否定我的女性特质。但我并没有！我从来没这么做过。我喜欢做女孩。但我想向世人大声宣告做一个女孩意味着什么。如果成为一个女孩意味着临产了还不知道这档子事，那对我而言简直就是地狱。"

"对每一个人而言都是地狱。"

突然，泽伊带着迫切的语气问："我们确定能查清楚萨拉和她孩子的事吗？我们能去看看她吗？如果她选择不回学校，我们是不是再也没有她的消息了？"

"我会确保我们能及时跟进她的消息,如果可以的话,我们会想出一个帮助她的方法。我会尽我所能,不让她绊倒在这个小坑洼里。"

"她不修边幅,但她喜欢历史,记日期也记得很牢。"泽伊说。也许她是在夸张,但她就是想这么说。需要有人站出来替萨拉·皮克说话,来证明她的价值远不只是怀个孩子这么简单(也许这孩子很快会被别人领养),也远不只是一堆不受控制的器官的集合体。"她肯定很害怕。"泽伊说。身体这东西,并不是你想让它怎样它就怎样。它有自己的想法,自己的轨道。即便是现在,泽伊都觉得她的身体不受控制,而像一个音叉[1]一样在回应诺艾尔那独特的音调。

"你看起来很害怕。"

泽伊抬起头。"这真的很吓人。让人震惊。"

"我说的不是那件事。我说的是现在的你。"诺艾尔以一种十分克制、几近正式的语气说道,"因为我。"

"好吧,"泽伊承认道,"你有时确实有些可怕。"

"我对你来说就是这样一个人吗?一个可怕的人。"

泽伊花了点时间去弄清楚此刻究竟发生了什么,诺艾尔用了全然不同的语气说话,其中究竟有什么意味。这里面有种似曾相识的感觉;诺艾尔肯定也察觉到了。让我想想,想一想,泽伊想。同时她在想自己是不是遗漏了某种解读方式。她再也想不到别的了。通常来说,危机的缓和预示着平静;可这次不一样,这次却预示着另外一场危机的到来。"不,"泽伊说,"不仅如此。"

"那还有什么?"这句话说得直截了当,带着挑衅意味。

而泽伊能说的话只有:"这太奇怪了。"

"你不喜欢这样?"

---

[1] 呈"Y"形的钢质或铝合金发声器。不同音叉因其质量和叉臂长短、粗细不同而在振动时发出不同频率的纯音。

"我不知道发生了什么。"

"你确定你不知道吗?"

"好吧,我可能知道。"泽伊说。

"那这样可以吗?"诺艾尔问道,泽伊点了点头。

之后她们都不知道再说些什么,终于回归到吃晚餐这件正事上。她们喝着冰啤酒,一起吃香蕉布丁甜点,两只勺子挖进同一块米黄色的块状物里。这让泽伊想起曾目睹诺艾尔在教师休息室里吃酸奶时发出一阵嗒嗒声的场景,那声音好似飞奔的马蹄撞击塑料地面的嘚嘚声。这是一位独立女性在吃举世公认的女性食物的代表——酸奶——时所发出的声音。女人们有对钙的需求。你在世界许多地方都能看到吃酸奶的女性。

"想买单了吗?"诺艾尔问。她朝服务生招招手。泽伊发现诺艾尔略微有些醉意,她不禁担心,诺艾尔现在对自己公开表现出兴趣,是不是就是酒精导致的。或许只有在酒精的作用下诺艾尔才会这样公然挑逗泽伊,也许酒醒过后她会对自己的所作所为震惊不已,毕竟她是一所特许学校的指导顾问,直得不能再直了。

"你有点醉了。"泽伊说,"所以你才会这样?三杯啤酒?"

"不是。"诺艾尔说,"因为我准备要这样对你,所以故意喝了第三杯啤酒。"

"'这样对你。'"

"我喜欢上你了。"

"噢。"

诺艾尔的一根手指顺着啤酒杯沿滑下,把杯子外壁凝结的水珠一分为二。为什么"喜欢上你"这几个字会像闪电般直击人心?这让泽伊感到不可思议:诺艾尔这个傲慢的指导顾问,这个比她年纪稍大的、举止作态优雅到极致的非裔美国女性,竟然会喜欢上她。

"行,那好吧。"泽伊说,之后她俩都笑了起来。

奇怪的是，她们在那晚过后经历的所有事情都很好笑，尽管在面对某些无法解决的事情时，那笑是无可奈何的苦笑。学校里发生了一些糟糕的事情：一个男孩在回家的路上被人狠命殴打，打得眼珠子都要从眼眶里掉出来了；又一个"教与得"的教职工放弃努力离开了；锅炉坏了，害得学校整整两天都没法住人。

在萨拉的孩子出生后的那天晚上，泽伊和诺艾尔两人从餐馆走出来，发现外面突然下起了雪——春天下雪，因为这里可是芝加哥——她们在安静的街头漫步，之后上了一辆火车。火车安静地行驶着，驶向泽伊位于六楼的公寓；车窗外灯光闪烁。她们没有选择回诺艾尔那里，因为这里离泽伊的住所更近。回诺艾尔那儿需要整整四十分钟的车程，泽伊担心四十分钟后她的魅力很有可能会荡然无存。上帝保佑，幸好屋子很干净，泽伊在打开灯的一瞬间想道。

"很有学生气。"诺艾尔说道，泽伊和诺艾尔同时在看这间屋子：沙发上铺着一条普通的印度印花布；挂在墙上的小相框里放着一张几年前的传单，在宣传一场大学演讲，演讲地点是一所小教堂，主讲人是费丝·弗兰克；一个蓝色大碗里放着些克莱门氏小柑橘；一张泽伊和另一个女人穿着毕业礼服的合影，显然那是她的好朋友。这就是泽伊·艾森施塔特的新生活，她很努力地在芝加哥安顿下来。

"对，我也没办法。"泽伊说，"我当学生的时间太长了，只会来学生那一套。"

"这些我都记得。"诺艾尔说完便一把抓住泽伊的肩膀，把她搂过来，这让泽伊松了口气，也让她激动不已。她们亲吻着，不紧不慢，吻了很长时间。泽伊的床垫是她刚到芝加哥时在一次车库旧货出售会上买的；她像一个夏尔巴人[1]似的把床垫扛在背上，

---

[1] 散居在喜马拉雅山两侧，主要在尼泊尔，少数散居于中国、印度和不丹，以"喜马拉雅山上的挑夫"著称。

独自一人走了七个街区才回到家。当她们一起躺在那张狭窄的床垫上时,泽伊不禁想到了权力:此时此刻谁掌权,是年纪稍大的那个还是较年轻的那个。有时权力这东西很难摸透。你无法量化它,也无法校准它。权力看不见摸不着,就算你直勾勾瞪大眼睛也无济于事。

"每个参加第一届洛赛峰会的人都在谈论这个,"格里尔说,在最近一次电话里她俩刚好谈到这个话题,"权力的意义和用途。"

"你错过了那次峰会,因为科里的弟弟。"

"对。但每个在场的人——我们团队里的其他人——都说我们以后显然还会回到这个话题上,因为每个人面对权力都欲求不满。人人都对权力兴奋不已。权力!甚至是权力这个词也很有力量。"

"没错。"泽伊说,"毕竟这个词里有个'砰'[1]。就像漫画书里的那样。"

生活在一个充满女性权力的世界里——共同的权力——对泽伊来说似乎是个值得去实现的理想。拥有权力意味着整个世界对你而言就是一片大草原,草原的大门永远为你敞开,你可以在上面不停地奔跑,没有什么能阻止你。

无论是穿着衣服还是脱掉衣服,诺艾尔都让人生畏,只是不穿衣服的她看起来比泽伊印象里的那个诺艾尔更脆弱。她们相互抚摸着对方——泽伊一副男孩子气的行头;诺艾尔是一副精心打扮的女人模样,但她几近剃平的头发,突出的髋骨,以及谨慎的行为举止,让她的女人味稍逊了些,可这些特质却让她看起来像艺术家的人体模型。模型的手臂和腿环环相扣,可以按你喜欢的任何方式改变胳膊和腿的位置;当权力如液体般流动时,性别也可以如人体模型般被重置。你可以对另一个人的性别进行重置,

---

[1] 权力的英文单词"power"里有个"pow","pow"是漫画书里常见的拟声词,意为"砰"。

而对方也可以对你的性别进行重置。

窗外雪落纷纷,这对刚在一起的情侣在这场漫长而动人的性爱结束后,终于要好好睡上一觉了。权力这东西前一秒还在,这会儿却消失得无影无踪。泽伊刚刚还想着权力,可突然间这东西就对她毫无意义了。这一天艰难而漫长,她现在需要做的就是瘫倒在床上。

"亲爱的小甜豆。"睡前,诺艾尔唤着她,这是诺艾尔第三次说这个亲昵的词,而这次它却表达出了与前两次全然不同的意味。

第三部　由我决定

第八章

店门前的红色遮雨棚上写着"气功推拿——给您神清气爽、终生难忘的按摩体验"。2014年的秋天,大部分纽约人在和暖的傍晚走过九十街区西拐角时,都没有被这几个广告词吸引。但费丝·弗兰克很清楚它们的重要性。每周一次,她下班后会让司机载她来这儿,因为她钟爱中式按摩。原因很简单,她觉得这能让人身心舒展,甚至有些过于用力的按摩能帮她理清思绪,做出恰当的决定,保持头脑清醒,这样,她可以向那些寻求帮助的人提供建议。

两年前的一天她发现了这个地方,那次她的颈椎严重僵化。无计可施的她在下班回家的路上让她的司机莫里斯——她和洛赛基金会的合约中包含了车和司机的使用权——在这家店门口停了下来。昏暗的店里,费丝趴在按摩床上,把脸埋在软垫围成的凹陷里。一个小个头的女人用胳膊肘按遍她的脊椎时,各种点子按捺不住地从她脑子里迸发出来。于是今天晚上她又来了,依旧是颈椎僵硬。她的内科医生给她做了一次全面检查,宣告她健康状况良好,但到了这把年纪,身体还是需要好好调理。费丝正爬着通向按摩店的楼梯时,她放在胸口衣袋里的手机轻微地震动了起来,宛若另一个心脏在跳动一般,她将手伸进了外套口袋。

林肯,屏幕上显示着。"啊,嘿,亲爱的。"她说,一如既往地为他的来电感到振奋。

"嗨，妈妈。"她儿子林肯·弗兰克—兰多的声音打小就小心翼翼，好像生怕对生活索取得过多。"你在忙吗？"他问。她永远是在忙的，但她总是回答他"不忙"。

"嗯，正要忙呢。马上做个中式按摩。"

"你脖子又不行了？"他说，"妈，你该缓缓了。那么奔波对你有害无利。"

"我的日程表其实没那么满啦。"

"我真是一点儿也不信你。我在你的网络行程上看到你马上有个好莱坞活动，我也看到了有谁会出席。上帝啊！"

"不不不，上帝可不会出席，林肯。我们请不起。"

"好吧，但这跟你刚开始在洛赛基金会时的风格可是天壤之别。女船长们。"

费丝笑了起来。"哈哈，施雷德资本让我们高调点。他们说一切都得以品牌为中心，这当然是件不光彩的事，因为它的意思其实是一切都得围着公司转。但没办法，当代美国就是这样。所以现在，是啊，我们有了《重力Ⅱ：觉醒》的女动作明星。还有，你听说过那位女权主义灵媒吗？她被雇来在演讲间隙给大家提供娱乐。"

"没有。"

"噢，简直是瞎扯淡，"费丝说，"我一想到她站在一大群女性面前，闭上眼睛，然后用那种特别诡异的声音说：'有……一天……你会……绝经……的。'"

林肯朗声笑了起来。"还外加免费美甲，是吗？还有那些美食家级别的食物。我最近在 Instagram 上看到一张照片来着。那次上了什么菜啊？"他问道，"看起来挺异域风的。鹅鹕油吗？"

费丝也大笑出声，说："差不多吧。"但提到四年来基金会发生的出格事件的这个话题对她来说其实颇为压抑。特别是近两年，基金会不断地被施雷德资本愈发高调的声明逼向这个方向。"我一直告诉埃米特,让有钱的女人们出席安排有按摩服务和高档食物的会议,这一点儿用都没有。"她对林肯说,"这么做抓不住根本问题,像是育婴假、孩子的照管、收入平等之类的问题。他的会议根本没有触及关键。然而就像他善意地提醒过我的那样,我们得发展,而她们舍得掏腰包。"

说话间,她沿着狭窄而黑暗的楼道拾级而上。依稀听得见远远传来中国版本的米尤扎克背景音乐。"他们答应了些他们完全没兴趣的事,"她接着说道,"尽管同意得越来越少。但我想我跟你提起过我们最近资助的救助项目,是我们偶尔会做的特别项目之一。这个项目可是我拼命争取来的,像这样的项目越来越稀罕了。"

"厄瓜多尔那个?"

"没错。那些从人口贩卖中被解救出来的年轻女性。一百多号人呢。还安排她们勾搭上了女性导师。"

"别说'勾搭',妈妈。这听起来像是你另有所指似的。"

"有道理,"费丝说,"可你知道是什么意思。我们让她们与可以教给她们一项营生的女性建立联系。所以啊,我们可能的确是请来了灵媒,做手足护理,吃有鹅鹏油的昂贵午餐,但我们也做类似这样的任务。这么一来兴许就扯平了。"

"也许吧。"他说。

"事实上,"费丝说,"在那些被解救的年轻女性中,有一个要飞来参加洛杉矶的这场活动呢。而我要负责介绍她。"

"非得你来做吗?你的颈椎怎么办?你不累吗?"

"林肯,我全心全意爱你,但请你别对我指手画脚。我可尽量不对你指手画脚的。"两人陷入僵持的沉默。她想快些打破僵局,便问道:"税法怎么样了?"

"依然令人发指。"

"还是不公平到吓人?"

"这就看你是属于哪类人了。"他说。

最后这段是自打他成为一位税务律师后,他们母子间这些年私下里开惯了的自娱自乐的玩笑。林肯眼下三十八岁,住在丹佛。他单身,一心扑在事业上,这点跟他父亲格里·兰多一模一样。格里·兰多是位移民权益律师,和费丝结婚没几年就去世了,那时他正好是林肯现在的年纪。格里在世时是个脸色苍白的温和男人,摘下他那飞行员式的厚眼镜时看起来有点像仓鼠。戴上眼镜看上去才更有他本人的特质:深思熟虑、聪明绝顶、心猿意马。她对他一见钟情。滑稽的是,他第一次用他老旧的黄色道奇达特带费丝出去时,花了好大工夫把车上的书、文件和一袋面包圈从副驾驶座上清理开,她才得以落座。

"你去参加反战集会时,"她问格里,"会经常发言吗?"

"你开玩笑吗?"他说,"那些家伙根本不给我开口的机会。就算我说了,他们也会打断我。"

"我也是。"她说。

现在的林肯看上去就像那时的格里,但衣着更为古板,头发也更稀疏。她儿子的头发已经开始弃他而去了,像被复杂的税法给逼走了似的。她依然期待他能坠入爱河——她那保守又温和的儿子。林肯还是个孩子时,他就一直是足智多谋且自主独立的。但自从他父亲突发心脏病去世后,他变得内敛起来,不愿和人谈论此事,宁可假装什么都没发生过。虽然费丝自己也很痛苦,但她更为林肯心痛。她知道自己不会再婚,不会再给他找一个父亲。她是个慈爱又忙碌的母亲,精力都分给了她在《布卢默》那份劳神费力的工作、她的政治活动,还有那时所有需要她应对的采访。除了偶尔做一回牛排,她几乎不下厨。

林肯十岁的时候,有一次朝她嚷嚷:"你怎么就不能跟别的妈妈一样?"

"你什么意思?"她问。

"为什么我得吃史密斯夫人?"

"抱歉,我不明白你在说什么——"

"为什么我得吃萨拉·李?"他问道,这次他有些歇斯底里了。

她说:"什么?这些女人都是谁?"但她立马反应了过来,这都是饭店的名字。"噢,林肯,可我就是我,"她说,"你摊上了我这么个妈,我尽量努力去做到最好了。"

"那就再努力点!"他大吼道。

她更努力了。但随着他日渐长大,母子俩愈发不同。林肯严谨又坚定,有条不紊,喜欢一切都遵循某种特定模式,且只认准那一种模式。拥有一个杰出的女权主义母亲既没有让他极具政治性,也没让他成为一个厌女者。在他十几岁时,有一次一个记者问他是不是个女权主义者,他说:"呵,这不明摆着吗?"尽管这个问题冒犯了他,但他也只会做出如此反应。他传统而保守,但母子俩对彼此的爱坚如磐石,虽偶尔会生嫌隙,但从不存疑。

她怀念那个年幼弱小、属于她的儿子。你永远不会知道什么时候是你最后一次扶持你的孩子,可能是看似寻常的一次,但日后回想,你才发现那其实是最后一次了。林肯渐渐不再需要费丝,对她来说有时这很难接受,但一想到他可以完全独立,她还是松了口气。这么看来,他们俩其实很相似。

"现在跟我说说你的近况吧。"她对他说。

"下次再说。你去按摩吧,妈。"

她注视着手机屏幕暗了下去,又将手机多握了一会儿。这是她这段时间以来,离林肯封闭的自我最接近的一次。

费丝推开按摩店的玻璃门,走进了接待室。几个年轻的中国女性坐在沙发上,等待着预约或没预约的客人。其中一人站起来冲费丝点头致意,费丝也点头回应。"你想按摩三十分钟、六十分钟还是九十分钟?"那女人问。费丝回答:"六十。"无须多言,她被领着走过一段没有点灯的长廊,两侧拉着帘子的小隔间里传出了肉体被手掌拍击的声音。

那位名叫苏的技师隔着毛巾开始沿着她的脊柱、肩膀和脖颈按摩。啊，脖子，迫切需要关照的脖子。沿着她背脊自上而下的推拿，以及间或有些猛烈的按压，让费丝昏昏沉沉，如坠洞中，按摩床上的脸槽仿佛变成了一条通道，她则顺其而行，一直走到一个地方，在那里所有的往昔静候着她。

他们是龙凤胎，之前分享同一个卵子，后来分享同一间卧室。就他们身体成长的速度而言，那间位于布鲁克林本森赫斯特西八街的卧室，比那个卵子大不了多少。挂在杆子上的一幅红格子布的床帘将房间一隔为二，算是给那栋房子创造了点隐私。然而到了晚上，各自躺在帘子一边的两人却一点儿也不想要那点隐私。他们只想聊天。他们生于1943年的冬天，那是战争时期，他俩出生的时间前后差六分钟。先是费丝，然后是菲利普，他们的截然不同显而易见。费丝是乖乖女，正正经经的那个，美丽却遥不可及；菲利普则人缘更好，个性阳光好相处。她更努力，而他凭借他那不拘小节的魅力和体育天赋逍遥度日。

夜里，费丝和菲利普会隔着床帘向对方讨要约会方面的建议。"嗯，我想我的第一个建议就是别跟欧文·兰斯凯约会，"菲利普说，"他一定会想一路攻进本垒的。"

她为他对她的保护动容，事实也证明他对欧文·兰斯凯的看法一点没错。此人极度强势，头上的发油多到如果你被困在他的拥抱里，你的脸也会被蹭得油亮。

夜里他们经常聊到很晚，以至他们的母亲有时会穿着睡袍出现在他们门前说："你俩！睡觉去！"

"我们只是在聊天啊，妈妈，"菲利普说，"我们有好多话要讲。"

"我要怎样做才能让你们睡觉呢？"她问，"非让我拿平底锅抡你们的头才行？"

"你的平底锅还是留着做早饭吧，"费丝说，"晚安，妈妈！"可只要他们的母亲一离开，费丝和菲利普就又回到他们热火朝天的亲昵对话中去了。

不仅这姐弟俩关系极好，整个弗兰克家族就如同一支四人小分队。他们热热闹闹地吃晚饭，玩猜字谜游戏；他们四个都是一流玩家。有客人晚上来访时，他们总会问："来玩猜字谜游戏吗？"如果回答是否定的，这人就不太可能再受到邀请了。

在姐弟俩的整个童年时期，他们过度操劳的家庭主妇、母亲西尔维娅和他们豁达大度、一逗就乐的裁缝父亲马丁都对他们不吝鼓励。这让他们觉得他们所做的一切，选择的任何道路，以及为人处世的方式，都足够好。他们的童年时光是幸福的，成人之前的过渡期本应也是如此，但有一天晚上，他们的父母说他们得开个"家庭会议"。

"咱们都到起居室来坐吧。"马丁说。西尔维娅坐在他身边。母亲仅仅是坐在那儿，没有到处瞎忙，也没有从烤箱里拿出什么东西，这是极不寻常的。

菲利普指着费丝。"是她干的，不是我。全是她的错，跟我无关。"费丝翻了个白眼。

"情况是这样的，"马丁说，"要知道，你俩可不是这间屋子里唯一半夜卧谈的人。我们也会。而我们最近经常半夜卧谈的话题就是你俩的教育问题。我们为你们感到万分骄傲，但作为家长，我们也很焦虑。"

"你们想说什么？"费丝问。她几乎立刻感觉到这一定和她有关。

"报纸上每天都有可怕的新闻。"西尔维娅说。

"我们以前生活在一个很安全的国家，"马丁说，"但就在上个星期我在报纸上读到了一个男人在大学校园里伤害了一个姑娘。当时是半夜，她正在回宿舍的路上。费丝，我们不想你遭遇类似的境况。我觉得那是我们无法承受的。"

"我在学校里会和朋友们一起走的。"费丝说,"两三个,我保证。"

"可是,还不止于此。"西尔维娅说。她看向马丁,两人都难掩窘迫。

"性。"最后马丁开了口,垂下了视线,"这个也得考虑,亲爱的。"

噢,这用不着担心,费丝心想,这事绝对只能两个人来。

"你会面临压力的,"她父亲说,"到现在为止你一直都被保护得很好,我怕你不知道大学里的男孩们的所思所想。"

一年多以来,费丝都在悄悄地设想在大学学个社会学、政治科学,或是人类学之类的专业。她已经不时提起过大学,而父母任何一方都没有让她觉得他们会不让她离家去上学。尽管谈起这个话题时他们总是出人意料的模棱两可,但无论如何,她总坚信只要时候到了,一切就能水到渠成。

"拜托,别这么对我。"她说。因为她想要的正是她父母所害怕的。她憧憬学习,也憧憬放下书本去拥抱一个男人,而对方也会回以拥抱。"我是个好学生啊。"她争取着,声音哽咽。

"是,没错,而我们想保护你。我们想让你住在家里。"父亲说,"我们城里也有很棒的学校。"

"那菲利普呢?"费丝问。

"菲利普离家上学啊。"父亲轻松地说。费丝看了一眼她弟弟,后者移开了视线。"这对他有好处。听着,"他接着说,"你们俩是不一样的,所以需要区别对待。"

费丝站了起来,仿佛俯视她坐着的双亲能帮助她跟他们争论似的。"我不想住在家里。"她说。她向弟弟求助:"告诉他们你跟我意见一致。"她对他说。

"我不知道,费丝。"他说,"我觉得我不该掺和这事。"

那天晚上,费丝在床上哭得很凶,菲利普拉开床帘,杆子发出一阵尖锐的声响,她这边的房间被街灯照亮了。现在他不仅仅是她的弟弟了，他还是一个即将步入社会的成年男性。"嘿，听着，我们的老爸老妈棒极了，"他说，"我们家已经没法更幸福了。他们兴许有点守旧，但或许也没有全错。你会受到极好的教育的。我们都会的。"

从那以后，他们就没再那么亲近了。他离家去明尼苏达大学读书的那段时间，会写信来向她描述他参加的各种俱乐部，以及他上的那些课，这是后来才想起来补充的。"我正在约会的这个女孩儿，西戴勒，她会帮我辅导功课。"他说，"她是个聪明的姑娘，可没你聪明。"他觉得自己应该加上这么一句。

往后的日子里，甚至直到中年以后，他们每年都会在共享的生日那天通话，尽管一直都是菲利普给费丝打电话，而费丝从没有主动给菲利普打过电话。费丝从没觉得有必要去拿起电话和他通话。他离家去上了大学，却从不曾因此变得更有知识分子气。有一次，他骄傲地告诉她，自己最近读的一本书是《房产经纪人的心灵鸡汤》。他们除了同日出生之外，已再无任何共同之处。

上学期间，被迫住在家里的费丝成了纽约城市大学布鲁克林学院的一名社会学专业的学生，她热爱她的课程，特别是那些大家都能够畅所欲言的课。她开始接受学校男生的约会邀请，尽管她的父亲或母亲会一直等到半夜，确保她像灰姑娘一样在规定的时间回家。每次到家，就看到他们其中一个等在起居室里，一个劲儿地打哈欠，然后在她走进来时上下打量她，好像从外部的蛛丝马迹中就能查验她的贞洁似的，这真叫人发疯。有一回她在一个派对上待得太晚，她父亲当真就跑到了弗拉特布什家，在屋外的街灯下等着她，外套下面露出条纹睡衣的衣领。她看见他时骇然失色，然后一路无言地和他走回了家。

事实上，费丝确实守身如玉，她并不想在派对上或是在一辆雪佛兰的后座上做一些鬼鬼祟祟的羞人之事。有时费丝会和她探究逻辑学课上的女同学安妮·西尔韦斯特里一起，去学校附近的酒吧喝几杯,坐在那里抽着好彩香烟,看上去甚是赏心悦目。不出几分钟她们就会吸引一桌男孩子的注意。她们不仅有引人注目的能力,还有从中脱身的本领。

不过,她关于"性"的全部想法——对它的渴望,对亲密关系的渴望,以及对远离父母的渴望——很快就改变了。世界在变化,她父母曾说过,它还会继续变化下去。肯尼迪总统被刺杀的那天,费丝和她的朋友安妮抱头痛哭。有好几个月她们只思考、谈论这件事。那段时间,费丝在课堂上发言更多了,在考试时笔锋也更为尖锐和犀利。她想要一些东西;性仍是其中一部分,但不是唯一。终于,费丝毕业了。尽管她的父母想当然地认为她会找个工作,继续住在家里,直至她找到个如意郎君,但是1965年的春天,她还是召集他们在起居室里坐下——颇为可喜的是,这次她成了宣布消息的那个人——宣布她和安妮要一起出发去拉斯维加斯。她们近乎武断地决定了目的地——她们都想拥有与众不同的经历,而拉斯维加斯和布鲁克林感觉就截然不同。

"绝对不行,"她父亲说,"我们严令禁止。我们会断了你的资金。我是认真的,费丝。"

"没问题,如果你们觉得非得这么做的话。"费丝毫不示弱。

她父母并没有践行这个威胁,但她确保自己再没向他们要一分钱。那年夏天,带着过去几年做各种兼职攒下的钱,费丝和安妮乘上20世纪高级快车来到了芝加哥,然后坐灰狗巴士到达拉斯维加斯。在那儿,她们立刻就被聘为斯旺赌场酒店的鸡尾酒服务生。每天晚上,鸡尾酒服务生们都高举着手臂以平衡手中的托盘,头发挽成统一的奈费尔提蒂[1]式蜂巢发型,在酒店和赌场里穿

---

[1] 奈费尔提蒂(Nefertiti,公元前1370—前1330),埃及法老阿肯纳顿的王后,是埃及史上最重要的王后之一。传说她不但拥有令人惊艳的绝世美貌,也是古埃及历史中最有权力与地位的女性之一。1912年,一位考古学家发现了奈费尔提蒂的彩色半身像,她也随即成为历史上第一个封面女郎,并被誉为"世界上最美的女人"。

梭，似有若无地微笑着。

二十二岁的费丝·弗兰克腰长个高，但骨架小。她的五官特性鲜明，额头饱满，鼻梁线条格外硬朗，近乎鹰钩鼻。但在这所有的力量下，蕴含着一种大气的美和不容忽视的智慧与恻隐心。她有一双灰色的大眼睛，一头瀑布般深色的长鬈发。尽管依着1965年的时尚品位，女性的头发总是被高高撑起，并毫不吝惜、无死角地施以发胶来保持发型不塌陷。"我们应该买发丽香的股票。"一天晚上安妮这么说道，这时她们正在为上班做准备，当时她们正在同住的房间里，这是供非正式的鸡尾酒服务生居住的简陋宿舍，位于拉斯维加斯大道的一条岔路上。

仿佛是要弥补逝去的时光，费丝和蒙蒂赌场一个21点的荷官开始交往。在跟他上床后她很是失望，因为他迟缓地在她身上伸展开来，一点儿激情都没有，她躺在他身下，好像被翻倒的车压住似的，她不禁想着：这就是性？就这样？工作时她则面临相反的问题。费丝发现自己对男人拒之千里，那些男人除了有点令她恶心之外，再无其他。像这样的男人怎么能够指望女人喜欢上他们？像这样的男人怎么能够抬得起头？然而他们就是能。

一天晚上，费丝如往常一般，端着托盘穿梭在赌场的觥筹交错和烟雾缭绕里，这时她看见了一对穿着得体的男女坐在其中一张21点纸牌桌前。他们看上去比费丝年长一些，但比赌场里几乎所有其他客人都年轻。女人坐得离男人很近，在他的耳边低语。那是个消瘦的男人，留着黑色的短发，有一双深色的眼睛。她不断地对他耳语，他附和点头，但看起来已经走神了。最终女人去了化妆间，而男人抓住机会抬头看向费丝。"我差不多该收手了，"他说，"我输了不少，但就这么走了又不甘心。"

"你是该走了，你今晚有点背。"她说。这种提醒对她来说是明令禁止的，他惊讶地看着她。"我是说，我每天晚上都在这儿。"费丝接着说，"这儿基本上就该竖个牌子，上书：'入此门者了断希望。'[1]"

荷官是个带斯泰森毡帽[2]的刻板男人,他怀疑地看向费丝。"她跟你说什么呢?"他问那个男人。

"她正引经据典呢,"他说,然后又转向费丝,"所以你觉得我该怎么办呢?"他问道。

"我已经告诉过你了。"

他露出了个微笑。"我猜你在很多问题上都自有见解。"

"你不觉得我就是个给你上威士忌的女孩儿?"

"不觉得,"他说,"你也不觉得我就是个来拉斯维加斯享乐的从事曲奇和苏打饼干这一行的底层主管?"

"曲奇和苏打饼干可不是无足轻重的,"费丝说,"对于饥肠辘辘的人来说尤其如此。"

他笑了起来。"哈哈,如果你什么时候闹了饥荒,"他说,"来找我,我会喂饱你。"就在那时,他的女伴又现身了。他对费丝露出了一个遗憾的微笑,继而转过身去把手搭在那个女人的腰窝处。为什么他们管这个部位叫腰窝?费丝突然纳闷起来。多古怪的词儿。

费丝在拉斯维加斯度过了六个月,其间,跟一个叫哈里·贝尔的约会过,他是金沙赌场的小号手,后者邀请她去看演出,想看哪场都行。追求她的那段时间里,他趁金沙主场夜总会空无一人时,将她带了进去。在微凉的巨大房间里,他把她领到舞台上,她问:"我们这样不会惹上麻烦吧?"但他说不会的。费丝伫立在暗黑的舞台上,这个所有顶级演员都曾经站过的地方。她向黢黑的四周看去,幻想着满场宾客坐在台下专注地仰望着自己,全心

---

[1] 原文为 "Abandon All Hope, Ye Who Enter Here",最早出自但丁《神曲》,是刻在地狱之门上的文字,后被广泛引用于流行文化中。

[2] 创立于1865年的帽饰品牌,是历史最悠久的牛仔帽制造商品牌,其美系风格十足的帽子,以羊毛材质报童帽和牛仔帽闻名,后期开发出的许多帽型也都相当成功。

全意聆听的场景。但她并没什么特别的天赋，她既不会唱歌也不会表演，所以这幻想永远不可能成真。

"你在台上看起来不错。"哈里注视着她说，但费丝飞快地从台上溜了下来。

接下来的日子里费丝总会在熙来攘往的夜总会里找张桌子坐下等他，然后他们一起回他的公寓，在被霓虹灯映得粉红的夜空下同床共枕。一天早上，费丝和哈里在他酒店房间的床上厮磨时，他轻点她的鼻尖，说道："你长了一个大喇叭，是不是？但你性感极了，你能驾驭得了它。"

她什么也没说。这话伤到她了，并不是因为他所言非实——她确实长了一个粗壮的鼻子，在她脸上看起来也确实漂亮。这话伤到了她，是因为她原本极其放松地卧在他身边，就像她小时候养的狗勒基有时会做的那样，翻着肚皮沉沉睡着，四脚朝天，爪子松弛地垂下，乐得享受它那身为一条狗的无拘无束。费丝认为，这种状态是她跟人同床时唯一的诉求：自由自在地、袒露地、肆无忌惮地躺着。

然而她的鼻子还是太大了，一个男人一语道破。还是在床上而非他处。她永远没法释怀。

不过，在拉斯维加斯的那六个月里，她最无法忘记的，是发生在她朋友兼室友安妮·西尔韦斯特里身上的事。安妮一直在跟霍基·布里格斯约会，他是为博比·达林[1]表演开场秀的喜剧演员。一天夜里，两个女人都在宿舍里待着，正准备熄灯就寝时，费丝听到隔壁床上传来哭泣声。

"怎么了，安妮？"

安妮打开床头灯，坐了起来。她阴郁地坦白道："我一个月

---

[1] 博比·达林（Bobby Darin，1936—1973），原名为 Walden Robert Cassotto，美国著名歌手、创作人、演员。他的演唱曲目风格横跨摇滚、爵士、流行、民谣和乡村。

没来例假了,费丝。我不知道该怎么办。"

第二天,霍基·布里格斯紧张地开车,带着她们俩一个医生接一个医生地看,寻找愿意做流产手术的人,但很难找到。有一位医生同意做,却又漫天要价。最终,安妮从一个朋友的朋友那儿寻到了一位。她央求费丝陪她一起去,尽管费丝也很害怕,但她还是同意了。到了约定的时间,两人乘上了一辆停在宿舍门前的车——那是一辆脏兮兮的蓝色福特银河车。

她们一上车,一个裹着头巾戴着墨镜的年长女性就对她们说:"低头。"然后开始蒙上她们的眼睛。

"没人告诉我们还得这样啊。"布条蒙住她的眼睛时,安妮抗议道。

"你还想不想见医生了?来吧,别动。"

车子载着她们走了很久,然后姑娘们被粗鲁地带下车,领进一栋建筑的后门,接着蒙眼布被摘了下来。他们让安妮跟着一名护士——或是看起来在充当护士的人——去治疗室。

"我朋友能跟我一起来吗?"安妮问道。

"抱歉,亲爱的。"护士说。

费丝暗地里松了口气,因为她害怕她有可能会看到的情形。她在等候室里待了很久;某一刻,办公室里隐约传来哭声。终于,护士再一次出现,说:"带她回家卧床休息。照顾好自己,亲爱的。"她对安妮补充道。

大出血发生在半夜,还伴着阵阵剧烈的绞痛。宿舍里的鸡尾酒女服务生们都围在安妮周围(其余的人都以为只是一次异常严重的痛经),但大家都束手无策。最后,在其他人都回去睡觉后,费丝认定安妮必须得去医院。临近破晓时分,她搀扶着安妮坐上了房东借来的车,到了医院。在急诊室里,一名护士给了安妮特殊待遇,仿佛她是个麻风病人。"你会毁掉我干净的地板的,西尔韦斯特里夫人。"她嘲讽道。

"可以给我吃点能止住绞痛的药吗?"安妮喘着粗气问。

"这你得问医生了。"她说,"这不是我的职责。"接着,护士靠近了些,补充道:"我完全可以送你进局子的,你懂吗?我立刻马上就可以叫警察的,你这个小贱人。"随后另一名护士走了进来,她便直起身来装出若无其事的样子,忙起了文书工作。

两天后,经过三次输液,安妮出院了,带着一盒叫"Fotex"的杂牌卫生巾——以及一位相当年轻的男性妇科医生的警告:"别这么轻易放弃呀。不过显然,"他补充道,"现在说这个有点儿为时已晚了,你说呢?"

那天晚上,回到宿舍里,安妮对费丝说:"我一直在想,他是对的。"

"谁?"

"那个医生。为时已晚。不能在这里再待下去了。"

"你说什么呢?我没明白。"

"我们回家吧,费丝。"安妮说,"拜托了,是时候了。"

"是什么成就了今天的你?"这么多年来记者们常常想知道,好像自己是头一个想出这问题似的对着她发问。"有没有一件什么特定的事?有没有醍醐灌顶的时刻?"

"嗯……没有。并没有某件特定的事。"费丝总是这么回答。但她想,也许有过一系列的瞬间,其实对大多数人来说都是如此:一系列小的想法首先引出一个重大领悟,继而为之采取行动。同时,在这个过程中你也会遇到对你产生影响的人,他们可能会使你略调方向。突然之间你就清晰了自己奋斗的目标,不再觉得虚掷光阴。

1966年,费丝住在曼哈顿,和安妮在格林尼治村的莫顿街上合租一间小得不能再小的公寓。她和安妮就是两个演出过半才进场的观众,台上已然莺歌燕舞。政治抗议进行得如火如荼、声势浩大，然而她们与这一切完全隔绝开来，困在赌场工作而不知今为何夕，如今她们必须跟上步伐。两个年轻女子一直做室友，也曾一起四处兼职，一起到哈莱姆的投票站工作，又一起到一个反战组织当志愿者，该组织在苏利文街的一家店铺门前做活动。在组织里，费丝负责给通讯周刊《一心向和》写文案，周刊油印出版。她参加集会、演讲和宣讲会，讨论总是围绕战争这一话题展开，时不时还会被她此生听过的最棒的音乐打断。到了周末，各方友人都挤进她们的公寓，狭小的空间充斥着大麻的烟雾。"玛丽·简，我如此爱你。"一个男孩一边唱着，一边在她客厅的粗毛地毯上摊开四肢伸展开来。费丝周末时常抽大麻抽得神魂颠倒，但工作日从不如此，因为那会干扰"政治决策"——她和安妮一起坐在厨房小餐桌边，讨论如何更好地规划时用的就是"政治决策"这个词儿。费丝并不是在某个瞬间心血来潮地开始关心政治问题，只是世界改变了，而她也在随之改变而已。

在这一切发生时，20 世纪 60 年代前半段儿把头发高高梳起的发型陡然间不再时兴。费丝成心将一满罐发丽香发胶扔进了卫生间的垃圾桶里，它开始咝咝作响，露出了被压缩的内存物。多年以来，她的发型都丰满蓬松。到 1968 年时，她和彼时依旧是室友的安妮·西尔韦斯特里穿上了牛仔裤和印第安式印花衬衫，替换了被穿了太久、经过修改的女服务生连衣裙。

在费丝参加的反战集会上，起初大多时候她只是坐在会上听。有些发言的男人格外雄辩。如果费丝发言的话，她也被认为是聪慧且能说会道的，但那些男人总是毫无顾忌地插嘴打断她。她试着探讨堕胎改革问题，但他们毫无兴趣。"你不能把这个跟越南比，那可是真正会死人的地方。"一天晚上，有人这么说，抢过她的话头。

"这里也有女人在死去。"费丝说，人群便开始冲她嚷嚷。

另一个女人大喊出声，维护费丝："让她说下去！"但费丝还是被打断了,最后,她放弃了尝试。

费丝走出集会现场时,那个替她说话的女人走上前和她搭话:"这种事难道不会时常让你感到愤怒吗?"

"当然会了!对了,我叫费丝。"

"嗯,你好,费丝,我叫伊夫琳。是这样,我这周末准备和一些姑娘聚个会,我们要纵情狂饮,放飞自我,到时肯定有你发言的机会的。你应该来参加。"

于是,费丝便和伊夫琳·潘伯恩一起去了曼哈顿上城区一间狭长昏暗的公寓,里面有一群女性正散坐着抽烟喝酒。当她们不一本正经、满腔愤慨的时候,她们仍旧相当风趣。她们一边争论一边谋划。有几个人说她们所在的组织计划扰乱秋季的美国小姐选美比赛;有几个曾因参加非暴力反抗运动而被拘捕过;还有几个则是从反战小组中脱离出来的特别激进组织。一位黑人女性说:"我简直数不清有多少次我去参加集会,然后受到屈辱,遭受敌意。"还有个住郊区的年轻母亲在集会上抱怨丈夫对她的心力交瘁漠不关心。

"我就是觉得有没有母性由人不由己,"这名女子说,"然后我又特别讨厌我自己这么冷血、愤怒、毫无母性。"

"噢,我有上千种自我厌恶的方式,"另一个人说,"我简直就是自我厌恶大全。"

"我们为什么总要如此为难自己?"有人极其悲怆地说。费丝思忖着,确切来说,并不是我要为难自己,而是我已经学会了用男人的眼光来评判自己。还在拉斯维加斯时,那个吹小号的哈里告诉过费丝她的鼻子很大,她接受了那个观点。当男人们的声音充斥整个房间并坚称堕胎是一个中产阶级的次要问题时,她试图为自己辩护,但她的声音却被埋没了。

费丝开始给这些女人讲述她陪朋友在拉斯维加斯堕胎的经历:"我们必须被蒙住双眼,开着车绕了一圈又一圈。她大出血生命垂危时,一个护士对待她就跟对待罪犯似的。我认为,如果我们任凭双眼被蒙蔽,你们懂的,无论是现实意义上还是象征意义上的,那我们才真的——用个跟这息息相关的词——有麻烦了[1]。"

"我们不能再让男性替我们做决定了,"有人说,"如何对待我的身体,如何规划我的时间——这些都是我自己的事,由我决定。"

"这话听着像歌词,"公寓的女主人说,"由……我……决……定。"

"由……我……决……定。"她们都半开玩笑地跟着她唱了起来,这群形色各异、头发毛躁的女人,或是穿着印了标语的T恤,或是穿着秘书制服,或是柔软耐久的主妇装扮,又或是穿着昂贵的订制服饰。费丝考量着,她完全不需要喜欢这里的所有人,但她确实意识到她们都是一条绳上的蚂蚱——她们,女人们就被困在"绳"上,几百年来都是如此。这是禁锢之地。她和她们一同歌唱,嗓音响亮而颤抖。但颤抖与否并不重要,重要的是发出的声音要让人听见。

之后,在去火车站的路上,那位年轻母亲对费丝说:"你真是个棒极了的演说家!能以一种平和、引人入胜的方式来表达满腔激情。我们都很喜欢听你讲话,你都有点像催眠师了。有人告诉过你这些吗?"

"没有,"费丝大笑着说,"我向你保证,从来没人说过。以后也不会有人这么说了。"那句赞赏取悦却也影响了她。她蓦地回想起自己站在金沙夜总会舞台上的场景:静静地伫立于幽暗的舞台之上,想象自己面对着满堂观众。

那女子名叫雪莉·佩珀。她说孩子出生前,她在《生活》杂

---

[1] 原文为in trouble,西方女性在意外怀孕时,常常会说"I am in trouble"。此处意带双关。

志工作,还说一旦找到像样的托儿所,她就会尽快重返工作。"这是这该死的国家的另一个重大问题,"雪莉说,"根本没有物美价廉的托儿所。"日后,回到出版业的雪莉·佩珀成了提出创办《布卢默》杂志这一设想的人。"我们可以做些未婚的小姐不感兴趣的事,"她说,"我们可以不那么精工细做。"一段时间以来,市面上已经有些供女性阅读的出版物在小规模流通,对此的需求还在增长。女权运动当时已全面展开,费丝也投身其中。早在1970年八月她就参加了沿第五大道行进的盛大游行。那天提出的三项需求分别是自主自由堕胎的权利、二十四小时托儿所,以及受雇和教育平权。事后,她想不起自己举的牌子上都写了些什么。兴许是那三项中的一项?还是三项都写了?当时的她感到愤怒、战栗。那天的空气中弥漫着这些情绪,当然后来也蔓延至各地。大家谈着厌女症、父权制,以及阴道高潮的谬论。

多年的时间里,雪莉结识了许多女权活动家,并把她们中的一些人拉来帮助她创办杂志。她不屈不挠地招来投资人——这是项艰难又痛苦的任务——在她那个为IBM工作的贴心丈夫的帮助下。费丝也被带到其中,因为她冷静而令人愉快的演讲方式,还有她倾听的能力和对工作的热情。但也许还因为费丝那种无法形容的特质——就算你不太了解她,可就是愿意和她相处。

《布卢默》杂志的初创岁月里,大伙儿总在休斯敦街的办公室里熬得双眼通红,通宵工作,去往办公室要搭乘慢得摇摇欲坠还一直坏掉的电梯。那电梯被一个叫米尔顿·圣地亚哥的人检修了许多次,每回都以同样眼熟的手写斜体为它的正常运行签字。"米尔顿·圣地亚哥,你简直是电梯检修界的耻辱,"女人们说,"米尔顿·圣地亚哥,若是你改叫米莉·圣地亚哥的话,这破事兴许就能办成了!"她们大笑着,在灰尘满布、高窗环绕的开放空间里工作,既对她们的使命感到十拿九稳,也对她们的计划和理念确信无疑。为全美国和全世界女性所遭受的不公待遇而生的焦灼和愤怒固然存在，但与之比肩而生的，是对一切能肃除不公的事情的乐观，这种乐观就像人们为学校或慈善事业募集资金所举办的烤饼义卖时所持有的乐观态度一样。

"我来给你们做向导。"费丝有一次对一群编辑和年轻助理如是说，她正领着大家在深夜下班后的黑暗中走下五层楼梯，因为电梯再一次不出所料地坏了。"所有人都跟上了！"她一边高声说道，一边"噌"地点亮了一只Zippo打火机。那天夜里，那簇火焰给促狭空间里的女人们脸上打上了尼德兰画作式的明灭光影，所有人的眼神光芒，与之对位的阴影，玫瑰色的脸颊，以及弧度分明的手——事实上，尼德兰画家们从没有不带上男性，而单独去画一群女子。

她们跟着她，大笑着，磕磕绊绊地，在狭窄的楼梯间里抓紧彼此，一个人的手搭在另一个人的肩膀或胯上，所有这些前凸后翘的女人们挤在坡度很大的单向走道里。她们一边下楼，一路规划着未来，笃定她们的事业会一直持续到世界末日。这些女人们被快乐淹没，这份快乐因为彼此的共鸣而更为强烈。等走到楼底时，她们给予彼此女性朋友之间的从容拥抱，那种男人之间不再过个二十五年都不会进行的拥抱。

之后，她们很快便纷纷请愿，去华盛顿参加座谈会，以及别的喧闹的活动，她们的观点掷地有声，振聋发聩。"烧内衣"，记者们如是报道这些女权运动，尽管并不属实。事后回想起来，费丝认为，在这段时期发生的某些事情确实有些荒谬，但更早的一批活动家提醒她，作为先锋，她们的行为必须更极端，唯其如此，那些相对温和适度的人才能接手事业并被大众接受。费丝那些年常常累得精疲力竭，在市政厅的走廊上随便枕着谁的腿就能睡着。一个柔软的、用花花绿绿的布片缝制而成的单肩包与她形影不离。最开始里面装着传单、烟、巧克力、政策文件和电话号码，然而之后里面还加上了奶瓶和尿布别针。

但在那一切发生之前——在《布卢默》之前,在费丝·弗兰克成为费丝·弗兰克之前——在最初那个夜晚,在曼哈顿上城区那间挤满了各有高见的女人的公寓里度过一夜之后,费丝激动地回到了她自己在格林尼治村的公寓。安妮·西尔韦斯特里,这么些年之后依旧是她的室友,正在用橙汁罐头卷好头发准备上床睡觉,但费丝正处于兴奋之中,迫不及待地想探讨当晚发生的事。

"我告诉她们你堕胎的事了。"她说。

安妮转过身。"什么?你说了?"

"嗯,当然,我没说你的名字,也没说你是谁。但我告诉她们这些,是为了表达一个观点。我们需要表达观点。众多观点。"

"看在上帝的份上,费丝,我一点儿也不想表达什么观点。"安妮说。

"我理解,但还有其他女性有过同样的经历。我们需要发声。"

"我们?"

"是的,我们。女性已经开始这么做了,我想帮助她们。所有人都在呼吁人权和反战,且坚持了多年。我们就得像那样,坚持呼吁合法堕胎。你为什么不愿意为此出一份力,这样其他女性就不用再经历你经历的那些事了?我不明白。"

"这就是我们之间的区别了,"安妮说,"我受够了,我也不觉得有必要搞明白什么或者谈论此事。它发生在我身上,费丝,不是你。事情出在我身上,而且它确实糟糕透顶。我花了很多时间试图把自己从那个大出血、被人当垃圾一样对待的晚上剥离出来。你可以说我们需要堕胎改革,你想为此出力,你开心就好,但我这辈子都不想再提那段经历了,我没有跟你开玩笑。所以如果你还打算继续跟我做室友,我们还打算在这儿一起生活,那这是我的底线之一。"

她们继续共处一室了几个月,但是她们的友谊俨然变质了。她们谁也没谈起这种改变,两人同时在家时只是一起吃顿饭,通常是坐在电视机前的那种简餐,她们之间的交流已然有了新的隔阂。费丝几乎心无旁骛地投身政治活动,而安妮,在开始跟一个法学专业的学生约会后悄悄自学他所学的一切,一开始是为了两人能有些共同语言,之后则是她自己也开始对此感兴趣。她发现自己在阅读和理解法学语言方面天赋异禀。

安妮嫁给了这位法学学生,后者在普渡大学获得了一份本科教职。"我们要去中西部了,你能相信吗?"安妮说。起初两人还有些明信片往来,然后便是沉寂,很长时间她都杳无音信。费丝照旧去参加反战游行,但现在她在堕胎改革方面的参与度与日俱增,会参加规模更小的集会——参会的全是女性,每个人都发表观点,但不会抢在一时。和其他人一起,费丝仿佛被推到了最轻却最强劲的风口浪尖上;她搞不清楚这是她自己的认知,还是别的全然不同的东西。不论那是什么,它在裹挟着她前行。

《布卢默》创刊的头几个月,几期不厚而且言论中庸的杂志试验性地得到了广告商的赞助,在新闻界引发一阵最初的关注后,费丝和另外两名女性开始寻找未来的潜在广告商。"如果我们不多卖出点儿广告位的话,"雪莉说,"过不了两天我们就得入土为安。我们还没站稳脚跟。我认为我们真得逼自己一把了。"

1973年一个夏日的早晨,费丝、雪莉·佩珀和伊夫琳·潘伯恩同三个男人坐在纳贝斯克[1]的会议室里,洽谈一桩广告交易,进行惯常的口若悬河的推销。谈判进行得并不是很顺利——它鲜少有顺利进行的时候——因为很难对这么一个大公司说明,他们为什么要在这个面向女权主义者的二流杂志上投放广告,这杂志看起来命悬一线,随时可能倒闭,然后成为一个笑柄,成为这滚滚向前的时代的一个注脚。

---

1 美国饼干和零食品牌。

纳贝斯克的男人们声称他们可以"斟酌",还说他们会"考虑一下"。最终,他们中的一个站了起来,说:"谢谢,女士们,我们会进行共同商讨,达成决议的。"他们比一些公司更有礼貌——真的,比大部分公司都更彬彬有礼。

走出会议室的路上,其中一位男士看着费丝说:"等等,我认识你。"

"抱歉,什么?"

他把她拉到一边,她看着他。整个会议期间他都缩在角落的椅子里,他是一个三十五岁左右的商人,身材瘦削,衣着考究,留着连鬓胡,肤色黝黑,十分有魅力。他的某种特质勾起了她的回忆,但她还是不确定这人是谁。

"我们不是很久之前见过吗?"他悄声问,"在拉斯维加斯?斯旺赌场?"

她震惊地端详着他,随后记忆涌上心间。他就是那晚跟一名女子一起来赌场的男士,那个和费丝调情,告诉她自己从事……曲奇和苏打饼干这一行的男人,他就是这么说的。

"你怎么可能会记得我的?"费丝问他,"都过去有七八年了。你还记得,简直有点难以置信。"

"我就是擅长此道。你告诫我赌场永远是赢家。我想是你救我于破产边缘,所以要谢谢你。"

"不用谢。但是,我现在看起来完全不一样了啊,不穿制服,而且我的……发式也不同。"

"没错,当年你的头发是直着往后梳的那种,我记得。我看起来有什么不同吗?"

她愉快地盯着他上上下下打量了好一会儿。他比他的同事们更时髦,更不像个咄咄逼人的生意人,更瘦也更年轻。当然,他那深色的头发比1965年时留得更长点了。他眼下穿着剪裁得体的昂贵西装,而且她还看见他没有戴婚戒。他身上散发的味道也很有意思，酸酸的。

事实证明他是对的，他的确擅长记忆；他记得住每时每刻的一切——但只在他投以关注时才会有如此记忆，而他并非总是什么都关注。

"我们能就广告位的问题再深入谈谈吗？"他问，"我不确定我的同事们有没有被你们说服。说实话，我敢肯定他们没有。"

"你是说就我一个人吗？还是我和其他人一起？"

"就你一个。一对一沟通可能有更大的进展。"

显然，这其中又一次有了极强的调情意味，和赌场那次如出一辙。他毫不遮掩这种意味，就跟他酸酸的香水味一样明目张胆，但这也并没有掩盖他所说内容的真实性。到目前为止，费丝、雪莉和伊夫琳的广告生意做得并不是很成功；在那之后她们得准备去和伊卡璐的人谈谈，但显然她们的常规说辞并不太有效。

"我认为这需要一次更深入的沟通，"他说，"和我共进晚餐如何？趁热打铁？"

"趁热打铁。"她茫然无措地重复着。他想和她上床，如果这都看不出来，那她简直愚蠢得可笑。

她并不打算和纳贝斯克的主管上床，尽管话说回来，凭他这张脸还是值得考虑的，而且她都能想象到衣衫之下他身体的模样。重点不在于她能想象他的身体，她开始想象的一瞬间她就意识到了自己的想入非非，这才是问题。她不能和他上床，也不想让他觉得她会和他上床，如果这样的话，这就是一笔生意。她端详着他的脸，最终说道："好啊。"

"他为什么想跟你深入探讨？"在回市区的轨道交通上，她们摇摇晃晃地抓着扶手站着时，雪莉急躁地问。

"我来给你画个图表分析啊，雪莉。"伊夫琳嘟哝道。

"看在上帝的份上，我不会跟他上床的。"费丝说。她没有告诉她们她很久以前就见过他，以及诡异的是，他还记得他们的相遇，兴许与之同样诡异的是，她立马想起了这回事。"但是跟他吃晚饭当然无所谓，为什么不呢？我会让他倾听我们杂志的目标。"

"也许他是个潜在的女权主义者呢，"雪莉说，"也许他想帮我们出谋划策。如果费丝能用什么魔法迷乱他的视线，魅惑他谈成这笔交易，那就无所谓了。"

"哦，是啊，我可从头到脚都充满着魅惑。"费丝淡淡地说。

"你就是，真的，"伊夫琳说，"你就是那种招人喜欢的人，这是种天赋。"

当晚七点，费丝到达 Cookery 时，他已经坐在最里面的一张桌子前等待了。由于这家格林尼治村的餐馆用的是烛光而不是日光灯，他的面容显得比在纳贝斯克的会议室里更柔和。他这会儿穿着一件尼赫鲁夹克[1]，深色的头发如同丝绸。"你能来，我很高兴。"他说道，两人喝起他在她来之前就点好的红色桑格利亚汽酒。虽然她认为这行为有那么些沙文主义的[2]色彩，但他可能并不这么认为。他们轻碰酒杯，每个杯子里都有把小纸伞。她喝得很快，尽管甜味的酒精饮品通常会让她大脑混沌，变得有些迟缓。但今晚，酒只是个开始。

埃米特·施雷德把他杯子里的小纸伞抽了出来，甩了甩，然后一言不发地把它放进了外套口袋。她本想问他："你家里是收藏了一整套小纸伞吗？"但她没有问出口，因为那听起来颇有挑逗性，而她想要保持正经。他让她讲述她的"全部经历"时，她照办了，她谈到布鲁克林，谈到她父母的过度保护和对脱离家庭的渴望，而他倾听着，此生从未有男人像他这样听她说话。

"接着讲。"他不停地说。他说他对这一切都充满兴趣，而她

---

1 印度式正装短外套，最早由印度总理贾瓦哈拉尔·尼赫鲁穿着。
2 大男子主义的。

相信了他,告诉了他自己是如何对女权产生激情的。她做好准备迎接某种交锋,因为和男人谈论这个话题通常会引发争执。但埃米特只是说:"我觉得你和其他女士所做的事至关重要。"这话简直就是迷魂汤。"但请允许我补充,"他继续说,"如果这是莫须有的话,请尽管打断我——我希望你能更强势一些。强迫我们买广告位,对我们施压。"

"行不通的。"费丝说。

"为什么行不通?"

"因为如果一个男性这么做,人们会说他有权威。如果一个女性这么做,人人都会厌恶她,觉得她跟他们的妈妈或唠唠叨叨的老婆一个样。"

"哈,我明白你的意思了,"他说,"也对,那你就表现得迫切一点儿。我也从事广告行业,所以我对它有些了解。而且,我能再补充一点吗?你应该是谈判的主导者;你比其他人更高一个层次。你有天赋。"

"哦,谢谢你。"她说,有点不自在但内心愉悦。随后她问道:"你呢?你又有什么故事?"

"哦,我的故事。是这样的,"埃米特说,"我心甘情愿在纳贝斯克工作,混得还不赖。但这份工作通常没什么惊喜,这一点让我感到很无趣,因为我喜欢惊喜。而你就是个惊喜。"他加了一句。

话音未落,他握住了她的手,意料之外却又情理之中;她预见到了这一刻,这一刻就这么来了。他用拇指摩挲着她的手,一次,又一次。这是一次商务晚餐,基本上是但也不全是。她早已计划好了这一刻的到来,而现在它就在眼前,可她决定不再拒绝他了。性欲并没有削弱她的思考能力,或是让她只用身体思考。它一点儿也没有削弱她,而是改变了她的思维。一种奇异的感觉淌过她的全身,那种欲望的唤起仿佛是一种碳化作用。在适应之前,这种感觉在一开始总是让人有些犯恶心。

"和我上床吧,"他说,"我想要你胜过一切。"

"胜过买广告位。"

"没错。"他不停地抚摸她的手,她一动不动。"我们可以去你的公寓。"他说,"我知道你住在附近。我在电话簿上找过你。"

她垂眸注视着烛光,脸颊逐渐暖起来,烫得一如面前的蜡烛。"我猜,刚刚你是在命令我,"她说,"而我就应该乖乖服从?"

"费丝,我没有命令你。我想让你也想要我。"

接下来,他们去了她的公寓,西十三街上的一个小单间,自从安妮·西尔韦斯特里搬去中西部之后她就独自住在这儿。埃米特在椅子上叠他的衣服时,费丝想的是这可是她第一个与之上床的商人。

埃米特穿着漂亮的、上面带有小孔的正装皮鞋,她看着他解开鞋带,把它们靠墙摆在她的粉色羊皮高筒靴旁边。"它们看起来就像纳贝斯克家的苏打饼干。"她说。

"什么?"

"你的鞋。鞋面上孔洞的花纹。"

他看了看。"你说得对。"然后他微笑起来,"社交茶饼干[1],我们的经典款之一。顺便提一句,我喜欢你的靴子。"他说。

他整齐地摆好了鞋;他锃亮的深色皮鞋和她柔软的浅色皮靴形成的对比如此鲜明,这本身在某种意义上就让人兴奋。她看到他的内衣如船帆般平展。他的身材棒极了,简直如爬行动物般性感,但又不全是。他有点像冷血动物,但此时她已经不在乎了。他深色的长发,和那种柠檬似的气息都近乎荒唐地吸引着她,那种气味赋予他的男人味超过了她所认识的包括她父亲在内的任何男人。当然,他跟她父亲完全不同。

---

[1] 纳贝斯克的经典款曲奇饼,表面有数排小孔。

在床上，埃米特慵懒地笑着，张开双臂拥住她。"到这儿来。"他说，仿佛她不在那儿似的。但他想让她再近些，想立刻进入她。那时她觉得自己颇能理解这个想法，因为她不仅想让他进入她，她也想以某种方式进入他——甚至成为他。她想占据他的自信、他的风格、他行走于世间的方式——这一切都和她的如此不同。

做这个，做那个，他们用人们做爱时常用的命令句式对彼此下令，把礼仪抛诸脑后。他把她举到自己身上，因兴奋而迷蒙的双眼带着一丝崇拜注视着她。"哦，上帝啊。"当她像个天使般降临到他身上时，他叫唤道。费丝则意识到她并不介意以这种方式被注视：一个幻象。他们暂停片刻，他兴奋得眼睛上翻，几乎看不到他的眼球，然后他缓过劲来，仿佛刚想起眼下的状况似的，接着他深深地进入了她，以至于她觉得自己仿佛要被劈成两半，然而他一点儿也没伤着她。

高潮来临时，他粗重地呻吟着，并唤道"哦，费丝"，所有的一丝不苟和彬彬有礼在此刻烟消云散。之后他安静了下来，缓和片刻后他将所有的注意力都转向她。她的高潮，仿佛放枪似的连续不断的三次，让两人都战栗不已，他悄声对她说："那是我最喜欢的部分。"

他们躺在床上，从极尽欢愉的疲惫中平复过来。终于，他伸手从床头柜上拿过自己的手表，"咔嗒"一声扣上手腕上银色的表扣。"好了，我该走了。"他说。

"去哪儿？现在得有凌晨两点了。"费丝环顾四周，寻找天美时钟那发光的桃色表盘。

"回家。"

一阵漫长而可怕的寂静，然后她开口道："你结婚了。"再度沉默，一样的骇人，费丝准备说些愤怒的话。但她并不愤怒，只觉得沉重得有些难过，因为她清楚得很，尽管没戴婚戒，她的直觉告诉自己他已经结婚了，所以她和他上床之前一直小心地回避这个问题。因为如果得知确切的答案,她根本无法这么做。

她甚至可能见过他的妻子,她突然意识到,多年前在赌场的时候。她回想起埃米特的手搭在一个女人的后腰上,他们在一起时的和谐感。更有甚者,她还知道他是一个孩子的父亲——至少有一个。关于这点,今晚在 Cookery,他把杯子里的小纸伞抽出来甩甩放进口袋里时,她潜意识里便明白了。

除了打算给自己的孩子——大概是个女儿——带件小礼物回家的父亲之外,谁还会那么做?费丝对埃米特生不起气来,因为她早已察觉一切,却刻意忽略了一切。

她从床上坐起来,看着他穿上衣服,在黑暗的房间里一粒不错地扣上每一粒衬衫扣子。有那么一刻,扣着纽扣的他抬起头来。"你知道,我没对你撒谎。"他指出,"如果你问,我会告诉你的。"

"大概吧。"

"我太太和我在那方面不怎么亲近,和我们俩不一样。你我之间可以有完全不同的体验——就今晚来看,绝妙的体验。我是说,我们一起经历的,我们所感觉到的——我可不是装出来的。我们可以拥有更多那种感觉。我们可以那样。"

"我做不到那样。"费丝说,语调冰冷,"至少不会知情而为。我没法对我的姐妹们做出这种事。"

"姐妹们?"他一头雾水,"你说什么呢?哦,你的意思是说所有女性都是姐妹——妇女解放那套。相信我,我太太可不是你的姐妹。"

"但你懂我的意思,我不背叛别的女人。"

"你是说你讲道义。"

"差不多吧。"她说。

"完全了解。我明天给你打电话。"

"请别了吧。"

"只谈广告。"埃米特说,"让我和同事们谈谈,我认为稍做劝说我们就能买些你们杂志的广告位。"

"行。"她干巴巴地说。

第二天早上,他的确给她打电话了,电话来时她还在家里。"听着,我有些事要告诉你,"埃米特说,他的声音虽然冷静但听起来不同,很不自然,"我妻子知道你了。"费丝只是听着,满心震惊。"我昨晚到家时,她和我对质了,她说'不许骗我',我真的不会说谎。她让我告诉她你的名字,告诉她一切,我就都说了。"

"上帝啊,埃米特,你为什么要那么做?"费丝说。

"她就在旁边,想和你通话,"他接着说,"我能让她接电话吗?"

"你疯了吗?"

"没有。"他说。他的声音听上去有些难过,抑或只是声音被电波扭曲的缘故。不知为何,费丝没有挂电话,然后传来了电话被递出去的声音,一个女声出现了。

"费丝·弗兰克,我是玛德琳·施雷德。"她说,声音柔和而平淡。费丝没有接话。"我想说,我丈夫不是你能染指的。你可能觉得他是,因为他表现出来的就那样。但你要记住,在我们的婚礼上,他站在我身边,对我发誓只要我们两人还活着就会爱我、尊重我。而你知道吗,费丝·弗兰克?我还没死呢。"

费丝多一秒钟也听不下去,默默地挂了电话。她想象着埃米特和他妻子在一起,她看到了丈夫、妻子和孩子——一个大概五岁的小女孩,心满意足地坐在那儿,手中把玩着一个小物件:她父亲饮料杯子上的小纸伞。

费丝陷入了极度的自我厌恶,然后想起了第一次女性聚会时大家对彼此说过的话:我们为什么总要如此为难自己?她们互相问着。

有时候,她现在想,为难自己才比较合适。

"不会有纳贝斯克的广告费了。"周一上班时她告诉雪莉·佩珀。因为电梯又一次故障,刚爬完楼梯的她上气不接下气地靠在墙上。

"哦,不!为什么?"雪莉问。她从座位上抬起头来,她正在那儿噼里啪啦地敲着一台跟拖拉机一样沉的IBM打字机。

"一言难尽。"费丝说。

"好吧,"雪莉平静地说,"听着,费丝,这不是个悲剧。不管怎样,我觉得我们和爽健[1]公司有些进展。我们还会再战的。"

杂志得到了一些关注,以一种温和的方式又存活了三十余年。《布卢默》刚创刊的头几年,编辑团队的三位元老偶尔会参加脱口秀,发表激昂热情的讲话,尽她们应尽之责。那些节目的主持人通常都是系银色宽领带的蠢货,不顾女性的感受,开那种"没人愿意和浑身是毛、愤愤不平的女权主义者约会"之类的玩笑。雪莉、费丝和伊夫琳从不和他们一起发笑,但仍坚持出席这些节目,能表达她们的感受是很重要的,就算被取笑也要如此。

从某一刻起,费丝和小团体解绑了。她在演讲方面要比其他人擅长太多。倒不是说她满腹经纶——确切地讲,从未如此——也不是说她有多么能言善辩,而是一种别的特质。人们必须愿意听你说,愿意和你相处,尽管你在说他们不爱听的话。这种特质显现于1975年,费丝出席了一档深夜脱口秀,对手是小说家霍尔特·雷伯恩,后者因其越南主题小说《云层》而名噪一时。雷伯恩一根接一根地抽着烟,他穿着一件有宽翻领的外套,戴一条涡旋花纹的领带,羊排似的络腮胡守卫着一张看起来随时准备跟人干架的面容。节目现场挂着低悬的云层布景。

"女人们的问题是。"他开口说道。节目主持人本尼迪克特·洛林向他探过身。

"嗯?是什么?"洛林说,"女人们的问题?哦,我就喜欢这

---

[1] 世界足部护理产品第一品牌。

种开头，你们呢？"他做了个色眯眯的鬼脸，观众们哄笑着给予掌声。

"女人们的问题就是，"霍尔特·雷伯恩重复道，"她们想让你为她们做各种各样的事情——'开一下这个罐头好吗，我手无缚鸡之力；跟我上床吧，我性欲高涨；晚餐你买单吧，我在存钱以备不时之需呢'——然后她们开始上电视，突然就变成了那些愤怒的妇女解放主义者，说什么'我们想为自己做些事情'。我说，消停会儿吧。鱼和熊掌不可兼得啊，女士们。要么你们就是需要我们照顾的小姑娘，要么你们就是一切自给自足、砥砺前行的悍妇。如果是这种情况，那么第二种人，你们就和同类上床吧，你们中有些人已经这么做了，因为你们压根不需要男人。顺便别忘了，试试看没有我们男人自己生孩子啊，还有交房租。别忘了告诉我你们进展如何。"

观众反响热烈非凡，爆发出更多的笑声，掌声雷动，然后大家冷静下来，立刻意识到现在该将注意力转移到费丝身上了。费丝就坐在他的对面。她对此会做何反应？她就是个妇女解放主义者，请她来这个节目也只是为了巩固那个身份。她会说什么，做什么呢？费丝一动不动地坐着，手搭在腿上。她意识到自己看起来像个忧悒不欢的学校老师，这让她很是不快。但听到男性如此评价女性时，她又能给他们什么好脸色看呢？她可能会表现得手足无措，或暴跳如雷，又或者同他们一起大笑——显然最后一种表现是最糟糕的。

她决定彻底忽视霍尔特·雷伯恩。他就是个浑蛋，一个赚得盆满钵满的文学界浑蛋。像他这种男人不管在哪儿都得心应手，想剥夺他的自由感或安全感根本不可能。她无视了他，直接看向镜头，这让他和主持人都摸不着头脑。其中一个摄像师朝她招手，做出"看他们，看他们"的口型，但她一并无视了。

"我认为，男人们担心的是，如果女人成为医生、律师或能开罐头的话，"费丝说，"那么男人们就得做所谓女人的工作，天知地知，他们怕这点怕得要死。没有什么是我们做不到的，但有很多事情是男人们害怕去做的。"

观众们现在站在她这边了。那些之前为霍尔特·雷伯恩鼓掌的人现在为她送上了掌声。"比方说筹办孩子的生日派对，"她说，"哦，或者生孩子。"嘘声接踵而至。"没有男人帮忙的时候我们总能想办法把事情办好。我们足智多谋、坚定不移、不厌其烦。"此时，她转向了霍尔特·雷伯恩，后者任由指间的烟烧出了一道长得摇摇欲坠的烟灰。"你，霍尔特，的确提出了一个合理的问题。但我认为我已经找到了解决方案。"费丝露出了她那美丽、平静而阳光的微笑，然后她那穿着浅蓝色羊皮高筒靴的两条大长腿相叠，说道："我决定从今天起，再也不买罐装食品了。"

这段金句会被反复播放几十年，直至它的热度彻底散尽。节目过去几年后，霍尔特·雷伯恩在汉普顿酒店的一次读书会后喝得酩酊大醉，在一条漆黑的小路上撞上一位女性，导致她失去了一条腿，这已经不是他第一次酒驾了。他蹲了几年监狱，出狱时已然将这段经历写成了小说：《新鱼》，颇为畅销，尽管远不及《云层》，但那时他已然厌烦疲惫，面色蜡黄。同年他死于中风。这个小个子、爱出汗的男人似乎感到困惑不解：为什么世界上的事情变得截然不同了，对女性截然不同了，对他亦然。

当一个出色且吸引人的公众演说家让费丝·弗兰克提升了自我，让她不仅能说得更多，也能做得更多。费丝参加为《平等权利修正案》而进行的游行。集会后她盘桓不去，待到晚上，跟众多女性交流。堕胎诊所成为众矢之的时，她和其他人一起与法官合作确保所有人的安全。她做这一切，一部分是因为霍尔特·雷伯恩和那种打不开罐头的成见。

费丝和各种女性待在一起都十分自如，包括女同性恋者，她和她们中的一些甚至极为亲密。她们中最愿意发声的人之一——

苏琪·布罗克，在一次集会中吻了费丝。费丝只是微笑着碰碰她的胳膊，告诉她自己受宠若惊。

"听着，费丝，如果你有朝一日真弯了，"苏琪说，"请先朝我弯，好吗？"

费丝回答："肯定的。"这意味着否定。她并不想被苏琪亲吻，也不想被任何女性亲吻，哪怕是那些骄傲地自称独立派的人。费丝曾经看到过一张两个女性农场主的合影，看起来就像同性版的《美国哥特》[1]。其中一个穿着工装裤，里面没穿上衣，她的胸脯像括号似的从两侧背带外面袒露出来。这年头的女性已经开始搬到农场、公社和合作社居住。这是乌托邦社会吗？和任何人一起居住都有其难处，费丝了解。没有任何生活方式是完美的。

费丝驾轻就熟地游走于激进女性、家庭主妇和学生之间，想了解她们，如她声称的那样。"你代表谁呢？"一次，一个非常年轻的校报记者问她。

"我代表女性。"费丝说。尽管早期这还算是个好答案，后来有时这也算不上个好答案了。

那时候，她成了她注定会成为的那种人——那种可以激起人们强烈的、却又说不清道不明的感情的费丝·弗兰克式的人物。在她参加过与霍尔特·雷伯恩针锋相对的那期脱口秀之后，费丝扶摇直上，变得比《布卢默》更有名。她原本只是杂志的编辑之一。她的书成了畅销书籍，她参与的电视节目吸引了许多观众。世易时移，她刻意地克制自己过于频繁地想起埃米特·施雷德，尽管她显然关注着有关他的事业蒸蒸日上的消息：他如何从纳贝斯克的底层主管做起，然后用他妻子玛德琳·施雷德——婚前姓特拉特，也就是特拉特财富的继承人——的钱，创立了他自己的创业投资公司，施雷德资本。每个人都知道接下来会发生什么，它所

---

[1] 格兰特·伍德的油画，以简单的肖像画面描绘了经典的美式农民夫妻的生活场景。

带来的现象级的影响，以及他如何成为亿万富翁。

但大家也对他的不招人待见颇有说辞，其让人讨厌的程度可能并不比与他同阶层的人更深，但因为他的自由主义倾向，他更加令人不安。他们道出了他一些令人震惊的人际关系和投资过的一些见不得光的项目，其中包括一家美国步枪协会推荐的枪支清理公司，和另一家大幅加价向发展中国家销售产品的婴儿食品公司。但这一切似乎都被善事给抵消了。在那个层面进行的交易是费丝根本没法理解的事情。

1973 年，罗诉韦德案的判决引得反自由堕胎者警铃大作，而这些反响必须得到回应和反驳，费丝便投身其中。三年后，似乎毫无预兆地，印第安纳州的安妮·麦考利站了出来，凭借她开诚布公地反对堕胎的主张在参议院赢得了一席之地。"我们会日复一日地和罗抗争。我们会长期斗争，一点一点地废除这个判决。"她对着麦克风说，声音平稳而理智，身形异常笔挺。

费丝无论何时在电视上看到麦考利参议员，都会想到公开有关她的真相有多么容易——简单地对媒体发表一份声明：十一年前，在麦考利参议员成为合法堕胎的强硬公开反对者之前，她自己其实就曾在拉斯维加斯进行非法堕胎。这大概会给她的反堕胎影响和仕途一记重拳。费丝因安妮的所作所为感到怒不可遏，因为深受其苦的不是旁人，正是那些最穷苦的女性，这是在拒绝给予她们帮助。她不知道是什么改变了安妮，尤其是你可能会认为安妮自己非法堕胎的经历本可能会让她意识到堕胎合法化的迫切性和必要性。但你永远无法揣测别人的想法；也无从了解随着时光流逝，一个想法是如何成为一种偏执，进而变得更加固执、牢不可破的。费丝曾读到过安妮是信教的。她是在用信仰管理自己关于那次堕胎的想法吗？又或者完全是另外一码事？如果费丝现在有机会见到她的话，她会问："安妮，你当真这么认为？"

几十年后，洛赛团队多次试图让麦考利参议员来峰会上发言。

他们第一次尝试时，费丝什么也没说，只是紧张地等着看会发生什么，看安妮会怎么做。不出意料，参议员办公室说她无法出席。那大概是最好的结果了。因为哪怕费丝能和她独处一室，问出那句："安妮，你当真这么认为？"安妮一定会答："是的，费丝，我当真这么认为。"

她们各自坚持自己的信念，信念让她们无比充实。但正如安妮永远不会对公众坦白自己的过去，费丝也永远不会这么做。这不是她可以透露的信息，这是个人隐私。"由我决定。"女人们在那次聚会上唱过。撇开其他所有事，费丝从未告诉过任何人这段历史。

费丝在相当早的时候就对自己发掘其他女性的某些特质的能力有所感知。她们愿意和她相处，也想自我提升。她意识到，事实上，这些姑娘和年轻女性爱她的方式和林肯类似。她们或许有些迷惘，或许需要激励。她意识到，或许她给予她们最重要的东西是许可。

"告诉我你的人生目标，奥利芙。"她对一个害羞的姑娘说，她是《布卢默》杂志的实习生，还在上高中。

奥利芙·米切尔感激地看向她，好似她等这个问题等了十六年。"航天工程。"她屏息说道。

"棒极了。那么，拼尽全力地去为之奋斗。我估计要闯进那个领域很是艰难，对吗？"女孩点了点头，"所以你就必须做到百折不挠、无懈可击，我知道你已经这样做了。我相信你可以的。"她补充道。

费丝再想起奥利芙已是多年之后了，但她知道后者去学航天工程了，因为她给费丝写过一封感情热烈、近乎诗意的感谢信，还附了一张自己在科研实验室里的照片，笑容中洋溢着纯粹的幸福。那已经是很久以前的事了。费丝很难去逐一追溯自己见过的年轻女性，她们中的那么多人都坚守着自己的承诺，在各自的领域闪闪发光。

无论费丝住在哪里,在忙些什么,都有年轻女性登门拜访。无法避免地,其中一些住得颇近,因此她通常不会感到特别孤独。过去这些年里,费丝有时会特别渴望男性的陪伴,每到这时她就会设法和威尔·凯利聚一聚。他是民主党战略顾问,两人于80年代末在一次宴会中相遇。凯利帅气、羞赧,留着浓密的八字须,没有结过婚。他身上有种政策研究者和流浪汉混杂的气质,让费丝觉得十分有魅力。尽管威尔住在得克萨斯州奥斯汀市,他还是会乘飞机来陪费丝;他们会共进晚餐,共度带点有氧运动意味的春宵,并进行高质量的沟通。接下来可能数月都不会如此,但这也无妨。独居是费丝多年来日臻完美的一项技能。独处时,不需要操心自己身体的任何一个小细节,无论是你的腿已经毛成了刺梨,还是鸡尾酒晚宴之后你的口气里都是布里干酪味。和她认识的大部分人不同,她通常更喜欢独处。

2010年,《布卢默》杂志休刊引发了不小的骚动。有好几个月费丝都灰心丧气的,感到不再被人需要。然后突然间,亿万富翁埃米特·施雷德那个阴魂不散的故人给她打来电话,其实是他的助理打来电话,费丝同意去他的办公室进行午餐会面。她到达时,他的办公室里已经设好了餐桌。那办公室仿佛巨大的英式绅士会所,视野让人叹为观止。

她一进门,埃米特就站起身朝她走来。她看到过他不同时期的各种照片,眼看着他的发色由黑转银。她在谷歌上搜索过他好几次。从门口她就看见他身上依旧没有一丝赘肉,身材展现出一个雇得起私人教练、管家和有健康意识的厨师的亿万富翁该有的精干。但当他走近时,费丝体味到一种不同的感觉。对年轻时迷惘的埃米特的怀念,以及对年轻时迷惘的自己的怀念。两者相融合,制造出了一种当即令人触动,甚至自然而然带有那么点性欲的感觉。她站在那儿便隐约感到有种欲求,尽管她无法立刻分辨出那是对什么的欲求。

她是想要他,抑或是想要年轻时的他,以及年轻时的自己?她是否只是想重返某一段特定的青春?她回想起他们同床的那晚,和那不愉快且令她备受打击的终曲。他的脸仍棱角分明,让人联想起一个词,一个和力量有关的词——粗犷——尽管上帝禁止一个女性公众人物变得粗犷。人们会在推特上嘲讽她,说她对自己放任自流,应该给自己脑袋上套个袋子,没脸见人了。他的身体依旧紧实迷人,套在极度富有的男性才能拥有的华服里,领带如冰柱般悬垂。性吸引力并不是一座孤岛,而是陷阱密布且有着复杂情境的群岛中的一部分。他在他那大得荒谬的办公室里,加上他们自上次见面以来他这些年的生活经历,让他如同猎人展示大猎物般展示着自己的胜利。

"费丝。"他唤道,嗓音温柔,眼中几乎水汽氤氲。他握住她的手,随后又放下,改用胳膊环住她。这个拥抱来得猝不及防,和曼哈顿随处可见的单边或双边贴面吻如此不同。这拥抱是真挚的,也是种慰藉。"见到你真是太好了。"他们松开彼此,略微后退互相端详时,埃米特说。接着他引她在一张大如水牛的棕色皮质沙发上入座,自己则坐在她对面。她听他大谈特谈自己想让公司出资筹办的女权基金会,并且想让她来掌权。"我们会围绕特定主题举办峰会、讲座和大型集会,邀请公众参与。我们不会募集外部资金。"他说,"我们收一定的门票费,但除此之外全部的开销都由我们承担。"

"你悠着点慢慢来。"他不间断地说了几分钟之后,费丝终于开口。在他们背后,穿一身白衣的男男女女准备好了午餐。"首先,我想说我受宠若惊。"

"别这么说,"他说,"人们只在要拒绝什么事的时候才会这么说。"

"我今天来之前,四下打听了一下,试图多了解些情况。"费丝说，"你各方面都极为出色，埃米特，然而众所周知，你也常常为了利益而不惜牺牲道义。"

"你看，费丝，我的公司参与了很多项目。"他说，"我并不是什么圣人，这点不假。我们会进行各种尝试，也并不是每一件都做得成。但我们目前状况绝佳，如果你看看我们的捐赠历史的话，我认为你会消除疑虑的。我们为女性事业捐款很多。"

他们沉默地注视彼此许久，久到令人寒毛直竖。她就静坐在那儿，想让他泄气。"你在乎女性的生存？"她最终问道。

"我想你知道这个问题的答案。"

"记得约翰·欣克利吗？"她说，"刺杀罗纳德·里根[1]的那个人？他说他那么做是为了吸引朱迪·福斯特的注意。"

"你认为我做这一切是为了讨好你？"

"也许是呢。"

"就算真是那样——尽管并不是——也请允许我向你担保这个基金会不会让它的会长致残。"埃米特说。他揉了揉眼睛，好像她让他疲惫不堪似的，或许确实如此。也许他在希望自己从没叫她来过，因为她那么难缠。但她必须了解透彻。"听着，"他说，"我就是想做些善事。"

"跟女性有关的。"

"对，是的。"

然后，她用更小的声音补充道："和我有关的。"

费丝一想到能接触到埃米特所提供的资金和资源就兴奋不已。她之前从来没有拥有过任何一样，她也从来没有想过要这些。

---

[1] 罗纳德·里根（Ronald Wilson Reagan，1911—2004），1981年至1989年担任第四十任美国总统。1981年3月30日，里根在首都哥伦比亚特区的希尔顿酒店和工会团体代表一起吃午饭并发表讲话，在离开酒店时，精神病患约翰·欣克利用一把左轮手枪想刺杀里根，中弹的除了里根，还有白宫新闻秘书和保镖等三人，随后该凶手被制服。里根迅速被送至附近的乔治·华盛顿大学医院进行紧急手术。一发子弹击中了里根的腋下，距离心脏只有一英寸，里根幸运地活了下来。

她几乎无法想象这会是什么样的情状。以前在《布卢默》，她们得跟科尔默出版公司据理力争来支付作者微薄的稿酬，或是给卫生间补充两卷卫生纸。

她不知道如果自己接受了这份工作算不算背叛。雪莉·佩珀早已死于冠状动脉疾病，因此没法询问她的意见。邦妮·登普斯特自打《布卢默》休刊后就没定数地替一个小型全女性房屋清理公司工作。尴尬的是，公司的名称还叫"女权运动"。在埃米特办公室的那次会面之后——她告诉他，自己得考虑一下——费丝给邦妮打电话问她的想法。而邦妮对她说："嗯，你确实有点容易轻信别人，费丝。不愤世嫉俗是件好事，但如果是我的话，我会小心点儿。还有，这是你真正爱做的事吗？我是说，这差事够好吗？"

第二天上午，费丝给埃米特打电话说："你看，我不确定我们真的能改变什么。这差不多就会是个高端演讲机构，我在这方面并没有经验，也不想有经验。"他没说话。"我们如何和女性建立联系？"她问，"我们如何改善人们的生活？"

"我告诉你，我们会的，你会的。"

"谢谢，"一阵漫长的沉默后她说，"但我得拒绝了。"

他似乎很震惊，通话很快结束了。费丝去滨江公园散了个很长的步，边长途跋涉边思考她刚刚拒绝的事情。他描绘的一切对她来说都很空洞。她还能需要些什么呢？怎么样才能足够好？一小时后她登上出租车，没有预约就回到了他的办公室。他在，她再一次被领进了他的办公室。她说："必须有另一个组成部分。"

"说说看。"埃米特说。

"每天我都听到世界各地女性困境的新闻。我想，除了邀请演讲者之外，我们还得走出去，做些什么。如果有紧急情况，而我们认为我们可以提供及时帮助的话，我希望我们能有资金来付诸行动，这样女性可以立即得到救助。"她看着他，"你是不是不予考虑？"

"当然不会。"

"比方说我们可以，百分之八十用于演讲和峰会，但百分之二十用于我们称之为，我也不知道，'特殊项目'。"

"成交。"他说。

一直以来，洛赛基金会的左膀右臂，势不均力不敌的臂膀，都高效运转着。女人们永远在举办"峰"会，有如永无止境地攀登山峰，腰上绑着安全绳，手里挥舞着登山锥。那些峰会的主题都野心勃勃，比如最近的一个主题是领导力——领导力是如今人人觊觎的能力，就好像整个世界只有领导者没有追随者似的，如同孩子们渴望一个男孩都是消防员和女孩都是芭蕾舞演员的世界一般。过去几年当中也做了不少那些特殊项目。洛赛提供薪水，雇用了纳米比亚偏远乡村里的一名社区医务人员；还负担了一位遭遇丈夫家暴虐待数十年的女子谋杀丈夫后的法庭辩护费用。

但到了 2014 年，在运营了四年多后的今天，洛赛基金会提交的这些特殊项目越来越难以入楼上那些人的法眼了。可以看出，这些项目在他们眼里就是麻烦，是花钱的无底洞。并不仅仅是施雷德资本自洛赛基金会成立就越来越吝啬，但它现在确实变得吝啬了；除此以外，还有外部人士抗议某些项目。"非洲才不用你帮助。"有人在一个颇有影响力的网络杂志中写道，文章被转发到各处，被不停地复制着。

费丝早已习惯遭人批判和厌恶。早在《布卢默》时期这些人就存在了。但在洛赛基金会的推特主页建立时，有人创建了"人血馒头"和"不忠的弗兰克"等话题标签。之后很快，人们的视线就不聚焦于费丝和埃米特·施雷德的合作了，而是转移到基金会本身。

但事到如今，基金会备受谴责的原因已经很清楚——洛赛不仅没有跟上女权主义的发展步伐，她所展现出来的态度也令人不满。洛赛的生意做得风生水起,人们自然而然会在推特上"白人小姐女权"和"富婆"之类的话题标签下发言,其中不知为何最让费丝恼火的是"手指三明治女权主义"[1]这个话题标签。

她理解这些怨言,她真心理解。这些用于吸引别的公司和大慈善家的活动和招待会造成了巨大的资源浪费。人们抱怨自己不该把钱给到一个由亿万富翁撑腰的组织。洛赛基金会本应不必募集外界资金的,施雷德资本一直在承担所有开支。但这些都潜移默化地改变了——埃米特受到了公司内部的压力。

所以,此刻的洛赛基金会是一个进退两难的混合体。费丝在一定程度上适应了21世纪的发展,但她最拿手的仍是她最初学会的那些。她的初衷是她最坚强的后盾,是她的核心,也是她的根。

撇开推特和其他平台的网络暴力,那些峰会进行得相当好,楼上的那些人开始更多地投入其中,组织研究和焦点小组。因为他们的投入,基金会受到鼓励开始更多地拉拢社会名流;林肯注意到了这点,大部分民众也注意到了。一种肤浅性逐渐显现出来了。这些活动中有太多都流于表面,费丝心里清楚。最开始时鲜少出现这种情况。

部分团队成员显得意志消沉。几个月前,费丝就像查房的医生一样,逐个询问他们的近况,很快发现大家,士气低落得可怕。走到格里尔·卡德特斯基——差不多从初创时期就在洛赛了——的隔间时,她惊讶地发现,格里尔脑袋埋在桌面上,上午十一点就打起了瞌睡。格里尔通常做事专注且雷厉风行,但近来却不是。最近,她常看见格里尔和其他人交头接耳,不满楼上发来的备忘录。费丝一直试图假装洛赛基金会还没到无力回天的地步,但她不能继续坐视不管了,她知道自己也不应该继续坐视不管。

---

[1] 此处对应前文费丝在洗手间给格里尔说:"你知道最近这些年我已经吃了多少个火鸡三明治卷了吗?"他们在开会时喜欢发一些用手指就可以拿着吃的大小的三明治。

"早上好啊，瞌睡虫。"费丝柔声说，想起林肯上学睡过闹钟时，自己也是这么叫醒他的——那时她的言语中也带着隐约的恼怒，正如此刻——格里尔则羞愧难当。

"费丝，太抱歉了。"她飞快地坐起来，伸出手，仿佛要抚平一下自己的脸。

"上班睡觉，这可不是你的作风。如今这里的情况真这么糟吗？"费丝问道，"也许是吧。"她加了一句。她又接着说："去倒点咖啡，来我办公室，我们谈谈，格里尔。"

格里尔坐在白色沙发上冲着一缕阳光眯起了眼。她说："我今天上午真的没么多事要处理。至少没什么一定要马上处理的急事。对我来说，这份工作已经变成这样了。最近感觉全是例行公事。我们一开始接受外部资金，注意力就都转移到钱上了。我以为施雷德资本会负担所有费用的。我怀念以前的模式。"格里尔直言，"以前规模还小的时候。我怀念给那些午餐演讲写稿的日子。"

"你为那些演讲写的稿子很棒。我很抱歉这类活动被逐步荒废掉了。这不是我的决定。"

"我也怀念以前那些女性来到办公室。我打开我的小录音机坐在那儿，去了解她们，我看得到我们做的事。我能看得到，就在我眼前——一个人活生生的生活。"

"你知道的，我完全同意你说的一切。"

"我不确定我们有没有做什么事，费丝，"格里尔说，"我很想认为我们在做些什么，"她飞快地找补，"但很难清楚知道，或是量化我们到底做过多少。我们没有任何一个成果。我知道从钱的角度来看，我们现在取得了巨大的成功——而我们刚开始时并没有。但我觉得我们停滞不前。或者说，我停滞不前。"

费丝需要做的只不过是轻轻戳破一点，格里尔就向她倾诉了自己的所有感受；她一直是这样，现在也依然如此，而且也不太结巴了。和其他人一样——至少和那些最初就在的人一样——格里尔·卡德特斯基不喜欢基金会表面的光鲜，不喜欢她未能直接出面帮助过任何人这个事实。格里尔依然承担了大量的文字工作——在费丝看来是非常有力度的文字——但那都是些通讯稿或年度报告，这些显然加重了她所说的例行公事的感觉。

"我们上次做特别项目都是什么时候的事了？"格里尔抗议道，"他们把所有人都动员来了，因为我们能亲眼见证改变的发生。我们的钱到底都去哪儿了？我知道埃米特为基金会出资了，因此它才能扩张，才会让你有和在《布卢默》不同的体验，但我理解的扩张意味着你更有影响力，难道不是吗？你可以让我闭嘴，费丝，但我就是觉得有时候这整件事都充斥着某种自满。不是你自满，也不是我们，而是那些活动本身。我最近感觉不太好。也许会改变的，但我不知道，所以我睡看了。对不起。"她加上一句。

"我懂，"费丝说，"我真的懂。"因为一时想不出该说点什么，她只好把一只手搭在格里尔·卡德特斯基的肩上，说："让我来想办法。"

"翻个身，女士。"一个声音说道。深深沉浸在回忆中的费丝哼哼了一声，被拉回到现实。她花了点工夫才回忆起今为何夕。首先扑鼻而来的是婴儿润肤油的味道，然后是全弦乐版的《你没有送花给我》。之后她意识到自己的脸压在人造纤维的凹陷中，垫着的毛巾已经滑落。按摩让她陷入了恍惚中。

她顺从地翻了个身，仰面朝上，一侧的胸脯有一瞬间从毛巾的遮蔽下露出。她睁开眼睛，发现自己正盯着按摩师的脸看，距离如此之近。她震惊地发现这个女子竟然那么年轻。她差不多还是个小姑娘。也许就是个小姑娘，兴许是个童工。耶稣基督啊。费丝当即感到自己所有的肌肉都绷紧了，那种半梦半醒的状态灰飞烟灭。"我能问问你的年龄吗？"费丝冷静地问。

女子低头看向她。"我不是个小孩子了，"她说，"我都是两个孩子的妈妈了，一个男孩一个女孩。工作卖力，所以看起来年轻。"她迟钝地笑了起来，仿佛被问过这个问题很多次似的。

"你喜欢在这里工作吗？"费丝追问，但女子没有作答。

这个问题也是她近日一直在思索的问题。格里尔·卡德特斯基上班睡着并表达事业挫败感后的第二天，费丝在会议室召开了会议，这次会议演变成了一次长达数小时的会谈，就像以前那种"意识唤醒小组"[1]模式。他们围坐桌边，而她逐个听他们诉说最初加入洛赛的原因，以及为什么觉得现在不同了。他们告诉她，自己担忧那些峰会充斥着精英主义，一种类似"自我感觉良好的女权主义"氛围充斥着会场。"我知道女权不应当只是'感到糟糕'。"一个新加入洛赛的同事说，她是个开朗的信息技术人员，是个叫卡拉的变性女子。"但现在过于强调对每一件事的感受，非黑即白，而不是关注事情本身。"这个观点以不同形式被重复了多次。

另一个人说她想念那些特殊项目，大家纷纷附和。是啊，特殊项目，能立竿见影。从某种意义上来说，费丝清楚，再来个特殊项目也许能提醒所有人他们加入的目的。会后，费丝上楼去找埃米特。她不能告诉他楼下的诸位有多不开心——风险似乎太大了。"如果他们这么不乐意，那就别干了。"她担心施雷德资本的人会这么说。相反，她告诉他自己有个关于特殊项目的好点子。"有些日子了，埃米特。"她轻声道，但愿望表达得足够强烈。接着她向他讲述了她关于特殊项目的想法。在过去几年的工作中，关于人口买卖的消息一次又一次地传到他们耳朵里，这件事让她感到无力相助。洛赛举办过一些讲座，但现在她觉得是时候进一步采取行动了。

---

1 20世纪60年代美国女权主义刚兴起时流行的一种形式。由一小组活动者组织，旨在唤起大众对某一特定主题（比如政治话题、健康话题、环境话题，或时事冲突）的关注。

艾法特·阚给费丝看过一些有关厄瓜多尔科托帕希省某些状况的材料,她现在是团队中的研究人员而不再是费丝的私人助理。在那里,年轻女性——很多都是小女孩——被诱拐离家,随后被带到瓜亚基尔去卖淫。这绝对够得上是紧急情况。"如果我们能救出一些,就能给整个大环境带来点希望,"她说。"也许其他的公司和慈善组织也会介入,这可以成为一个长期的救援行动。"施雷德看上去有些阴郁,并没有被说服,于是费丝把她的构想剩余的部分也告诉他了。"我在考虑,营救之后我们可以让这些年轻女性和一些导师建立联系。可以由更年长的女性教她们些实用技能。如果需要的话,首先从阅读开始,然后是电脑基础和一些商业基础,兴许可以是纺织,她们可以学着编织,最后成立一家……纺织品合作公司,一家女性纺织品公司。"费丝为自己的设想兴奋不已,一字一句地说出最后几个字,但埃米特仍旧用没被说服的眼神看着她。"然后我们可以邀请其中一位女性到这儿来,谈谈她的经历。"费丝说,"你怎么看?"

"那么,包机票请她到这儿来?"

"对啊,为什么不呢?"

埃米特顿住了,略微上心了些,脑袋从一边歪到另一边,认真考虑着。他保证会向楼上相关的负责人提这个项目。2014年6月,费丝收到了楼上发来的备忘录,告知他们准备将这个项目付诸实施。她特别为此兴奋。时至今日,导师制也依然是个很受欢迎的概念,大众讨论度很高,令人惊讶的是,人们对这个理念的接受程度也很高。施雷德资本的一位员工在基多找到了一位当地的联系人。亚历杭德拉·索萨被形容为一个在发展中国家活跃于人权运动方面的领袖;她的简历里满是各式各样的简称缩写,都是那些她担任过顾问的非政府组织的名称。所有那一串又一串的大写字母在纸页上创造出了一种防火墙的视觉效果,又像是某种只有那些比你聪明得多的人才能破译的代码。

一次仓促的网络视频会议被安排妥当。施雷德资本的成员和洛赛团队成员在纽约围着二十七楼会议室的岩板桌坐定，面对着投影屏幕上一群坐在基多一间普通办公室的女性。"费丝·弗兰克！"亚历杭德拉·索萨说，"这简直是至高的荣幸！作为一名女性，您对我来说真的太重要了。"索萨时年四十，是个自信又性感的人，费丝当即对她心生好感。她们就这次合作任务进行了顺畅的交流。亚历杭德拉·索萨认识一些身怀技能的年长女性，可以在救助、安排好那数百位年轻女性和女孩后，雇来做她们的导师。施雷德资本将为此出资，而亚历杭德拉·索萨在基多监管的机构负责分配资产，安排具体事务。她十分令人信服，会议结束时她说："能与您合作真是太棒了，费丝·弗兰克，您真是充满了正能量。"

费丝对埃米特和他的团队说："我太喜欢她了，但当然，我们还是得查查她的背景。你们应该听说过慈善工作中因为缺乏监管而出现的诈骗。我可不想搅和这些事。"

"当然，你该怎么做就怎么做。"首席运营官说。一个在座的助理大声说："不用担心。"二十六楼的研究员们发现索萨有成绩出色的履历。联合国儿童基金会执行局秘书给她写了一封溢满赞美之词、近乎热泪盈眶的推荐信。几周之后，有消息称低调的营救任务顺利完成，一百名困境中的年轻女性已经和年长导师配对。年轻的姑娘们被安排在基多的一幢公寓里居住以完成过渡。在那儿，她们得以从曾经的磨难中恢复，学一门手艺，然后凭此谋生，开始新的生活。年底之前，就如费丝建议的那样，一名接受救助的年轻女性会被请到这儿来，在洛杉矶即将召开的导师制峰会主旨发言后被介绍上台，发表简短的讲话。

费丝已经开始着手准备主旨发言。但眼下，已近十月末了，裸身躺在这张按摩床上，仅有一条毛巾覆体，身体被有力粗暴地推拿时，她想道：我应该把主旨发言的任务交给格里尔·卡德特斯基。不仅由她执笔,也由她致辞。格里尔极具前瞻力,聪慧又有激情。她有能力去倾听并抓住人们的注意力;她们与她沟通,也信任她。看看她写过的那些卓越的午餐演讲稿就知道了。加之,格里尔正在独立的边缘,这也能帮助她更进一步。她将完成两份演讲稿,一份写给年轻的厄瓜多尔女子,一份给自己。在她自己的演讲中,她终于得以用格里尔·卡德特斯基的身份发表演说。

费丝理解格里尔工作几年后正处于瓶颈期的状态。她需要证明自己的工作是有意义的,而不是虚无缥缈地希望它有。否则她会一直垂头丧气,还会有离开的风险。

如果他们全都离开了该怎么办?费丝思虑着。肯定还有别人愿意来;人们周而复始地来来去去。海伦·布兰德上个月辞职去《华盛顿邮报》当国内版记者了。没有人是不可替代的,然而每当有人离开,她总是备受煎熬,就像一次短暂的哀悼;随后有新人加入时,她都会稍加振作——哪怕只是呼吸略变得急促——再次出发。

交给格里尔吧,她告诉自己。费丝回想起自己跟格里尔·卡德特斯基进行的一次特别的谈话,那是早在最初的时候了。格里尔哭着给她打电话,告诉她自己的私人生活遭遇了一些悲剧,导致她没法参加第一次峰会,而她们一直在为这次峰会马不停蹄地加班加点。一个孩子被杀了,费丝记得大概是格里尔男朋友的弟弟,但事情已经过去了太久,费丝想不起具体的细节了。她只记得格里尔在电话里说:"费丝?"然后便是止不住地哭,以及费丝自己是如何迅速转换成安抚模式的。她一跟格里尔通完电话,就拨通了另一个,争分夺秒,大喊大叫了几句,找到某人填上她的空缺。运营一个基金会就是这样。你得安慰人,抢人,有时候还得吼人。

之后某一天,费丝无意中听见格里尔在语带恳求地跟什么人通电话。费丝走向她,关切地问她是否一切都好。格里尔抬眼望向她，点了点头，但她看起来并不好。那天下午，格里尔来到费丝办公室门前——不出预料，所有年轻女性最后都会来到费丝门前——她走了进来坐在沙发上，告诉了费丝一切。她和高中时就在一起的男友经历了痛苦的分手。"我不知道怎么办，"格里尔说，"我们在一起那么久了，这一切根本就永远不该结束的。"然后她痛快地哭了一场，一把鼻涕一把泪的样子恍然间让费丝想起了林肯幼时患哮吼的情形。

  费丝聆听着，没有给出任何解决方案，只是告诉格里尔自己随时都欢迎她来倾诉。"我是认真的。"她说，她也确实是认真的，因为格里尔是基金会的佼佼者之一。她伴随着基金会的成长一路走来，工作出众，忠心不二，聪颖谦逊——正是值得雇用和重用的人。但格里尔如今懈怠了，需要别人提醒她为什么在洛赛工作了四年。交给她吧，费丝想着。

  而且，林肯说得对：费丝确实太疲惫了，简直劳累过度。她七十一岁了，虽然有人说七十岁是新一轮的四十岁，但它并不是。她迫切地需要一次按摩，她希望自己能在这张床上再躺上十个小时，让这个结实的女人为她捶背，将一溜咔嗒作响的滚烫石头沿着她的脊椎放成一排，用婴儿润肤油按摩她的颈椎，直至其好似一根松弛的丝线，柔和地连接她此刻轻如气球的脑袋。费丝疲于自己一直维持的高速工作，她已无法忍受这么快就要再次在洛赛的峰会上演讲，特别是它们演变至如今的这般模样。

  这次不会再有灵媒了。也不会再有鹈鹕油了。

  这次让格里尔来吧。这是互惠互利的好事。

  在她的按摩师走到床脚开始为她做足疗期间，这件事占据了费丝的全部思绪。

  苏按压了费丝大脚趾下的某一点，费丝心中一惊，然后列出了一张清单，两件事：

1. 安排和格里尔的会面，讨论洛杉矶事宜。确认格里尔是否会说西班牙语，这点会很加分。

2. 多多鼓励格里尔·卡德特斯基。她仍需要些激励，她们都需要。

费丝隐约记得她们是在格里尔的大学校园初次见面。格里尔那时如此开朗，感情充沛，但除此之外，她也对自己的父母大为不满。当然，费丝也因此想起自己在那个年纪对父母的失望。两对父母都拉了自己女儿的后腿，哪怕他们是爱她们的。费丝动容了，不仅因为在格里尔身上看到了这点，还因为格里尔明白为什么自己被敦促着做如今所做的一切。好在费丝向格里尔·卡德特斯基递出了名片，就像她常常会递名片给年轻女性那样，对着她们微笑，她希望自己的笑容里带着重要的含义。这显然是奏效的，时隔多年，格里尔还在此工作就是证明。

费丝，现在是个不折不扣的老妇人了，依旧每每想起自己的父母，都会揪心地被复杂的情绪淹没，哪怕他们待她不公已是近半个世纪前的事了。他们没法更好地理解，他们属于他们的时代。如今，费丝会回忆起父母的温情款款，他们以前玩过的所有猜字谜游戏，还有她和菲利普如何在洗完澡后，在本森赫斯特公寓里玩闹，大声尖叫，身上散发着浴后的香味，最终被斗牛士般的母亲用毛巾裹住，他们处处留下湿漉漉的脚印，尽管脚印很快就会干掉，不留一丝痕迹。一回忆起这些，费丝就几近潸然泪下。

她的父母曾疯狂地限制过她，但那只持续了很短的时间。她弟弟不和她统一战线，她最初对此愤懑不已，之后也对他释然了，生活接管了一切——她的生活和他的生活是如此不同，就好像他们从来就不是姐弟，更别提是龙凤胎了。躺在按摩床上，她尽力提醒自己几个月后，在他们共同的生日当天要给他打个电话，而不是等他打过来。那天她要抢在他之前，主动给他打个电话，问问他和西戴勒最近有没有来东部的计划。"如果你来，我真的很欢迎。"她会这么说，"我们甚至可以玩猜字谜。所以，赶紧练起来吧。"

突然，那双给她按摩的手开始在她的那把老骨头上用力地上下拍击，这老胳膊老腿曾四处奔波，现在或许该放慢下来了。

"好了！"按摩师苏大声说道，然后用她那双强有力的手在费丝的腿上拍了一把，那声音仿佛在宣告胜利。

第九章

在洛杉矶举办的导师制峰会进行主旨演讲的那个下午热得像个蒸笼,尽管当时已是十二月初。洛杉矶热浪滚滚、雾霾弥漫、噪音喧天,但在文化中心里面的人既感受不到,也不谈论这些,因为文化中心有一套自给自足的生态系统。炎热、雾霾、噪音皆被轻如薄纱的香气和妙不可言的凉爽感所取代。活动中也没有那些漫长而令人厌倦的排队,因为包括男洗手间在内的所有洗手间都开放了。女性们轻而易举地解决了问题。"我是不是已经死了,上了天堂?"一位女性在烘手机前问另一位,连烘手机的嗡嗡声似乎都比平时更令人愉悦。

大厅里供应着饮料和小点心;盛在细长酒杯里的贝利尼鸡尾酒和宝石般的金枪鱼塔塔,缀以香橙果冻。这里还设有一个小型美甲沙龙,女子们张开手指坐着;场内各处都有女性坦然地给婴儿哺乳,没人对此侧目而视。女权主义灵媒在一个角落里摇晃着。在场的女性都十分富有、追求进步、相信平权,她们给左翼或偏左翼的候选人捐款,买票参加类似这样的活动,来听一系列讲座,主讲人包括女性电影演员和导演等。观众们身着华服,放眼望去尽是柔和的色彩,间或夹杂基本款的黑色,因为尽管这是在加州,纽约文化的影响仍旧根深蒂固。袒露的锁骨衬托着低调的珠宝首饰。大家都满怀关切地交头接耳,偶尔被几声似曾相识的尖叫打断,这尖叫声常能在坐了一大桌女人的餐厅里听到。所有人都熟悉那种尖叫，这声音代表女人们相聚在一起时的快乐。

格里尔·卡德特斯基和卢佩·伊苏列塔站在一起看着此情此景。卢佩从厄瓜多尔来的第二天上午，她们两个就从纽约飞来了。卢佩二十岁出头，楚楚动人，穿一条黄色的裙子，因为长途旅行而疲惫不堪，也因为与会人数之多而倍感压力。格里尔说："你想吃点什么吗？"格里尔很开心能用上高中时在马科佩学过的西班牙语，她领着卢佩走向长桌自助餐，但这些食物对这个从厄瓜多尔来的年轻女子来说一定很奇怪——连格里尔都觉得奇怪。因为这些食物过于奢侈，过度精致。

"不了。"卢佩用全世界最轻柔的声音答道，这让格里尔想起她自己初出茅庐时说话的声音。倒不是说她现在声音洪亮，但她已经脱胎换骨了。

一名技术人员找到她们，说："该给你们俩戴麦克风了。再过十五分钟就开始了。"演讲开始前，在后台的演员休息室，技术人员拿出一些设备，问："谁想先来？"

格里尔尽力给卢佩说清楚接下来的流程。她话还没说完，技术人员就将手探入卢佩的裙子领口来夹麦克风，卢佩紧张得倒吸了一口凉气。"没事的。"格里尔说，尽管她清楚对卢佩来说并非如此，但他动作很快。他收回手，卢佩才松了口气。她是格里尔见过的最易受惊的女性，从纽约到洛杉矶的飞机上一路沉默。想必她从基多到纽约的长途飞机上也是如此，那是她第一次乘坐飞机。

"你还好吗？"格里尔此时问道。

"挺好。"卢佩说，但她看起来一点儿也不好。

格里尔自我感觉也不太好。她一点儿也不想做这次演讲。费丝十月将它交给她时，她还以为费丝在开玩笑。"到我办公室来。"费丝说。格里尔走进那间纯白墙壁逐渐被各种女性的照片占领的办公室。

"格里尔,"费丝说,"该你接手了。"费丝告诉她想让她去洛杉矶,和厄瓜多尔来的一位女性一起登台讲话,向大家介绍她,为她写一份演讲,然后还要撰写导师制峰会的主旨演讲稿,并由她自己发表演说。

"我做不到。"格里尔说,震惊不已。

"为什么做不到?"

"我不做演讲。我只给别人写演讲稿,至少我以前写。简短的那种。"

"每个进行演说的人,"费丝说,"以前都不是演说家。你现在多大,二十五岁?"

"二十六。"

"嗯,那正是时候。"

格里尔不知道费丝为什么要把这事交给她。她记得费丝早年对团队说过的话:"男性把他们自己不想要的权力交给女性。"当时指的是操持家务、带孩子、跟孩子们的朋友和老师打交道,还有决定家里的大小事务。所以或许费丝也想跟那些男人一样,把自己不是特别想做的事情交给格里尔。或许费丝自己没兴趣做这次演讲,因此把这任务交给格里尔——把权力交给她以摆脱责任。那一刻,格里尔看到费丝瞟了一眼书桌上极简主义风格的钟,那模样就像是快要给病人结束治疗的心理医生。格里尔已经耗尽了她的耐心,她怎么就不能干脆点同意呢?

"哦,好吧,成交。"格里尔强装出一副活泼的样子,"一枪崩了我吧。"她加了一句,手指抵在头侧,干笑了几声。

糟糕的时刻很快就过去了。想做到这点你只需要默许一切。生活确实无处不是如此,哪怕洛赛基金会的宗旨本应是不再默许。她起身离开,费丝抬头望向她,说:"这会是件好事的,我保证。"

过去的这些年里,格里尔曾十几次因与工作无关的事踏进那间办公室,要么是因为费丝注意到她不太正常而喊她过去,要么是因为格里尔觉得自己是受欢迎的。费丝曾鼓励她任何时候都可以进来找她聊聊。最开始格里尔向费丝倾诉过她和科里之间的问题，几个月后，格里尔又一次回到了费丝的办公室，格里尔刚在马科佩过完周末，科里和她分手了。"我爱你，我会一直爱你。"他生硬地说，好像在出演某个校园舞台剧，"我真的舍不得伤害你，但我没法继续下去了。"

事后，费丝一直在安抚她，告诉她在生命中的艰难时刻你能做的最好的事情就是工作。"工作能帮你，"她说，"特别是在你难过的时候。坚持为那些女性写演讲稿，格里尔，不停地想象她们的生活，她们的经历。你会发现你超越了自我而进入了她们的世界。这种体验会赋予你另一种视角。无论什么时候你想和我聊聊，随时找我。"

这是三年半之前的事了。斗转星移，两人分手期间，格里尔和科里的交流大幅减少，现在她只在偶尔回马科佩探望父母时才跟他联系。他们分手后每过一年，两人之间都更疏远一些。她能够客观地看到科里成了一个高瘦的成年男子，和自己的母亲一起住在一栋沙发上铺着塑料布的房子里，打游戏养乌龟。每次见到他——那个他！——如此这般生活，逐渐变成一个全新的、陌生的人时，她的感受之强烈不亚于痼疾发作。

分手后，格里尔陆陆续续有过恋爱和交往的经历，大部分都还不错，也有一两次痛苦不堪。她有时会在下班后跟人碰面去酒吧喝一杯，酒吧里都是年轻人，为蒸蒸日上的创业公司或是有着类似"表土"这种名字的文化网站工作。二十六岁的格里尔最终形成了一身固定的装扮。几年前，她把挑染的那绺蓝发漂洗掉了，取而代之的是漂白的金发。但她那求知心切，有时甚至是性感的书卷气留存了下来，成了她的主打风格。当时流行粗框眼镜，她便戴着那种眼镜，常穿一条短裙和亮色连裤袜，配上黑色短靴。无论是日常工作、出席洛赛基金会的活动，还是晚上和朋友们出去喝酒都这么穿。

有时候喝酒的人们会聚集在"斯基莱特"号上，那船以前是一艘灯塔船，或者说是一艘派对游轮，停靠在下城区哈得孙河边。在她喝酒、大喊、调情时，水面就在她的脚下起伏。恢复单身后，格里尔强迫自己成了一个情场高手。她遇到过的男人似乎都爱说自己"几年前从卫斯理大学毕业"。她上他们的床时注意到，他们从不铺床，要铺也是随便糊弄。没人有空或者有意愿照顾自己，也不知道他们这辈子能不能开始照顾自己。

洛杉矶峰会前两个月，在"斯基莱特"号上，办公室的本·普罗克诺尔就像某种孤芳自赏的花儿对她敞开了心扉。他们站得很靠近，就像他以前和玛塞拉·博克斯曼那样——后者早就离开了洛赛基金会，去剑桥做社会创新学者——然后他急切地问她。

"所以，你有没有想过和我那样？"他问。

"哪样？"她退后一步看向他。他们共事许久了。早年间他曾和她暧昧过，但那时感觉更像是某种条件反射行为。现在，毫无征兆地，他突然对她由衷地心仪起来。他的脸上闪耀着一种找到硬币的孩子般的乐观。那晚格里尔跟他同床了，在格林堡他的单室公寓的床垫上。意外的勾搭就是这样：两个当事人怀疑，当他们日后回忆时，只会带着模糊的、伤感的爱慕之情，而对把他们导引至此境地的悲伤视而不见。

那天在洛杉矶轮到格里尔上台时，她走了出去，戴着麦克风，微微颤抖。她的视线飞快地扫过眼前的黑暗，仿佛一条刚被倒进新鱼缸里的金鱼。"鱼缸"的外面藏着一千个看不见的女人，影影绰绰。舞台近旁站着耐心等待的手语译员。房间里一片寂静，只有偶尔控制不住但不知为何分辨得出的女性咳嗽声，紧跟着是在钱包里翻找止咳糖的声音，止咳糖在一连串快速的窸窣声中被拆开。

"如果我此刻表现得有点紧张过度，请原谅。"格里尔开腔了，"我发表过的大部分演讲都是在我脑海里进行的。"传来一阵善意的笑声。"如果不是费丝·弗兰克，"她说，"我今天就不会站在这里。"掌声响起，"她是最棒的，而她希望我来代替她。我知道你们更想听她的演讲，但今天你们就只能听我的了。好了！在最开始，费丝·弗兰克平白无故地雇用了我。她带我入行，教会我很多，而更重要的是，她给了我许可。我认为这就是那些能改变我们命运的人总会做的事。他们准许我们成为这样的人——那就是我们心底一直迫切想成为，但不觉得自己会被允许成为的人。

"这个房间里的许多人——我们真的能称之为房间吗？它看起来更像一片大陆——或许遇到过这样的人，对吗？"观众们发出肯定的嘟哝声。"一个给你许可的人。一个看到你、听到你的人，倾听了你的心声的人。我们能遇到这样的人是无比幸运的。"

接下来格里尔介绍了卢佩，谈到她的坚强和勇敢，还有洛赛基金会为能够帮助她和其他年轻女性感到多么自豪。"现在，她在历尽苦难后开始重新生活。"格里尔说，"她和她自己的导师建立了联系——一个愿意对她倾囊相授的本国女性。"

卢佩走上台，出现在格里尔身边。她拿出一小张叠着的纸，上面是格里尔为她写的演讲稿的西班牙语版。卢佩将演讲稿展平，发出了她特有的可爱笑声；作为回应，观众们善意地表示出对她的理解。

终于，卢佩开始大声地念演讲稿，慢条斯理且小心翼翼。然后格里尔用英文念出同样的词句。"今天，我为自己，以及所有在厄瓜多尔跟我经历了同样不幸的人发言。我们离开了自己的家园，但并非如他们所言的那样。我们胆战心惊。他们不放我们离开。"她们一来一回，讲述了卢佩那似乎永远也无法被改善的暗无天日的苦难生活，让人动容。回想起过去发生在自己身上的一切，卢佩显得惊恐又难过，格里尔与她感同身受，就如同她写那些午餐演讲时感受的那样。她本能地伸手拉住了卢佩的手,就像费丝曾经对她做的那样。她用自己那高中水准的西班牙语对卢佩耳语,让她慢慢来,什么都不用担心。观众们可以等,她们哪儿也不会去。于是卢佩停下来平复了一番。终于,她们慢慢地讲到了她和大家一起被营救出来,带离瓜亚基尔她们被迫生活的街区。之后,她一安顿下来,就有一位年长的女性前来看望她,邀请她学些新技能。卢佩同意了,她们一起去了一栋大楼,里面有电脑,有人教英语。"我还在学习。"卢佩用英语说,观众鼓起掌来。大楼里还有一间房放着一些纺织设备的样品,有人向卢佩展示了怎样手工织布,以及如何编织。她的导师和她一起坐在窗边的角落,教给了她几种不同的针法。"我做得越来越好了。之后,"卢佩说,"我们想成立一家女性纺织合作社。"她简短的发言结束了。卢佩做到了。格里尔伸手抱住她,掌声响起。

后来,格里尔会发现有几位身份各异的女士举着她们的苹果手机录下了这段讲话。如果21世纪教会了你什么,那应该就是你的言语是属于所有人的,尽管其实并非如此。不是那个时刻本身有多么特殊,只不过对在场的人来说它就是那么特殊。"你必须亲身经历。"在给朋友们看完视频后,女性们或许会对彼此这么说。女权主义峰会上两个女性在台上热切相拥并不是什么稀奇事。这场演讲并没有像当天晚些时候那个女动作明星的讲话那样迅速走红。女明星那一场开始和结束时,参加峰会的所有女性都站了起来,欢迎高票房电影《重力Ⅱ:觉醒》的澳大利亚女主角。在一场现在有名得可笑的戏中,她所饰演的角色——莱克·斯特拉顿——在因为身为一名女性而被嘲讽后,对一帮超级大反派和他们的党羽说:"说得对:我可能是没有蛋蛋。"停顿,"所以我就去借了一对。"然后两个大铁球应声破窗而入,砸进对峙发生的摩天大楼办公室,瞬间解决了反派。

那部电影的重要之处并不在于它幼稚的内容。似乎要让一个女性具有轰动性的文化影响力，那么她最好具备以下这些特质：不能有一个过于女性化的名字，还得火辣性感、乳房丰满、爱好打斗。真正重要的是，这部电影斩获了3.35亿美元的票房，或许在未来会有电影公司拍摄更多以女性为主角的电影。

格里尔和卢佩在台上的情形与那位明星的大相径庭。她们引起的关注更小、时间更短，但观众的掌声却持续了很久很久。结束之后，一群女性在大厅里围住了她们，用热情和问题包围了二人。"我特别喜欢你说的那段关于给我们许可的人的话，"一位女士对格里尔说，"我懂你的意思，因为我也有完全一模一样的经历！"

对面，一位中年女士走近卢佩，从一个包里拿出点什么东西。"这是给你的。"那位女士说，她把一团白色羊毛线和一对织衣针塞给卢佩，针上已经给一件毛衣或是一块毯子起好了头。"我也织东西。"女士用过高的音量说，就好像这有助于卢佩理解似的，"但我想把它送给你。"

卢佩接过针和毛线，但格里尔不知道接下来发生的事了，因为她被一波人流带走，而卢佩则被另一波卷走。

一位女士对格里尔说："我的那个人不是老师，她是我的邻居，帕尔米里夫人。我有时会在她出门的时候替她照看猫。她在家的时候也会请我去，我们会聊烹饪，她给了我很多建议。"

"我的，"另一位女士说，"其实是我的祖父。他是个杰出的人。他在朝鲜战争中是个尾炮手。"

活动结束后，格里尔对卢佩说："你太棒了，她们真的很喜欢你。"这位年轻女子害羞地移开视线；她是开心还是拘谨？很难说。格里尔想起费丝在赖兰小礼堂发表演说时讲过的话。她告诉他们，如果他们说出自己的信念，那么肯定不会所有人都喜欢或爱他们。"如果能够有所安慰的话，"费丝那时说，"我爱你们。"

那是真的吗？是的，格里尔思索着，它大概就是真的，因为她眼下就能感到一种对卢佩·伊苏列塔的爱。而格里尔对卢佩的了解并不比费丝当时对那个礼堂里的人的了解多出半分。

人去楼空后，格里尔和卢佩回到她们的酒店房间。两间房有一扇门相通，她们一开始并没有打开。格里尔在那张特大号的床上躺下，给还在纽约的本打了个视频电话。他上周来过夜了两次；他们的关系并无进展，但的确能感受到生理上欲望的释放。他身体的重量愉悦地覆在她身上，仿佛厚实的毯子，他的手和嘴灵巧又活跃。"我想她们喜欢我们的演讲。"此刻她对他说。他凑近了屏幕。摄像头给他增添了一种鱼眼凸透镜的效果，让她想起过去几年和科里进行视频通话的情形：在普林斯顿，背景是他杂乱的房间；在菲律宾，夜半时分，却是美国的大下午。屏幕上，本的脸看起来还不那么亲近，尽管他们已经同床了好几次。

"干得漂亮。"本说，"我和费丝还有几个楼上的人一起看了网络直播。"他说，"我们都觉得你们棒极了。你和那姑娘在一起的那一刻特别感人。"

稍后，费丝发来短信。

棒极了！再次感谢。
你是最棒的。

爱你
费·弗

稍待片刻后，格里尔轻轻敲响了她和卢佩中间的门。她用自己高中水准的西班牙语问卢佩，想不想一起叫个优步出租车去洛杉矶城里吃晚饭。长久的沉默。也许她的回应是恐惧的表现，也许她今晚更想独处。"或者我们也可以待在酒店里。"格里尔飞快地补充。然后门闩滑动，门打开了，两人相视而立。"不过我的意思是，我们应该庆祝一下。"她说，"你之前的表现精彩绝伦。"

卢佩今天做了她此生从没做过的事：走上台，面对观众演讲。

卢佩点点头，面无笑意。

"我可以进去吗？"

"可以。"格里尔走进房间，房间看上去几乎没有使用过。一个橙色的小行李箱摊开放在一张桌子上，彰显出它的主人所带的衣物和行李是如此之少，尽管经过了如此漫长的旅行来到这里。格里尔想告诉她，可以多占用些空间，把自己为数不多的东西随意摆放在房间里，提出更多的要求，以此来丰富自我。但你没法迫使一个人变成这样，特别是在经历了一生的贫困和一年的创伤之后。世界背叛了她，现在有转机了。别丧气，格里尔想说，但那就是在发号施令，而不是倾听了。

她们点了菜单上的晚餐；那可是场严峻的考验。谁知道卢佩觉得自己会吃到什么？餐点送到后，她们打开一部付费电影边看边吃。电影讲述的是仙女座星系被敌人殖民的故事——她们几乎站在平等的角度观看这部电影——它的剧情离她们俩的现实生活都如此遥远，因此两人对其的理解也差不了太多。

某刻，格里尔意识到自己兴许逗留得太久了。卢佩看起来昏昏欲睡。她今夜在这张陌生的床上真的睡得着吗？她对这一切怎么看？如果卢佩提出来的话，格里尔会坐在书桌前的椅子上陪伴卢佩入睡。格里尔突然对卢佩升起一种保护欲。她们一起上台演讲了，然后不知为何，卢佩就是她的了。

第二天早晨，两人一起乘飞机返回纽约。在飞机上，就像来洛杉矶时一样，卢佩坐得很僵，明显一副害怕的样子。一次飞机颠簸时，格里尔看到她不断地在胸口画十字祈祷。卢佩脚边的地上摆着她的小包，顶部露出一团白色的羊毛线和两根铜针——是那次演讲后人群中的女士自发送给她的礼物。编织理应能让你平静下来。格里尔指着羊毛线比画了一下，但卢佩只是摇摇头，旅程的大部分时间她只是愁眉苦脸地盯着前排座椅。一天之后她便启程回厄瓜多尔了。

格里尔在本的住处度过了周末,和他一起躺在他打开的床垫上,慵懒地各自玩着各自的电脑。有时候其中一个会把笔记本电脑合上,另外一个也会跟着这么做,笔记本电脑合上时发出决定性的"啪"声,好像两扇关上的车门,这是如今的前戏中很重要的一部分。周日早晨,本还在睡着,格里尔则浏览着积攒一夜的邮件。她审阅邮件时看到一封发自金·鲁索的邮件。金·鲁索以前曾为施雷德资本的首席运营官工作,几个月前跳槽去了一家太阳能公司。

你好,格里尔,
  我非常想跟你谈谈,私下谈。有时间见一面吗?重要的事情。谢了——
           金·鲁索

格里尔想问问本,他觉得这是怎么回事,但紧接着她本能地觉得自己不该问。她对谁也没说。两个人第二天上班前在布鲁克林市区一家咖啡馆碰面了。在施雷德资本工作时,金身着白领女性常穿的保守套装,但她转职到新工作之后,穿着随意了许多。但金本人十分紧张;巨大的塑封菜单送到桌上时,她摇了摇头,只点了杯黑咖啡,其他什么也没加就喝了起来。

"听着,"金说,"我们彼此并不是很熟。但你似乎很喜欢你在做的事情。这让我希望自己不在二十七楼工作,而是也在二十六楼工作。"

"二十六楼的确不错。"格里尔平和地说,等待着下文。

"但施雷德资本对我来说是从沃顿商学院毕业之后的自然选择。他们雇用我时让我受宠若惊。"金垂下眼帘,在杯子里搅了搅,"我看到你的演讲了。有人发给了我,你讲得好极了。"

"谢谢。"

"我有件事要说。"

"好的。"

金把咖啡杯握在两手之间，确认格里尔在认真听自己说话。"厄瓜多尔那个导师项目全是扯淡。"金说。

格里尔出于礼貌等了一下，然后说："我欣赏你的观点。我知道在海外做这种项目有绝对的理由被质疑。我知道它看起来可能像特权阶级多管闲事，但绝不是扯淡。它给了这些女人一个机会。"

"我不是这个意思。我说的扯淡指的是它根本不存在。"

格里尔定定地看着她。"听着，这就歪曲事实了。"她终于说道。咖啡店里萦绕着工作日一大早的嗡嗡声和铃声。菜单被扔在桌上，玻璃门不停地开开关关。在她们周围，其他人也在喝着咖啡，进行着更日常的对话。男人们穿着外套打着领带，将从浴室带出来的湿发捋到脑后；女人们散发着香水的芬芳，一头吹好的头发，一副积极向上的商务女性模样；妈妈们推着婴儿车，堵住了消防出口。

"这是真的。"金说。

"我高度怀疑。"

金说："我们可以接着绕弯子，但我得去上班了，而且我觉得你会很想知道我不得不说的这些。他们派你和那个女孩去洛杉矶登台演讲。是他们派你去的，他们知道那不是真的。在我的世界里，这是不可接受的。"

格里尔一时难以消化金说的话，因为一切都说不通，而她不知所措。就好像是一条狗从野外给她带来了一件礼物：一只死鸟，鲜血淋漓，姿势诡异，还带着余温，被扔在她脚下。

"你怎么知道的?"格里尔最后问。

"我就在楼上的会议现场，几个月前，他们计划这一切的时候。"

"但这太荒谬了。"格里尔说,听着自己的声音有些飘忽,仿佛要脱出自己的频段似的。

"大概吧,但千真万确。他们当时处理此事的方式太让我困扰,但我离开施雷德资本后就没再多想。然后昨天我看到了你在洛杉矶的视频。他们让你出面了,格里尔,他们还赶着那个女孩去了。他们才不在乎那都不是真的。"

"到底什么不是真的?"格里尔好容易才说出口,"所有的事吗?"

"营救是真的。安保小组显然去救出了那些姑娘。"

"嗯,好。至少这让人安心一点。"

"但导师那部分子虚乌有,都是装出来的。"

"可他们为什么要这么干?"

"有件事办砸了。"金说,"他们在厄瓜多尔的那个联系人。"

"亚历杭德拉·索萨?"

"不,不是她。接管的那一个,我以为你知道。"

"接管的那一个?我们就雇了她一个啊?费丝彻头彻尾地查了她的底细。"

金摇了摇头。"她没问题。如果是她,我想她会完成这份工作的。但中间生了变故。首席运营官的妻子认识一个她挺喜欢的当地人;她想让这个人来接管日常工作。于是她就向丈夫提出了要求,她丈夫又去问了施雷德,施雷德说行啊,随便。因此,亚历杭德拉·索萨被晾到了一边,现在我估计也没人告诉过费丝。总之,这个新人就是个灾难。她从来没找过导师。我们租的那栋楼就一直空着,被人擅自非法占据。我们发现的时候,首席运营官的妻子羞愧难当,大家就想让这事赶紧翻篇,因为它糟透了。没人想提起这事。"

"我们不能起诉这个人吗?"

"现在谈这个也太晚了。但重点真不是这个。我觉得你没明白。如你所知,我们已经印制了所有这些宣传册,募集了捐款来推进这个导师项目。当时捐款源源不断,兴许现在依旧如此。施雷德资本第一时间发现了真相,他们没有当即中断资金,发布公开声明并给大家退款。他们觉得这是糟糕的公关做法。因此他们就默许这件事进行了,如你所知,这是非法的。而且显然,洛赛基金会的大名印满了这些宣传册。"

格里尔闭上双眼;这是她唯一想到能做的事。她想起费丝、埃米特,还有一个盆满钵满的银行账户、一篇新闻报道,以及他们所有人因诈骗上法庭的情形。一石激起千层浪。格里尔感到胸腔中郁积的压力,一个医学名词突然浮现在她脑海中:*不稳定性心绞痛*。我才二十六岁,格里尔想,尽管现今这个年纪听起来甚至也没那么年轻了。

"但我想问问你,"格里尔说,"卢佩·伊苏列塔,跟我一起去洛杉矶登台演讲的女孩。她呢?她同意用西班牙文念那份关于她导师的演讲稿,说她导师教会了她所有的技能——使用电脑、编织。"

"对,她同意了。"金说,"那是有人给她写好的。"

"是我写的,"格里尔震惊地说,"费丝让我写的。"

她想起卢佩是有多么害怕,而她自认为那是因为不得不公开谈论她的惨痛经历。但也许是因为她要被迫站出来念一份她被告知要念的谎言。格里尔看着金,试图找出些她丧心病狂的迹象,一个对公司不满的前员工报复公司的迹象。但金只是坦然地与她对视,等着她的回应。随后格里尔又想起了一些别的事。她想起飞机上卢佩那团在包外面、动也没动过的白色羊毛线和织衣针。她那时在飞机上想,卢佩或许会想在飞行旅途中用编织来缓解恐惧。

或许那针线一直原封未动是因为她压根儿不会,或许她的导师根本就不会编织,因为她的导师根本不存在。

半小时后格里尔走进费丝的办公室,干巴巴地问她能不能私下谈谈时,费丝脸上露出的特有表情,格里尔在这些年里见过几次:共鸣和关注。费丝说:"我这会儿正准备去约好的美发沙龙。你十二点去那儿跟我碰头怎么样?"

"好。"

"但别声张。我最讨厌去那种地方的原因,是我要为此付出的时间,这远甚于它令人发指的价格。如果把所有花在这种地方的时间加起来,我可能已经环游完世界了。也可能完成了重要得多的事,而不是被动地围着塑料围布坐在椅子里,像个没用的超级英雄似的。总之,我们会有时间聊聊的。我晚点要给 Screengrab 拍一段,所以我得看起来像样点儿。"

在麦迪逊大街上的杰里米·英格索尔美发沙龙里,格里尔在最里面用屏风隔开,给 VIP 预留的隐蔽区域里找到了费丝,那是一间又长又深、摆满鲜花的房间。房间里花团锦簇,香气浓郁,与巴西生命果护发素里的甲醛味道争奇斗艳,创造出了一种奇异的热带气息。不知为何,至少对格里尔来说,这气味还激发出死亡和腐烂的感觉。格里尔紧张地等着发型师包完锡纸。它们微微反光,像口香糖包装纸一般点缀在费丝的头皮上。发型师设好时间,留两位女士单独相处。

"那么,"费丝说,面带微笑却郑重其事,"很显然,我们正好有三十分钟的共处时间。说吧,格里尔。"费丝围着理发围布,脑袋闪闪发亮的样子与平时如此不同,令人胆怯。她的头皮连着的不是电极,而是通往年轻与美貌的道路。费丝似乎注意到了格里尔在盯着自己的模样看,于是补充道:"噢,我知道,我看着怪怪的。但如果你看到我太久不做头发的样子,你会觉得更奇怪的。或者你也许已经见过那样子了。"

"没，我没有。"

"怎么说呢，我不得不过于频繁地来这儿，简直像染上毒瘾一般，而杰里米·英格索尔就是我的毒贩。如果我不做这些的话，早就满头白发了，我只是不太热衷于我的白发造型。而且我总得照镜子的时候看得过眼。"

"当然。"

"这点虚荣可开销不小。价格只会一路水涨船高。刚开始有白头发的时候，我担心如果我任它去，我会看着像老巫婆，而我不想那样。我想看起来像我自己，仅此而已。总有一天你会明白我在说什么。还要过很久，但你总会懂的。"

她从镜子里直视着格里尔，格里尔想着自己多年来是多么渴望这样与费丝私下交心谈话的时刻。现在这一刻正在眼前，而她即将用金·鲁索告诉她的事将其葬送。她突然希望自己能说点别的来代替重述那些信息，她可以说说她自己生活中的新鲜事，她个人的感情生活。她希望能用些无关紧要但真实可信的事情糊弄过去。

"所以，你想和我说什么？"费丝平易近人地问。

格里尔盯着自己的手看了一会儿，再和费丝通过镜子对视。"是这样的。显然，厄瓜多尔并没有什么导师项目。"她说。她顿了顿，让费丝消化这条信息。"从来就没有过导师项目。"格里尔接着说，"但我们号称有，收了大家的钱，我们现在还在收。我在洛杉矶登台演讲，胡扯了关于导师的事，还写了篇稿子给卢佩念，但没有一个字儿是真的。我是从可靠消息得知的，楼上的金·鲁索，我相信她。"

费丝瞠目结舌地望着她。"你确定？"

"确信无疑。"

"那营救呢？"费丝问，焦躁了起来。

"那是真的。"

"谢天谢地。但真的没有导师项目?"

格里尔摇摇头。她解释了发生的一切,以及它可信的原因。费丝起初一言不发,只是抿紧嘴唇坐着,最后终于开了口:"该死。"

"我懂。"

"我没法相信施雷德资本了。我是说,我可以,"费丝说,"他们向来图简便走捷径,但这次要有报应了。"格里尔感到一阵令人昏厥的解脱。她的焦虑变质了,变得几乎有点像兴奋。费丝一直不知情。格里尔从没想过她能从任何渠道得知这件事,但仍松了口气。更重要的是,费丝愤怒了,格里尔和她感同身受。她们俩是一根绳子上的蚂蚱,被楼上的人背叛了。"你知道吗,我以前被说容易轻信,"费丝说,"这批评是有道理的。我以前觉得我能和这些人共事,而且不会出一点儿问题。"

她们惺惺相惜、满腹阴郁地坐着。但接下来费丝伸手撑住台子,把她的椅子转过来直面格里尔,不再通过镜子对视。然后她说:"但我不太明白,你急匆匆地跑来告诉我这个消息的目的是什么。"

格里尔眨了眨眼,一下子不知所措,感觉洪水没顶、孤立无援。她的脸顺理成章地滚烫起来。"嗯,"她生硬地说,"我以为我只是要告诉你真相。"

"好吧。我们就在这儿被真相包围着。"

"听起来你在生我的气。"格里尔说,"别冲我发火,费丝。这不是我的错。"费丝什么也没说,只是继续盯着她。"我认为我们现在该做点什么了。"片刻之后,格里尔说道。

"没有下一步可走了,格里尔。"

"有的,可以有的。"

"比如呢?"

"我们可以跟施雷德资本分道扬镳。"她尝试着,尽管并没有事先思考过,一切都是脱口而出。她一面胡诌,一面还在被费丝对她生气这件事分神。这没道理。她现在得让费丝冷静下来,因为她们俩都受了委屈，费丝得明白这一点。突然间，格里尔开始想象自己和费丝两个人扛着行囊——就两个小包袱，离开洛赛基金会踏上一条黑漆漆的公路的场景。

"跟他们分道扬镳。不错，但这计划鼠目寸光，"费丝说，"我还能去哪儿搞到钱来宣传无处不在的女性困境？你想给我几百万美元吗，格里尔？"

"不……"

"更何况我们没法和其他人合作了。"费丝的语速逐渐快了起来，"我从盘古开天地起就在干这行了。我有我的方式，也有我的底线，每个人都会这么说。还有其他成立时间更晚、行事更为激进的基金会。我欣赏它们，它们立足当下。如果你现在去大多数大学校园的话，我劝你用性别代词之前三思。我尽我所能吸纳尽可能多的资源来维持我们基金会在行业顶端的地位，并了解行业的最新动态。但大部分基金会都没有我们这样的资金来源，所以它们只能四处讨要。它们一直在为平权斗争，用它们自己的方式，而我在用我的方式。"她深吸一口气，"你要拿到一切可用的资金。行善与融资通常并不相容。我自打成年以来就深知此理。任何车轮都需要润滑。"

格里尔意识到，这可以说是一通演讲，一旦她明白过来，一切就说得通了。她觉得自己除了偶尔提问、偶尔反驳一些观点之外不需要多说什么。"那你就这么接受了？"格里尔终于问道。

"不，我不是'就这么接受了'。我尽量注意我能注意的事，但我相当清楚我不可能面面俱到。厄瓜多尔导师项目的欺诈行为让我恶心，也让我无比愤怒。但你知道最主要的是什么吗？它最主要是让我觉得沮丧。它让我想到了，如果一个人为之奋斗的事业是女性的福祉，那么有些事你不得不做，那么你不得不做什么。因为你看，如果四年前我说了不，埃米特，我拒绝碰你的钱，你知道我现在会在哪儿吗？坐在家里学花道。"

"抱歉，花道是什么？"

"日本的插花艺术。那就是我会做的事。我不会有机会向几千人讲述伊拉克的雅兹迪[1]妇女的困境，也不会有人把被自己的生父强奸之后还被禁止堕胎的女性们带到我跟前。天哪，听听我说的这些：我甚至都不知道为什么我每次都会加上这个细节——生父。光说女性堕胎被禁止本身就已经足够了。这才是重点。那是她们的身体，她们的生活，无论印第安纳州的参议员怎么说。

"我知道大家怎么评论我们基金会。我们门票太贵，主要让有钱的白人来听讲座。他们说的是'有钱的白人女性'，这说法真是侮辱人。你知道我们一直尽力让更为多样化的观众融入我们并降低花销。但我不得不调整一下我对我们所做事情的期望值了。我还得表演楼上的人要求的歌舞。请名流演讲，准备连我儿子都取笑的花哨食物。还有那位女权主义灵媒安德洛默达女士，她总有些荒谬的预言。

"但要让一个女性基金会真正引起关注，格里尔——因为单单是'女性基金会'这个词就会让大部分人觉得无趣——你有时候就得放进个灵媒。"

"所以除了听之任之外还有什么选择呢？"格里尔问，"我们就回去工作然后假装一切没发生？"

格里尔想起赖兰小礼堂里的费丝，站在讲坛上，顶着她那头深色的鬈发，穿着性感的灰色高筒靴，还有她带给在场所有人的激励，和她之后特别给予格里尔的鼓励。费丝帮助了她，给了她关注，让她去工作。长久以来，那份工作让她感觉是有意义的。一年前有一次，贝弗利·考克斯，那个为自己和女性同事所遭受

---

[1] 雅兹迪人，即信奉雅兹迪教的库尔德人，分布在伊拉克、叙利亚、亚美尼亚、格鲁吉亚、土耳其一带，但以在伊拉克的社群最庞大。作为伊拉克的少数教派，他们因独特的宗教信仰而被视为"异端分子"，并在历史上持续遭受迫害，尤其是雅兹迪女性，她们被当作奴隶出售，甚至遭受酷刑和电刑。

的收入不平等和职场侵犯发声的鞋厂女工，冬天在市中心的街上快步走向格里尔，说："等等，我认识你。你帮我写了我的第一篇演讲。"她转向她的同行者——她们全都是从市郊来的，都裹着厚厚的冬季大衣——说："你们记得我告诉过你们她的事吗？"她的朋友们纷纷点头。"我从没想过我能在大家面前演讲。"贝弗利对格里尔说。"我从没想过有人会听。但你想到了。"她拥抱了她，她的朋友们拿出手机拍了照。"为了子孙后代。"她递给格里尔一张传单，那是关于她下周将在奥尼昂塔发表讲话的工会活动的宣传单。

  费丝带着格里尔经历了这一切。她和这些女性之间的联系对她和她们都产生着影响。她想起了卢佩，不带丝毫伤感，只有纯粹的痛苦。她知道如果她们在街头偶遇，卢佩不会很乐意见到她。兴许卢佩会用西班牙语说点格里尔远远无法理解的内容。

  但她们永远不会在街头相遇了。没有这么条街。卢佩远在厄瓜多尔。她在做什么呢？她会遇到什么事？也许她依旧漂泊、迷茫着。她住在哪儿？她每天到底都在干什么呢？她永远不会成为女性纺织合作社的一员了，这点格里尔倒是一清二楚。

  这会儿，费丝看上去像个锡纸脑袋的火星人，冷静地阐述着继续让基金会活在施雷德资本的庇护下，而这个施雷德资本脸不红心不跳地佯装运作一个子虚乌有的海外慈善机构。"也许继续为施雷德资本工作是不道德的。"格里尔说。实际上她微微抬高了一点下巴。

  "你真的觉得这只是因为他们？"费丝说，"你觉得我以前没有做出过让步？我整个工作生涯都在妥协。早在《布卢默》时期就如此了。在洛赛基金会之前，我根本没有途径接触到真正意义上的资金，所以我从没做到过这么大规模。但现在它实现了。所有为慈善事业工作的人都会这么告诉你。比方说，为发展中国家女性健康捐出的每一元钱中就有一毛钱被某人贪污进了腰包，另一毛钱则永远没人知道下落。所有人从一开始就知道捐出去的其实只有八毛钱。但每个人都会说这是一元钱,因为事情就是这么做的。"

"而这对你来说是可以接受的?"

费丝思量了一会儿。"我总会权衡取舍。"她说,"就像厄瓜多尔这事。发生这种事让我无地自容。但那些年轻女性自由了,想必也脱离了危险。我也得考虑到这点,对吗?所以这一生就是关于此:权衡取舍。"

格里尔不了解费丝的这一面,也不知道费丝被人说过轻信。因为除了工作之外,她从未问过费丝太多关于她自己的事。她不觉得这是被允许的,也不觉得自己有那个立场。她没有哀怨地问过她:"所以这一生,到底是关于什么的?"而对此费丝会回答:"权衡取舍。"

"我还是有点不敢相信你愿意继续留在洛赛基金会,在楼上的人做出这样的事情之后。"格里尔说。

"我七十一岁了,靠吃福善美[1]维持骨密度——或者完全不够的骨密度——撇开对便宜的中式按摩上瘾不说,我半数时候还有颈椎的毛病,或者这就是按摩导致的。也许我需要缩小我们基金会的规模,但我不准备从头再来。我让你去做那次演讲是因为我筋疲力尽了,我得保护好自己,不再把自己当你这个年纪到处跑了。"费丝飞快地补充,"但那并不是我让你去的唯一原因。这是你应得的。你需要做点大事,做点实事,来提醒你到这里工作的初心。"她停了片刻,"而且你做到了。"格里尔感到一阵熟悉的快慰,这种快慰当费丝·弗兰克在场时总是格外容易出现。"但

---

[1] 处方药,由默沙东公司(在美国和加拿大被称为默克)研发、生产。福善美是治疗骨质疏松症应用历史最长的药物之一,是首个获得美国食品与药物管理局(FDA)批准用于治疗绝经后骨质疏松症的双膦酸盐类药物,也是第一个被美国FDA批准用于治疗男性骨质疏松症的药物。

现在我了解了情况,我真心对让你去洛杉矶登台演说表示抱歉。"费丝说。

"你说你不可能再去什么新的地方,但新地方或许比这儿要好。"格里尔说。

费丝微微颔首,可以看到她的头皮放出一串断断续续的粉色闪电球,那样子十分疯狂。锡纸发出微弱的摩擦声,就像是金箔装饰彩带发出的声响。"不,"她说,"我告诉过你了,不会有更好的地方了。就算有,我也不打算开始找下家。这是我的选择,"她加上一句,"由我决定。"她一字一顿地说出来,好像在背什么台词,但格里尔全然不知那有什么故事。

"好吧,我得相信自己在做的事。"格里尔说。

"我希望你一直这么相信。你既然已经把你知道的告诉我了,你可以帮我向楼上的人施压了。这方面我需要个搭档。"费丝停了下来,全心注视着她,"你愿意吗?"

格里尔开始不着调地想象如果这家沙龙此刻着火了,费丝·弗兰克就得以这副模样和别的女人一起跑到街上,所有人都会看见她这个样子,他们肯定会特别困惑。大名鼎鼎且魅力四射的女权活动家,费丝·弗兰克,显然跟别人一样白发苍苍、弱不禁风、瘦骨嶙峋,跟别人一样终有一死,跟别人一样妥协让步。

费丝的助理迪娜·梅休随后出现,绕过屏风朝里面探身。"你在这儿呢,"她说,"快好了吗?"

费丝突然恢复得冷静如常,就好像她和格里尔一直在聊些无关紧要的小事。她眯起眼睛看向计时器。"可惜我没戴老花镜看不清。格里尔,能帮我看看吗?"

"十七分钟。"格里尔木讷地说。

"啊,好的。"迪娜说,"结束后我们回办公室,费丝,然后邦妮会帮你准备拍摄。"

对了,格里尔想起来了,费丝一会儿要上 *Screengrab*。

313

"事前采访里有几个谈话要点，"迪娜说，"现在正是曝光度极好的时候，因为导师项目。"她冲格里尔微笑着补充道，"洛杉矶那场好评不断呢。"

格里尔看向费丝。"你过会儿上 Screengrab 是为了谈厄瓜多尔？"

"可能吧，还有别的话题。"

"如果你想看的话，我把提纲带来了。"迪娜说。接着她又一次看向格里尔，"抱歉，但我能借用她一会儿吗？时间紧促！就一会儿，然后我们一起回办公室。"

格里尔站到一边，让迪娜挪到费丝身旁，她们两人一起浏览着一份文件，费丝眯着眼咕哝着，迪娜兴奋地比画着。格里尔待在后面，靠在台子上，台子上的梳子挂在一小瓶蓝色的水里，悬浮着，好似被保留的标本。她想象着自己用双手端起那沉甸甸的罐子往墙上砸去。

等到费丝冲洗头发再吹干的时候，格里尔僵直地站在原地，迪娜则在对着手机说话——任凭语音识别功能读出错误的信息，再手动改正。"看这个，"迪娜对格里尔说，举起手机给她看一个可笑的错误，"我说的其实是'肥胖羞辱'，结果它给识别成了'非常修路'！"终于，费丝精致考究地回到了她们中间。她的头发闪闪发亮，靴子使她显得更高，一行三人从杰里米·英格索尔沙龙穿行而出，经过成排的其他顾客，全都是有钱人，全都是女人，尽管这些人谁都不需要一扇 VIP 屏风。

女人，女人，女人，所有女人都耐心地坐在她们的脆弱和虚荣里，如女人般坐在那儿。因为正如费丝所说，哪怕你在乎全世界女性的困境，你依旧希望自己看起来像那么回事。

一到大街上就有两个同行的路人认出了她，费丝如往常般对她们微笑。她一点儿没变。显然，她一直都在权衡取舍。

她们返回时办公室有些躁动。费丝径直前行,而格里尔则踌躇不前。她在桌前坐不住;她也没法去厨房拿咖啡和人聊天。她现在没什么可做也没什么可说的,就只好躲着。本看到了她,走过来对她说:"嘿,你去哪儿啦?我听说你和费丝去办公室外面碰头啦。我猜是给我准备惊喜派对吧。"

"我都不知道你生日是哪天。"她说。这倒不假,她确实不知道他的生日,尽管他们共事四年多了。她以前肯定知道过,一定是每年都有纸杯蛋糕,或者至少某几年有过。但她和本还没有亲近到她需要知道或想知道他生日的程度。

"你看着不太对劲。"他说,但她没有回答。走在前面的费丝已经要步入她的办公室了。格里尔跟了上去,她听见本在她身后对一个新员工说:"出什么事了吗?你知道发生什么了吗?"

格里尔梦游般来到费丝的门前,敲了敲门框,尽管门根本没关;这间办公室就像医院的病房,只要你有需要,随时都能进。办公室里已经聚集了一小撮人。费丝、艾法特、卡拉、邦妮、伊夫琳、迪娜,还有一个叫凯西的年轻助理,刚招进来的。格里尔站在门口,声音滞涩沙哑地说:"费丝,我能跟你说两句吗?"费丝抬起眼点了点头,举起胳膊朝格里尔招了招手让她过来。大家都礼貌地散开了,在偌大的房间里到别处去接着聊峰会、迷你峰会或是备选的演讲者。

"你真的要到电视节目上去说导师项目吗?"她在桌边悄声问费丝。

"是啊,事前采访里有。米奇·迈克尔森可能会问我相关问题。"

"你可以取消。"格里尔环顾四周,确保没人在听。她们不会听的。

"那不是专业做法,"费丝说,"而且还有别的我想引起关注的话题要谈。这是个好机会,我们需要媒体,永远都需要。你知道的。"

"但这不仅仅是媒体关注度的问题啊。"格里尔的声音甚至压得更低了,"难道不是吗,无论有没有人关注,我们都会坚持做我们该做的。我们是为了女性而做。你一直强调这一点的。"格里尔停顿片刻,捏走了袖子上的什么东西,又收回视线。"最开始我不明白我们在这儿做什么,"她说,"我只知道我想去做。我把全部重心都放到这里的工作上,放到为你工作上。"她补充道,声音逐渐模糊,"但之后就不只是为你了。是为了她们,至今仍是为了她们。"她颤抖起来,想着这倒是很像在演讲,而她本意并非如此,特别是一次她没有写稿的演讲。演讲需要打磨、编辑、修改,但这次没有。"现在我们工作的这个地方,已经不是我能待的了。所以我做不到。"

"你做不到什么?"

"在洛赛基金会待下去。我做不到,费丝。这是不对的。"费丝依旧一言不发,于是格里尔郑重其事地说,"那么,我打算现在就走了。"

费丝注视着她,不急不躁。格里尔想着,我可不准备等到或者得到她的允许才走。我就这么走掉。但她停了片刻,想到她的小隔间里用图钉钉在桌子上方的那些照片和卡通,随着时间的推移,它们卷曲褪色。现在她辞职了,她得去一张张把它们取下来,给后来者留下好似一串莫尔斯密码实则毫无意义的小洞。格里尔猝不及防地想到了科里,他放弃自己人生中的一切,离开阿米蒂奇与里斯特公司,将已精心规划的所有抛诸脑后。

格里尔看到房间里大家的注意力终于都集中了过来。她们停止了自己的谈话,抬起头来,意识到了在费丝这边发生的变化。即便只是看着费丝,她们也能读懂她脸色之下的情绪,就像是源自某种神经系统风暴的隐秘的自发性收缩。一场暴风雨正在酝酿。哦,糟糕,一场暴风雨正在费丝·弗兰克身上酝酿。

"嗯,那好啊。"众目睽睽之下,费丝说,"我想那就这样吧。"

"那就这样吧。"

格里尔感觉自己的胆汁上涌到了喉咙口，但她咽了回去。仿佛仅仅是她的声音自己决定辞职的，她的声音站出来做了这个决定，完成了所有交谈，而她身体的其他部分只是聆听着、观望着。这是否就是所谓的声音并不总是代表内心的想法？它就像是你自带的扩音器似的不由分说地就站了出来。她不知道说出来的奖赏在哪里，那种宣泄的快感在哪里。此时此刻她只觉得恶心想吐。

费丝开腔时她才设法走到门口。"其实还挺滑稽的，在一定程度上。"

格里尔转过身。"滑稽什么？"

"你说的那些话，让你听起来好像你非常在乎在这里做的事情，你太在乎女性，太在乎为她们出头。然而看看你前些年做过的事，对你最好的朋友做过的事。我不记得她叫什么了。"

"你说什么呢？"格里尔问，尽管她并不是真想知道。

"你的朋友想来这儿工作，"费丝说，"她给了你一封信，想让你交给我，有天晚上你喝多了告诉我的，你还说你不想让她在这儿工作，是不是？所以你压根儿没把信给我，还对她撒谎说你给了，对吗？我猜你觉得那么做没什么问题。"

格里尔想，自己真有可能会昏厥过去。她无助地四下张望，房间里的每个人似乎都感到震惊，且距她千里。没人能帮她。费丝关于格里尔对泽伊做过的事情说得一点没错，可是听到它被公之于众的感觉糟透了，而且她描述的那种行为根本不可原谅。但这太不公平了，她想，费丝完全没必要如此尖酸刻薄地提起这事，然而她还想到或许这终结一刻总会到来，至少格里尔也许从此可以自己去成就一番事业，而不是做个万年跟屁虫、一个侍女、一个觉得自己拥有的已经足够的乖乖女。乖乖女们可以走得很长久，但她们很少会走得长远。她们很少成为伟大的人。或许这次对峙是费丝送给她的礼物，但也可能不是。费丝的愤怒终于在她身上生根；花了很长很长的时间，但最终来临了。费丝有权愤怒。格里尔即将抛下她独自和施雷德资本周旋；格里尔在对她说：你自己应付吧，我管不了。还有，格里尔在隐晦地批判费丝知道了真相还坚持留下。

"你是怎么处理那封信的，格里尔？"费丝问，"你是把它扔了吗？还是你看了？不管怎么说，你决定不把它交给我，还隐瞒真相。这事做得不怎么样，我觉得。"

格里尔不再觉得要晕倒。相反，她逃跑了。

第四部　发声于外

第十章

泽伊·艾森施塔特是在一门名为《突发事件性质评估》的课上开始对精神创伤产生兴趣的。当导师描绘各式各样的灾难场景时，泽伊用潦草的笔迹在本子上使劲做记录。在那门课上学会的一切，以及她随后在工作中学到的大部分内容，都与别人生活中那些紧急而糟糕的时刻有关。她在芝加哥担任危机应对顾问一职，自从三年半前离开"教与得"培训中心后，她一直在这个领域奋战。她先拿到了心理咨询专业的学位，即便当时还在学习，她也立马投入工作中。不知为何，危机越严重，她越能全神贯注。泽伊并不像某些新手，她从不屈服或退缩。

她的工作让她满城跑。某些骇人事件发生后，她便会悄然出现在人们的家门口：有人自杀身亡；出现人质劫持事件，或是有人突发精神病。她的工作能力出了名的出类拔萃：脚步轻盈、低调礼貌、高效能干。在创伤事件发生后的几个星期或几个月里，她时不时会收到那些家庭的来信。"你就像我的专属圣人。"一位男士写信给她说，"我不知道你是谁，只知道你匆匆一现。"另一位男士写信说："我是卖雪地防滑轮胎的，我想赠送给您一套雪地轮胎以表敬意。"泽伊在心理创伤学界受到高度评价，正如她自豪地告诉格里尔的那样，她曾在《国际创伤学期刊》上被援引。"我知道那听起来不像真正的学术期刊，但它的确是。"当天晚上，格里尔订了一个素食蛋糕给芝加哥的泽伊。

事实上，泽伊在一家社会服务机构的闲散部门完成几次实习后就拿到了创伤学资格证。她的学生萨拉·皮克的孩子出生是她亲眼见证的第一起创伤事件。萨拉辍学了，再也没有重返校园，显然是和她的奶奶及姐姐们一起抚养孩子去了。她不停地给萨拉打电话，却石沉大海。但那次创伤事件的经历依然让泽伊记忆犹新，引领着她去寻找其他类似的情况并提供一些帮助。显然，创伤事件五花八门，也无处不在，遍布整个南部并蔓延至更远的地区。你不能是个专才，至少不能只知道由艾森施塔特法官夫妇欣然出资让泽伊就读的会发证书的课程。当糟糕的事件发生时，你必须是个通才。

训练期间，泽伊受召参与的第一起案例与钉子炸弹有关。一枚钉子炸弹被邮寄到了新路途女性诊所，在接待室爆炸后导致临时接待员芭芭拉·汪失明。那天下午，病员都坐在那儿，等待接受巴氏涂片检查、第一次盆腔检查、堕胎手术或是孕检。临时接待员没怎么在意就打开了炸弹包裹。透明胶带纵横交错地缠着包裹，她的手指甲划过胶带边缘。彼时，她正在接听电话，帮一位男士进行预约，他在自己的乳头下方感觉到有个豌豆大小的肿块。他是男性，诊所会接待他吗？会的，她说，诊所会接待的。她撕下胶带，双手打开纸包，候诊室下午的宁静以骇人的方式被打破了。危机应对顾问应招而至，泽伊便是其中一员。

她的两位领队是卢尔德和史蒂夫，比她年长，但不算老，估计是因为没有多少人能在创伤应对工作中挺到高龄。她注意到，他们两个在诊所旁的巷子里为自己和一些目击者搭起小帐篷时镇定自若，有种令人钦佩的冷静。

卢尔德和史蒂夫使用的倾听方式并非只是简单的倾听。假以时日，泽伊也会学着这么做，但在她训练的第一天，面对那些坐在临时救助帐篷里不停哭泣的女人，泽伊只是不明就里地坐在一旁，恭恭敬敬地听着，观察着她的两位导师如何竭力平抚遭受创伤的人，让她们可以忍受并活下去。当芭芭拉·汪打开包裹，炸弹在她面前爆炸时，这些女性就在旁边。"我们要做的相当于将她们包裹起来。"卢尔德说过，"我们绝不能增加她们的压力。我们得让她们告诉我们，她们想被怎样对待。"

从那时起，芝加哥到处搭建起临时帐篷，成为一座由创伤诊疗站组建的帐篷城市。时至今日，泽伊已是一位真真正正的专家了，她管理着自己的创伤诊疗团队，并为志愿者开设教学工作坊。她正在学习另一项新的创伤后压力疗法认证项目，涉及引导想象法和特殊呼吸法。这一切得以正常实践，是因为充斥她日常生活中的创伤并非她本人经历的，所以这些创伤可以被消除，或者说至少与她保持一定的距离。

但后来，格里尔打了电话过来。"我辞职了。"她声音颤抖，这声音本身就让人惶恐，因为对格里尔来说，费丝·弗兰克是不会犯错的。可紧接着，格里尔声泪俱下地说："我和费丝闹掰了，一堆破事，都变糟了。"

"天哪，发生什么事了？"

"下次见面再说吧，这事太复杂了。"话筒那头传来一阵擤鼻涕的声音。"有很长一段时间，我一直觉得自己在做一些真心实意的事。你知道后来每况愈下，我也没什么在乎的事可做了，但我还是尽力而为。她让我去做那个演讲，进展得很不错，泽伊，我很兴奋；这就是我们讨论过的那种决定性的时刻之一。但结果却成了另外一回事。施雷德资本做错了一些事，费丝对此视而不见，泰然接受，一切照旧。我甚至吃了她做的肉。"她补充道，"吃了好几次。"

"你吃了她做的肉，你这是什么意思？"

"当我没说，没什么。"

"那你现在要怎么办？"泽伊问道。

"我没想法。"

"来芝加哥吧。"泽伊一时之间想不起周末有什么安排；无论有什么安排，她都会试着调整，找同事来替班。她的工作要求很强的灵活性，因为人们的突发情况从来不按特定的时间表发生。

工作这几年，泽伊把自己的调整休息期压缩到几近于无。如今，她可以在睡梦中接起电话，且声音听起来精神抖擞。她可以头发湿漉漉地就开车出门。有时她会在破晓时分起床，顶着朝气蓬勃的玫瑰粉天色赶火车，奔赴杀人或自杀现场，奔赴火灾现场，都是无比凄凉或混乱不安的时刻。其他时候，她会半夜三更开车去工作，离开时则饥肠辘辘地去找一处警察休息小聚的地方，就坐在穿着警服的男男女女中间，要一些鸡蛋、家常炸薯条和抹满黄油的吐司——希望这些食物能在刚才的耳闻目睹后多少给她一些抚慰。

她和诺艾尔住在安德森维尔克拉克街附近的一幢公寓中，那一带住了相当多的女同性恋。尽管问题多多，诺艾尔还是留在了八角学习网旗下的学校里。她现在当上了校长。在一些学生眼里，她是个可怕的人物；但对泽伊而言，她依然光彩靓丽。在安德森维尔这个地方，她和诺艾尔有时可以手牵手散步，她回想起在其他大多数地方，她经常有种鬼鬼祟祟的感觉，仿佛她把这种感觉完全融进了自我。

随着时间的推移，她开始实事求是地认为自己是一个"酷儿"[1]，而不是同性恋。"酷儿"感觉更强大，也更怪异，这种区分至关重要。对泽伊来说，"女同"这个词走了盒式磁带的老路，已经过时了。她总说自己热衷于政治，可回头想想，她觉得那就

---

[1] "酷儿"由英语 Queer 一词音译而来，原是西方主流文化对同性恋的贬称，有"怪异"之意，后被性的激进派借用来概括他们的理论，含反讽之意。酷儿理论是20世纪90年代在西方传播起来的一种关于性与性别的理论，建立在女权主义的基础上，是与父权理论中二元性别理论不同的理论。它起源于同性恋运动，但很快便超越了仅仅对同性恋的关注，成为为所有性少数人群"正名"的理论，进而成为一种质疑和颠覆性与性别的两分模式，是后现代主义在性学研究上的典型表现。

是个业余爱好。眼下,她的工作生活带有某种深厚且一以贯之的政治意味,她想,那是因为她走进那些苦苦挣扎的人的家里,目睹了他们的生活。这个街区的咖啡店、商店的窗户和广告牌上都贴满了志愿者招募标示。泽伊在一个帮助无家可归的青少年的组织做志愿者。艾滋病组织也总是需要帮助,提倡种族平等的组织也是如此。泽伊有位熟人总想让她到一家教堂的地下室参加集会。

泽伊不想在教堂地下室度过自己的空闲时光。起初,她暗自想象着低矮的天花板和摆着"苹果与夏娃"牌苹果汁的长桌。她看到了一些折叠椅,甚至听到了椅子腿在油毡上发出的摩擦声,还有椅子被拉开时的咯吱声,接着有人说:"让让,让一让。"人群就散开了。但她渐渐喜欢上了其中一些集会,也开始组织另一些集会。诺艾尔有时也会去,尽管她常常是拒绝的,结束一天工作后的她往往筋疲力尽,想跷起脚休息一下,还有更多的活儿等着她去做。

此刻,泽伊挂断了格里尔的电话,诺艾尔正在沙发上给父母和监护人写每周例信。"听着,"泽伊说,"格里尔明天过来。她会和我们一起住。虽然没提前告诉你,但我想应该没什么问题。"

第二天下午早些时候,格里尔从奥黑尔机场叫了辆优步出租车,到达公寓按响了门铃。那时,就像总为工作严阵以待那般,泽伊已经准备好迎接她了。她为发生在自己闺蜜身上的紧急事件做好了准备。她让格里尔在沙发上就座,往她手里递了一杯很冰的水。水合作用出奇地有效,她的一位导师曾讲过,水不花一分钱,且无处不在。水无法扑灭人心里的火,但它能让人意识到:我是这个真实世界的一分子,一个真实的人,手里握着一杯水,我还没有失去这个能力。有时,泽伊会注视着这个人拿起杯子喝水。看到这个人即便处于这种时候,手依然能动,喉咙的各个部位也在动,看到其身体参与了这一切,她会松一口气。

格里尔感激地喝着水,之后她抬起头。"谢谢你让我过来。"

她说,"我真没想到会突然失业。"

"没事。"泽伊说,"跟我说说。"

于是格里尔给她讲了一个关于厄瓜多尔年轻女性的漫长而曲折的故事,讲了很成功的营救和一塌糊涂的营救后疏导。然而,尽管她把故事全盘托出了,她看上去却没有如释重负。事实上,泽伊看到她还绞紧着双手。泽伊跟客户在一起时总会观察他们的双手,是紧握拳头呢,还是双手合十祈祷,抑或陷入这般绝望当中?

"还有别的事。"格里尔说。

"说吧。"

格里尔呼吸短促起来,然后站到泽伊面前,好似她要小小演讲一番。"这事我从没打算要说,从来没有。"她说,"但现在我想我要说出来。现在我想我不得不说了。"她闭上眼睛,又再次睁开,"我压根儿没把那封信给费丝。"

"你在说什么?什么信?"

格里尔低头看着地板,她的嘴唇奇怪地扭曲着,那脸像是一张即将哭泣的中风患者的脸。"你的信。"格里尔说到这里就闭口不语,仿佛她想表达的含义已经昭然若揭了。

"什么?"

"你的信。"格里尔抽泣着又努力说了一遍,显得焦躁不安。说完她摊开手,仿佛这样就能说明白似的。"大概四年前你给我的那封信,让我交给费丝的,当时你也想在那儿找份工作。信还在我手上,我从没打开过。但信在我手上,我一直没给她。"

泽伊只是目不转睛地看着她,任由沉默蔓延,想弄明白这番话到底是什么意思。"我有点糊涂了。"泽伊说,"因为当时你告诉我,你给她了,而她说没有工作岗位了。"

"我知道。泽伊,我对你撒谎了。"

泽伊任由这糟糕的一刻不停地发酵。每当她发现自己在意的人有什么令人震惊甚至失望的举动,她都会大吃一惊。她想到她的客户,他们所爱之人让他们深感惊讶的那些所作所为,从旁人的角度看来,可能只是大惊小怪。一个抑郁的丈夫了断了自己的性命;一个奶奶崩溃了;一个女儿因为情绪激动而精神病发作……泽伊的客户因为这些事大感惊诧,甚至到了精神受创的地步。

今天,格里尔带着属于她自己的震惊来到芝加哥。她曾是费丝的助手,由于费丝的背叛而大吃一惊。格里尔和费丝之间从来都是不对等的,也绝无可能对等。

但或许,格里尔和泽伊之间也并不尽然对等。格里尔让这件事变得不公平,导致现在她们俩也需要有所纠正。让人颇感诧异的是,与格里尔和费丝不同,格里尔和泽伊之间是存在真正友谊的。这友谊是真挚的,可照这情形来看,格里尔还是暗地里对泽伊下了黑手。

泽伊当初可能真的有机会为费丝工作,助推基金会发展。在读完她的信后,费丝有可能真的会给她一份工作。"我知道这很下作。"格里尔还在继续说,"就算我说'我敢肯定你甚至不会喜欢在那儿工作',也不会让情况变得更好,但事实的确如此。刚开始的时候还不错,但后来你就明白了,这工作变得很没有人情味,我也无法再见到那些我们竭力救助的女性。就好像我们只是把钱投入一个演讲者的办公室,仅此而已。我真真切切地有过这样的想法,不止一次:泽伊会讨厌这样。在你的工作中,你是真正脚踏实地的。太多的时间,我们的工作像是海市蜃楼。有时我会提醒自己这事,好像这样就能让我对你做的事没那么糟糕。但我知道其实并没有。我太下作了。"她重复道。

"嗯,确实。"泽伊的声音低沉微弱,压抑着自己的情绪。没准儿格里尔是对的,她会讨厌那里。但那又怎样呢?关键是格里尔阻止了她去那里工作,这太奇怪了,也太伤人了,使得她们之间的一切都显得陌生起来,与过去截然不同。"可你为什么要这么做呢?"泽伊问,"是我跟你谈起她这个人的,可以说是我带你走进这一切的。你之前甚至没听说过费丝·弗兰克这个人。"

"这个……我觉得跟我的父母有关。"格里尔说,"我想让别人看到我身上的某些潜质。"

"我看到你身上的潜质了。科里也看到了。"

"我知道。但这不一样。"格里尔垂下头,她甚至不能跟泽伊进行眼神交流,或许这样也好。她们方才有过对峙,现在需要缓和一下。泽伊整天都在盯着别人看。她的眼睛早已疲于数不尽的观察、研究、共情、审视,疲于无止境地提供帮助。

眼下格里尔羞愧不已,就让她羞愧吧,泽伊暗忖。格里尔真的伤到她了,实实在在地伤到了。

泽伊四年前就从失望中走了出来,开启了一段费丝也会赞许的生活,她对此深信不疑。她在工作中与别人一对一交流,而不是和满屋子的人打交道。她从事的紧急工作很重要,也经常涉及与女性相关的问题。可随着格里尔曾经的所作所为变成了确切的真相浮出水面,泽伊顿觉自己从大学开始对格里尔的长久情谊也变得苍白无力。她感到疲惫,对邀请格里尔来这里过周末感到懊悔。难道她们要一遍又一遍地讨论这封信,以及格里尔对泽伊所做的一切吗?

格里尔坐在沙发上向前探出身子,像个绝望的追求者一样握住泽伊的手腕。"泽伊,"她说,"我是个糟糕透顶的人,我知道我是。"泽伊怒火中烧,可依旧沉默不语。"显然我从来不知道自己是那种讨厌女性的女人之一,就像你老说的那样。我当初跟费丝坦白了那封信的事。她的反应就好像在说这没什么大不了的!可是,昨天我辞职的时候,她很受伤,也很生气,而且出乎意料地当着所有人的面提起了这件事。她攻击我,说我是一个糟糕的朋友,一个糟糕的女权主义者。一个糟糕的女人。我想她是对的。我不想和别人分享她,我不想让你介入。我是最傻屄的女人,泽伊。

我是个傻屄，"格里尔恶狠狠地说，"我真的是。"

泽伊依然处于震惊之中，还有点头晕眼花，同时也感到身体僵硬。她或许应该说："不，不，格里尔，你不是那种人。你只是犯了个愚蠢的错误罢了。女人有时会对彼此做一些相当糟糕的事，就像男人们一样，就像男人和女人互相伤害一样。"但她不知道自己是否真的这么想，总之她不想安慰格里尔，不想把自己的创伤训练用在格里尔身上，她今天本该一整天都在引导需要帮助的人做创伤训练。泽伊想象着当晚上床后把这一切都告诉诺艾尔，那时格里尔则躺在客厅那张拉开的两用沙发床上。"你无法相信格里尔对我坦白了什么。"她会轻声说。诺艾尔理所当然会替她打抱不平。

"你真的干了件自私的事。"此刻，泽伊终于对格里尔开腔了。格里尔狠狠地点了点头，松了口气。"你本可以直接跟我说，你不想让我在那里工作。你本可以直接这么跟我说的。"

"我知道。"

"你知道我有过被女人背叛的经历，对吧？"泽伊说，"从那个替我妈干活的律师助理开始，她揭发了我，你还记得吧？"

"嗯。"格里尔小声说，声音颤抖着。

"现在你也这么做了。"

格里尔看上去糟透了，整个人油光满面、凌乱不堪又惊悸不安。好闺蜜会说，好了，好了，我原谅你了，然后两个女人就能像女人那样拥抱。女人，就是很容易和彼此相处。女人，哪怕不是恋人也不可能成为恋人，也喜欢肢体接触，互相爱护。女性之间一直存在一项协议，从不明说却谨记于心，那就是两个朋友之间会相互守望。在泽伊和诺艾尔有时会看的那档愚蠢透顶的真人秀节目里，来自不同封闭社区的富家女在一辆宽轮大篷车中共同生活一年，每当这些女人没在争吵或撕扯对方时，她们就会对彼此说："我挺你。"即便是那样的女人，那些满脸胶原蛋白、空有钱财的可笑女人都能得到其他人的支持，可格里尔却没有支持她。

泽伊挪到沙发的另一头，体验着属于自己的小小创伤。"当时在洗手间里，费丝对你表现出了更大的兴趣，我心里一阵剧痛。"泽伊说，"我确实很难过！因为在上大学前我就是个小小的活跃分子了，可你只是窝在家里读书，和你的男朋友做爱。那也没问题，只是各有各的差异。可我还是想帮你。你在那个联谊会派对上经历了糟糕的事情。你是很害羞，但谦卑之人必承受地土[1]，是吧？总是如此害羞、无法索取自己所需的你，格里尔，实际上你已经求得了你所需的一切。你基本上单刀直入，得到了你想要的，也小有名气。在赖兰小礼堂的那个晚上，你举起了手。你举手举得比我快，你提的问题也得到了回答。随后你给费丝打电话，得以和她一起工作。你甚至送了她一个平底锅。你简直是厚颜妄为。当然了，你还截了我的信。格里尔，我只是说，这可不是害羞之人的典型作为，而是其他另类行径，可能称得上卑鄙。"泽伊冷冰冰地继续说下去，"你太明白如何面对权力了。我以前从未这样考量过，但这是事实。"她停住口，直视格里尔。"你知道的，我没必要在你的基金会工作。"她说，"我找到了自己喜欢做的工作。你为费丝·弗兰克工作，她是榜样，是女权主义者，而我不是。但你知道吗？我认为，世上有两种女权主义者。出了名的那些，以及平凡普通的那些。那些平凡普通的女权主义者，安静地去做他们应该做的事情，没有得到很多赞誉，也没有人日复一日站在一旁说他们做得很棒。

"我没有遇到过良师益友，格里尔，从来没有过。但我的生命里出现过不同的女人，我喜欢跟她们在一起，她们似乎也喜欢我。我不需要她们的认同，我不需要她们的许可。也许我应该多得到一点这些东西，这或许会对我有所裨益。但是我没有，好

1　出自《圣经·旧约·诗篇37：11》。

吧,就这样吧,这没什么。你是对的,我敢肯定我会讨厌那个地方,我也觉得我不会待很久。但我仍然希望自己有机会去发现这一切。"

"我很抱歉。"格里尔说。

"你想知道我有多少次会想起我没能为费丝·弗兰克工作这件事吗?几乎从没想过。"

"真的吗?"听到这话,格里尔看似难以置信地感激。

"真的。"

"你会原谅我吗?"格里尔问。

"我需要时间。"泽伊说。

第十一章

她不清楚为什么那天在芝加哥等飞机时,那么晚了还是决定给家里打个电话。独自一人坐在奥黑尔国际机场,听着CNN广播声在头顶上方喋喋不休,航班还要再等上漫长的一个小时,实在让人孤独难耐。她母亲接了电话。"你没事吧?"平平淡淡地打过招呼后,劳雷尔问道。

"为什么这么问?"

"声音听上去不太对。"

"其实,并不太好。"格里尔说,"我在芝加哥机场呢。我本来要在泽伊家过夜的,但现在不了。我今晚飞回纽约,可接下去我不知道该做什么。"她抽噎起来。

"回家吧。"她母亲说。

马科佩公共图书馆鸦默雀静,虽然图书馆本来就该安安静静,但这里却给人一种濒临倒闭的餐厅的感觉。大白天的,馆内光线昏暗。一个女高中生坐在接待台后打瞌睡,她的服务也没什么用武之地。然而,再往里走,有一个名为伊曼纽尔·吉兰德儿童屋的房间——管他伊曼纽尔·吉兰德是谁。在她还是个小女孩的时候,格里尔在这里发现了《时间的折皱》[1],她坐在亚麻色的木桌旁,

---

[1] 美国作家麦德琳·兰格(Madeleine L'Engle, 1918—2007)所著科幻作品。

沉浸在那个全然想象的世界里。四周随意摆放着几把塑料豆袋椅，漏出几颗人工合成的豆子。这天，迷茫彷徨的格里尔跟在她母亲身后走进了这间屋子。她母亲穿戴着全套小丑戏服装——鼻子、假发、圆点道具服和九十码的鞋子——她能听到孩子们和父母们在那儿等待小丑表演开始的喧闹声。

格里尔一直保持着屏气的状态。她母亲今天带她去那里是因为恰好要在城里表演。而格里尔甚至不明白，自己为什么会在母亲让她回家休养几天时回答说好——回到那个大部分时间都脏乱不堪的家——甚至还同意坐在那里看劳雷尔扮演图书馆小丑。但她对此有些不安，担心母亲的演出会一塌糊涂。

孩子们在地毯上排排坐好，格里尔坐在角落里的一个豆袋椅上，椅子晃晃悠悠地支撑着她。阳光从高高的窗户投下，光线中微尘飞舞，劳雷尔跳到观众们跟前说："下午好，女士们、薛生们。"格里尔迅速移开目光，要多快有多快，好让这个愚蠢的玩笑就像另一片翻腾的尘屑飘散在空中。可出人意料的是，笑声四起。

"你说'薛生们'，小丑！"一个不到四岁的小男孩大声说，"你是想说'先生们'吧？"

"这不就是我说的嘛！"劳雷尔大声喊道，"女生们、薛生们！"

"**你又说了一遍！**"小男孩尖声叫道，其他孩子也加入了进来，所有人都冲着格里尔的小丑妈妈大呼小叫，她的脸上则挂着一副无辜的表情，以一种格里尔不熟悉的方式应对着这个场面。

但光是这点不足以证明劳雷尔是位优秀的表演者。节奏紧凑的一个小时中，劳雷尔用喷水壶喷水，挥舞魔杖，故意笨手笨脚地杂耍嬉戏，甚至特意在地毯上摔了一个屁股蹲儿，最后是"阅读"无字绘本《农夫与小丑》。表演结束后，孩子们留在原地和图书馆小丑亲切会面。格里尔看着母亲让一个男孩和一个女孩同时坐到她腿上。

"我长大了要当一个小丑。"小女孩说。

"我也是。"小男孩仰起头,闭上双眼,憧憬般地说,"我要给自己起名叫……小丑怪。"

说真的,为什么格里尔从来不知道孩子们喜欢母亲的表演?也不知道他们崇拜这位图书馆小丑,她对他们来说有特殊的意义?格里尔此刻只觉得懊悔,这懊悔让她窒息,压迫着她。

"妈妈,你刚才真棒。"她们回到停在外面街上的车里后,她对母亲说。"我以前对你的表演毫无概念。"

"嗯,现在你知道了。"她母亲一边小心谨慎地说着,一边把钥匙插进点火开关,发动汽车,"无伤大雅,规规矩矩。"

"是的。但说真的,表演太棒了。"格里尔说。那个灰暗的午后,她哀怨地问道:"为什么我过去从来不知道?"

"不知道什么,不知道我会杂耍?还是不知道我会用喷水壶?"

"不,不是这样。"她突然自艾自怜起来,开口问道,"为什么我小时候,你从来没为我表演过呢?"

她母亲关掉了发动机。她的小丑鼻子、假发和小丑套装塞在后座的一个袋子里,只有衣领露在外面,半掩在她的外套下。"我不觉得你会喜欢。"最后她说,"你是个安静的小孩,但非常严肃。"她说到这里打住了。

"继续说啊。"格里尔说。

"你爸爸和我总是觉得我们应该站远点儿,放手让你做你想做的事。等到你和科里在一起了,就更该这么做了。"没有任何警告,他的名字就这么猝不及防地被提起。"我过去老说你们像对双飞双栖的火箭飞船。"劳雷尔说,"还记得吗?"

格里尔记得。她不太想和母亲谈论科里。于是她说:"为什么你和爸爸一直没找到你们真正想做的事呢?某件你们可以全情投入的事?"

劳雷尔陷入了沉默,微微噘起嘴。"有些人从来没找到过。我实在弄不懂是为什么。"她移开了视线,"我们的日子从来不轻松。我们都习惯了妥协。尽管如此，我们还是做了点什么的。而且我们还有你。这可不是什么毫无价值的事。"随后，她的表情一变，问道："在纽约发生什么事了，宝贝？"

格里尔坐在母亲身边的副驾驶座上，哽咽着讲述了厄瓜多尔虚假导师计划的事，还有那些关于洛赛基金会和费丝的事。"我不得不离开。我没办法待下去了。我不知道，是我太单纯了吗？我跟她说我要离开，她就把矛头指向了我，妈，我根本不敢相信。这实在太丢人了。我被打垮了。"

"不，你当时没有。现在也没有。但这一定让你非常苦恼，我能看出来。"

"她也很沮丧。我们两个都很难受。"格里尔摇摇头，"我现在该怎么办？"格里尔问道，"妈妈，我已经辞职了。"

她母亲注视着她。"你必须马上知道自己要怎么办吗？"

"呃，也不是。"

"你没有存点钱吗？"劳雷尔问她。格里尔点点头。"那歇段时间吧。慢慢来。"

"可我不喜欢这样。"格里尔说。

"不喜欢哪样？慢慢来吗？为什么，干吗这么着急呢？"

"我不知道。"格里尔说，"我生来就不喜欢这样。"

"怎么了，你是怕如果自己慢慢来，就会变成我和你爸这样吗？"

"我可没那么说。"

"我知道你没那么说。不过，你绝不会变成我们这样的，这种情况不会发生的。但你也没必要总是为了奋斗而奋斗，没人会看轻你。再也没有人会给你打分了，格里尔。有时候我觉得你会忘了这一点。你的余生都不会再有人给你打分了，所以你只要做自己想做的事就好了。别在乎这事会让别人怎么看。多想想自己想做的究竟是什么。"

格里尔再次点头。"可现在应该多花点时间做什么好呢？我一点想法都没有。"

"人生就是这样的吧。"劳雷尔说，"谁知道呢？你没必要现在就得明白。你就不能等一等看看情况吗？"

母女俩沉默了片刻，接着格里尔脱口而出："可不仅仅是纽约的事，还有泽伊。我背叛了她。"

"什么？"

"我也不清楚我为什么要那么做。也不知道该如何去弥补。"话声未落，她就抽泣了起来。

劳雷尔捣弄着汽车仪表板上储物柜的搭锁，把柜子打开，从里面抽出一袋压扁的纸巾。"抽一张。"她说。格里尔没完没了地揩鼻涕，直到把鼻尖弄得跟小丑的鼻子一般红。"你会想方设法去弥补的。"劳雷尔说，"你做任何事都那么拼命。"

她们从图书馆开车回家，一路上静静地平复着心情。把车停在家门前时，劳雷尔探身去后座拿包，格里尔就在这时透过车窗看到了科里。他刚巧走出自家前门。她早就知道只要自己回到这儿就一定会碰到他，不过是时间问题罢了。

每次回来探家，见到他，总会让她内心一震，略感心碎：他就在眼前，却和她再无关联。他们各自成长了，眼下都二十五六岁，正值充满希望的巅峰期，尽管韶华易逝。他的体态逐渐发生了变化，两次相见的时间间隔越久，这变化就越明显。他依然英俊帅气，却俨然是个成年人了。他望向她的模样，仿佛是个在乡下年纪轻轻就做了爸爸的人。他一如既往地骨瘦如柴，穿着干净简洁的羽绒背心和牛仔裤。令人诧异的是，科里已经完全适应了这里的生活，不再像以前那样，看上去只是在装装样子。

她母亲下了车，朝他挥了挥手，接着走进了屋里。格里尔朝他走去，他们互相拥抱——分手后他们只用上半身轻轻相拥。他的头发比她记忆中的略长了一点。是新发型吧，她想说一句，但这也许并不是新的，也许他的头发保持这个长度已经有段时间了。

"想去哪儿坐坐吗?"她思忖了一下问道。他似乎有些踌躇，但还是答应了，就坐一会儿，他还得去别的地方。于是他们步行前往派园比萨店。没见到克里斯汀·韦尔斯在这儿干活，至少现在没有。隔着比萨和苏打水，科里问她："你来这儿干吗? 出差?"

"不是。"

他仔细端详着她，微微歪着头，就像以前用Skype视频时那样。"你还好吗?"

"不太好。我辞职了。"

"噢，好吧。"他说，"想继续聊聊吗?"

"不了。不过谢谢。"把事情告诉他会是一种解脱，让消息由自己传递给他，根植于他的脑海中，他也会在脑海中反复思量这件事，这会是一种解脱。"和我说说你的近况。"她说。

"转移话题。你做得很老练嘛。"

"尽力而为罢了。"

"好吧。"科里说，"我在过新生活。我在北安普顿一家电脑商店上班，叫德谷。"

"你喜欢那里吗?"

"我喜欢啊。我还在做房屋清洁呢。"

"哈。"

"你会震惊地发现人可以有多脏。我是说，简直让你大吃一惊。他们的皮屑掉得满地都是，每间屋子的地板上都是一层一层的，就像森林的地面一样，遍地都是皮屑和鸟兽的粪便。我知道，这场景很'悦人'。但这也挺有趣的。德谷也很有趣。每天都像是，今天会有谁提出什么奇奇怪怪的问题? 我们有些人下了班就聚在一起打游戏。"接着他又下意识地加了句，"其实我自己一直在编写一款电子游戏。有个同事鼓励我做下去，这样我们就能一起合作开发了。他是个程序员。"

"真的吗？是什么游戏？"

他停顿了一秒。"叫《寻魂者》。名字没什么新意，我对起名字不太在行。这游戏讲的是，去尝试寻找某个你失去的人。但我描述得不太好。游戏还没准备好公开。我不知道这游戏到底能不能做出来，我乐意相信是可以的。"

"我也希望它可以。你妈妈怎么样？"她最后开口问道，得找点话题聊聊，"她现在情况如何？"

"挺好的。"他说，"我的意思是，到了该吃药的时候她会吃药，这真的很不错了。有段时间她不太配合，挺难熬的。这些日子家里其实很安宁。"

"你觉得你会长久地待在这儿吗？"格里尔轻声问。

"如果这都不算长久地待下去，我不知道什么算是。"

格里尔知道他要长久在这里待下去了。二十出头就是一段你觉得自己还年轻，却正在以某一种郑重其事的方式打下基础的年纪，表面上看不出来，内里却纵横交错。甚至在你睡觉时，也并不停歇。你做过的事，住过的地方，爱过的人，所有这一切都像是在午夜时分被隐身工人铺下的轨道。就在几天前，格里尔还过着喧嚷充实的生活，她信奉这样的生活，也因它而沮丧。而二十多岁的科里则选择了救助自己崩溃的母亲，留了下来。

"如果你来纽约，"起身离开时，她随口说道，"可以来布鲁克林在我这儿过夜。我有一张沙发床。"

"谢了。"他说，"你真好。我也许会去的。"

"好的，到时候见。"她说。她想跟他说：曾经他们是一对双飞双栖的火箭飞船。

他俩走回了街道，站在两家房屋的中间地带。"慢慢怎么样？"格里尔突然问。

"哦，它挺好的。呃，我是说，我其实不知道它怎么样，没法知道它的情况。但是怎么说呢，它还是老样子吧。"

几天后，格里尔在家度过的最后一个晚上，她和父母同时出现在厨房里准备晚饭——他们每个晚上都一起吃饭，她父母好像明白，格里尔最近并不想一个人吃饭——她父亲问："你见过科里了？他有什么新动向吗？"

"他在北安普顿一家电脑商店上班。"格里尔说，"他在开发一款新游戏什么的。不过，大多时候他还是和他妈妈在一起。他甚至还接手了他妈妈以前打扫的那几套房子。我想，他在做的就是这些了吧。也没什么了。"

"格里尔，"劳雷尔说，"我们该怎么做呢？摇摇头，说他一事无成？"

"不，当然不是。"但被挑破心思还是让她困窘不堪。

"在我看来，"她母亲说，"这确实超出了我的认知范畴，毕竟我不是什么一直在女权主义基金会工作的人。但是这个人，他在他的家庭四分五裂时放弃了个人规划。他搬回来跟妈妈一起生活，悉心照料她。对了，他还打扫自己家的房子，还有他妈妈以前打扫的那些房子。我说不好。但我觉得科里算得上一个了不起的女权主义者，对吧？"

第十二章

费丝·弗兰克发了封电子邮件给埃米特·施雷德,邀请他来她的公寓,他本想就此开个玩笑,回邮件说上次去她家已经是四十一年前了,他以为她再也不会邀请了。但不知为何,他从她简洁甚至有些冷漠的邮件中觉察到有什么事情不太对劲。她不得不跟他谈谈,而且她想在办公室之外的地方跟他谈。更诡异的是,这次会面不是康妮或迪娜帮忙安排的,这两位助理通常负责此类事宜。尽管总是别人来找埃米特,从来不会颠倒过来,但他还是当即同意了。

星期日晚上,他此刻身处费丝黄油色的大客厅里,房子位于滨江大道——他注意到这个地区略呈颓势。透过大窗户望出去,哈得孙河在暗夜的月色下闪着粼粼波光。房间里四处摆放着花瓶,还有偶然被遗忘的某个茶杯。她甚至都没请他喝一杯。问题很严重。

他坐在一把安乐椅上,她坐在他的对面,公事公办地说:"我对你非常生气。"

他牢牢盯着她。"你想告诉我原因吗?"

"不,我要你自己搞清楚。"

他努力回想。各式各样的场景如电影镜头般在他眼前一一滑过,没有一个看起来是正确答案。

"卢佩·伊苏列塔。"费丝终于开口,"想起什么来了吗?"

"什么?"

"卢佩·伊苏列塔。"她又重复了一遍,但无济于事。

"你到底在说什么?"埃米特茫然万分地坐在那里,他仿佛知道了中风究竟是个什么滋味。他思量着,*Loo-payazoo-ree-ateer*,他把音节念了一遍又一遍,依旧云里雾里。

"从厄瓜多尔来的。"

然后,音节重新正确组合起来,他明白过来她刚刚说的是:卢佩·伊苏列塔。对,哦,对。是那个他们带过来在洛杉矶演讲的女孩,是他们花了很多钱去营救的那一百个女孩中的一个。

"哦。"他说。

"所以导师计划真的不存在?"

他顿住了,有点气急败坏,丝毫不敢大意。"本来应该是存在的。"他尽力解释道,"我们本来是这么打算的。这能抵消一点过错吗?"

"发生了什么?"她说,"尽管告诉我。"

"你不会相信我的,费丝。但当大家在楼上讨论这件事的时候,很多人都发言了。我不好意思这么说,但当时我完全没留意。"

人们总是说埃米特·施雷德的注意力持续时间像豌豆一般小,像跳蚤一般短。让他们说去吧,他总是这么想,他不在乎。但他还是得找个法子来打发自己的百无聊赖,这可能有点困难。有时,他在跟客户会晤或董事会开会时,会发现自己仿佛从悬崖上跌落,摔在无聊的浅滩上。他尽其所能地避免这种情况。比如他小心谨慎、避人眼目地拿着手机在大腿上玩"掉砖头游戏",或者坐在他那张宽大厚实的黑色桌子前玩弄那些铁丝制成的装饰品,仅仅因为这些小物件儿是室内装潢师为他从巴塞罗那一位年轻艺术家那里买来的。"用铁丝创作。"她当时激动地说。

他几乎没注意到这些工艺品,直到他发现自己在开会时无所事事,而它们就在眼前,等着被把玩。他都想亲吻那位室内装潢师了,因为她送了他这些东西,让他的手在那一刻没闲下来。他记得她闻起来很甜,胸部饱满。他喜欢女人们穿上衣服后有胸部的样子,那样的胸部像一个单一的整体,可当脱掉衣服,它就割裂成两个毫无关联的部位了——两个乳房,就像你用拇指把一个橘子掰成两半。

当埃米特厌倦了手机游戏和铁丝小雕塑时,他不知道该拿自己怎么办。他经常任由自己的思绪神游万里:他想象着跟他的装潢师翻云覆雨,或是大厨布赖恩当天会准备什么样的晚餐,希望不是羊皮纸包着的比目鱼,因为这些日子包着羊皮纸送来的东西实在太多了。拆开那贞洁的小包裹的心情,基本上和孩童时期在圣诞节早晨拆礼物的情形正好相反。

眼下,他努力去回忆那些关于厄瓜多尔的一系列会议,这些会议以失败告终,然后是欺诈。起初,费丝提出了做一个有关性贩卖的特别项目的主意。他当然想取悦她,所以立即把这事交给两个同事。他们调查了基多的一位联系人的背景,之后就雇用了她,且部署了一项双管齐下的方案。首先,援救在瓜亚基尔被迫卖淫的一百名女孩。当地一支无畏的安全小组已被指派去执行这项工作。接下来,一旦女孩们获救,她们将与一些年长的女性结对,后者将担任她们的导师,教会她们一项营生。女性向女性学习,这是一个令人称颂的项目。

"这会很有排场。"施雷德资本的某个人说,"我们应该多做些类似的项目。"

万事俱备,只欠东风。但是,在第二次还是第三次会议上,商讨其他未竟细节时,埃米特一直似听非听。就是在那次会议上,首席运营官道格·保尔森表示,他需要提一些事情。"我不想在紧要关头插一手,"他说,"但我和布里特带孩子们去加拉帕戈斯时,遇到了一位名叫特里娜·德尔加多的女士,她代表南美的慈善机构组织了活动。布里特认为她很实在。当我告诉她我们在厄瓜多尔所做的事情时,她建议如果能让特里娜参与进来就再好不过了。"

"你什么意思,让她参与进来?"莫妮卡·文德勒问道,她是施雷德资本这个级别高层中的唯一一位女性。

"嗯,我不知道现在让费丝雇来的人退出是否太迟了,但能和特里娜共事对我妻子来说意义重大。"

"如果你认为她能胜任的话。"格雷格·斯图帕克说。

"我可不知道。"莫妮卡说。

"布里特真的很喜欢这个女人。"道格又强调一遍,"我认为帮助其他女性是洛赛基金会任务的核心部分。"

就这样,后来的这位女性取代了原先的人选,一切顺势推进。可就在营救行动开始前几天,突然召集了一次紧急会议。道格·保尔森此时微微红着脸,含糊其词地解释说,他们之前向特里娜·德尔加多支付了一笔高昂且不可退还的费用,而事实证明她对"跟进"工作并不在行。他很快道出事情的原委。"她表现得好像倾尽了全力,可我觉得她他妈的就是个骗子。"他最后说,"布里特心情糟透了,我也一样。"特里娜从来没有雇用过导师,但还是拿了施雷德资本的钱。一切都没有到位,绝对什么都没有。

"为什么我一点儿都不感到惊讶呢?"莫妮卡尖酸地问,"那么,如果我们没有导师,我们还要继续营救工作吗?"

"这会有很好的包装效果,"格雷格说,"评价很高。另外,我们已经预付了费用。"

"话说回来,她们到底要教这些女孩什么?"金·鲁索问道,她是首席运营官的助理,金发,宽肩,年轻而漂亮。

"各种各样的事,"另一位助手说,"英语、计算机技能,还有一门手艺,针织、织布。"

最后这句话引发了一场关于织布的偏题讨论,这个词儿更加糟糕。天啊,织布!对埃米特·施雷德来说,没有什么比纺织物品更枯燥的了。一想到要进一家面料店或一家手工艺品商店，他就吓得屁滚尿流。

"要知道，我们可以保留任务的第一部分，但忽略第二部分的后续行动。"格雷格说。

"那么导师计划已经收到的捐款呢？"莫妮卡问，"我们发了一堆小册子，费丝的人在上次峰会上把这些小册子派发出去了。我们正在获得数量惊人的捐款，钱还在那儿。退还已经太迟了。我们会看起来相当不称职。"

"嗯，我们也不能拿这些钱干别的，是吗？"她的助手问，"这是受限的赠予。"

"我们可以把这笔钱花在一些类似的正道上，"道格说，"等下次费丝想做她的什么特别项目时，我们可以把这些资金转到那边去。这钱又不是用来谋取私利的。我是说，天哪，没人能从中赚一个子儿。这整件事，我们对洛赛基金会的全部支持，只是为了做慈善。"

"是的，我们是圣人。"莫妮卡说。

"你什么意思？"

"这也是种修复。"她说，"你们心知肚明。它廓清了我们的作为，它涤荡了我们的身心。"

格雷格交叉着双臂说："我必须要求今天在这里讨论的一切都得保密。"

"你这话是什么意思？"莫妮卡恼火地说。

"事情永远不会从这个房间泄露出去。"

他们淡淡地、不自在地笑了，然后进行了简短的投票，决定他们将继续推进计划，哪怕导师缺席。展开营救。随后，邀请一个厄瓜多尔女孩来洛杉矶，就如他们本来计划做的那样。继续接受入账的捐款，将其标注并用于下个项目，之后悄悄地关闭这项基金，放话说这个项目取得了成功，但现在收尾了，因为他们达到了目标。

"费丝和楼下的那些人呢?"金问,"你们打算怎么跟他们说?"

施雷德坐在那里摆弄着铁丝雕塑,然后他意识到整个房间的人都在看着他,等待他做决定。他非常不情愿地把手里这堆由铁丝、银、磁铁制成的玩意儿扔下,这些部件如小瀑布般落下,发出一阵咔嗒咔嗒的声响。"你们自己看着办吧。"他说。

因此,营救任务在黑夜的掩护下进行,并取得了成功。其余的部分——导师部分——"仍然没有步入正轨",但话说回来,女孩们自由了,这才是至关重要的。不过,施雷德资本的人谁都不知道自那以后她们的境况如何。注意力极其简短、极易分散的埃米特·施雷德在那次会议之后,从来没有跟进过这件事,也没有把情况告知费丝——事实上,她成了局外人,因为显然一开始就没人告诉过她,她的联系人已经被保尔森妻子的联系人取代了。

时至今日,这项任务已经过去数月,而且基本上快被遗忘了。捐款仍然不断地进账,但幸运的是数额不是太大。经过一段时间后,每个人都对此安之若素了。在洛杉矶峰会的筹备阶段,有人被指派邀请一名获救的女孩前来参会。旅行社把一切都安排妥当,格里尔·卡德特斯基在峰会上介绍了这个女孩,还为她撰写了演讲稿。格里尔本人也进行了一场精彩的演讲。诸事顺遂,并无波澜。直到几天后,按费丝的说法,格里尔显然从某个匿名者那里得知了真相,根本不存在什么导师计划。

"告诉我是谁。"埃米特说,但费丝拒绝透露。

他想起了基金会成立初期的那些日子——他是多么的意气风发,仿佛重返青春一般,或像是再度跟费丝颠鸾倒凤,尽管与性无关,但这就像一场全身心投入的做爱。这就是完全忘我时会有的感觉,是全神贯注的感觉。

当初费丝跟他签下合约时,他派康妮·佩谢尔下楼去了当时二十六楼的毛坯间,为费丝寻觅适合之所。"给弗兰克女士四面都安上窗户。"他曾指示康妮。

"我可打不穿墙壁,施雷德先生。"她抱怨过。真是个叫人扫兴的家伙!自从他于70年代成立这家公司以来,她就一直跟着他。他的妻子玛德琳喜欢她。所有人都说,这是因为康妮·佩谢尔丑得无可救药:脖子粗壮,内部很可能长有血栓;满脸疙瘩,这些疙瘩百万年前曾是青春痘,不知道为啥,她在上面抹了一层色如花生棉花糖[1]的粉底。

但玛德琳并非对康妮的其貌不扬特别放心。她甚至不在乎埃米特是否想上自己的秘书。他们结婚那会儿,她就知道他和各种不同的女人上过床。他本性如此,也是他们心知肚明的协议的一部分。但这份协议也同样默许,他只能在不尊重、不欣赏她们的前提下才能跟她们胡搞;如果他尊重、欣赏她们,他就不能和她们乱来。条件很简单。如此,婚姻就不会遭受任何真正的威胁,因为虽然埃米特·施雷德喜欢和各式各样的女人上床,但他不是那种会为了一个毫无智趣的女人葬送自己一生的男人。

玛德琳很早就掌控了一切,因为她腰缠万贯,而他一贫如洗。创立施雷德资本的钱都来自她娘家。作为一个芝加哥送奶工的儿子,娶上纽约特拉特财富公司的大小姐,难免要承受巨大的压力。在特拉特家族的所有重大聚会中,他都饱受冷遇。那时没人想跟他说话,也没人想看到他。在他们早年的婚姻生活中,夫妇二人携手努力展示出男方对女方财富应有的无动于衷,他在纳贝斯克做着一份乏味的工作,而玛德琳自愿加入慈善机构。他们是一对无聊的年轻夫妇,偶尔去欧洲旅游,去拉斯维加斯赌博。直到后来,艾比出生了,家里才有了一丝生机。玛德琳天生是位好母亲,充满活力,但由于她是被保姆带大的,她也条件反射式地给艾比请了一个,所以她的日子还是很清闲。

---

1 美国过去流行的一种糖果,状如花生,口感软弹。

埃米特屡屡不忠。这没什么特别的，他认识的许多男人都经常乱搞，这能给他们充充电，仅此而已。但1973年一个温暖的夜晚，当埃米特与费丝·弗兰克共赴那次独一无二、令人惊叹的巫山云雨后返家时，他知道这次是与众不同的。彼时费丝·弗兰克这位年轻的所谓女权主义者在那本新创刊的女性杂志工作，这本杂志试图让纳贝斯克购买其广告版位。跟费丝发生的一切令他心潮澎湃又忐忑不安。他坐在布朗克斯维尔家中漆黑的起居室里，默默地自言自语，试图弄明白下一步该何去何从。他与费丝的性爱，活力四射而狂热激情。在Cookery吃饭和搭乘出租车去往她的小公寓时，他都无比渴望要她，之后他的饥渴在她床上得到了充分满足。这对他而言就像西斯廷教堂天花板上的那幅《创造亚当》[1]一般意义非凡,他跟费丝的触碰仿若上帝与亚当的指尖触碰。那不仅仅是性，而是连接。通过所有神经末梢与这个人的肉体和精神进行连接。她是独立的，不知怎的，这让他想倚靠她。

可接下来她对他说的却是"你结婚了"，直截了当地扼杀了他再次见到她的可能性。所以那晚离开后，他回到家，起居室一片漆黑，他坐在椅子上，怀念着费丝光彩照人的身体，怀念着她看上去的风姿、摸上去的触感、尝起来的味道和闻起来的气息——她说她的香水叫"追寻"——但远不止于此。她的香水和汗水混合在一起，又与某种形容不出的、独属于费丝的东西融汇起来。他想象着她那美丽的头型下的大脑里，充满好奇，思想尖锐，极具吸引力。

他已经告知她，他会在第二天就纳贝斯克购买广告位事宜给她打电话，但他也打算哀求她再次与自己见面。"你一定要见我。"

---

[1] 《创造亚当》是米开朗琪罗创作的西斯廷教堂天顶画《创世纪》的一部分，创作于1511年至1512年间的文艺复兴全盛期。这幅壁画描绘的是《圣经·创世纪》中上帝创造人类始祖亚当的情形，按照事情发展顺序是《创世纪》天顶画中的第四幅。

打电话时他会这么说。他会恳求她,告诉她,他和他的妻子各过各的日子,他妻子完全不在乎这些,尽管这全是瞎扯淡。

玛德琳听见他回来了。她穿着绸缎睡衣,悄无声息地走进起居室,一看到他坐在那里,忧心忡忡、意乱情迷、心神不宁,她就知道了。她怎么可能知道呢?但不知为何,她就是知道了。

"她是谁?"玛德琳问。

"哦。"是他唯一的回答,整个人灰心丧气的。

"看在上帝的份上,埃米特,告诉我。最好让我知道。"

因为他不擅长撒谎,加之还沉浸在费丝营造的强烈情感氛围里,他说:"我在公司遇到的一个女人。"

"告诉我她的名字。"

"费丝·弗兰克。"

"她在纳贝斯克工作?"

"不是。她想让我们买她杂志的广告位。"

"你是说她是一位女编辑?"

"是的。"

"《红皮书》?《麦考尔》?《妇女家庭杂志》?"

"《布卢默》。"

"我没听说过。"

"妇女解放。"他有气无力地解释道,"你懂的。"

他妻子瞪着他缄默不语。"我想她比我更漂亮,"她开腔道,"但她比我更有趣吗?她更聪明吗?"

"玛德琳,别这样。"

"告诉我,埃米特。"

他低头盯着自己攥紧的双手。"是的。"

"哪一方面?是更有趣还是更聪明?"

"两方面都是。"

他妻子自食其果。是她自己提的问题,现在她不得不接受这个问题的答案,尽管这在某种程度上很残忍,而且并非出于他的本意。"她是能成大事的人吗?"她想知道。

"我感觉是的。"

"我明白了。"

最初与玛德琳相识时,他认为她性感、机智、靓丽,但结婚几个月后他意识到她发表评论的水准不高,而且细细推敲起来,她说的话其实也没那么机智。她毫无激情,智商也有限。他现在对她厌烦了,她也心知肚明。对他们俩来说,这是一个糟糕紧张的处境。"我很抱歉,"埃米特告诉她,"我不知道我是怎么了。我想要她。我想要的是……对我整个人来说都很兴奋的东西。我知道这烂透了。可是,玛德琳,我觉得我的生活太压抑了。那些他妈的卖饼干的人。在那儿没人跟我说话,也没人跟我针锋相对。"

"那就是你跟她做的事吗?你们针锋相对了?"

"从某种意义上讲。"

"我想《韦伯词典》中这个词可没你说的那个意义。"然后,玛德琳安静下来,绞尽脑汁,试图找到一个合理的解决办法以挽救他们的婚姻。最后她说:"好吧。我决定了,我希望你永远不要再见她了。"

"你很走运。事实上,她也是这么希望的。"

"可你盘算着说服她别这样,对吗?让她见你。你很有说服力。你感到很无聊,埃米特。只要你感到无聊,对我、对我们来说就有危险。告诉我,什么能让你不无聊?工作?"

"我在工作。我的工作是各种饼干:奥利奥、洛娜·杜恩和鸡香饼。"

"我是说你喜欢的工作,"她说,"风险很高的工作。"

"我想象不出来。"

"让你兴奋并有挑战的工作,就像有些性感、有趣的女人一样,你可以在办公室与人针锋相对。你可以去做交易,一些能左右你生死的大买卖。这听起来怎么样？对你来说够刺激吗？"

他和善地看着他的妻子，不置可否。"你在说什么？"

接下来的这个星期，玛德琳把一大笔特拉特家族的钱存入他名下的一个账户，这一举动违背了他们在她那自命不凡的父母坚持下签订的婚前协议。这就像是一笔人质费，一笔赎金。他用这笔钱于1974年创立了施雷德资本。不用他自己的姓是绝对不可能的，他需要"施雷德"来掌控这一切，不再束手束脚。那是向她父母、向她、向所有人证明自己的一种方式。很久以后，风险投资公司和对冲基金都在使用非常威武、稳健的名字，比如说：曼沙德基金、堡垒基金、裂橡树信托。目的是使公司或基金听起来像一个堡垒，可以抵御所有的入侵军队。最终，取这类名字的公司变得如此之多，以至于任何有寓意的好名字都不剩了。这有点像作家们长期以来掠夺莎士比亚作品中所有的好词句，来为他们的小说取名，因此也没剩下几句有意义的短句可用了。埃米特认为，人们很快就会开始写名为《请进，守卫》的长篇小说了。

从一开始，埃米特就是一个速度快、不耐烦、记忆力古怪的学习者，他身边围绕着一群睿智的金融家，给他当顾问。没多久，施雷德资本就取得了令人震惊的发展，久而久之，埃米特积累的财富以指数级的方式远远超越了特拉特家族的。"我可以把特拉特当作早餐、午餐或晚餐吃掉。"他经常对妻子这么说，他会永远对她心怀感恩。她很高兴，同时意识到自己也有点恨自己的父母。他们都是极其自以为是的人。她父亲有时会戴单片眼镜。

但在那之前还有一件事。在黑暗的起居室里盘算规划的那天晚上，玛德琳暂时同意给埃米特足够的钱开他自己的公司，第二天早上她又对他说："我想让你现在给她打电话。那个叫费丝·弗兰克的人。"

"什么？"

她提起这茬时，他们正在餐桌边吃早饭。管家正在呈上一瓣一瓣的葡萄柚,艾比对父母说:"它吃起来根本没有葡萄味,为什么要叫它葡萄柚?"

"我想跟她谈谈。"玛德琳说。

于是,他被迫进入书房,拨通了费丝的号码,让妻子跟她通话。当玛德琳告诉费丝,埃米特不是她可以染指时,他羞愧万分地坐在一旁。"在我们的婚礼上,他站在我身边。"玛德琳嗤之以鼻。埃米特也回忆起他们的婚礼,以及当天他穿着一套方正挺括的西装站在那里感到多么不自在。幸运的是,费丝立马挂断了玛德琳的电话,但这也绝对羞辱到她了。很长一段时间里,埃米特都因放任玛德琳让费丝经历这一切而愧疚。那是一个古怪的时刻,一个有悖常理的时刻,在那一刻,一个女性想在他面前证明她对另一个女性有支配地位,而他却任由她肆意妄为。他太软弱了,这让他无地自容。

打完电话后,玛德琳径直上楼去了卧室,没有回到早餐桌旁,但埃米特回去了。艾比独自一人坐着,戳着她的食物。埃米特突然想起了什么,去拿自己的夹克,他昨晚把它放在门边的椅子上了。他摸了摸口袋,然后把那把小纸巾伞递给他的女儿,说:"给你。"

"哦,我喜欢,爸爸。"她说,"它真小呀。我的娃娃维罗妮卡·罗斯也会喜欢它的。"

有时,虽然不是经常,他还是能让一个女孩高兴的。

近四十年来,埃米特·施雷德没有以任何实质性的方式再次与费丝·弗兰克交谈。他成了《财富》封面上出现的商界大佬,她则成了对女性和蔼可亲、富有同情心的女英雄。每隔十年左右,他们会偶然发现彼此身处同一个天花板高耸的大房间里,参加同一个正装盛会。但毫无例外地,他总是和玛德琳一起出席。随着时间的推移,玛德琳看起来像是一艘船上的人形头像,她的头发盘得如木雕一般,华服之下隐藏着如今变得肥胖的身躯,那昔日的苗条身段也曾一度让他欲罢不能。

埃米特相当频繁地和他妻子以外的女人上床,但随着年龄增长,这更多的是为了锻炼身体,而非其他,就好像他的生殖器跟他的心脏一样也需要有氧运动,哦,他的心脏。但他从来不睡他觉得有趣的女人,这是玛德琳定下的规矩,他将永远遵守它。再也没出现过类似费丝的人。

讽刺的是,玛德琳虽红颜已老,与丈夫也愈发疏离,她倒变得更加有趣,也更有同情心了。她的有趣源于她的同情心,她向进步事业捐助了大量资金,这些事业往往涉及妇女权利。她是博物馆委员会的成员,也是布朗克斯和俄克拉荷马州女性诊所委员会的成员。即使埃米特不参加,她也会时不时撞见费丝。有一次,在非洲妇女保健捐款晚宴上,这两位女士发现自己跟对方只隔了三个座位的距离,场面一度尴尬。她们彼此没说过一句话。投影在屏幕上的图像,是面容苦痛的女孩,因罹患瘘管病——多么可怕的一个词——而丧失尊严的女孩儿,这些图像让玛德琳不再去想多年前费丝·弗兰克年轻的模样,也不去想埃米特是如何在和费丝上床后爱上了她。

之后,在 2010 年,七十高龄的玛德琳·特拉特·施雷德,一位活力充沛、丰满富态的大慈善家,让埃米特的助理康妮为她和施雷德在镀金鹌鹑餐厅安排一顿晚餐,这家餐厅位于切尔西,氛围就像一节 19 世纪的私人火车车厢。侍者端来的盘子里装着分子烹饪料理例菜:辣根"空气"、"根浸"苏维德鳟鱼,还有一个装着三层浓汤的玻璃杯。当你仰头喝的时候,它的口感会从冰凉变成滚烫。接着,侍者庄严地退了出去,仿佛看见了一个鬼魂:也许就是那只以全息图像的形式出现的镀金鹌鹑,眼睛里还闪着金光。

在幽暗而狭促的空间里,埃米特意味深远地看着妻子,惊叹着他们所拥有的生活,他们的女儿艾比已经长大成人,在西海岸从事金融事务，是两个儿子的母亲。这两个孩子玩冲浪，经常把"老兄"挂在嘴边。施雷德目前的婚姻差不多是一个冰冷的海螺壳，内壁闪耀着看上去触不可及的粉色光芒。

玛德琳轻轻叉起一块煮烂了的软莴苣，细细地咀嚼着，然后说："埃米特，我得告诉你一件事。"

"好的。"

"我坠入爱河了。"

他的第一本能是微笑，仿佛这是一个玩笑，但显然不是，然后他感觉到那个夜晚的不寻常——妻子正式约见他，单独见他。他们已经好几个月没有一起吃过饭了，已经十年没有同住过一间卧室了。

"和谁？"他半信半疑地问道，声音很大。一名侍者以为被传唤了，走上前去，意识到自己的错误后迅速退回。

"玛蒂·桑坦基罗。"

"谁？"

"我们的承包商。我们两人想在一起。"

埃米特朝后瘫倒在古董餐椅的垫子上。他心生愤懑。尽管他们的婚姻寒意袭人，但他还是觉得受到了某种难以名状的伤害。也许是因为玛德琳从一开始就为他创造了一切可能。也许是因为他们这样的生活已经持续了太久太久，所以任何改变——哪怕可能是好的改变，一开始也会令他惶恐不安。

埃米特·施雷德不喜欢改变，除非是由他自己主导的，他经常这样，尽管是在一些细节之处。他知道，人们在背后说他有注意力缺乏症，有一次在电梯关上后，他听到有人说："给那个男人一些阿德拉尔[1]！"接着是众人一阵响亮的哄笑声。也许这种评价是准确的，但他对玛德琳想改变的想法感到震惊。他坐在镀

---

[1] 一种治疗注意力缺失的药物。

金鹌鹑餐厅里，结束了他的婚姻，只吃到八道菜中的第二道——余下的六道菜就要跟他未来的前妻一起吃了！——他想埋头痛哭一场。

那晚过后不久，玛德琳就搬了出去。刚开始，这突如其来的晚年单身生活让埃米特·施雷德感到前所未有的孤苦伶仃，他借助伟哥，跟满城的女人上床，在她们的公寓和联排别墅里，在他那以玻璃为墙的公寓里——公寓景色浮夸，女人们总是发出一声惊叹："啊！"而他只得不胜其烦地等待赞叹的时刻结束——在卡莱尔酒店的套房里，在京都的一家日式旅馆里，还有一次在飞去卡塔尔的阿联酋航班的私人隔间里。

有一次，他从一个年轻漂亮的金融博主那里感染上了衣原体，但使用阿奇霉素很快便治愈了。他经常委派康妮事后给这些女人购买爱马仕丝巾，偶尔甚至会买女人们常常极其渴望拥有的铂金包，这种渴望甚是怪异，就像是某种达尔文式的原始冲动。

然后，在同一年——那一年颇为古怪，亢奋得令人精疲力竭——的某天早上，埃米特看到《纽约时报》上很不起眼地提及"在女性运动的鼎盛时期就有了一席之地，但从未大红大紫，却勇敢地坚持出版的《布卢默》杂志"即将倒闭。这里还引用了该杂志两位创始编辑的话，其中一位是费丝·弗兰克。这一页上她的名字在他看来是加粗的。

报道引用她的话："我们做成了很多事情。"施雷德的喉咙和胸膛都感到沉重起来，他忆起费丝·弗兰克，以及他们共度的那个夜晚。但他想起的不仅仅是性。他还想起自己一生中有多么渴求她。有些人对你有如此强烈的影响，纵然你很少跟他们在一起，他们也会在你内心留下深深的烙印。有关他们的任何暗示，任何不经意的提及，都会在你心中引发一股猝不及防的骚动。

因为玛德琳把他们的很多钱都投入了女性事业，日积月累之下，施雷德被视为是富有同情心的人，是女性的支持者。有时他会为自己担此虚名感到内疚，实际上在这一领域他并不抱有深刻的信念。但是他又认为，到目前为止，他确实有这样的信念；它们会变成现实的。无论这两种想法哪个才是真的，他也没能与费丝——这个货真价实的女性主义者，共度过更多的时间。

现在，关于永远不见她的规矩终于失效了，就像童话中的魔咒失效了那样。玛德琳和那位承包商开启了新生活。半夜时分，他打开床头灯，叫他的管家给住在法拉盛的助理打电话。康妮·佩谢尔用充满恐惧的声音接了电话。"施雷德先生？一切都还好吗？"

"我很好，康妮。我要你明天给费丝·弗兰克打个电话。"

"谁？那个女权主义者？那位？"

"是的，就是那位。找到她的联系方式，约她过来。告诉她我有个商业提案。"

费丝没有询问任何细节就来了。她在他的办公室里，就坐在他对面。她依然优雅迷人、完美无缺、聪明绝顶，虽然老了很多，但这个费丝还是再一次让埃米特充满渴望，同时还有一种新奇而汹涌翻腾的感觉提醒着他，他再也不是纳贝斯克公司那个穿着尼赫鲁夹克、满头黑发的年轻高管了，而她也变了。1973年在她的床上，他曾带着一种紧迫感吻遍她的全身，在某种程度上进入了她的身体，并摸遍她的脸颊，这是潜意识使然，心知肚明他们所做的事情再也不会发生了。他把她当作最后的晚餐来享用。他们全情投入，彼此交融，不分你我。他染上她的"追寻"香水味，她染上了他的酸橙气息。到了最后，他们都一丝不挂，意乱情迷。至少，他为她神魂颠倒了。

自多年前的那个晚上起，费丝就自己打拼，过着自己的生活，拥有了一份伟大的事业，就像他一样，两个人都大展身手，不遗余力，对其他人的生活产生了影响。在几十年的全力以赴之后，他们又走到了一起。生活是如此的不可思议，总是给出让人意外的结局。倒不是说这是个结局，或许这是个开始。他不确定事态会如何发展,接下来会发生什么。他只知道他想她每天都在自己身边。

"为什么找我来,埃米特?"下午她来到他的办公室,问他,"这是我们的第二次约会吗?"

他高兴地大吼起来。"是的,"他说,"如果你愿意的话。"

"嗯,通常男人不会过了四十年才打电话给女人,反之亦然。我觉得对我们来说有点晚了。"

"你确定吗?我可以给你带一枚胸针和一盒什锦巧克力。还记得那些吗?每一块巧克力都贴着标签。'糖浆''樱桃''腰果'。你看上去很棒,费丝。我喜欢你的风格,你身上散发着一种欧洲女政治家的优雅风度。"

"这话从你嘴里说出来,我不确定是不是一种恭维。"

"是的。"

"那么,谢谢你,埃米特,你看起来也很不错。"她那穿着靴子的大长腿交叉绕了两圈,又说,"那么,让我们跳过这样一个事实:很久以前,你和我曾经有过一段。"

"一段激情澎湃的时刻。结局却是千真万确的悲伤。命运多舛,你不觉得吗?"

费丝笑了。"是的。或许现在你可以告诉我为什么找我来。"

他对她全盘托出,并请了两位年轻助理来给她介绍他为女性基金会起草的计划书;他想让她来运营这个女性基金会。"它将主要为探讨女性问题的活跃发言人提供演说平台。"他如是言。

她立即产生了疑虑。"我不知道自己是否该和你这样高高在上的公司做买卖,无意冒犯。我这话听上去如何?"她问。

"很是精明。"他说,"每个人都会嫉妒你不必一直挤牙膏似的求来求去,就像你在你的小杂志上做的那样。科尔默出版社是吝啬鬼。我查了一下他们的数据,他们没有一本杂志是做得好的。我是说像《雕像收藏家》《空巢》这些杂志。谁要看这些杂志?

得了吧。"

她一开始是拒绝的，但后来回心转意，提出了一些要求，包括资助一些特别项目，他们就此达成共识。一段时间以来，洛赛基金会做了大部分它应该做的事，但近年来，施雷德资本的其他人给费丝施压，要改变基金会的风格，正如某人说的那样，使它变得性感。这样他们可以收取更多费用，并得到更多关注。歌手欧普斯现在也成了一名电影明星，很快就要来参加他们的盛大典礼。他知道费丝讨厌依靠名人效应，还有他们雇来的美甲师和灵媒，但她又能如何呢？

在最近的一次峰会上，这位灵媒——安德洛默达女士——宣称，她看到了在未来有一位女总统。人群沸腾了。然后她研究了她的卡片、图像、水晶球或是她用的随便什么玩意儿，清晰明了地说："我看到了……印第安纳州。"

"哦，妈的。"有人说。他们都闷闷不乐、一声不吭，想象着未来的某个时刻，安妮·麦考利，这位表现得像一位和蔼可亲、善于辞令的祖母一样的参议员赢得了总统选举，然后女性堕胎再次因被视为非法而需秘密地进行，医生们被关进监狱，众多少女被迫违背自己的意愿，让婴儿降生于这个无情的新世界。

当埃米特首次宣布他的详尽规划，要为一个女性基金会承保时，运营预算令他的首席财务官瞠目结舌。不成功便成仁。这对被剥夺权利的女性是有益的，因为她们的生活得到了大家的关注，再看看现在涌进来的捐款。这对施雷德资本及其形象是有利的，因为形象是需要持续修复的。这对埃米特个人来说也是件好事，他每个工作日都能见到费丝，他与她阔别多年，一直怀着一种奇怪而弥久的悲伤想念着她。

这四年里，有些日子，她会在下午五点左右来到他的办公室——或者他去她的办公室——他尽情享受着有她坐在自己对面的这份奢侈。她会脱下靴子搓搓脚，她会安静地坐在那里说话，散发着智慧的光芒。她告诉他她的生活，他也告诉她他的生活。他们会来一杯上等的马尔贝克干红葡萄酒，沉浸于绵长而快乐的沉默中。他们偶尔会谈到各自的孩子，林肯和艾比，一个一本正经、坚持不懈，在他妈妈眼里卓尔不群，因为他是她的儿子；另一个则风风火火，非常成功。不过，在他心中艾比仍然是他的小姑娘，他想起了她对自己不掺杂一丝杂质的真爱：坐在父亲膝上的小女孩，穿着衬裙，屁股热乎乎的。

有时，和费丝坐在一起时，他会聊几句某个最近跟他上过床的女人，她如何为他提供了生理上的发泄渠道，随着他步入令人恐惧的老年阶段，这种发泄如今变得越来越重要，伟哥也变得和防晒霜一样不可或缺。费丝认真聆听，从不评头论足，她有时会把自己生活中一些琐碎的细节告诉他，但大多时候她对自己的私人生活闭口不谈。他们谈到了一些以前都认识的人。他把所有的愤怒和沮丧都倾吐了出来。

他们总是一直在笑。费丝笑得最厉害、最大声。她完美无缺，他想。但是现在，他坐在她的客厅里，因为愚蠢、失败的厄瓜多尔导师项目，失去了她的尊重，激起了她的愤怒和蔑视——这真是一种折磨。

"真让我难以置信，仅仅因为你在一次会议上走了神，你就由着我们步入谎言的深渊。"她说，"你知道没那么简单。注意力只是烟幕弹。你有专心致志的能力，我已经看到了。你对我就能专心致志。"

"我应该在那次会议上集中注意力的，我不应该让他们把你喜欢的那个女人换掉，我应该关闭这项基金，公开宣布整件事。惩罚我吧，费丝。可别对我冷若冰霜。"

费丝紧闭着嘴，有那么短短的一瞬间，她跟世上任何一个对男人生气的女人并无二致。

"我告诉你我决定怎么办，"费丝说，"我不希望你说话，我只想让你听着。"

他点了点头,双手交叉搭在膝上,摆出一副倾听的夸张模样。这是一种超级倾听,是高等生物才会做的,他现在试图模仿这种行为。

"我不打算把事情搞臭,"费丝说,"这会危及基金会,让我们再也做不成任何事。我对楼上施雷德资本昭然若揭的道德沦丧深恶痛绝,我不能就这么悄无声息地辞职,因为我还能去哪里呢?我会继续拿你的钱,埃米特,但我不会跟着钱走。我会收下钱,物尽其用,并密切关注,因为我真的没有太多选择。

"我们生来就要各司其职,"她说,"我为女性工作。这就是我的职责。我会继续做下去。我不知道厄瓜多尔的事会不会泄露出去。一旦被披露,场面会十分难堪,或许会让我们倒闭。但底线是,我哪儿也不会去。"

"很好。"他眉头一松,当即如释重负,"我不知道如果你说你要辞职,我会怎么办。"

"哦,你会没事的。你是天之骄子。"

"我一直太过无聊,直到你来到这里,费丝。"埃米特说,"在《华尔街日报》的一篇专栏文章中,有人曾称我为'特权自恋者'。我想有时候真是这样。"他心里暗暗地想,像他这样的人需要有人提醒他们不要成为特权自恋者。他们需要像费丝这样的人来做这事。

埃米特冲动地握住了费丝的手,有那么几秒钟她没有抽出手。接着,她改变身体重心,他们的手分开了。"那好吧,"她说,"已经很晚了。"她站了起来,他也跟着起身。

"除了格里尔·卡德特斯基之外,没有人知道这件事了吧?"他问,"是谁告诉她的?"

"我不确定。"他们静静地待了一会儿。

"那,格里尔不会说什么的,对吧?"他问。

费丝摇摇头。"我很不确定。但她已经辞职了。那一刻闹得很不愉快。她是我喜欢的人，也是我一路培养起来的。"

"是啊，以你惯用的方式。对她们表现出兴趣。"

"表现出兴趣只是其中一个方面。"她说，"你还要把她们置于你的庇护之下，如果她们希望如此的话。但还有另一个方面，那就是你最终会让她们离开。放手！你放走她们。否则她们会认为自己无法自立。有时候你会对她们甩手甩得太狠。你不得不谨慎行事。"她停了下来，"不管怎么说，你也应该尝试着表现出点兴趣，对楼上的那些人。"

"我会的。"他饱含深情地说。他突然想起两个孩子，一个男孩和一个女孩，他们都刚大学毕业，同时被施雷德资本录用。他们聪明超群，满腔热忱，才华横溢，各有所长。两个人都前途无量。

"这真的不需要投入什么。"费丝说，"他们会非常非常感谢。他们会努力表达自己的感激之情。那就是证据。"她补充道，向她看着的东西扬了扬头。

埃米特转身看去。在沙发脚边的地板上，有一个打开的大盒子，里面装着五花八门的东西，有些还半包在节日礼物包装纸中，有一些已经拆掉包装打开了。"这都是些什么？"他问道。

"答谢礼物、感怀的物品和私人笑话。个人情结。"

"谁送的？"

"哦，所有人。这么多年来我认识的人，甚至我只见过一次的人。有时东西是邮寄过来的，有时是在峰会和演讲中交给我的。常常是说我在某方面帮助过他们的人。如果是邮寄来的，还会附张便条，有时我完全不知道对方是谁——便条上的名字听起来都不怎么熟悉，或是隐约有点印象——但便条说得好像我们进行过某种重要会面。我估计我们确实有过，因为这对他们而言意义非凡。这些东西放在这里已经太久了，都积灰了。这只是几个盒子中的一个，冰山一角。迪娜这周会帮我把它们都整理一遍。我已经七十一岁了,物品对我有了不同的意义。我不能再收集更多的东西了,现在是时候进行筛选了。"

埃米特弯下腰,把盒子拉近些,往里头窥探,挑挑拣拣,看看瞅瞅。最上面是女性喜欢的蕾丝小包裹,一个香囊。他把它举到鼻尖,但已经没有任何香气了。

一个钥匙串,上面挂着一只小靴子,可能是为了象征费丝所穿的家喻户晓的性感羊皮高筒靴。

三个不一样的罐子:一个是空的;一个装着一些陈年的黑果酱,可能长了肉毒杆菌孢子;还有一个装着果冻软糖,并附有一张字条,写着:

费丝:
  我知道你一定收到过很多罐子,我说得对吗,因为你那著名的罐子生产线?我确信你能打开这个罐子!(事实上,我确信你无所不能。)

深爱你的温迪·萨德勒

一件印有龙虾图片的T恤,还有一本看起来很蠢的老旧儿童读物,名为《布拉德福德双胞胎的夏日惊喜》。封面上是男孩女孩在放风筝,画得很低劣。他翻开了书本,看到上面写着:

亲爱的费丝:
  当我还是个小姑娘时,这本书是我的最爱,我想让你拥有它。

爱你的,
丹尼斯·芒古索(芝加哥那顿晚餐上认识的!)

"芝加哥的那顿晚餐怎么样?"他问。

"你在说什么?"

"信上的落款。谁是丹尼斯·芒古索?"

"我不知道。"

埃米特不停地在箱子里翻来翻去。一条用麻绳和珠子做的手链,一艘塑料玩具飞船,侧面印有 NASA 的字样,并附有一张短笺:

亲爱的费丝:

我目前在美国国家航空航天局工作,身份是工程部副主任。如果你来华盛顿,我很乐意带你参观一下。要不是你,我不会在这里。

爱你的,
奥利芙(米切尔)

有一盒自制的软糖。埃米特打开它,发现软糖已经成了一块年代久远、由糖和坚果组成、会崩掉你的大牙的火成岩,彻底钙化了。

"这是猴年马月的东西,费丝?"

"我怎么会知道?"

"十年前?"

一根系着丝带的孔雀羽毛,一支漂亮的钢笔,上面刻着奇怪的话:"这支笔比阴茎威武。"

同样稀奇的是一个平底锅,从来没用过,标签还在上面。它代表什么?他猜想也许是另一个私人玩笑吧,费丝可能记得,也可能不记得了,哪怕送礼物的人当时确实冲动地去购买并送出了它,因为这是爱的象征。所有这些女性都需要与费丝建立联系。对她们来说,她就是血浆。这也许是母性,他想,但也可能是:我想成为你。世上有那么多这样的女性,数量众多。而费丝只有一个。

"你肯定很有负担,因为在那些人看来你是最重要的,但那些人对你并没有那么重要。"他说。

"我不确定自己是否赞同你的理解。我也从她们那里受益良多,你要记得。"

"你受了什么益?"他问,"我很好奇。"

"嗯,她们让我立足于这个世界。"她说。她想说的就这么多了。

他不知道费丝·弗兰克向谁敞开过心扉。她有她的朋友们,那些和她交往了多年的老女人,包括一头鬈发的女同性恋邦妮和穿着沥青颜色套装的社交小姐伊夫琳。他知道,她们都是费丝的闺蜜。她们曾在一个与现在完全不同的久远时代里同过框。埃米特蓦地想起一张照片,照片上费丝和其他人在一间办公室里。那个地方看上去很热闹、很杂乱、很忙碌。但他记得最清楚的是,费丝在这些女人当中看上去是多么快乐,多么放松和满足。

突然间,埃米特想知道费丝在年轻丧偶后,这么多年来为什么一直没找个男人一起过。为什么一个坚强的女性要做她自己的盾牌?抑或那就是费丝想要的生活方式,因为男人会分散注意力,要么是维护成本太高,要么在她的生命中有一个男人是一件多此一举的事。他和费丝可能曾经彼此相爱过,可他觉得现在已经太迟了,实在太迟了。

"我把一切都搞砸了!"他说,再也无法压抑自己。

"什么?"费丝被他的情绪爆发吓了一跳。

"我本来可以爱你,"他说,"我本来可以做到这一点,费丝。我们本可以相互成就。我们俩都过着某种夸张、荒谬的生活。我们的性本是一种释放和启示,之后的谈话也是如此。我本来可以半夜给你做炒蛋吃;我敢说你肯定不知道,我做的半夜炒鸡蛋非常好吃。但我把一切都搞砸了,现在你觉得我坏透了。"

她站在他面前,震惊之情仍溢于言表,但正在缓和。她用一只手轻轻按摩了一会儿自己的脖子。最后,她只说了一句:"我没那么觉得。"

　　天很晚了，他很快就得回家了。他的车和司机都在等着，事后他和费丝会躺在各自的床上，尽管如果他们愿意的话，床有足够的空间容纳另一个人，但今晚他们不会这么做。他们年纪大了，必须谨慎地处理亲密关系。埃米特把盒子推回原处。这个盒子里装着她一生中认识或遇到过的人给她的礼物，那些人都受到了她的影响——她有时几乎记不住她们——可就算记不住也没关系，因为她惦记着她们所有人，她们全都知道。

　　埃米特试着想象他会给费丝什么样的礼物，好让她知道他的感受。他想象不出自己能给她什么——什么有意义和能够引起共鸣的东西。但后来他意识到他实际上是知道的，因为他已经给了。他送给了她一个基金会。

第十三章

科里·平托关于自己这款电子游戏的设想并非灵光乍现，而是历经了数年的构思。他甚至没有意识到自己一直在构想一款电子游戏，他以为自己不过是个玩了大量电子游戏、时不时地陷溺于失去弟弟的伤痛之中的人。但玩游戏和耽于伤痛相融合，最终让他看清了一直蛰伏在自己内心的东西。因此，当这款游戏显形时，故事框架基本上已经完全成型了。

有很长一段时间，他会周而复始地沉迷于这样一个念头：当你所爱之人离世后，你可以倾尽余生走遍世界去寻找其踪影，然而无论你踏遍多少隐秘的所在，无论你潜入多少洞穴，或拉开多少窗帘，进入多少房屋，你都再也找不到他或是她。故人真的不复存在了，作为科学事实，这似乎再简单不过，可倘若那是你挚爱之人，要接受这一现实却艰难得不可理喻。

但问题是，在你所爱之人离世后，你仍然能够见到的那些人——也就是那些活着的人——可能有时看上去仿佛就是你一直以来怀念的那个人。一些似曾相识的东西可能会让你大吃一惊，一张熟悉的面庞或一串熟识的笑声一闪而过，你猛然转身，却发现他根本不是你要找的那个人。接着你不得不思量：为什么你面前的这个孩子，这个笑得那么肆意、表情那么狂放的陌生人能够活着，而你的弟弟却不能？

然而，如果你真的耗尽全力去寻觅，让自己的足迹够到更遥远的地方,你也许最终会找到自己一直寻觅的对象。也许吧,也许,在阿尔比离世的这三年里,他依旧在世界的某个角落。也许关于死亡的隐秘真相是,死者会被带离他们现有的生活,被迫生活在另一个遥远的地方——这一过程类似于转世,但不是发生在未来,而是发生在当下。一个基于死亡的必然性而建构的见证者保护项目。要是你能找到他们,他们看上去就跟从前一模一样。要是你知道去哪里能找到他们就好了。要是你知道去哪里找就好了。

这就是科里的游戏预设。他没有能力接受阿尔比的死,他感觉自己这样很幼稚。当然,从所有重要的方面来看,他确实接受了,因为他不像他母亲那样精神脆弱;他能够进行社交,喝上一杯并谈论一些与死亡无关的话题,事实上他还能在位于闲适的北安普顿的德谷跟顾客和其他员工相谈甚欢,德谷距马科佩有二十五分钟的车程。商店看上去很雅静,但收费不菲。客户对电脑的依恋原始而迫切。他们抱着笔记本电脑冲进店里,跟兽医诊所里怀抱受伤或生病的动物的那些人并无二致。

"有什么可以帮您的吗?"科里会客气地询问。

"它刚刚死机了!我有一个无比重要的项目刚好做到一半。"

"您都备份了吗?"

"嗯,没有,最近都没有备份。"然后辩解道,"我怎么知道它会死机。"

"让我们来检查看看。"科里带着这台心甘情愿、逆来顺受的笔记本电脑走进后面的工作间,这台电脑在这件事情上是没有发言权的。说到底,它毕竟只是一台机器。你可以让它重获生机,甚至可以多次修复它,但最终你知道客户将不得不放弃并淘汰它,而你将是促成此事的人。

正是通过这家商店,科里开始熟悉网络游戏社区,这当然不是一个真正的社区,而是一个庞大得令人震惊且具有很强流动性的聚集地,世界各地的玩家来自不同的家庭和时区,他们喜欢不舍昼夜地玩电子游戏。有时候，一些人下班后会在各自家中组队玩《刀塔2》。商店的员工会每周一次在下班后聚在洛根·贝里曼的公寓里，公寓就在商店的附近。洛根三十岁，身材魁梧。除了德谷首席技术人员这层身份外，他还是先锋谷一带盛行的反山寨产品社区中的一名程序员。

洛根和他的女朋友珍住在弗鲁特街一栋房子的楼上，那里有他们的小提琴和猫，还有厨房料理台上摆放的几罐蜂花粉，罐子里的颗粒闪闪发光。晚间在那里休闲时，德谷的员工——洛根、哈莉·贝蒂、彼得·王，以及现在的科里——喝着啤酒，用牙齿从毛茸茸的小豆荚里嗑出毛豆，然后一起高高兴兴地玩几个小时的《反恐奇兵》。

洛根和珍在现实世界中住在马萨诸塞州北安普顿，那里进步开明，也是史密斯学院的所在地，由大学教授、精神病学家和各种女同性恋爱人组成，还有咖啡店、戴着大方巾的混血品种狗，以及那些看起来像是离家出走的孩子，尽管其中一半是教授和精神病学家的孩子——这些迷失的青少年晚上会偷偷溜回堆满书籍的家里睡觉。这个地方在性的问题上是开放的，也被认为是平等的。日落时分，在洛根和珍的公寓里，男男女女尽情地嬉戏着。这就像是一个人人平等的梦境，而科里知道，在线游戏世界里则充满了高声喧嚷的仇恨。女性在游戏世界里也不断受到骚扰和威胁，如同现实世界的微缩版一般。科里见过留言板上文盲的叫嚣，比如**"我要把你的脑袋剁下来，你这个臭娘们"**，格里尔很久以前就对科里说过，那时她已经遇到了费丝·弗兰克并将注意力转向了女权主义："我告诉我自己，剁掉身体部位这种话其实是在说：我不知道该怎么应付我感觉到的愤怒。"

他想象着格里尔在自己身边，一起在这间公寓里；一想到别人把他们当成一对情侣，他就感到激动。他突然联想到，如果格里尔是纽约市中心那些情侣中的一员，正在约会，或是终于去勾搭了，抑或处于无论她自己怎么描述的关系中，也许得到她的那个家伙会用反厌女症的故事来讨好她。这是个接近格里尔的好办法。这个念头在科里心中一闪而过，然后消逝了。他现在没法与她相处了，她也没法与他相处。你和一个人分开得越久，你们的生活就越来越分道扬镳。科里几乎无法理解，那些早年互不相识的人是如何成为情侣的。随着年龄的增长，你会变得越来越有个性。女人必须愿意接受他的处境。毕竟，他是一个跟自己母亲生活在一起的成年人。

每当科里被问及自己的生活状况时，他不会说"我和我妈妈住在一起"，这话有可能充满诺曼·贝茨[1]式的惊悚意味。他会换一种说法："我住在家里。"时值2014年，随着经济的大规模复苏，住在家里并不一定意味着什么。

今晚他不能在外面待到太迟，因为他必须回家给母亲做晚饭，并在睡觉前把她安顿好，当然，他并不打算告诉他们自己为何离开。他们也许会认为他要去某个地方，见某个女人。他是个英俊的男人；这点他心里有数。但事实上，他最近一次跟女人发生关系已经是老早之前的事了。万万没想到的是，那女人是克里斯汀·韦尔斯。克里斯汀一直以来都只是他在沃伯恩路认识了很久的某个人，以致他不再把她当成一个真实存在的人了。他和格里尔以前总是自以为高克里斯汀一等。她迷糊地扮演着"住在我们街上的傻女孩"的角色。但是当格里尔从科里的生活中消失，而克里斯汀恰好住在家里并在派园比萨店工作时，科里有时会在傍晚时分天空沉入一片灰紫色时去这家比萨店。

他会走进店里，坐下来吃块比萨，如果克里斯汀碰巧在，他们会进行极简短的单字对话，可能最终会变成几个字，也可能不

---

[1] 美国作家罗伯特·布洛克（Robert Bloch, 1917—1994）创作的《惊魂记》的主人公。根据该书改编，由希区柯克执导的《惊魂记》系列电影更为出名，该人物也被观众熟知。

会。这种情况持续了一段时间。有一天，快打烊时，他还在那儿，后来他就和克里斯汀一起离开，走在街上，他们的身体挨得很近，这种新奇感很有趣。克里斯汀·韦尔斯身材曼妙，散发着面团的香甜，就像从敞开的窗户吹来的甜美微风。

"你想过来坐坐吗？"他壮着胆子问她，而这个女人曾经在比他低三个等级的阅读小组里。去他的阅读小组！成年人的美妙之处正在于此。至少这些阅读小组不会成为任何事情的绊脚石。你可以身处世界顶级阅读小组，做美洲狮中的超级美洲狮，但这仍然无法让你逃脱弟弟夭折、父亲远走，以及与爱人分手的痛苦。

克里斯汀生平第一次跟着科里走进他家，尽管他们在同一个街区住了这么长时间。他记得格里尔第一次来他家是快二十年前的事了。步入一个人的家里仿若走进他们的身体里。你看得见他们是由什么构成的，以及他们一直以来都在烦恼些什么。

他和克里斯汀一道进门时，他母亲正坐在电视前。"妈，你有什么需要吗？"他问她，她从白天经常坐的躺椅上抬起头来。

"我很好，科里，"她说，但不自在地斜睨着克里斯汀。"这个女孩是谁？"

"住在街那头的克里斯汀，"克里斯汀自报家门。"韦尔斯家知道吗？"

"有花园小精灵的那家？"

"就是我们家。但实际上小精灵已经不在了。前不久有人把它们偷走了。"

科里把克里斯汀带到了楼上自己的房间，关上了门。和她共处一室，他不得不把她和格里尔进行一番比较。这是一个替补的女人，一个远远不那么有趣的替代品，却也是一个女人，散发着清香的女人味，是一个了解马科佩生活且不会质询科里为何选择"如此生活"的人。另外，她有一张柔软的嘴巴，下唇分为两小瓣。他们抽起了大麻，这是熬过此刻的唯一方式。在跟随萨博表弟进行短暂的海洛因冒险不久后，大麻就成了他生活中的一剂调味品。抽大麻能让人放松下来，但吸食海洛因很不舒服，就像经历了一场龙卷风似的，他之后再也不会碰了。

于是科里和克里斯汀一起默默抽着，然后他抬起头，见她突然像建筑起重机一样停在自己上方。他慢慢朝她抬起身子，两人的脸碰到了一起。当她张开嘴巴时，她闻到了大麻味和铁锈味，仿佛里面什么地方有污血。在吻克里斯汀·韦尔斯时，科里身体的各个部位都产生了不同强度的性冲动，但除此之外，身体并没有判断出它在亲吻谁。他已经很久没有吻任何人了。

"当你还是个孩子时，你就是个他妈的小娘娘腔。"克里斯汀在接完吻后说，他们分开，互相看着对方，"总是穿着整齐的小衣服。你妈一直都给你熨衬衫吗？你看起来总是那么整洁、那么干净。一个妈宝男。"

"没错。现在我给她熨衣服。作为回报[1]。"

"什么？"

"没什么。"

他想不出他们还有什么可聊的，所以他干脆不说话，而是在她身上放松下来，使出了浑身力气和全部兴致。

他们纠缠了整整一个月——一个月的时间里，他们吸大麻，躺在床上醉生梦死无数个小时。一天，他们正躺在那儿，房间突然涌入光亮，接着砰的一声，科里抬头望去，看见他身材矮小的母亲站在门口。"我便秘了。"贝内迪塔宣布。

"噢，他妈的饶了我吧。"克里斯汀小声地说。

"科里，你能帮我找一下通便丸吗？我到处都翻遍了，就是没找着。"

"好的，妈妈，稍等一下。"他说。

---

[1] 原文为拉丁文。

他母亲退出房间，趿拉着鞋走开了。这些年来，她成了一个趿拉着鞋走路的人；到现在他已经习惯她那双紫色拖鞋在房间地板上发出的声音了，这声音几乎让他感到宽慰，仿佛是炉火在壁炉里发出的噼啪声。但是克里斯汀面带恼怨地看着科里，他承受了下来，也立刻回敬了她，因为她无权掌控他，而且她凭什么觉得自己可以呢？

"你妈这样告诉你她的私事，真是太恶心了。"她说。

"是啊，可是，她没有其他人可以讲了。"

"我也跟我妈住在一起，但她什么屁事都不对我说，我觉得这样蛮好。"

科里耸了耸肩，想让她离开。照顾母亲已经成了他工作的一部分，是他的存在方式。他安排她的饮食起居，让她不再那么痛苦。他不想让克里斯汀介入这部分，她应该忽略它，而非评判它。可她却在这里抱怨着，指手画脚，提出自己的意见，此刻，克里斯汀·韦尔斯身上曾短暂让科里觉得性感的地方——她脚踝上的狗窝图案小文身、她精心打理的长头发和迷人的嘴唇——都成了叫人反感的东西。科里现在对与这个人有关的一切都不感兴趣了，因为她越界了，还侮辱了他的母亲。或者更有甚于此，她侮辱了他母亲和他本人，以及他们对于彼此的意义。不，她只是侮辱了他。

"克里斯汀，我必须得起来了。"他说。有她在身边时，他发现自己说话都不像他自己了。必须得，不得不[1]。

"怎么，科里，你生我的气是因为我对你妈和她的便秘感到恶心吗？"

"差不多吧。"

"去你的，平托。"

"是啊，没错，你这么说真是太贴心了。"

---

[1] 此处原文为 Gotta, Hafta。前者等于 have got to；后者等于 have to。皆为英语口语中常见的连音字。

他站起身，找到自己的裤子，接着是衬衫，从来没有像这般轻松地穿上衣服。但克里斯汀没有动。她只是躺在他的床上，慢慢吞吞，毫不着急。她抽了一支烟，拿起遥控器切换着频道，看看都在播什么电视节目，最后决定看重播的《淘小子看世界》，科里的名字就取自这部剧。他看过这集，主人公科里在发现他必须要穿紧身衣才能演学校的话剧《哈姆雷特》后选择了退出。小时候，他看过好几遍，深深地体会到这是一个多么美国式的角色，并对此感到非常兴奋。现在他希望自己能把科里这个名字换回杜阿尔特，他已经准备好成为杜阿尔特了，但那实际上也是他父亲的名字，这激起了他心中完全不同的另一种感情。克里斯汀拿起遥控器，调大音量。他知道她打算看完一整集。

你慢慢看吧，克里斯汀，他暗忖。他去找通便丸。药就在他预想的地方：在浴室的架子上，被一个年代久远、不透明的瓶子挡住了。瓶子里装着让内特牌浴后香水喷雾。他一把抓起通便丸，把它拿给了母亲。

那天克里斯汀离开后，她和科里变成了不言自明的敌人。看见她走在去往派园比萨店的路上，他会勉强挥手打个招呼，而她只会用喉咙咕哝一声，意思好像是，你拿我开玩笑吗？然后继续赶路。很快他就不再挥手了。现在，他不仅失去了格里尔，连克里斯汀也没有了。

最后，随着时间的流逝，除了照顾母亲和打扫她曾经打扫的两套房子外，他开始拼尽全力自学电脑维修和游戏设计的相关知识。科里学得很快，北安普敦的德谷雇用了他并对他进行了培训，他很快就顺理成章地成了一个了解不同机器弱点的老手。和同事一起待在店里安全简约的办公隔间里，他感到心满意足。晚上，他回家打扫屋子，做饭，然后盘腿坐在阿尔比的床上玩电子游戏，慢慢就在身旁待着。几个月过去后，科里开始跟店里的游戏玩家互动。洛根特别关照他，仿佛对他有种保护欲。洛根经常鼓励科里提出游戏上的构想,而洛根可就此进行设计。科里一直在尝试。

傍晚时分,洛根送他走出自己家,在前门廊上对他说:"你有点什么想法了吗?"

"算是吧。"

"好的。我把这当成是肯定的回答。我自己也开发了一款游戏。"洛根说,"我真的很喜欢构建系统和游戏机制。但你不用担心,我会想办法的。关键是,我通过一些朋友找到了一位潜在的天使投资人。他住在牛顿,星期三晚上会开车过来讨论这件事。"

"他是做什么的?"

"有钱的口腔外科医生。他是个游戏玩家,但他说自己完全没有想象力,他也想参与其中。他喜欢把原创游戏当作艺术品。他觉得能赚回本金就是成功。我跟他约在莫桑尼克街的霍普斯餐厅——那个喝精酿啤酒的地方碰面。如果你愿意的话,你也可以过来跟他打个招呼。"

"哦,这样吗。但我还没准备好。"科里说。

"到星期三你就准备好了。我有预感,到那时你就能把想法整合起来了。"

于是科里下班回家后,在客厅的桌子旁坐下,他母亲安静地坐在他对面。科里从阿尔比众多的笔记本中拿出一本,开始写下一些跟他最近一直在构想的游戏有关的有用笔记,而实际上,这个游戏他老早就开始规划了。星期三晚上,他走进了北安普顿市中心霍普斯餐厅的漆木雅座。来到这些时髦场所总会让他感到紧张,因为这些地方会让他想起自己曾经拥有过的东西,哪怕只是短暂拥有——那是曾将他包围的财富,先是在普林斯顿,后来是在马尼拉,在他彻底放弃这一切之前。

威廉·克罗尼什,牙科医生,三十五岁,是一位下巴歪斜的口腔颌面外科医生,想方设法让自己看起来像个贵族。"当我还是个孩子的时候,我有点哥特,我也痴迷于玩一些非常规的古怪游戏。但我爸爸和爷爷都是牙医，所以当我规划自己的人生时，我顺理成章地就成了医生，因为我的兴趣并不能为我谋生。所以现在我过得不错，但是我仍然想着自己的另一面。我很喜欢坐在地板上玩些很酷的游戏。我不打算靠这个赚钱，我已经赚得够多了。但我真的迫不及待想听听你们的主意。"

洛根首先上场推荐。"《猎巫》，"他语速缓慢地吐出每一个字，"这是一个角色扮演游戏。你的身份是1692年塞勒姆镇上的一个女孩。她只是个普通女孩，一个戴着童帽的青少年。"

"她非得是个女孩吗？"克罗尼什问，"她不能是村民吗？"

"村民也可能是个女孩。"科里指出。

"没错，"洛根说。"好吧，让我描述一下我将如何设计游戏背景。"

克罗尼什举手示意打住。"你懂的，"他说，"让我们到此为止吧。对我来说这有点太寻常了。事实上，已经有一些跟塞勒姆相关的游戏了。正如我告诉你的那样，我对艺术的追求不亚于其他任何东西。"口腔科医生的目光转移到科里身上，他谨慎地问道："你的想法能更符合我的要求吗？"

科里不想抢洛根的风头，洛根对他这么好，哪怕这只是一种怜悯的表现。（"你就不能帮帮那个可爱的科里·平托吗？"他可以想象他们在厨房里吃完了本地风味的晚餐后，珍哀怨地问洛根。）"洛根和我一起合作，"他开始介绍，"想法是我的，我会来写故事；但他是设计师和程序员，我对这些一无所知。"

洛根说："我可以告诉你我的计划。当你听科里讲的时候，你可能会想：哇噢，考虑到我们需要创建的游戏背景数量如此之多，要怎样做到这一点呢？但是——"

"等等，"克罗尼什说，"我们会谈到这一点的。也许吧。"他对科里说："但首先，请告诉我你是怎么看的。"

于是科里开始讲述他的"想法"，不是以他想象中游戏设计师谈论自己想法的那种方式，而只是解释自己是如何想到这个游戏概念的。"如果你在寻找已经去世了的所爱之人，"科里对他们两人说，声音很低，"哪怕你知道你爱的人已经死了，因此你的寻找毫无意义，但你依然必须去完成这项任务，因为你无法相信那个人已经不复存在了。我的意思是，你在科学上相信它，但你的内心并不真正相信。茫然之下，你找啊找啊，试图通过梦，通过其他人，通过无休无止的不断渴望，也许通过毒品，也许通过跟以前你从来不会想跟她上床的人发生短暂有趣的性行为来寻找那个人。通过任何你能想到的手段。

"但这不管用。根本没有用。怎么可能有用呢？你爱的人已经死了。他们的机体已经停止了运作，他们的心脏停止了跳动，他们的大脑里再也没有流动的血液。他们不可能仍然存在。但在游戏的版本中，在我们的版本中，也就是在我现在称之为《寻魂者》的游戏中，你可能真的有机会找到他们。"

他在这里停了下来，但两个人都没有打断他，也没对他提问，没有点头或表现出任何反应，他是一败涂地还是大获全胜不得而知。科里接着往下说，因为别无他法。"但这注定会是非常非常困难的。我的意思是，几乎没有玩家能成功。这点会很有吸引力，大多数购买游戏的人不会真正体验到他们希望体验的内容，但他们中的一小部分人可以。"

"人们会想知道，'你是怎么做到的？你是怎么找到你爱的人的？'，可要回答这个问题并不轻松。这是个非常……情绪化和直觉化的游戏，同时又是反直觉的。那些能够找到死者的人将会在游戏世界中声名远扬，因为所有人都会知道这是可以做到的。只是你得足够努力、花足够长的时间去找你失去的人，最终你可能会把这种渴望转化为技能。当然，大多数单人游戏甚至都不具备定位死者的软件功能。但有些玩家可以发现这个功能，一旦发现此功能，就像拿到了一张类似威利·旺卡的金券[1]。除非打上几个月的游戏，不断地尝试，不然你根本不会知道。但纵使你拥有了一张金券，你仍然需要把每件事都做对，才能找到死者。"

"你是如何产生这个想法的？"克罗尼什不置可否地问道。

科里原本没打算谈这个，但现在他生硬地说："我弟弟去世了。他被一辆车撞死了，这是我家里发生过的最糟糕的事情。从那以后，这就成了我难以释怀的心事。"科里说得很快，不给别人时间对他表示同情，说什么"我很抱歉"之类的话，"任何事情随时有可能发生。如果你想设计电子游戏，这并不算是什么糟糕的人生阅历。很多游戏的核心，至少洛根和我玩的那些，都是意外，对吧？落石。雷击。埋伏。他们让你做好准备去迎接那些现实中的落石、雷击和埋伏，它们是……只要活着就能体验到的华丽装饰。"

这些话从何而来？他立马就知道了。它们来自华而不实的阿米蒂奇与里斯特公司，以及他在那里的短暂经历。但接下来，他的人生路拐了个弯。一个深刻而沉重的弯，而他最终也成了另一番模样。不是顾问，也不是小额信贷创业公司的合伙人。

"当一个人死了，我们会说我们失去了他们。"科里说，"我们失去了阿尔比。对我来说是这样的，好像他们一定会在某个地方，对吧？他们不可能无处可去。这是毫无道理的。"

科里把手伸进背包，小心翼翼地取出了阿尔比的笔记本，把它放到桌子上，有点担心笔记本表皮会受潮。"我做了很多笔记，"他说，"你可以趁我们在这里看看这本笔记，但我不能把它借给你什么的，因为它是我弟弟的。"克罗尼什开始翻阅笔记本，仿佛在研究某人下巴的 X 光片。他沉默了很长一段时间。过了很久，

---

[1] 参见英国著名作家罗尔德·达尔（Roald Dahl, 1916—1990）的《查理和巧克力工厂》。故事中，小查理抽中了全世界最大的威利·旺卡巧克力工厂发放的金券，除了可以畅吃巧克力和糖果外，还可以参观工厂，奇幻故事也由此展开。

洛根站了起来，走到飞镖角，开始投掷飞镖。

科里加入了他，低声说："就我个人而言，我认为《猎巫》听起来很棒。我愿意玩你的游戏。"

"别多想，伙计。"洛根说，他是个大块头，他现在全部的注意力和能量都集中在指间的飞镖上。

不知什么时候，克罗尼什走到了他们身边，手里拿着阿尔比的笔记本。"我能明白，"他对科里说，"我爷爷在我十九岁时死于一次严重的中风，这伤透了我的心。为了找到他，我愿意做任何事，好让他看看我变成了一个什么样的人。"他的眼睛看起来因兴奋而熠熠生辉。

他们回到雅座再次落座，展开进一步讨论，考虑到更多的细节。每个玩家都能够定制一个"失踪的灵魂"。对于失踪者来说，有很多选择，不仅仅是性别、种族和年龄，还有个性和兴趣等特殊附加选项。游戏中还会有这样一个场景，第一次玩游戏的时候，玩家可以和自己所爱之人互动，此时这个人在游戏中还没有死。

克罗尼什说："所以基本上游戏分为'生前'和'死后'。你是这个意思吗？"

科里点点头。"我们不会把死亡场景展现出来，因为那会成为核心，而我不想让它成为核心。不仅如此，它还会让游戏变得非常传统，更别提还会涉及没必要的图形化。玩家可以沉浸在回忆当中，任何时候都可以通过剪贴簿功能重返回忆，但游戏主要是寻找所谓的失踪的灵魂。这场搜寻将会带你到世界各地，如果你选择这样寻找的话。或者你可以只专注于一个你冥冥之中有预感的地区。甚至是，比方说，某人的阁楼。"

"这是个极其怪异的概念，"克罗尼什说，"却又雄心勃勃。"

"雄心勃勃"这个词已经很久没用在科里身上了，但他过去经常听到这个词，用在他和格里尔身上。他们也经常用这个词来形容自己。

"当然，问题是，"克罗尼什说，"现在终于轮到你出场了，洛根——这真的可行吗？"

洛根放下啤酒杯，说："让我用简单的术语解释一下。我们会请一位场景设计师，或者两位。我有信心，我们能用相对较少的建筑模块创造出大量的场景。我对生成系统很感兴趣，这些系统能教电脑制作出很酷的东西。我想这应该是那样的。科里会写一个元文本，它可以适应不同的玩家。里面会包含一些精辟的信息，但它们的解读方式会因为阅读者的不同而有所不同。"

"这听上去像是一种沉浸式的戏剧效果。"克罗尼什说，"我对此很感兴趣。事实上，你们能不能考虑一下，什么时候去纽约看一场沉浸式戏剧？罗斯福岛正在上演《魔法山》，我听说演出质量堪称一绝。"

科里立即想起了格里尔最近的邀请。"你可以来我这儿过夜。"她这么说过。想到这里，他涌起一阵愉悦。但住在她位于布鲁克林的家里，他也许会觉得太过悲哀，他本该住在那里的，可事实上这么多年他却从未去过。

尽管眼下他们显然会有一位天使投资人了，但这并不意味着科里未来一定会"成功"，这个词的含义因环境而异。有人投资你的电子游戏算是成功了吗？还是说只有很多人都开始玩这款游戏，你才称得上成功？到底要有多少人来玩这款游戏才算是成功呢？对于那些认为电子游戏不仅是在愚蠢地浪费时间，更应该对阅读之死和文明崩溃负起部分责任的人来说，你成功了吗？

对科里而言，成功与否并不重要。可随着他的生活更加专注于游戏设计的同时，其他变化也随之出现。一天晚上，在洛根和珍的家里，他的同事哈莉·贝蒂看着他，以一种他从未见过的方式对他微笑。

"想晚点去我那儿吗？"她轻声说。哈莉的脸异常苍白，布满雀斑，甚至眼皮上都有，他和她躺在床上时注意到了。她在格林菲尔德租了一间农舍。

他们之间没有他和克里斯汀·韦尔斯之间存在的敌意。没有虚度光阴的感觉，仿佛听到房间里嘀嗒作响的时钟声音越来越大。阿尔比死后，科里把注意力转向了一系列黄片。从他年少时算起，他还从未如此沉迷于黄片。黄片总是给人以一种熟悉的感觉，就像从温蒂汽车餐厅的外卖窗口中递出来的温暖午餐袋，令人愉悦、触手可及，又非常粗俗。

他在房间里偷偷打飞机，母亲就在隔壁房间，科里仿佛又变回了一个十几岁的少年，他总是在他的笔记本电脑上看一张照片，也一直心知肚明：这个女人不喜欢我。这个色情明星对我没有兴趣，可能还有点瞧不起我。但这并没有阻止他。他一生中几乎没什么艳遇。以前那些——克洛芙·威尔伯森，然后是克里斯汀——使他厌恶自己；最近的这次是和哈莉，让他感觉轻盈，更加清醒，提醒着他自己随身携带的这些零部件依然能组成一具年轻人的身体。

一个星期四的早晨，科里正打算出门去打扫伊莱恩·纽曼教授的房子，他的母亲穿得整整齐齐地在厨房里等着他。"我能去吗？"她问。

"你是什么意思？"

"我能去教授家吗？很长时间没去了。也许我能帮上忙。"

科里不想表现得太过惊讶。虽然她已经不再抱着胳膊说看到了阿尔比，但母亲多年来一直不想去其他任何地方或做任何事，他也不期待她会发生什么重大的变化。"当然，"他说，"我把所有用具和物品都放在那边了。"他们一路默不作声地开车前往纽曼家，等他领着母亲一起走进房子时，他母亲站在那里环顾四周，打量着房间。她用一根手指在前厅的长凳表面摸了摸，很干净，她赞许地看向科里。

"不错，"她说，"你用的是质保牌清洁剂，不是什么便宜的牌子?"他点了点头。"很好。效果更好。"在她重新参观了自己以前打扫的房间后,他从门厅的壁橱里拿出一个杂物桶,递给母亲一双橡胶手套,他们就开始工作了。

在这么长的时间里,他没有看到贝内迪塔表现出丝毫兴趣,做出任何决定,或彻底地从悲痛中解脱出来;他也很长时间没有看到她做任何体力活了。但这会儿,她却跪在纽曼教授家的厨房里,擦洗着她从前每周清洁的瓷砖。你可以认为打扫别人的房子是份糟糕的工作。介入别人的习惯和生活方式的确让人生厌,你会发现剪下的指甲——手指和脚趾的——和蓬松的小发团,还有部分被挤过的可的松乳膏,甚至是润滑油,所有这些都是一种你不愿去多想的生活的证据。

但你也可以说这只是工作。这份工作是令人钦佩的,即使它艰难、没什么吸引力、卑微,或者像格里尔过去经常提醒他的那样,如果你是女性,那么报酬通常低得让人抓狂。他的母亲并不能轻松完成这份工作。她曾经可能不喜欢这份工作,但现在它却能让她如释重负,重新振作。整个上午,她都在教他一些小窍门:如何巧妙地使用白醋;如何用合适的方式折叠床单,这样它就可以整齐地放在亚麻布壁橱的架子上。他们把房间的窗户推起来,让空气流通。

"这方面你很在行。"她评价道。

就是从那天起,他的母亲开始好转了。他当时就知晓了这一点,事后回想起来,他更加笃定了。工作对所有人而言都是滋补品,但对他母亲来说却是一种特殊的维生素饮品。因为她在阿尔比死后就无法工作了,所以现在工作最起码是衡量她康复程度的一个标准。如果一个人能再次开始工作,不管是什么样的工作,这个人都会好起来的。

之后她又提出想和他一起去打扫,再之后就是每一次。他们俩缄默地并肩劳动,为伊莱恩·纽曼的艺术史书籍掸去灰尘,用博纳木质清洁剂擦洗她的地板，两人从头到脚都散发着人造制品的气味，科里望着母亲，她就像从一口井里爬上来的人。他不想催促她，他甚至没有每周都问她是否想跟他一起去。但没过多久，一到要搞卫生的日子，她就会整装待发，穿上过去打扫房子时穿的衣服：一件旧衬衫、运动裤和运动鞋。

科里逐渐喜欢上和她一起的旅程——安宁的驾车之旅，以及随后他们在那栋维多利亚风格的房子里会一起度过的几个小时，打开高档立体声音响，随手播放一张唱片。纽曼家最喜欢的是桑德海姆[1]。当他听到"这不是意味深远吗／我们是一对？"这句歌词时，他想，是的，他们是一对，科里·平托和贝内迪塔·平托。这个来自移民家庭的孩子本应长大成人、超越他的父母，但他与他的母亲一样当起了清洁工：真真正正是一对。

她的状态越来越好，也开始认真吃药。一天，当科里坐在车里等母亲离开负责她的社工的办公室时，她来到门口，挥手招他进去。科里很是意外，他走进去，在丽萨·亨利小小的家庭办公室里坐下。丽萨·亨利身材高大，多年来一直在不厌其烦地照顾贝内迪塔。

"你妈妈和我都认为今天是时候可以和你讨论一些事情了。"丽萨说，"我们最近一直在谈论如果她越来越独立自主了，会是什么状况。"

科里的母亲紧张地抬起头来，频频点头，然后陷入沉默。他意识到轮到他表态了。"好的，"他说，"那很好。独立自主总是好的。你说的是哪种独立自主？"

"也许，"他母亲说，"我可以跟玛丽亚姨妈和乔伊姨父一起生活。"

"在福尔里弗那边？"

---

[1] 应指美国作曲、作词家斯蒂芬·乔舒亚·桑德海姆，号称概念音乐剧鼻祖。

"他们现在有空余的房间了,因为萨博离家了。"

那是一个小小的奇迹,科里的表弟萨博通过戒毒匿名者协会的帮助戒了毒,并在迪尔菲尔德的余烬餐厅担任副主厨。那双曾熟练切碎过海洛因和可卡因的手,如今正在认真地把罗勒叶切成丝,把胡萝卜、芹菜还有洋葱切成丁[1]。萨博居然认识这些法语单词,单想到这个就令人讶异。萨博会带上自己的刀具去上班,一把超好用的三叉牌德国刀和一把旬牌日本刀,晚上就把它们锁在家中的柜子里,好像它们是枪支似的。几个月前,他和余烬餐厅的糕点师结婚了,她年纪稍长,离过婚,有两个女儿。他那个吸食海洛因和贩卖各种毒品的时代,随着他青春期的最后一丝痕迹,一起结束了。就像软趴趴的第一把胡子,它被剃掉了,萨博也洗心革面了。

"你姨妈已经跟你妈妈就此沟通一段时间了。"社工说,"她知道你妈妈开始帮你一起给前雇主打扫卫生了。她的思维更有条理了,药物也在起作用,她对自己的起居有更强的自控力。一切似乎都在好转。"

"我想是的。"科里略感震惊。"如果真这样,"他问道,"那房子怎么办?"

"我们可以把它卖了,"贝内迪塔说,"会卖个好价钱的。"

他敏锐地看着她。"这句话是谁跟你说的?"

"你妈妈给21世纪房产中介打过电话。"社工解释道。

"还有,"贝内迪塔羞怯地补充说,"每星期四晚上十点,我会看《房子有买家吗?》这档节目。"

在他周围,在他身下,一切都在发生变化。沙粒在翻腾、移动,科里想起他第一次和表弟吸食海洛因时的感觉。地板变软了、下陷了,现在这种感觉又回来了。

---

[1] 丝和丁,原文为法语。

我该怎么办？他思量着。

丽萨·亨利知道他在考虑什么。"科里，"她说，"你想改天来我这儿，跟我谈谈细节问题吗？"

他看着自己的母亲。"我不想打扰你。"他说，但她挥了挥手表示没事。所以在接下来的那周，他独自来到了社工丽萨·亨利的办公室，他们讨论的并不是什么细节问题，而是他自己的生活。丽萨·亨利的声音如此温柔，她的语调本身就几乎使他热泪盈眶。

"科里？"她说，"你想告诉我你是如何看待你母亲的计划的吗？"

他立即对她的温柔和善良感到异常愤怒，这让他浑身战栗，突然情绪波动起来。他不知道她是否也为人父母，她是否有年幼的孩子，或者作为一名治疗师，她是否已经习惯用这种方式和每个人交谈——跟她曾经的服务对象的孩子谈话。科里是个二十六岁的大高个儿，坐在一张过小的椅子上，几乎被情绪吞没。

"我没事。"

"我猜想你正处于一种超负荷状态。事故发生后，你重新调整了自己的全部生活，眼下你也许在想，你不得不再重新调整一次了。"

让他喉咙发紧的甚至并不是她说的这些话，而是她费时费心说出来的方式，她还关切地歪着头。就那么叫着他"科里"。他听见她的声音远远传来。科里，她一直在说。科里？仿佛有人隔了三座后院的距离在喊他的名字。他突然怀念起了童年，童年在他内心深处就像一个遥远的后院。但他随后就意识到，当治疗师不断跟他说话时，他怀念的并不是童年，也不是当一个孩子，而是与一个女性保持亲近的关系。那是他不再拥有的东西。

他回忆起自己的手第一次撩过格里尔的头发，那时他俩年方十七。他曾经惊诧于它的柔软，就像触碰某种似有若无的草样物。女孩的头发一定比男孩的轻，这必定有科学上的区分。她的乳房也超乎寻常的柔软。更不用说她的皮肤和嘴巴了。但她的柔软不仅是可以触碰的，连她的声音都是柔软的。无论她说话多大声，他都能说得更大声。如果他们掰手腕，他总能赢，但她不软弱。女孩们并不软弱。她们有时很温柔，但并非总是如此。不管她们拥有什么，都与他所拥有的互补。

但是，当科里和格里尔分手时，她就像一根打结的电线。她身上让他喜爱的品质去哪儿了？他自己受她影响也具备了一些她的品质。但当然了，每个人既是柔软的也是坚硬的；既有坚硬的骨骼，也有柔软的皮肤。但女性们称自己是柔软的主宰，而男人们却对此不屑一顾。或许，说你喜欢女性拥有柔软的特质是更容易的。而说实在的，你也许希望自己也能拥有这种特性。

科里从一个盒子里抽出一张又一张的纸巾，这个盒子外面还套着一个鎏金的金属盒。这是一个多么可悲的物件，摆在这儿就为了隐藏丽萨·亨利的服务对象始终需要的纸巾。仅仅是面对着她，他们就很可能情绪崩溃。在温柔面前，他们自己会变得柔软起来，这让他们落泪。科里使劲地擤鼻子，似乎是要稳住自己。发出的声音像鹅叫一样，一点儿也不绅士。

"我估计你不习惯谈论自己。"她说。

"是的，我不习惯。对我来说，这已经不重要了。"

"为什么呢？"

他耸了耸肩。"糟糕的分手。但那是很久以前的事了。"

她闭上眼睛，然后再睁开。他立马想到了慢慢，它经常这样做。在那些时刻，慢慢是在努力思考呢，还是在爬行动物的时空里神游？

"我不确定时间是否总是接受与否的决定因素。"丽萨说，"你还在想着这个人吗？"

"是的。格里尔。"

"格里尔是那个你会同她谈论起自己，也就是谈论你的感受的人。现在你已经失去了。"

"是的。她,还有几乎其他的一切,我都失去了。"

"失去"这个词让他想起了《寻魂者》。可他永远找不到阿尔比了。他以更寻常的方式失去了格里尔:分手。人们很少说分手是悲惨的,相反,分手是人生的一部分。但是当你和另一个人分手了,你可以到处找他们,或许你会找到他们本人,但即便他们还是他们,对你而言他们也不再是同一个人了,他们不再是你的了。爱的消散就像是一种死亡。丽萨·亨利显然明白这一点。她怀着深切的同情看着他,仿佛认定他被万箭穿心了。

时间到了。她站了起来,他也跟着站了起来,他们彼此点了点头,然后她打开了门。他意识到这次会面对他来说已经足够了。与她会面是有用的,但这就已经足够了。科里走了出来,天色渐晚,日光好似在他还在房间里的时候被轻轻擦去了一般。他想到——"淘小子看世界"——这说的不正是他吗?他朝自己的车走去。

第十四章

当你没有工作,白天就不用匆匆忙忙的,而是可以好好享受时光。失业的格里尔在布鲁克林感受着斑驳的阳光与习习的微风,她找到了一家咖啡馆,那里的安静氛围和聊天声音混合得恰到好处。她坐在不同的地方读书,就像她小时候那样,那时候她没有别的事情可以做,没有别的地方可以去,也没有人照顾她。她以一种可能会被称为"忘我"的方式读书,尽管当你阅读一本书时,你并没有忘记任何东西;相反,你把它全部整合了起来。在她以如此戏剧化的方式离开洛赛基金会、离开费丝后,书依然在那里。她读了简·奥斯汀的著作,也读了《简·爱》,泽伊曾一度混淆过这两个简。她读了一本当代法国小说,书中所有的人物都非常绝望,全文没有引号,只有一些破折号,这让格里尔觉得有些疯狂,但也法国味十足。

她悠闲地坐在咖啡馆里。她想起自己曾经一直很好奇那些大中午坐在咖啡馆里的都是些什么人,现在她知道了。其中一些跟她一样是失业人员,是迷失的人。她坐在那里,感觉自己很不像自己。她的钱足够维持几个月,所以她不需要急着去找下一份工作。她在洛赛基金会的工作结束了,不仅如此,她和费丝·弗兰克的关系也结束了。她和泽伊的友情也岌岌可危,最近她们有了一些电子邮件往来,在邮件中格里尔再次尽力退让,一开始气氛十分严肃,之后则诙谐风趣起来,泽伊写来一些简短有趣的回信,所以她们的关系似乎开始缓和了。

一天下午,她在家里的沙发上打着瞌睡,科里打来了电话。

"格里尔,"他说,"我是科里·平托。"

"还有其他科里吗?"

"你可能认识另一个科里。"他说,"这很有可能。你还记得吗?你告诉过我,如果来纽约的话,我可以在你那儿过夜。"

"当然记得。"

"你可以随时收回这句话。但我要去沉浸式剧院看戏了。我们的投资人要我去,他给我买了张票。我想如果你方便的话,我想去你那儿住上两晚。"

科里开车从马科佩过来,周四晚上拎着一个背包出现了。他们在门口笨手笨脚地拥抱了一下。她立刻从泰国餐馆点了外卖,知道吃东西会减弱陌生感。他们坐在格里尔起居室的小桌旁吃饭。在昏暗的灯光下,到处都是打开的外卖包装盒,他更详尽地跟她讲述了这款电子游戏缓慢而艰辛的创作过程,他和他来自德谷的朋友的合作,雇来的场景设计师,以及为这一切买单的投资人。

"不能保证它会做出什么名堂,"科里说,"这根本不是主流游戏,市场已经很饱和了。但我也不清楚,如果我说我对它有信心,会不会让人讨厌?"

"不会。我觉得这很棒。"她说。

"至于我妈妈,我没料到这么长时间之后她会有所好转,但她确实好多了。我觉得她不会像以前那样需要我了。"

"真是太好了。这对你来说意味着什么?"

"这正是我在问自己的问题。"科里说,"我会没事的,格里尔,你不必担心。"

"我不担心。"她说,可她想起在阿尔比去世后,除了担心他,她什么也没有做过。她非常忧虑他会失去自我,而她会失去他。但他没有迷失自我。他一直是那个留下来帮忙的人。她没有搞明白这一点。"我为自己以前的所作所为感到抱歉。"她说。

"嗯,我也是。我是说,我当时是怎么了?"他笑了,"我从来没听过比这更客套、更含糊的对话了。"

"这真奇怪。"她说,"有时候你感觉活在自己的人生里,但有时候却像一个旁观者一样回望它。这种感觉总是反反复复,反反复复。"

"然后人就死了。"

她笑了笑。"是的。然后人就死了。"

"嘿,我看了你的演讲。"他突然说。

"你看了?"她很震惊,紧张起来;演讲视频就在网上,可以找得到。

"你很棒,"他说,"一想到你站在所有人面前演讲,就觉得很酷。"

"那是我和我外在的声音,不是我的心里话。"她快速回答。然后她又补充说:"好吧,不管怎么说,那已经结束了,和洛赛基金会有关的一切都过去了。"

谈到洛赛时,除了焦虑和愤怒外,她还会感到一种奇怪而令人窒息的悲伤。这不能与科里的悲痛相提并论,相较之下,她的悲伤不值一提,却依旧真切。她的悲伤并不源于那份工作——失去一份工作是可以从中恢复过来的。无论她最终在哪里工作,有一天也许会发表其他演讲,哪怕只是对着会议室里十二个人的小型演讲。可能会有一些敦促你尽心尽责的其他工作,格里尔能在其他办公室里拥有一张办公桌,午饭时会有意大利蔬菜通心粉或木须肉的香味弥漫开来,会有很快乐或很暴躁的同事。那些人呼吸中夹杂着咖啡的气息,拥有你可以学习的个人习惯,就好像你们是恋人,而不仅仅是在同一个地方工作的人。

此刻,当她想到自己失去的工作,想到费丝的时候,悲伤再度袭上心头,这是经常发生的状况。费丝,对格里尔来说,几乎不是一个完全真实的人。她觉得自己很想一吐为快,她想:那我就说吧。

"关于费丝·弗兰克的事?"她对科里说,"你知道我一直在想什么吗?确切地说,她不是我的朋友。她绝对是我的老板,但这还不是全部。她是谁?我喜欢她代表的东西。我也想代表那些东西。但这一切最后都支离破碎了,她攻击了我。或许她如此行事是对的。或许,哪怕她是费丝·弗兰克,她也可以有表现得极度糟糕的时刻,有对别人说话刻薄的时刻。我只是不希望承受这一切的那个人是我。但我也没资格说什么。我对泽伊做了一件糟糕透顶的事情。"科里惊讶地看着她。"是的,"她接着往下说,"我知道,你根本想不到。就好像人们会忍不住对别人做出一些坏事。我一直在慢慢地和泽伊一起解决这件事,目前有点成效。但费丝……当我真的想到费丝时,胸口就涌起一种糟糕的感觉,我觉得自己永远也缓不过来了。"

"你会缓过来的。"科里说,"我百分之百保证。"他随后打了一个哈欠,觉得很不好意思,立刻试图掩盖过去。

"你累了。"她说。

"不,没关系。我们可以接着谈。"

格里尔走向衣橱,为他找出一条毛巾。"拿着,"她说,"我来给你收拾一下沙发。"

她把床单铺在折叠小沙发垫上,他则带着他的小洗漱包走进了浴室。这是一个经常用到折叠沙发床的时代,这个年龄的人尚漂泊不定,立足未稳,时不时地还需要找个过夜的地方。他们尽其所能,在一些地方将就过夜,过一天是一天。但很快,他们又会重整旗鼓,生活会重新走向正轨。很快,沙发床就会被重新折叠好。

当格里尔把被子铺在床单上时,科里从浴室走了出来。他换了一件睡觉穿的T恤,他身上有一股陌生的护肤品或肥皂的味道。

他改变了自己的生活习惯,她有点郁闷地想到,仿佛自己本该对这种改变有所警觉。当然,他们已经很长时间没有见过对方使用的各种物品了。私密的和琐碎的事物共同构筑了亲密感。科里来到展开的沙发前,躺了上去,他太高了,需要调整一下角度才合适。她听到沙发弹簧发出了声嘶力竭的抗议声。她关掉灯,走到房间对面,在自己的床上躺了下来。

随着百叶窗的转动,公寓陷入一片漆黑,他们两人都不再去思考自己的使命。相反,他们都极度局促不安,来自房间任何角落的声音都被放大了,足以让他们一跃而起。他们俩都不想吓着对方,也不想做错事情,于是他们安静且恭敬地躺着,仿佛夜深时分同一间病房里的两个病人。

"你还好吗?"她问。

"我很好。"科里说,"谢谢你让我在这里过夜,太空·卡德特斯基。"

一开始屋里太黑,她看不见房间那头的他,只听到他调整了姿势,然后又打了个哈欠,下颌骨不由自主地张开又合上。他在那边的某个地方,这点她可以确定。有那么一小会儿,她根本看不到他,可随着她的眼睛适应了黑暗,她看见了他。

第十五章

　　这是那类永远找不到外套的派对。或许这并不是什么糟糕至极的事,因为没人想离开派对回归现实世界,现实世界已经彻底改头换面,让人瞠目结舌。哪怕是现在,多少年过去了,也没人能适应这一点;派对上谈论的核心话题依然是没人意识到这一切会到来。他们只是对这个国家发生的事情感到难以置信。"大恐慌。"一个高高瘦瘦、神经兮兮的女人说。她是一家出版社的网络销售主管,主办了这场派对。她倚在走廊的一侧墙上,头顶上方挂着一组黛安·阿勃斯[1]的照片,一副高高在上的样子。"最让我害怕的,"她说,"是那类渣到头的男性,那种你绝不会让自己跟他单独相处的男性,因为你知道他对你来说是危险的,但他却和我们所有人单独在一块儿。"

　　他们阴郁地笑了,这群女性和为数不多的几个男性继续喝着自己的饮料,然后有那么短短的一段时间,他们安静了下来。侮辱发生了一次又一次,他们所关心的一切在持续不断地遭受重击,他们一直在游行、组织活动,愤怒的情绪久久不能平息,但作为一种防御,他们也经常进入一种自我安慰的模式,迄今为止,他们这样做已经很多年了。喝酒成了自我安慰的一部分。庆贺活动也不可或缺,有时甚至是被认可的。绝望似乎再次证明了这场战

---

[1] 黛安·阿勃斯(Diane Arbus,1923—1971),美国新纪实摄影最重要的旗手。

斗从来都是价值连城的。"你知道吗？我以为总会取得一点小进步，接着再滑落一点，然后再取得一点小进步。但是相反，整个对进步的期望都落空了，谁知道会发生这种事呢，对吧？"这个爱大声嚷嚷的女人说道。

今晚，他们在庆祝格里尔·卡德特斯基的著作《发声于外》一整年都列在最佳畅销书榜单上。整整一年，这本书成了那些对大恐慌视而不见的人的眼中钉。这本书当然不是第一本此种类型的书，它是一份生动积极的宣言，鼓励女性不要害怕发声，书名还巧妙隐喻了将女性视为局外人的概念。

现年三十一岁的格里尔一直在全国巡游，为宣传《发声于外》发表演讲。她走访了女子监狱、公司、学院和图书馆，也去了公立学校——那里的小女孩们都爱去健身，她对她们说："对外发出你们的声音来！"女孩们全都紧张地望向靠墙站着的老师。当看到老师做出"没关系的"口型时，小姑娘们才开始尖叫、大喊，起初是试探性地，最后都扯起了嗓门。

当然，《发声于外》也频频遭受指责。格里尔被告知，此书并没有做到为全体女性代言。广大女性，大多数女性，享受的特权和拥有的机会比格里尔·卡德特斯基眼下享受和拥有的少得可不是一星半点。尽管如此，她还是收到了全国各地的妇女和女孩的来信，她们在她的网站和《发声于外》留言板上给格里尔写下坦诚、亲切、激动的消息，告诉她这本书对她们的意义。据说还会成立一个"发声于外基金会"，但具体情况不明。这本书鼓励女性坚强、发声。当然，保持强大且勇于发声是非常迫切的。

回想大恐慌开始前几年，那时她还没有和科里共同生活，伊米莉亚也还没出生，她从洛赛基金会辞职之后参加了华盛顿特区的女性游行。她和五十万人一起游行，感到精力充沛、面颊干燥、斗志昂扬。内啡肽涌进她的血液，仿若气球升上广阔的天空。她搭乘酷热的长途汽车回家，这份亢奋持续了一路，整整四个半小时。在随后的数周里,她既能感到内啡肽导致的激动兴奋,又感到悲观绝望。她每个周末都跟科里相聚,不是在布鲁克林,就是在马科佩。他仍然住在马科佩,帮他母亲卖房,以及再次安顿自己。那段时间里,格里尔在一家咖啡吧工作,呼吸着蒸汽、泡沫和肉桂——"我有一个肉桂肺。"她对泽伊说——晚上只要有空,她就会整夜写书。

但此刻,格里尔一想到要一遍又一遍地重复自己书中的箴言,就会陷入疲惫、厌倦和沮丧当中,还暗自纳闷哪怕取得了此般成功,她的书是否仍旧难免有些荒唐可笑?毕竟,就算你发出声音拼命狂喊,有时似乎也无人理会。

今天,在这个潮湿寒冷、浮华不实的夜晚,出版商卡伦·诺奎斯特在她家的豪华客厅举办了这场派对,客厅有两层楼高,还摆有一面书墙,旁边架着梯子。早些时候,卡伦爬上梯子向格里尔敬酒。当她端着马提尼爬到梯子顶端时,所有人都紧张地仰头看着她,但她无所畏惧。她站在高处俯视着房间,略带醉意地说:"哇噢,我看得见你们每个人的头顶,头发都非常整洁。"大家哄堂大笑。"我看得出来你们都很在意个人仪表。但更重要的是,我看得出来你们都很关注这本让人叹为观止的书,这部现象级的作品——《发声于外》。而我也跟你们一样。格里尔,我们爱你!"

身处梯子下方的格里尔飘飘然地说:"我也爱你们所有人。"可之后,她环顾四周,却感到心灰意冷。这并非出自爱,纵使她的确深爱着这个房间里的一些人——科里在这儿,他抱着伊米莉亚,到处都是好朋友——但这是另一码事。每个人都满怀期待地望着她,这让她觉得讶异。人们总是希望对方去做点什么。他们巴望着别人说出他们可以接受、消化的内容来。一个词以某种方式就能办得到,甚至连一个词都不需要。也许只需一个手势,或是倾听他人就可以办到。虽然格里尔的书倾尽全力去鼓励和支持他人,但书本身却并非那么独具一格或无与伦比,她清楚这个平台肯定是不完美的。格里尔自己也不是什么煽动者。她永远不会成为那种人。

"我尽量长话短说。"她说。她看到房间里有些人明显松了一口气。没人希望一位作家在自己的图书派对上喋喋不休。"在这个特殊的时期,我们今晚齐聚一堂。这是一段漫长又奇怪的岁月。每一件震撼我们的新鲜事物都是一波冲击,却的确不算什么意外。这本书于此期间获得成功,"格里尔说,"让人困惑不解。但也值得高兴。尽管,我可怜的耳膜不可避免地一直在遭罪。今天上午我去学校拜访了一群三年级的学生,那些女孩们都像是有号角似的。我的耳朵现在还疼呢!"笑声四起。"我的嗓门从来不怎么响亮,"格里尔说,"你们现在肯定都知道了。哦,你们现在甚至对我了如指掌了。"接着她又说:"我准备读书里的一小段。一件有趣的事。"她拿起书,书的封面颜色鲜艳,印有一张张开的嘴,图案很是显眼。她卡准时间读了一分四十秒,然后结束了讲话。大家都鼓起掌来,接着回到各自忧心忡忡的谈话内容和饮酒中去了。格里尔一进行公众演讲就会脸红发烫,哪怕现在也是如此。

科里走了过来,伊米莉亚环抱着他的脖子,她的眼神看上去有点兴奋过度。十五个月大的她不应该这么晚还醒着,但为什么不呢?她的母亲已经位列畅销榜单整整一年了。伊米莉亚整晚都跺着脚转圈圈,几乎玩疯了。早些时候,在保姆抓住她的衣领把她拖走前,她还在梯子上爬了两级。此刻,这位保姆,十六岁的凯·钟,一个和家人一起住在希普斯黑德湾的高中生,站在科里的另一边,手搁在伊米莉亚的头上。凯是个又矮又壮、长相有点凶恶的小个子,穿着一件宽松的北欧毛衣和一条小裙子。格里尔在一位朋友的推荐下雇用了她,事实证明凯不仅跟孩子相处得很好,和大家也都合得来。凯严肃客观地发表意见,她的大部分观点都很激进,但她提醒说这意味着它们没有迎合任何一种正统观念。

"你到底在说什么?"一个星期六的夜晚,格里尔问她。她和科里刚从一个晚宴返家,站在他们目前居住的褐石公寓的前厅里,等着出租车来把保姆载回家。

"我猜我是一名怀疑论者。"凯紧张地说,试图表达清楚自己的意思,"我想让你知道我认为你很棒,格里尔。这是我的大实话。我和我的朋友们都读过你的书,他们知道我帮你照看孩子后都对我刮目相看。"她善意地解释道,"人活于世,我们都应该坚定地表明自己,这是完全正确的。但是我看了看女性在近代历史上的所言所行,不知何故,我们依然处于被压迫的境况。我们对此做出的抗争还不够,因为体制依旧是一成不变的,对吧?"

她不是在向格里尔提问,只是想表达自己的观点。凯一直在她的学校组织活动,参与集会和小型游行,还经常在她称之为"推特开火"的社交版面上猛烈抨击,且从不为自己的言论道歉。她轻蔑地说,她和她的朋友们不关心那些有名无实的领袖,就像过去一些运动的领导者们。这些人的存在是没有必要的,他们甚至都不真实。"我们不需要把他们放上圣坛,"她说,"每个人都可以领导。每个人都可以加入。"

她提出这些观点,仿佛它们是全新的;她的声音中洋溢着喜悦和兴奋。格里尔本可以对她说:"是的,我对你说的这些清楚得很。费丝说女性在70年代就这么说了。"但那太不给情面了。

凯解释道,就不应该存在等级制度,因为这总会让有些人遭受压迫,而在整个历史当中,压迫已经出现得够多了,没人再需要它了,而且它假定一切白色人种的、顺性别者的、二元的观点是正确的,而且是唯一正确的,可事实并非如此。我们早就终结了这一切,她如是说。不管怎么样,凯用一种充满惊人自信的饶舌口吻继续往下说,与其说是在谈论人,不如说是侧重于概念。

格里尔不知该如何回应保姆的独白,只能重复她在书中已经说过的一些话,语气中含有"鼓励"和"愤怒"两种成分,她称之为:"'鼓励'这个词里包含着'愤怒'[1]"自从凯在周末照看伊米莉亚以来,格里尔给了她与《发声于外》有关的每一样周边产品:精装本、笔记本、台历,科里说还有点心零食。此外,凯经常说:"你们有什么能借我读读的吗……"格里尔和科里给了她很多书,有小说和散文集,甚至还有一些他们大学时的旧课本,上面画满了下划线,以及格里尔从马利克教授那里借来却忘记归还的那本书。她从来就没搞明白这本书说的是什么,但是凯说它非常有趣,阅读那些过时的思维方式真的很有意思。

"我们的保姆可比我们聪明,"格里尔喜欢对大伙儿说,"聪明多了。我可以向你们保证,她会走得更远的。"但问题是,保姆不能像婴儿一样被《发声于外》安抚哄睡。一本反响良好的女权主义书籍蝉联畅销榜单这个小小的胜利,似乎并没有从本质上帮到这个姑娘,她知道自己会有一个真正的未来,却害怕所有一切会再次被打得粉碎。

是时候离开了,离开这个出版商专门为致敬格里尔而举办的这个派对了,尽管她离开后派对仍会继续。年长者离场,年轻人留守。格里尔和科里提议送凯回家,可她说不,谢谢,他们不介意她再多待一会儿吧?保姆结识了几个实习生。她快速地亲了亲伊米莉亚的额头说:"再见,兔宝宝。"然后回到了那群实习生当中,他们拉她一起。

"我受够'发声于外'这个说法了。"开车回家的路上,格里尔对科里说。

"把这个说法公之于众的人可是你。"

她倚在他身上,挨得很近,因为儿童安全椅占据了很大的空间。伊米莉亚已经闭上眼睛睡着了,汗湿的脑袋胡乱歪着。汽车在安静的街道上颠簸着开过桥。几乎刚驶入布鲁克林,他们就遇

---

[1] 原文为"encou-*rage*-ment",encouragement 是鼓励的意思,rage 是愤怒的意思。

到了施工。这里总有施工。他们住的褐石公寓位于卡罗尔花园，自从图书开售以来他们就定居于此，国际市场的销售继国内开售后也立即跟进。科里和格里尔突然之间富裕了起来，这让他俩都感到震惊，也都觉得不自在。那时他们正准备重新装修褐石公寓，科里认为可以暂时不用装修，因为公寓住起来已经够好了，也许他们应该每个月给科里的母亲和格里尔的父母一大笔生活资助金，他们才真的需要这笔钱。一旦他们这样做了，就很容易自然而然地把更多的钱捐给那些与他们非亲非故的人。他们俩都不知道自己的钱能维持多久，不会永远钱生钱的。格里尔有一本畅销书，但她不是对冲基金的经理，或许再也写不出下一本畅销书了，但至少眼下他们做了自己力所能及的事。

《寻魂者》最终发布后，并没有获得商业成功，可它仍然在独立游戏界占据了备受尊敬的一席之地，也算爆冷。玩过这款游戏的人都对它充满激情。科里的下一款游戏已经在筹备中，同一位投资人已经答应投资。科里考虑过是否要像多年前曾经规划的那样回归小额信贷行业，但时过境迁，他跟不上变化的步伐了，财务相关的事情又总是很棘手，他担心自己可能会搞砸。他没有专业地"着陆"，谁能保证他行不行呢，但就算他不行也不是什么天大的事。科里有份工作，而且全身心投入；他在家里也干很多活儿，为伊米莉亚自制炸鱼条，为格里尔做素食，还负责家庭主要日程安排。他打定主意要教伊米莉亚葡萄牙语。他甚至给她买了一张葡萄牙儿童歌谣DVD。DVD让他想起了自己的母亲，她现在在福尔里弗过得很好，DVD也让他想起了在里斯本的父亲，或许他一开始就是在想念父亲，所以才在网上买了DVD。科里曾说过，哪怕当初父亲弃他们而去，他还是想找个时间去葡萄牙看看他。探望父亲后再安排一次家庭旅游，但要等伊米莉亚长大一点，这样她才能从这趟旅行中有所收获。

离开聚会返家后，他们把伊米莉亚放进她的小床，她丝毫没有闹腾。今晚无须给她讲故事了，她不需要喝水了，也不需要旋转照明玩具往天花板上投射跳动的剪影了，或要求讲更多的故事，喝更多的水。格里尔看见手机上有泽伊从芝加哥发来的短信。"我给你发了一个链接，"泽伊写道，"给我打电话。我想实时感受你的反应。"

于是格里尔在书房里落座，给泽伊打电话，两个人坐在各自的笔记本电脑前，接着格里尔点开链接，那是用手机拍摄的一段摇摆不定的视频。背景有点热带风情。一开始，一个秃顶的胖子打开了一间花园公寓的门。门一开，一桶湿漉漉的垃圾就对着他劈头盖脸地倒了下来，手机镜头猛地翻转对准倒垃圾的人，一位年轻女性开始尖叫。"你这个垃圾，你应该得到比这更糟的东西。"她大喊道，而那个在自家门口被垃圾淹没的人愣住了，然后说："哇，哇，他娘的。"但几秒钟后，他就狂笑起来。"没错，"他对她说，一边把垃圾从一侧脸上剥下来，"继续朝我扔，攻击吧，来吧。"

格里尔暂停了视频，画面定格住。"等等，我为什么要看这个？"她问道。

"全屏播放。"泽伊说。

格里尔让画面撑满了整个电脑屏幕，然后她凑上前，脸都快贴上定格的那个男人的脸。她端详着那令人乏味的样子、那慵懒的笑容、那宽大的眼间距，所有这些都有点似曾相识，但只是有点罢了。仔细想想，一切似乎都很熟悉。每个故事都有其前因后果，每个人都有其前缘。这个满脸垃圾、还在大笑的男人和这个盛怒的女人，在一个日暖风和的日子在居住的街道上一同被拍到。起初只觉得他们曾经相逢，因为你对此类故事已熟稔于心：怒火中烧的女人，毫无所谓的冷漠男人。这样的故事无疑老套，格里尔在洛赛基金会就曾听说过，在《发声于外》的旅途中也听说过，但在更早以前她就有所了解了。从阅读希腊戏剧中得知，从小女孩成长历程中得知。一段至关重要的信息从记忆深处艰难地浮现出来。格里尔等它向自己走来，一边耐心等待着，一边观察着这张定格的脸。随后，她想起来了。

"廷茨勒？"她说，她因畏怯而声如细丝。

"是的。"

"达伦·廷茨勒？不是吧。你在哪儿找到这个的？这是什么？"

"有人把它发给了克洛伊·沙纳汉，她发给了我。"泽伊说，"达伦·廷茨勒运作着一个名为'婊子自作自受'的复仇色情网站。他发布女性的录像和照片，并放上她们个人脸书账号的链接，他要挟她们支付巨额费用来删除这些内容。费用会进入芝加哥某家实际不存在的律师事务所。这个女人试着起诉，但她办不到，因为他的身份被隐藏了。不管怎么说，法律还是很不完善的。于是她追查到了他，来到他门口，朝他扔垃圾，与此同时，她的朋友拍下了整个过程。她们的计划是把它发布到网上，以为她们会羞辱到他、毁了他。可结果呢：达伦·廷茨勒转发了。他没被羞辱到，也没被毁灭。他只是觉得这很好笑。"

她们都没再说话，一起陷入了沉默，咀嚼着这一切。十三年前，格里尔和泽伊曾经把达伦·廷茨勒的脸印在了T恤上，她们曾目不转睛地盯着他和他那眼距甚宽的双眼。现在他还是那个老样子，照旧戴着他的棒球帽，除了脸胖了，头发秃了大半。她们的T恤运动竹篮打水一场空，那天晚上在学院的女盥洗室里，费丝曾警告她们，如果把达伦·廷茨勒逼得太紧的话，"他反而会获得公众的同情"，但也许她错了。格里尔想，也许如果她们战斗到底的话，他最终会被休学，他会有一段常年挥之不去的灰色记录。也许他会受到监视和观察，而不是听之任之，让他随心所欲地做任何事。

"就好像我们一直试图使用同样的规则，"格里尔说，"这些人不停对我们说：'你们不明白吗？我不会遵守你们的规则。'"

她深吸了一口气。"他们总是能制定规则。我是说，他们就这么不管不顾地制定了起来。他们不询问他人的意见，就这么做了。现在依旧如此。我不想永远重复这种状况。我不想一直住在他们搭建的条条框框里，不想活在他们画下的圈圈里。我知道这有点儿抽象了，但你明白我的意思。"

"你可以给你的下一本书取名为《他们画的圈》。"

"我说这些不是在胡扯，我并不是说这可以成为书名或者箴言。我不知道我们是否能落实发声于外基金会，或者它会是什么样儿。哪怕是在逆境中，我们也不可能仅限于自己感觉良好。"

"我没把握。基金会？这就是答案吗？看看洛赛基金会。"

"不，不会像洛赛基金会。"格里尔说，"那全是跟钱有关的事。现在的环境不一样了。你可以来帮我解决这事。"

"是的，当然。我能解决所有的问题。"

"你有在芝加哥的基层工作经验。"格里尔说，"你对这一切都很在行。诺艾尔可以在这里找到一所学校，不是吗？我知道这听起来有点像'让我们来装装样子吧'。我不想让它变成那样。我只想说，如果这件事能成，你可以参与其中。我还欠你一份工作呢。"她轻声说。

"不，你不欠。"泽伊说，"你真的，真的不欠。"她顿了一下，"无论如何，格里尔，我喜欢我的工作。"

"我知道你喜欢。"

她们俩都安静下来，思忖着达伦·廷茨勒的事。一个欺负并威胁女性的男人会让你什么事都做得出来。号叫、尖叫、游行、发表演说，夜以继日地向国会陈情，爱上某个正派的人，向一个年轻的女人证明哪怕现实残酷希望仍存；让全世界任何地方的女性都不再惧怕夜间行走在街道上，或者让那个大白天从马萨诸塞州马科佩的便利店握着一个雪糕走出来的女孩不必担心她的乳房是否已经发育还是发育得太大了。除非她自己愿意，否则就不需要考虑任何在身体和性方面与自己有关的事。她可以按自己喜欢的方式穿衣服。她会感到自己无所不能、安全无虞、自由自在，这正是费丝·弗兰克一直想为女性争取的权利。

在诸如此类的时刻，费丝会再度现身，就这样突然闯入一场对话当中。在城里漫步时，格里尔偶尔会看到一位优雅的老妇人，或许身旁伴有其他女性，她会匆匆追上她。但当那位妇人转过头，露出自己的面容时，她才意识到那不仅不是费丝，甚至还闹出笑话了。要么那女人三十岁，要么那女人是个黑人。有一回，她还把一个男人误认成了费丝。最常见的情况是，眼前的女性隐约有点像费丝，可以成为她的替身，一副可爱而功成名就的样子。在女性游行期间，每个人都受到鼓舞，觉得自己在为正义而战，格里尔确信费丝也在某个地方——她不在演讲者的队伍里——也许她能看到她。虽然她们的关系以最糟糕的方式结束了，但仍有机会打破僵局，她们之间发生的一切都不再重要了。有时你不得不放弃你的信念，或者远不像想象中的那样执着地坚持下去。她会喊："费丝？"然后在一群大声嚷嚷的女人中间，费丝会转过头来看到她。她们长时间的不和会告一段落。她就像《寻魂者》中失去的人那样被送回格里尔身边。不过，正如泽伊曾指出的，在《寻魂者》中，你必须主动寻找你失去的那个人。

现在，费丝已经接近八十岁了。尽管三年前埃米特·施雷德死于严重的心脏病发作，但她仍然在基金会工作。他的逝世本身就是一件大事，报纸的新闻版块广泛地报道了此事，并延伸到了商业板块，印着他的肖像和为他写的赞歌；但网上也有关于他死因的传闻。他死于一位年轻女子的床上，据说，他服用了治疗勃起功能障碍的药物。倒不是说他被告知不要服用这种药物，显然他被告知的是不要发生性行为，不要再做爱了，至少不要进行埃米特之前喜欢的那种性行为——热烈激昂、全身心投入、震撼心脏。

基金会要维持下去,他在遗嘱中指示,然而他没有阐明运营的具体细节,楼上的掌权者已决定逐步缩减洛赛基金会的运营预算,直到基金会几乎已经成为一个低水准、中档次的演讲论坛。它目前的处境类似于坚持了多年的《布卢默》倒闭前的状态。

然而基金会仍在运行,费丝·弗兰克依旧执掌大权,工作人员的规模大大地减少了,在斯特罗德大厦的较低楼层还留有一间比之前小得多的办公室。导师计划的内幕从来没有公开过。还在洛赛基金会工作的本告诉格里尔,费丝经常工作到很晚,而且因为她的新办公室要小得多,所以她不得不把由选举门改造的办公桌从底部和顶部都削掉几英寸,这样才能放得下。格里尔想象费丝坐在那里,严肃地看着有人拿着锯子走进来把她的办公桌削短。

洛赛基金会不再举办峰会,只是举办二十五至三十人左右的小型集会,规模与他们以前在峰会前为了热身才举行的午餐演讲会相当。费丝很偶尔地会为《纽约时报》和《华盛顿邮报》撰写专栏文章,但已经停止了大部分的公开演讲。格里尔间或看到费丝的照片;说得更直白一点,是格里尔从网上专门找的。费丝依然是费丝,尽管脸上的皱纹更深了,像木版画中的女渔民一般。在那些照片中,费丝总是面带微笑,闪着智慧的光芒,穿着标志性的性感高筒靴。但在这个疯狂又不确定的时代,费丝的办公空间变得逼仄了,预算也缩减了。费丝仍然在工作。厌女症已经彻头彻尾地、不经伪装地席卷了全球。

安妮·麦考利已经退休,她的晚年爱好是做李子罐头,她的女儿露西·麦考利—杰文斯填补了她的参议员席位,她的生育权利观甚至比母亲的更极端,也得到了更多资助和支持。洛赛基金会在衰落,参议员露西·麦考利—杰文斯却变得越来越有影响力;《蛇蝎美人》在过去几年也失去了人气,但有其他网站取而代之——更新潮、更时髦的网站,提供了进行尖锐抨击、展现幽默和释放愤怒的场所;那部名叫《拉格泰姆斯》的可爱短剧,时不时还在全国各地的社区剧院和高中进行表演;也没有任何迹象表明《发声于外》会掉出畅销书排行榜。

此外,欧普斯的热门老歌《强者》现在成了一则著名电视广告的主题曲,配上女人的一双手拉扯一张纸巾的画面,纸巾既没有被撕开也没有被扯碎。一些人为欧普斯的决定辩护,他们声称将艺术商品化是件好事,因为这样至少可以让你把自己的想法带入文化的共享地带中。所有人都知道,我们永远不能休息,永远不能放松警惕,哪怕一刻不停地工作仍不足够,也没有停下来的这份奢侈。费丝坐在她那小办公室的办公桌前熬到深夜,灯光下,文件散落于她的周围。

在很长一段时间里,格里尔想着,如果她真的能和费丝取得联系,她一定会把自己生活中的最新消息告诉她。她会写信说:

当你读到此信时,费丝,我最终嫁给了我的高中男友,我曾经在你的办公室里为他哭过。起初我对结婚与否犹豫不决,不确定自己的感觉如何。但我们知道我们想要孩子,而且也有经济能力这么做。我知道我爱他,但我不认为所有的爱情都必须升华成婚姻。刚开始我摇摆不定,但后来我改变了主意。

我们在一起长大的故乡附近的一处山坡上举行了婚礼。婚宴上,我母亲给在场的孩子们进行了一场小丑表演。我父亲站在那里,眯缝着眼望着山谷,他似乎真的为我感到高兴,又也许只是因为他有点喝醉了。我的朋友泽伊也和她长期交往的伴侣结婚了。我们开玩笑说,她对结婚的态度远没有我这么纠结。她渴望结婚,这使她很幸福。她和诺艾尔不仅可以这么做——这是合法的、普遍的,而且这方面已经取得了巨大的进步——更主要的是,她们乐在其中。她喜欢参与婚礼策划的方方面面。宴会、座位安排、第一支舞的配乐。她就是喜欢。她的父母都是法官,在他们致辞的时候，每个人都哭了。

科里和我有了一个女儿——伊米莉亚——是以科里祖母的名字取名的。我的分娩持续了二十三个小时，她出生时的样子和科里一模一样，就好像跟我一点关系都没有似的。直到现在长大了点，她才开始有些我的模样。

我自己呢，主要是感到很疲惫。一部分是因为我得不停地去推销我的书。我卖掉它的那天、我接到电话的那天，真是太令人激动了。有时我会回想起每当别人发生什么大事时，你会有多兴奋。你总是说，让大家看到越来越多的女性在做她们喜欢的事情是件好事。我想你会为我激动的，我觉得你肯定会的。但我知道你还有其他事情要考虑，其他人也想分点你的时间，我知道你可能要非常、非常谨慎地分配时间，保护你自己。自我保护与慷慨一样重要。（我在我的书中谈了一点这个。）如果你不能保护自己，为自己保留足够的时间，你自然就没有什么可以给予他人的。

你看到了吗？我的致谢中第一个提到的就是你。我不知道你有没有看到，会不会给我打电话，或者写封短信说："干得好！"是的，如果没有你，我永远也写不出这本书，我希望你能知道这点，无论我们之间曾经发生过什么。（有时我想，你也许会对自己最后在办公室跟我说的话感到后悔。我愿意相信你是后悔的，至少有那么一点点。）

但最近，格里尔希望自己能对费丝说些不一样的话。

她会告诉她，你在赖兰大学对我说的话让我茅塞顿开。然后，这么多年来，我看着你如何掌控自己拥有的一切——你的力量、你的观念、你的慷慨、你的影响力，当然还有你对不公的愤慨；再把所有这些都倾注到别人身上，通常是女性身上。你从来没有对那些女性说过：听着，所以你现在要做的就是把它传承下去。但这正是经常发生的事：女性们把她们所拥有的东西倾注到彼此身上，这是一个漫长而伟大的故事。也许是一种回馈，有时也是一种义务,但总是有必要的。

在信的结尾处,格里尔会说:我最后一次在你办公室的时候,你对我很恼火,当众揭发我的所作所为,哪怕是在那个糟糕的时刻,你依然影响着我。你让我觉得有必要向我最好的朋友道歉,告诉她真相;我不知道为什么我没有意识到那是我必须做的。我的意思是,那么多年来我都没有意识到这点。

然而,当格里尔坐在那里设想着告诉费丝这一切时,她仍然不确定自己是否会这样做。她说的可能太多了。可能根本不受待见。也许她和费丝之间的关系早就踏上了一段漫长而不经意的崩塌之途,而这最终已然发生。从年长者第一次鼓励年幼者那一刻起,年长者或许就已经意识到最后的结局了。她心里有数,而年幼者并不知晓,只是感到兴奋。格里尔思索着,一个人取代另一个人。这就是一直在发生的事,这就是我们做了一遍又一遍的事。

谁会来取代我呢?她琢磨起来,起初对这个想法感到震惊,然后又觉得有趣,并放松了下来。她看到林林总总的女性在她家里走来走去,就像执法人员拿着搜查令一样搜查着这个地方,她们好像在自己家一样,肆无忌惮。她把目光锁定在一个年纪较其他人长些的凯·钟身上,她在快速搜寻着格里尔的私人物品。凯四处转悠着,好奇而兴奋,她翻阅着书架上的各类书籍,找到了格里尔没有借给她、但看上去很好看的书,接着吃起了格里尔的腰果,从厨房柜台上的大琥珀瓶中拿了几颗格里尔的复合维生素,仿佛它们能给她所需要的能量、力量和体魄,继续向前迈进。凯走进书房,看见那张柔软的安乐椅,阅读灯在它旁边倾斜着。

格里尔想,凯,坐到椅子上吧。向后靠,闭上眼睛,想象你是我。这并不是什么很棒的事,但还是想象一下吧。

在洛赛,他们全都高高在上地谈论权力,围绕这个话题举办峰会,仿佛这是一件可以量化的事情,可以永远继续下去。但它不会,刚开始的时候你并不知道这一点。格里尔想起科里坐在他弟弟的卧室里，远离与权力相关的任何事情，把慢慢从盒子里拿出来，放在身边的蓝色地毯上。慢慢眨眨眼，挪动一条前腿，把头朝前探了出来。格里尔想到，权力最终会消散。人们使出浑身解数，能拥有多少权力就拥有多少权力，直到他们无法再承受。人的一生并没有多长。

人的一生并没有多长。

致谢

我要向出色的编辑萨拉·麦格拉恩、不知疲倦的营销人于勒·马丁，以及长期合作的出版商杰弗里·克洛斯克致以无尽的感激，谢谢他们给予的帮助、鼓励和真知灼见。我还要万般感谢苏珊娜·格卢克，她简直是一位完美的经纪人。

下述各位在方方面面给予了我或多或少的帮助，在此奉上我的谢意与敬意：詹妮弗·鲍姆加德纳、埃利·布林克利、詹·戴利、詹·多尔、迪莉娅·埃夫龙、艾莉森·费尔布拉泽（极其慷慨且无所不知）、希尔·菲奇、莉萨·弗利格尔、詹尼弗·吉尔摩、亚当·高普尼克、耶西·格林、简·汉密尔顿、卡蒂·哈特曼、莉迪亚·希尔特、莎拉·杰弗里斯、丹雅·库卡夫卡、朱莉·克拉姆、艾玛·克雷斯、劳拉·克鲁姆、桑德拉·梁、莎拉·利特尔、劳拉·马默、乔安娜·麦克林蒂克、克莱尔·麦金尼斯、林赛·米恩斯、苏珊·斯卡夫·梅里尔（其直觉和良善举世无双）、安·帕克、玛莎·帕克、格洛瑞·安妮·普拉塔、凯瑟·波利特（杰出的女权主义作家，她的激励，以及就此书进行的交谈对我意义深远）、苏泽·罗奇、鲁思·罗森、卡瑟琳·沙因（提供了其非常宝贵的小说家视野）、詹尼·斯科特、克莱奥·泽拉菲姆、考特尼·谢因梅尔夫（为其午夜时分的灵感迸发和友情）、马里萨·西尔弗、彼得·史密斯（一位伟大的虚构作品的观察者、读者，好友）、朱莉·施特劳斯-加贝尔、考特尼·苏利文（满腹的远见卓识和真才实学，兴致高昂）、丽贝卡·特拉伊斯特（为其落于纸面和口口相授的金玉良言）、卡拉·齐莫尼亚。

最后，一如既往地感谢我的父母，感谢南希和凯茜，感谢理查德、加布里埃尔、德文和查利。我爱你们！

图书在版编目（CIP）数据

女性的引领 /（美）梅格·沃利策著；李玉瑶译. —北京：中信出版社，2022.7
书名原文：The Female Persuasion
ISBN 978-7-5217-4081-3

I. ①女… II. ①梅… ②李… III. ①长篇小说－美国－现代 IV. ① I712.45

中国版本图书馆 CIP 数据核字（2022）第 041687 号

The Female Persuasion by Meg Wolitzer
Copyright © 2018 by Meg Wolitzer
All rights reserved including the right of reproduction in whole or in part in any form.
This edition published by arrangement with Riverhead Books, an imprint of Penguin Publishing Group, a division of Penguin Random House LLC.

Simplified Chinese edition copyright ©
2022 Shanghai Elegant People Books Co. Ltd.
All rights reserved.

本书仅限中国大陆地区发行销售

女性的引领
著者： [美] 梅格·沃利策
译者： 李玉瑶
出版发行：中信出版集团股份有限公司
（北京市朝阳区惠新东街甲 4 号富盛大厦 2 座　邮编　100029）
承印者： 山东临沂新华印刷物流集团有限责任公司

开本：889mm×1194mm 1/32　印张：13　字数：326 千字
版次：2022 年 7 月第 1 版　印次：2022 年 7 月第 1 次印刷
京权图字：01-2022-2839　书号：ISBN 978-7-5217-4081-3
定价：68.00 元

版权所有·侵权必究
如有印刷、装订问题，本公司负责调换。
服务热线：400-600-8099
投稿邮箱：author@citicpub.com